ମାଟି

ମାଟି

ମାୟାଧର ସାହୁ

ବ୍ଲାକ୍ ଇଗଲ୍ ବୁକ୍ସ

ଭୁବନେଶ୍ୱର, ଓଡ଼ିଶା

BLACK EAGLE BOOKS

Dublin, USA

ମାଟି / ମାୟାଧର ସାହୁ

ବ୍ଲାକ୍ ଇଗଲ୍ ବୁକ୍ସ : ଭୁବନେଶ୍ୱର, ଓଡ଼ିଶା • ଡବ୍ଲିନ୍, ଯୁକ୍ତରାଷ୍ଟ୍ର ଆମେରିକା

BLACK EAGLE BOOKS

USA address:
7464 Wisdom Lane
Dublin, OH 43016

India address:
E/312, Trident Galaxy, Kalinga Nagar,
Bhubaneswar-751003, Odisha, India

E-mail: info@blackeaglebooks.org
Website: www.blackeaglebooks.org

First Edition in 1998, Odisha Sahitya Akademy

First International Edition Published by
BLACK EAGLE BOOKS, 2024

MATI
by **Mayadhar Sahoo**

Copyright © **Mayadhar Sahoo**

Cover & Interior Design: Ezy's Publication

ISBN- 978-1-64560-489-1 (Paperback)

Printed in the United States of America

ଅଗ୍ରଲେଖ

ଏକ ଶତାବ୍ଦୀ ଧରି ଓଡ଼ିଆ ଗଳ୍ପ-ସାହିତ୍ୟ ବହୁ ଐଶ୍ୱର୍ଯ୍ୟ ଓ ସଂଭାବନାରେ ଋଦ୍ଧିମନ୍ତ। ଅନ୍ୟ ଭାରତୀୟ ଭାଷାରେ ରଚିତ ଗଳ୍ପ ତୁଳନାରେ ଓଡ଼ିଆ ଗଳ୍ପ ପରିମାଣାତ୍ମକ ଓ ଗୁଣାତ୍ମକ ଦୃଷ୍ଟିକୋଣରୁ ବହୁ ଉନ୍ନତ ଓ ପ୍ରଗତିଶୀଳ ଏବଂ ନାନା ବର୍ଣ୍ଣବିଭାରେ ବିମଣ୍ଡିତ। ସମାଜ ସଚେତନ କଥାଶିଳ୍ପୀ ବ୍ୟାସକବି ଫକୀରମୋହନ ସେନାପତିଙ୍କ ଓଡ଼ିଆ ସାହିତ୍ୟରେ ପ୍ରଥମ କ୍ରାନ୍ତିଶୀଳ ସାର୍ଥକ କ୍ଷୁଦ୍ରଗଳ୍ପ 'ରେବତୀ' ଠାରୁ ଆରମ୍ଭ କରି ସ୍ୱାଧୀନତା ପୂର୍ବବର୍ତ୍ତୀ ଓ ପରବର୍ତ୍ତୀ ଗଳ୍ପ ସାହିତ୍ୟରେ ସମସାମୟିକ ସମାଜ ଓ ଜୀବନର ଜଟିଳ ଭାବ ସମ୍ପର୍କ-ତାର ହସକାନ୍ଦ, ସୁଖଦୁଃଖ ବ୍ୟଥାବିଫଳତା ଅତି ପ୍ରାଞ୍ଜଳ, ମାର୍ମିକ ଓ ମନୋଜ୍ଞ ଭାବରେ ରୂପାୟିତ। ସମୟାନୁକ୍ରମେ ଗଳ୍ପର ଆଙ୍ଗିକ ଓ ଆତ୍ମିକରେ ସୃଷ୍ଟି ହୋଇଛି ନାନା ପରୀକ୍ଷା ନିରୀକ୍ଷା ଓ ପରିବର୍ତ୍ତନ। ମୁଖ୍ୟତ ଆଧୁନିକ ବ୍ୟକ୍ତିକୈନ୍ଦ୍ରିକ ମଣିଷର ଆତ୍ମଅନ୍ୱେଷ, ଆତ୍ମଜିଜ୍ଞାସା ଓ ଏହି ବିରାଟ ବିଶ୍ୱରେ ତାର ସ୍ଥିତି-ସନ୍ଧାନ ମୁଖ୍ୟତଃ ସାଂପ୍ରତିକ ଓଡ଼ିଆ ଗଳ୍ପରେ ପ୍ରତିବିମ୍ବିତ। ଫଳରେ ଆଧୁନିକ ଗଳ୍ପ ହୋଇଉଠିଛି ବୌଦ୍ଧିକ, ମନସ୍ତାତ୍ତ୍ୱିକ ତଥା ଇଙ୍ଗୀତଧର୍ମୀ। ସାମାଜିକ ପ୍ରାଣସ୍ପନ୍ଦନ ସହିତ ମାନବିକ ପ୍ରାଣସ୍ପନ୍ଦନ ସମନ୍ୱିତ ହୋଇ ଏକ ସାର୍ବଜନୀନ ଆବେଦନ ସୃଷ୍ଟି କରିବାରେ- ଏବଂ ବିଶ୍ୱଚେତନା ପ୍ରବାହକୁ ଅଙ୍ଗୀଭୂତ କରିବାରେ ଓଡ଼ିଆ ଗଳ୍ପ ଆଜି ସମର୍ଥ। ଓଡ଼ିଆ କ୍ଷୁଦ୍ରଗଳ୍ପ ସମସ୍ତ ସୀମାସରହଦକୁ ଅତିକ୍ରମ କରି ଆନ୍ତର୍ଜାତୀୟ ପାଠକ ସମାଜରେ ବେଶ୍ ଆଦୃତ ଓ ପ୍ରଶଂସିତ ଏବଂ ବିଶ୍ୱଦରବାରରେ ସମ୍ମାନିତ।

ରାଜ୍ୟସ୍ତରୀୟ ଯୁବସପ୍ତାହ ପାଳନ ଅବସରରେ ସୃଜନଶୀଳ ସାହିତ୍ୟ ସୃଷ୍ଟି କ୍ଷେତ୍ରରେ ପ୍ରୋତ୍ସାହନ ପାଇଁ ଓଡ଼ିଆ ସାହିତ୍ୟର ଦୁଇଟି ସମୃଦ୍ଧ ବିଭାଗ ଗଳ୍ପ ଓ କବିତାରେ ଉଜ୍ଜ୍ୱଳ ସ୍ୱାକ୍ଷର ଓ ସମ୍ଭାବନା ବହନ କରିଥିବା ଦୁଇ ଉଦୀୟମାନ ଯୁବ ପ୍ରତିଭା କବି ସୁଚେତା ମିଶ୍ର ଓ ଗାଳ୍ପିକ ମାୟାଧର ସାହୁଙ୍କୁ ୧୯୯୫ ମସିହା ପାଇଁ ଯୁବକଲ୍ୟାଣ ପରିଷଦ ପକ୍ଷରୁ ପୁରସ୍କୃତ ଓ ସମ୍ମାନିତ କରାଯାଇଥିଲା । ଓଡ଼ିଶା ସାହିତ୍ୟ ଏକାଡେମୀ ଦ୍ୱାରା ଯୁବକଲ୍ୟାଣ ପରିଷଦ ପ୍ରଦତ୍ତ ପୁରସ୍କାର ଅର୍ଥର ସହାୟତା କ୍ରମେ କବି ସୁଚେତା ମିଶ୍ରଙ୍କର 'ଉତ୍ତରପକ୍ଷ' କବିତା-ସଂକଳନ ପ୍ରକାଶ କରାଯାଇଛି ଓ ଏବେ ଯୁଗଗାଳ୍ପିକ ମାୟାଧର ସାହୁଙ୍କର 'ମାଟି' ଶୀର୍ଷକ ଗଳ୍ପ-ସଂକଳନଟି ପ୍ରକାଶିତ ହେଲା ।

ତେରଗୋଟି ଗଳ୍ପର ଏକ ମନୋଜ୍ଞ ସଂକଳନ- 'ମାଟି' ସର୍ଜନାତ୍ମକ ମୌଳିକ -ସାହିତ୍ୟ ସୃଷ୍ଟିର ଏକ ପ୍ରତିଭା ଦୀପ୍ତ ପରିପ୍ରକାଶ । ନିଜସ୍ୱ ଭାଷା ଶୈଳୀରେ ରଚିତ ଗଳ୍ପଗୁଡ଼ିକରେ ସ୍ରଷ୍ଟାର ଅଭିନବ ଦୃଷ୍ଟିଭଙ୍ଗୀ ପରିଲକ୍ଷିତ । ଯୁବଗାଳ୍ପିକ ଶ୍ରୀ ମାୟାଧର ସାହୁ ତାଙ୍କର ନୂତନ ସୃଷ୍ଟି ଓ ସମ୍ଭାବନାରେ ଓଡ଼ିଆ ଗଳ୍ପ ସାହିତ୍ୟକୁ ସମୃଦ୍ଧ କରିବାରେ ବ୍ରତୀ ହୁଅନ୍ତୁ- ଏହାହିଁ କାମନା କରୁଛି । ପାଠକ ମହଲରେ ଏହି ଅନବଦ୍ୟ ସଂକଳନଟି ଆଦୃତ ହେବ ବୋଲି ଆଶା ଓ ବିଶ୍ୱାସ ।

ହରପ୍ରସାଦ ପରିଚ୍ଛା ପଟନାୟକ

ସଚିବ

ସୂଚିପତ୍ର

ମିନିର ବିବାହ

ବିଭିନ୍ନ କିସମର ସମ୍ଭାବ୍ୟ ଅତିଥିମାନଙ୍କ ଭିତରୁ ବରଯାତ୍ରୀମାନେ ନିଃସନ୍ଦେହରେ ସ୍ୱତନ୍ତ୍ର। କାରଣ, କେବଳ ସେଇମାନେ ହିଁ ପହଞ୍ଚି ଚା' ପିଇବାର ଠିକ୍ ପରେ ପରେ ପେଟେ ସରବତ୍ ପିଇବାର ବିଶେଷ କ୍ଷମତା ଓ ରୁଚି ରଖିଥାଆନ୍ତି। ଗୋଟିଏ ପିଇ ନ ସାରୁଣୁ ଅନ୍ୟ ଜିନିଷଟି ନ ପହଞ୍ଚିଲେ ବା ପରଷା ଯିବାରେ ସାମାନ୍ୟ ବିଳମ୍ବ ହେଲେ, ସେମାନଙ୍କର ଯେଉଁ ଅମର୍ଯ୍ୟାଦା ହୁଏ, ତତ୍‌କ୍ଷଣାତ୍ ସେଇ ଅଭିଯୋଗର ସଶବ୍ଦ ପରିପ୍ରକାଶ ଘଟେ। ଏହାର ପରିଣତି ଭୟାବହ ହୋଇପାରେ। କଦବା କେମିତି ସ୍ୱୟଂ ବରମାନେ ଘଟଣାସ୍ଥଳରେ ହସ୍ତକ୍ଷେପ କରି ଫେରି ପଳେଇବାର ଧମ୍‌କାଚମ୍‌କା କରନ୍ତି। ଝିଅ ବାହା କରିବାର ଏ ନିଷ୍ଠୁର ସତ୍ୟ ଟିକକ ଯଦୁମାଷ୍ଟ୍ରେଙ୍କୁ ଅଛପା ନଥିଲା। ସେ ନିଜେ ଏସବୁ ବରାବର ଦେଖିଆସୁଛନ୍ତି। ଖାସ୍ ସେଇଥିପାଇଁ ହାଇସ୍କୁଲର ସଂସ୍କୃତ ପଣ୍ଡିତେ ଯେତେବେଳେ ଆଧୁନିକ ବରଯାତ୍ରୀ ଦଳଙ୍କୁ ପୁରାଣର ଦୁର୍ବାସା ବୋଲି ଉପମା ଦେଲେ, ସେତେବେଳେ ଯଦୁମାଷ୍ଟ୍ରେ ଷ୍ଟାଫ୍ କମନ୍‌ରୁମରେ ବସି ସ୍ମିତ ହସି ସମ୍ମତିସୂଚକ ମୁଣ୍ଡ ଟୁଙ୍ଗାରି ଦେଇଥିଲେ। ହେଲେ ଯଦୁମାଷ୍ଟ୍ରେଙ୍କର ବର୍ତ୍ତମାନ ସମସ୍ୟା ହେଲା ଭିନ୍ନ ଧରଣର। କେବଳ ରାଗରୁଷା ନୁହେଁ, ବରପକ୍ଷଙ୍କର ଗିଲାସ ଚୋରି କରିବା, ସିଗ୍ରେଟ ପିଇ ଧୂଆଁ ଉଡ଼େଇବା, ବାନ୍ତିକଲା ଯାଏଁ ଖାଇବା, ମଦପିଇ ମାଇଚିଆଙ୍କ ସାଙ୍ଗରେ ନାଚିବା ଆଦି ବହୁବିଧ ଚଗଲାମିକୁ ଦୀର୍ଘ ପାଞ୍ଚବର୍ଷ ହେଲା ସେ କେବଳ କଳ୍ପନାରେ ସାମ୍‌ନା କରି ଆସୁଛନ୍ତି। ଝିଅ ମିନି ପାଇଁ ଏ ଯାଏଁ ବରପାତ୍ର ଠିକ୍ ହୋଇପାରି ନାହିଁ।

ପାଞ୍ଚବର୍ଷ ତଳେ ମିନି ପାଇଁ ଆସିଥିବା ପ୍ରଥମ ପ୍ରସ୍ତାବଟି ଭାଙ୍ଗିଯାଇଥିଲା, ମାଂସ ତରକାରୀଟା ଟିକିଏ ଲୁଣିଆ ଲାଗିଲା ବୋଲି। ଚଣ୍ଡିଖୋଲର ପଶୁଡାକ୍ତରଙ୍କ ପାଇଁ ମିନିର ପ୍ରସ୍ତାବ ପଡ଼ିଥିଲା। ପ୍ରଥମ କିସ୍ତିରେ କନ୍ୟାଦେଖା ଦିନ ପଶୁଡ଼ାକ୍ତର ବ୍ୟତୀତ

ତାଙ୍କର ଅନ୍ୟାନ୍ୟ ପୁରୁଖା ଗୁରୁଜନ ପ୍ରାୟ ଦଶଜଣ ଗୋଟିଏ ଟ୍ରେକର୍ ନେଇ ଆସି ପହଞ୍ଚିଲେ। ଚା' ଜଳଖିଆ ଭିତରେ ପ୍ରାୟ ଅଧଘଣ୍ଟାଏ ଧରି ମିନିର ଇଣ୍ଟରଭିଉ ଚାଲିଲା। ଭାବୀ ବରର ବାପା ଭାବ ଗଦ୍‌ଗଦ୍ ହୋଇ ଟଙ୍କା ତିନିଶହ ମିନି ହାତରେ ଗୁଞ୍ଜିଦେଲେ। ପରେ ପରେ ଆସିଗଲା ମଧ୍ୟାହ୍ନ ଭୋଜନ। ବସିଗଲେ ସମସ୍ତେ ପଙ୍ଗତରେ। ମାତ୍ର ବରର ଫିଲ୍‌ଟର ସିଗ୍ରେଟ ଟାଣୁଥିବା ମଉସା ଜଣକ ଟିକିଏ ପରେ ବସିବେ ବୋଲି କହି ଖବରକାଗଜ ଲେଉଟାଇବାକୁ ଲାଗିଲେ। ବଢ଼ା ସରିବା ପରେ ବିଭିନ୍ନ ତରକାରୀର ଗୋଟାଏ ମିଶ୍ର ସୁଗନ୍ଧ ସାଙ୍ଗକୁ ଭୋଜନରେ ବସିପଡ଼ିଥିବା ଲୋକଙ୍କର ସଡ଼୍‌ସାଡ଼୍ ଝୋଳ ହାପୁଡ଼ା ଶବ୍ଦ ସେଠାରେ ଗୋଟିଏ ନିହାତି ଲାଳ୍‌ଚିଆ ବାତାବରଣ ସୃଷ୍ଟି କରିଦେଲା। ସେଇଥିପାଇଁ ବୋଲି ନିଶ୍ଚିତଭାବେ କୁହାଯାଇନପାରେ, ହୁଏତ କୌଣସି ଅଜ୍ଞାତ କାରଣରୁ, ସିଦ୍ଧାନ୍ତ ବଦଳେଇ ମଉସା ବି ଖାଇବାକୁ ବସି ପଡ଼ିଲେ। ମାତ୍ର ମାଂସ ତରକାରୀଟା ପାଟିରେ ଦେଉ ଦେଉ 'ଇସ୍, କି ଲୁଣିଆ।' ବୋଲି କହି ଟିକିଏ ଦୂରକୁ ଠେଲିଦେଲେ। ଅବଶ୍ୟ ସେତେବେଳକୁ ବରର ଠେକାଭିଡ଼ା ବାପା ପାଖାପାଖି ଅଧକିଲୋ ମାଂସ ସାନନ୍ଦେ ଚଳୁ କରିସାରିଥିଲେ। କିନ୍ତୁ ମଉସା ମାଂସରେ ଆଉ ହାତ ମାରିଲେ ନାହିଁ। ଯଦୁସାର୍ ମଉସାଙ୍କୁ ଅନୁରୋଧ କରି କହିଲେ- "ମାଆ ଛେଉଣ୍ଡ ଝିଅଟା, ନିଜ ହାତରେ ତରବରରେ ଯାହା ଯେମିତି ରନ୍ଧାରନ୍ଧି କରିଛି, ପିଲା ଲୋକ, ହାତଲୁଣ ଟିକିଏ ଚହକି ଯାଇଥିବ। କ୍ଷମା କରନ୍ତୁ। ଟିକିଏ ମୁହଁରେ ଦିଅନ୍ତୁ।" ମାତ୍ର ଫଳ ହେଲା ଓଲଟା। ଝିଅ ନିଜେ ରାନ୍ଧିଛି ଶୁଣି ମଉସା ମାଂସ ତରକାରୀକୁ ଆଉ ଟିକିଏ ଦୂରକୁ ଠେଲିଦେଲେ। ବାସ୍, ସେ ପ୍ରସ୍ତାବର ସେଇଠି ମୁଣ୍ଡି ମରିଗଲା।

ଝିଅ ବାହା କରିବା ସହଜ କଥା ନୁହେଁ ବୋଲି ଯଦୁସାର୍ ଆଗରୁ ଜାଣିଥିଲେ। ମାତ୍ର ତାଙ୍କ ଅବସ୍ଥା ସେଥିପାଇଁ ସେ ଏତେଦୂର ହେବ, ସେ କଥା ସେ ଚିନ୍ତାକରି ପାରିନଥିଲେ। ସାତବର୍ଷ ତଳେ ମିନିର ମାଆ ମରିଗଲା ପରେ ସେ ମିନି ଉପରେ ଅନେକ ନିର୍ଭରଶୀଳ ହୋଇପଡ଼ିଥିଲେ। ଝିଅ ପର ଘରକୁ ଚାଲିଗଲେ ବୁଢ଼ା ବୟସରେ ସେ ଏକୁଟିଆ କେମିତି ରହିବେ, ଏଇ ଚିନ୍ତା ତାଙ୍କୁ ଅନେକ ବେଳେ ଘାରୁଥିଲା। ଏକା ଏକା ଏଇ ଘରଟାରେ ପଡ଼ି ରହିବାର ସେଇ କଳ୍ପିତ ଦୁର୍ଭାଗ୍ୟ ବି କ'ଣ ତାଙ୍କ ଭାଗ୍ୟରେ ନାହିଁ? ମିନିକୁ ପରଘରକୁ ପଠେଇବା ଲାଗି ପାଞ୍ଚବର୍ଷ ଧରି ଅନବରତ ଚେଷ୍ଟାର କୌଣସି ସାଫଲ୍ୟ ଏଯାଏଁ ହେଲା ନାହିଁ।

ଯାଜପୁରରୋଡ଼୍ ଏନ୍.ସି. ହାଇସ୍କୁଲରୁ ଦୁଇବର୍ଷ ତଳେ ଯଦୁସାର୍ ଅବସର ନେଲେ। ନିଜେ ଗଣିତ ଶିକ୍ଷକ ହେଲେ ବି ଅନ୍ୟସବୁ ବିଷୟ ପଢ଼େଇବାରେ ବି ଧୂରନ୍ଧର, ନୀତିବାଦୀ ଏବଂ ଛାତ୍ରବତ୍ସଳ ଥିବାରୁ ଛାତ୍ର, ଅଭିଭାବକ ଏମିତିକି ପାଖ

ଗଣେଶ ବଜାର ଛକର ଟୋକାଦଳଙ୍କର ବି ସେ ଭକ୍ତିଭାଜନ ହୋଇପଡ଼ିଥିଲେ। ଦୀର୍ଘ ସତର ବର୍ଷ ଧରି ବିନା ବଦଳିରେ ନିରବଚ୍ଛିନ୍ନଭାବେ ଏଇ ହାଇସ୍କୁଲରେ ଶିକ୍ଷକତା କରି ସେ ଯେଉଁ ସୁନାମ ଅର୍ଜିଥିଲେ, ତାରି ନିଦର୍ଶନ ସ୍ୱରୂପ ବିଦାୟ ସମ୍ବର୍ଦ୍ଧନା ପାଇଁ ଆୟୋଜିତ ଉତ୍ସବରେ ଆଖପାଖ ବ୍ୟାସନଗର, ବ୍ରାହ୍ମଣୀଦେବୀ ଏବଂ ଶଙ୍ଖଚିଲା ଆଦି ହାଇସ୍କୁଲର ଅନେକ ଶିକ୍ଷକ ଯୋଗଦେଇ ବିଦାୟ ଉତ୍ସବଟିକୁ ଅଶ୍ଳୀଳ କରିପକାଇଥିଲେ। ଯଦୁସାର୍ ସ୍କୁଲ୍ ଛାଡ଼ିଦେଲେ ସିନା, ସ୍କୁଲ୍‌ରୁ କିନ୍ତୁ ଦୂରକୁ ଯାଇପାରିଲେ ନାହିଁ। ସ୍କୁଲ୍‌ରୁ ଅଳ୍ପ ଦୂରରେ ଥିବା ଶ୍ରୀ ଅରବିନ୍ଦ ଭବନ ପାଖାପାଖି ନିଜର ସାନ ଘରଟିରେ ତାଙ୍କର ଅବଶିଷ୍ଟ ଜୀବନ ବିତିବାକୁ ଲାଗିଲା।

ଘରେ ବସି ବସି ବହି ଖଣ୍ଡେ ଧରି ପଢ଼ୁ ପଢ଼ୁ ଅନେକବେଳେ ସେ ହଠାତ୍ ଅନ୍ୟମନସ୍କ ହୋଇପଡ଼ି ଭାବି ବସନ୍ତି-ପୁଅମାନେ ସବୁ ଗଲେ କୁଆଡ଼େ ? ସତେ କ'ଣ ଏ ଅଞ୍ଚଳକୁ ଗୋଟାଏ ପୁଅ ଦୁର୍ଭିକ୍ଷ ଘୋଟିଛି। ଖୋଜୁ ଖୋଜୁ ପାଞ୍ଚ ବର୍ଷ ହୋଇଗଲା। ସତେଇଶି ବର୍ଷ ହେଲା ମିନିକୁ। କିନ୍ତୁ ତଥାପି ଆଖି ଆଗରେ ଶହ ଶହ ବାହାଘର ହେଉଛି। ବାହା ସିଜିନ୍‌ରେ ଢୋ' ଢୋ' ବାଣ ଶବ୍ଦରେ ରାତିରେ ଭଲକରି ଶୋଇ ହେଉନି। ମାର୍କେଟରେ ବୋଇତି କଖାରୁ, ଟମାଟୋ, ପୋଟଳ ଖୋଜିଲେ ମିଳୁନାହିଁ। ବାହାଘର ପାର୍ଟିମାନେ ସବୁ ଉଠେଇ ନେଉଛନ୍ତି। ବୋଧହୁଏ ସବୁ ଠିକ୍‌ଠାକ୍ ଚାଲିଛି। ଖାଲି ତାଙ୍କୁ ଗୋଟାଏ ଜ୍ୱାଇଁ ମିଳୁନି। ମିନିର ବୟସ ଗଡ଼ିଚାଲିଛି।

ଦ୍ୱିତୀୟ ପ୍ରସ୍ତାବ ପଡ଼ିଥିଲା ବୈତରଣୀ ଗ୍ରାମ୍ୟବ୍ୟାଙ୍କ ମ୍ୟାନେଜର ସାଙ୍ଗରେ। ପ୍ରଥମ ଥର ଝିଅ ଦେଖାରେ ଆସି ପହଞ୍ଚିଲେ ତାଙ୍କ ଗ୍ରାମର ଆଠଜଣ। ସକାଳୁ ସକାଳୁ ଯଦୁସାର୍ ଦଳାଛକରୁ ଖାସି ମାଂସ, ମାର୍କେଟରୁ ଅନ୍ୟାନ୍ୟ ଭଲ ପରିବାପତ୍ର, ଷ୍ଟେସନ୍ ପାଖରୁ ଯାଜପୁରରୋଡ୍‌ର ସ୍ପେଶାଲ୍ ଛେନାପୋଡ଼ ଆଣି ଘରେ ପହଞ୍ଚିଲେ। ମିନି ବାରଟା ଯାଏ ରୋଷେଇଘରେ ରନ୍ଧାବଢ଼ାରେ ଲାଗିଥିଲା। ପରେ ପରେ ସେମାନେ ଆସି ପହଞ୍ଚିଲେ। ଝିଅ ଦେଖାହେଲା। ପ୍ରଥମ ଥରର ଅନୁଭୂତିରୁ ଛାନିଆ ହୋଇ ମିନି ଯାହା ରନ୍ଧାବଢ଼ା କରିଥିଲା, ସେସବୁ ନିଶ୍ଚିତ ଭାବରେ କିଛି କିଛି ଅଲଣା ଥିଲା। ମାତ୍ର ସାର୍‌ଙ୍କ ସୌଭାଗ୍ୟରୁ ଏମାନେ ସେଥିପ୍ରତି ଭ୍ରୂକ୍ଷେପ ନକରି ସବୁ ଜିନିଷ ଏମିତି ସଫା କରିଦେଲେ ଯେ ଟିକେ ଯଦୁସାର୍ କିମ୍ବା ମିନି କାହାକୁ କୌଣସି ସ୍ୱାଦ ପରଖିବାର ମଉକା ଦେଲେ ନାହିଁ। ଉର୍ଦ୍ଧ୍ୱମୁଖ ହୋଇ ଗୋଟାଏ ବିରାଟ ଭୋଜନାନ୍ତ ହାକୁଟିରୁ ନିବୃତ୍ତ ହେବାପରେ ପିଲାର ବାପା ଆତ୍ମ ଶାନ୍ତିର ମୁଦ୍ରାରେ ଯଦୁସାର୍‌ଙ୍କୁ ଆଶ୍ୱାସନା ଦେଲେ- "ଆମ ମନକୁ ପାଉଚି ସମୁଦି। ହେଲେ ଆଜିକାଲିକା ପିଲାଙ୍କ କଥା ତ ଜାଣିଛନ୍ତି। ଏଇଟା ଫାଇନାଲ୍ ଝିଅଦେଖା ନୁହେଁ। ପୁଅ ନିଜେ ତା ସାଙ୍ଗମାନଙ୍କ

ସାଙ୍ଗରେ ଥରେ ଆସି ଦେଖିଯିବ। ସେଇଠୁ ଦବାନବା କଥାଟା ଛିଡ଼େଇ ଦେଇ ଦିନ ଧାର୍ଯ୍ୟ କରିବା” ପୁଣି ଦିନବାର ଠିକ୍ ହେଲା। ମାଂସ କିଣାଗଲା, ମିଠା ଆସିଲା। ମିନି ହଜିଗଲା ରୋଷେଇ ଘର ଧନ୍ଦାରେ। ସେମାନେ ଆସିଲେ। ମିନିର ଇଣ୍ଟରଭିଉ ଚାଲିଲା। ଫିଲ୍ମରୁ ଆରମ୍ଭ କରି ଫିଲୋସଫି ପର୍ଯ୍ୟନ୍ତ ପ୍ରଶ୍ନ ପଚରାଗଲା। ସେମାନେ ଖିଆପିଆ କଲେ। ଚାଲିଗଲେ। ବାସ୍। ହୁଁ ନାହିଁ କି ଚୁଁ ନାହିଁ। କୌଣସି ଖବର ନାହିଁ। ବାସ୍ ଚାଲିଗଲେ।

ତୃତୀୟ ପ୍ରସ୍ତାବଟି ଭାଙ୍ଗିଗଲା ମୂଳରୁ। ଜାତକ ମେଳ ହେଲାନାହିଁ। ମିନିର ରାକ୍ଷସଗଣ ହେଲାବେଳକୁ ପୁଅର ନରଗଣ। ଯଦୁସାର୍ ନିଜେ ବି ଟିକିଏ କୁନ୍ଥୁ କୁନ୍ଥୁ ହେଉଥିଲେ। ମାତ୍ର ପୁଅର ବାପା ଶୁଣୁ ଶୁଣୁ ରାମ୍, ରାମ୍ କରି ଉଠିଲେ। ପୁଅଠାରୁ ଝିଅ ଟାଣୁଆ ପଡ଼ିଯିବ। କଥା ମାନିବ ନାହିଁ। ନର ରାକ୍ଷସର ଆହାର। ପୁଅ ପ୍ରତି ଅମଙ୍ଗଳ। କାଦୁଅରେ ପଶିବ କାହିଁକି, ଗୋଡ଼ ଧୋଇବ କାହିଁକି? ଝିଅ କ’ଣ ଅଭାବ ଅଛନ୍ତି? କୋଷ୍ଠୀ ଗଣନାରେ ନିଜେ କିଛିଟା ବିଶ୍ୱାସ ରଖିଥିବା ଯଦୁସାର୍ ଆଜି ଖବରକାଗଜ ପଢୁ ପଢୁ ଅନ୍ୟମନସ୍କ ହୋଇ ଭାବିଲେ- ‘ଏ ଜାତକ ତିଆରି କ’ଣ ଏକଦମ୍ ସଠିକ୍? ପୁଅଝିଅଙ୍କ ବାହାଜାତକ ମେଳ କଣ ନିର୍ଭୁଲ ଆଉ ବିଶ୍ୱାସଯୋଗ୍ୟ? ରାଜଯୋଟକ ପଡ଼ିଥିବା ବାହାଘରରେ କ’ଣ ଅଶାନ୍ତି ହେଉନାହିଁ? ସେମାନେ ନିଃସନ୍ତାନ ହେଉନାହାନ୍ତି ନା ମରୁନାହାନ୍ତି? ମିନିର କି ରାକ୍ଷସଗଣ? ତା’ରି କ’ଣ ଟାଣୁଆ ଝଗଡ଼ାଖୋର ମିଜାସ? କେତେ ଶାନ୍ତ, କେତେ ଅମାୟିକ ମୋ ମାଆ, ପର ଅପରର ମନ ଚିହ୍ନିପାରେ, ସୁଖ ଦୁଃଖ ବୁଝିପାରେ।

ଯଦୁସାର୍ ଡାକିଲେ- ‘ମିନି! କ’ଣ କରୁଚୁ ମାଆ? ଇଆଡ଼େ ଟିକିଏ ଆସିଲୁ।’ ଘର ଭିତରେ ବହିପଢ଼ା ବନ୍ଦ କରି ମିନି ଆସି ପାଖରେ ଠିଆହେଲା ଚୁପଚାପ୍। ସାର୍‌ଙ୍କର ସେଆଡ଼କୁ ନଜର ନାହିଁ। ଅନ୍ୟମନସ୍କଭାବେ ଖବରକାଗଜଟିକୁ ଚାହିଁ ରହିଛନ୍ତି।

ମିନି ପଚାରିଲା- ‘ମତେ ଡାକିଲ କି ବାପା!’

ଯଦୁସାର୍ ଅନେଇଲେ ମିନିକୁ। ଶାନ୍ତ ସରଳ ମୁହଁ। ଢଳ ଢଳ ଆଖିର କେଉଁ ଗହୀରରେ ଯେମିତି ଗୋଟାଏ ନୀରବ ଦୁଃଖ ଲୁଚିବାକୁ ଚେଷ୍ଟାକରି ଲୁଚିପାରୁ ନାହିଁ। ଠିକ୍ ତା ମାଆ ପରି ସ୍ନେହୀ ଆଉ ସ୍ନେହ କାଙ୍ଗାଳୁଣୀ। ମୋ ଲକ୍ଷ୍ମୀ!

ମିନି ଦୋହରାଇଲା- ମତେ ଡାକିଲ ବାପା!

ଯଦୁସାର୍ ପ୍ରକୃତିସ୍ଥ ହେଲାପରି କହିଲେ- ପଢୁଥିଲୁ? ହଉ, ପଢ଼ିବୁ ଯାଆ ମା’।

ମିନି ଘର ଭିତରକୁ ଚାଲିଗଲା । ପାଣିଚିଆ ହୋଇ ଆସିଲା ଯଦୁମାଷ୍ଟ୍ରେଙ୍କ ଆଖି । ମୋ ଲକ୍ଷ୍ମୀ ମାଆକୁ କେହି ଚିହ୍ନିପାରିଲେ ନାହିଁ ।

ଚାରିଚାରିଟା ପ୍ରସ୍ତାବ ଭାଙ୍ଗିଯାଇଛି କେବଳ ଯୌତୁକ ପାଇଁ । ଯୌତୁକର ବିଭିନ୍ନ ଢଙ୍ଗ ଅଛି । ପ୍ରସ୍ତାବ ସମୟରେ ସିଧାସଳଖ ମୂଲାମୂଲି ଦରଛିଡ଼ାରୁ ଆରମ୍ଭ କରି ଯୌତୁକର ନୀରବ ଆଶ ପର୍ଯ୍ୟନ୍ତ, ଯେଉଁଥିରେ 'ଆମର ଡିମାଣ୍ଡ୍ କିଛି ନାହିଁ' ବୋଲି କହିବା ଭିତରେ ସବୁ ଜିନିଷ ପାଇବାର ନୀରବ ଦାବୀ ଲୁଚି ରହିଥାଏ । କିନ୍ତୁ ମିନି ପାଇଁ ଉପରୋକ୍ତ ଚାରିଟି ପ୍ରସ୍ତାବରେ ମୁହାଁମୁହିଁ ଦରଛିଡ଼ାଛିଡ଼ିରେ ହିଁ ଯଦୁମାଷ୍ଟ୍ରେ ହାରିଗଲେ । ମିନି ଜନ୍ମ ହେଲାବେଳେ ଏନ୍ତୁଡ଼ିଶାଳରୁ ତା ମାଆ କହିଥିଲା ସତର୍କ ହେବାକୁ, ଝିଅ ପାଇଁ ଦି ପଇସା ଏବେଠୁ ସଞ୍ଚୟ କରି ରଖିବାକୁ । କିନ୍ତୁ ମାଷ୍ଟ୍ରେ ବାହସ୍ଫୋଟ ମାରୁଥିଲେ । କହୁଥିଲେ ମିନି ବଡ଼ ହୋଇ ବାହାହେଲା ବେଳକୁ ଦେଶ ଦୁନିଆଁର ଆଚାରବିଚାର ଢଙ୍ଗଢାଙ୍ଗ କ'ଣ ଏମିତି ଥିବ ? କେତେ ବଦଳି ଯାଇଥିବ ! ଆଉ ଏ ଯୌତୁକପ୍ରଥା ତ ବିଲ୍‌କୁଲ୍ ଉଡ଼ିଯାଇଥିବ ।

ନିଜର ସମସ୍ତ ରୋଜଗାର ପିଲାମାନଙ୍କ ପାଠପଢ଼ାରେ ଖର୍ଚ୍ଚ ହୋଇଛି । ହରି ଏବଂ ମିନି ଉଭୟଙ୍କ ପାଇଁ । କ'ଣ ଭୁଲ୍ ହୋଇଗଲା ? ଏକରକମ ପାଠ ପଢ଼ିଲେ ବି ମିନି ହରି ପରି ମେଧାବୀ ନ ଥିଲା । ଏମ୍.ଏ. ପାସ୍ କରିଛି ଯଥା ତଥା । ମାତ୍ର ହରି ଭଲ ପାଠ ପଢୁଥିଲା । ମେଟ୍ରିକ୍‌ରେ ବେଷ୍ଟଟେନ୍‌ରେ ରହିଲା ଓଡ଼ିଶାରେ । ରେଭେନ୍ସା କଲେଜ୍‌ରେ ପଢ଼ିଲା । ପରେ ବମ୍ବେରେ ପଢ଼ିଲା । ସେ ଯାହା ଚାହିଁଛି ସବୁ ଦିଆଯାଇଛି ତାକୁ, ବାପା, ମାଆ ଏବଂ ସାନ ଭଉଣୀ ମିନିର ଭାଗରୁ ଊଣାକରି । ଝିଅ ବୋଲି ହରି ତୁଳନାରେ ମିନିର କେତେ ଅବହେଳା ହୋଇଗଲା । ତା'ର ଯୌତୁକ ପାଇଁକି ବିଶେଷ କିଛି ରହିଲା ନାହିଁ । ମିନି ମାଆର ଅଳ୍ପକିଛି ସୁନା ଆଉ ଯାହାକିଛି ନିଜର ରିଟାୟାରମେଣ୍ଟ ଟଙ୍କା, ସେଥିରେ କାମ ଚଳିଯାଇଥାନ୍ତା । ହେଲେ, ଯା ଭିତରେ ରଙ୍ଗୀନ ଟି.ଭି. ଦେଶକୁ ଆସିଗଲା, ୱାସିଙ୍ଗ୍‌ମେସିନ୍ ଆଦି କେତେ କଅଣ ନୂଆ ଜିନିଷ ବାହାରିଲା । ଆଗରୁ ଘଣ୍ଟା, ସାଇକେଲ, ରେଡ଼ିଓ ଯୌତୁକର ଯୁଗ ପୁରୁଣା ହୋଇଗଲା ।

ଏଇଭଳି କରୁଣ, ଅସହାୟ ମୁହୂର୍ତ୍ତରେ ହରି କଥା ପୁଣି ମନଭିତରେ ଖେଦି ପଶିବାରୁ ମନ ବହଲେଇବା ପାଇଁ ଯଦୁସାର୍ ସାଇକେଲ ଖଣ୍ଡକ ଧରି ବଜାର ଆଡ଼େ ବୁଲି ବାହାରିଲେ । ସାଇକେଲ୍‌ଟା ଗଡ଼େଇ ଗଡ଼େଇ ଧୀରେ ଧୀରେ ଚାଲୁଥାଆନ୍ତି । ହରି ଯେତେବେଳେ ସିଟ୍‌ରେ ବସି ସାଇକେଲ୍ ଚଳେଇ ଶିଖିଲା, ଏଇ ଡାକବଙ୍ଗଳା ଛକ ପାଖରେ ସାଇକେଲରୁ ପଡ଼ି ବାଁ ହାତ ଭାଙ୍ଗିଦେଇଥିଲା । କେତେ ଚଞ୍ଚଳ ଥିଲା ସେ । ବଡ଼ ହେଲାଯାଏଁ ବି ବାଁ ହାତ କହୁଣୀ ପାଖରେ ବେଳେବେଳେ ଦରଜ ହୁଏ

ତା'ର। ବେଶି ଓଜନିଆ ଜିନିଷ ଟେକିପାରେ ନାହଁ ସେ ହାତଟାରେ। ଦଶବର୍ଷ ତଳେ ଦିଲ୍ଲୀରୁ ଉଡ଼ାଜାହାଜରେ ରିସର୍ଚ୍ଚ କରିବାପାଇଁ ସେ ଯେତେବେଳେ ଆମେରିକା ଗଲା, ସେଦିନ ବି ତା'ର ସାଇକେଲରୁ ଖସି ପଡ଼ିଥିବା କଥା ବାପପୁଅ ଦୁହେଁ ହସି ହସି ମନେ ପକାଇଥିଲେ।

ମିନି ପାଇଁ ଆଉଗୋଟିଏ ପ୍ରସ୍ତାବ ବି ଭାଙ୍ଗିଗଲା ଅଧାରୁ। ଇଞ୍ଜିନିଅରିଂ ସ୍କୁଲରୁ ଡିପ୍ଲୋମା ପାସ୍‌କରି ଚାକିରୀ ଅପେକ୍ଷାରେ ଥିଲା ପିଲାଟି। ତାଙ୍କ ତରଫରୁ ବେଶି ଆଗ୍ରହ ଥିଲା। ଅନେକ ବାଟ ଆଗେଇ ଯାଇଥିଲା ପ୍ରସ୍ତାବ। ମାତ୍ର ପରେ ହଠାତ୍ ସେମାନେ ମୌନ ହୋଇଗଲେ। ଯଦୁମାଷ୍ଟ୍ରେ ମଧ୍ୟସ୍ଥି ପାଖକୁ ଦୌଡୁଥାନ୍ତି। ମଧ୍ୟସ୍ଥ ଶେଷରେ କହିଲା- "ଅନ୍ୟ ଜାଗାରେ ବୁଝିବା ଆଜ୍ଞା। ସେଠି ହେଲାଭଳି ଆଉ ଲାଗୁନାହିଁ। କଥାଟା ସେମାନେ କେମିତି ଗୁଇନ୍ଦା କରି ଜାଣିଗଲେଣି। ସେଇଥିପାଇଁ ଫିଙ୍ଗିକିଗଲେ।"

ଯଦୁମାଷ୍ଟ୍ରେ ଚମକି ପଡ଼ିଲା ପରି ଆଶ୍ଚର୍ଯ୍ୟ ହୋଇ ପଚାରିଲେ- "ଭିତିରିଆ ଗୁଇନ୍ଦାକରି ଜାଣିଗଲେ? କ'ଣ? ମିନିର ତ କିଛି ଖୁଣ ନାହିଁ। ଦୋଷ ନାହିଁ ତା'ର ସ୍ୱଭାବ ଚରିତ୍ରର। ନିଜ କଥା ମୁଁ ଆଉ କ'ଣ କହିବି? ମୋ'ର ଭାଇ, ଲୁଚାଇବାର କିଛି ନାହିଁ। ସିଏ ଆଉ ଜାଣିଗଲେ କ'ଣ?"

ମଧ୍ୟସ୍ଥ କହିଲା- "ପୁଅର ବି ଫରେନ୍ ଯିବାର ଇଚ୍ଛା। ହରିବାବୁଙ୍କ ଜରିଆରେ ଆମେରିକାରେ ଯାଇ ଓଭରସିଅର ଚାନ୍‌ସଟେ ପାଇବାର ଲାଳସାରେ ସେ ବେଶି ଉଚ୍ଛନ୍ନ ହେଉଥିଲେ ଏ ପ୍ରସ୍ତାବରେ। ହେଲେ, ସିଏ ତ ସତ କଥା ଜାଣିଗଲେଣି ଯେ ହରିବାବୁଙ୍କର ଘର ସହିତ ପ୍ରାୟ ଆଉ ସମ୍ପର୍କ ନାହିଁ। ଏଣୁ ପୁଅ ମନ ଭଣା କରି ବସିଛି। ପୁଅର ବାପା କୁନ୍ଥେଇ ହେଉଛି।" ଯଦୁସାର୍ କ୍ରୋଧ ଆଉ କୋହରେ ଥର ଥର ହେବାକୁ ଲାଗିଲେ।

କହିଲେ- 'ଭଗବାନ୍ କରନ୍ତୁ ତାଙ୍କ ପୁଅ ଶେଷ ପର୍ଯ୍ୟନ୍ତ ତାଙ୍କୁ ପଚାରୁ, ତାଙ୍କ ଯତ୍ନ ନେଉ। ମୋ ପୁଅ ସତରେ ମୋତେ ଛାଡ଼ି ଦେଇଛି। ସେଠି ଘରସଂସାର କରି ରହିଯାଇଛି ସେ। ନଅ ବର୍ଷ ହେଲା ଖଣ୍ଡେ ଚିଠି ବି ଦେଇ ନାହିଁ। ତା ମାଆ ମଲା, ସେ ଆସିଲା ନାହିଁ। ମୁଁ ମରିବି ସେ ଆସିବ ନାହିଁ। ଏ ମୁଲକ ବୁଡ଼ିଗଲେ ବି ସେ ଫେରିବ ନାହିଁ। ସେ ଆଶା ମୁଁ ଆଉ ରଖି ନାହିଁ। ସେ ସମସ୍ତଙ୍କୁ ତେଜି ଦେଇଛି। ଏଇ ନିଛକ ସତ, କିଛି ଲୁଚେଇବାର ନାହିଁ ମୋର। ଏଥିରେ ମିନିର ଦୋଷ କ'ଣ? ମୋର ଅପରାଧ କ'ଣ ଏଥିରେ?'

ସାଇକେଲ୍ ଗଡ଼େଇ ଲେଭେଲକ୍ରସିଂ ଯାଏ ଆସିଗଲେ ସାର୍। କ୍ରସିଂର

ଗେଟ୍ ପଡ଼ିଥିଲା। ସାଇକେଲ୍‌ଟା ଡେରି ଦେଇ ପାନଦୋକାନର କେବିନ୍ ପାଖ ବେଞ୍ଚ ଉପରେ ଥକ୍‌କା ହୋଇ ବସିପଡ଼ିଲେ। ମୁହଁସାରା ବୁନ୍ଦା ବୁନ୍ଦା ଝାଳ। ସାମନା ରାସ୍ତା କଡ଼ରେ ଶାଳପତ୍ର ଖଲି ବିକ୍ରି କରୁଥିବା ସ୍ତ୍ରୀଲୋକଟି କାନ୍ଦୁରା ଛୁଆଟିକୁ ଛାତି ଉପରକୁ ଭିଡ଼ିନେଇ କ୍ଷୀର ଖୋଇଦେଉଛି। ମଝିରେ ମଝିରେ ଚୁମିଯାଉଛି ତା ପିଠିସାରା। ଛୁଆଟି ଟିଙ୍କ ଭଳି ଲାଖିଯାଇଛି ଛାତିରେ। ଯଦୁମାଷ୍ଟ୍ରେ ସଳଖି ବସିଲେ। ହରି ମାଆ ଜରରେ ମରିଗଲା ସାତବର୍ଷ ତଳେ। ଜରରେ ବାଉଳି ହେଇଚି କେତେଥର। ଖବର ଦିଅ ମୋ ପୁଅକୁ। ତାକୁ ଦେଖିବାକୁ ମନ ଡାକୁଚି। ମୁଁ ବେମାର ପଡ଼ିଚି ବୋଲି ଲେଖ। ମିଛୁଟାରେ ଚଢ଼େଇ କରି ଲେଖ ମୁଁ ବଞ୍ଚିବି ନାଇଁ ବୋଲି। ଏକଥା ଶୁଣିଲେ ମୋ ଧନ କ'ଣ ଆଉ ରହିପାରିବ? ବସିବା ଯାଗାରୁ ଉଠି ଆସିବ ମୋ ପୁଅ।

ଧୋତିର କାନିରେ ଆଖି ପୋଛିବାକୁ ଲାଗିଲେ ସାର୍। ନଅ ବର୍ଷ ହେଲା ହରି ବାହାହେଲାଣି ସେଠି। ତା'ର ପିଲାପିଲି କ'ଣ ହୋଇଥିବ ତ। ପୁଅ ନା ଝିଅ? କେତେ ବଡ଼ ହବଣି? ଫିସ୍ ଫିସ୍ କରି ଇଂରେଜୀ କହୁଥିବ ତା' ମାଆ ପରି। ଦେଖିବାକୁ କେମିତି ହୋଇଥିବ କେଜାଣି? ବାପ ପରି ସାବ୍‌ନା ନା ତା' ମାଆ ପରି ତୋଫା ଗୋରା, ଟିଲା ଟିଲା ଆଖି, ସୁନାରଙ୍ଗର ବାଳ? କେଡ଼େ ସୁନ୍ଦର ହେଇଥିବ। ଗୋଟିଏ କଅଁଳିଆ ଟିକି ପିଲାର ସୁନ୍ଦର କାଳ୍ପନିକ ଚିତ୍ରଟିଏ ଆଙ୍କୁ ଆଙ୍କୁ ସାର୍ କାହା ଡାକରେ ପ୍ରକୃତିସ୍ଥ ହୋଇ ଚାହିଁଲେ। ପେଶାଦାର ମଧ୍ୟସ୍ଥ। ଅଦ୍ୟାବଧି ମିନିପାଇଁ ପାଞ୍ଚଟି ବିଫଳ ପ୍ରସ୍ତାବ ଯୁଟାଇଥିଲେ। ଆଖପାଖ ସବୁ ଅଞ୍ଚଳର ପୁଅଝିଅଙ୍କର ବାୟୋଡ଼ାଟା ତାଙ୍କ ବସ୍ତାନିରେ। ପ୍ରଥମ ତିନିବର୍ଷ ଭିତରେ ତେରଟି ପ୍ରସ୍ତାବ ଭାଙ୍ଗିଯିବା ପରେ ଯଦୁସାର୍ ତାଙ୍କର ଶରଣାପନ୍ନ ହୋଇଥିଲେ। ତାଙ୍କ ଆଶ୍ୱାସନା ଭିତରେ ଏବେବି ଆହୁରି ତିନିବର୍ଷ ବିତିଯିବାକୁ ବସିଲାଣି। ଏଇ ତନିବର୍ଷର ସମ୍ପର୍କ ଭିତରେ ଯାଜପୁରରୋଡ଼୍‌କୁ ଅକାଳେ ସକାଳେ ଆସିଲେ ଯଦୁସାର୍‌ଙ୍କ ଘରେ ଖାଇ ପିଇ ଯଥେଚ୍ଛା ବିଶ୍ରାମ ନିଅନ୍ତି। ସମ୍ପର୍କ ଏମିତି ବଢ଼େଇ ଦେଇଛନ୍ତି ଯେ ସାର୍‌ଙ୍କ ଠାରୁ ନିର୍ଦ୍ୱନ୍ଦ୍ୱରେ ଦି'ଥର ଟଙ୍କା ଧାର ନେଇ ସାରିଲେଣି।

ଜଣେ ଦରଜୀ ସହିତ ଏଇ ମଧ୍ୟସ୍ଥ ପ୍ରସ୍ତାବ ଯୁଟାଇଥିଲେ। ଯାଜପୁରଟାଉନ୍ ବଡ଼ବଜାରରେ ପିଲାଟିର ଦୋକାନ- 'ଦି ଫାସନ୍ ଟେଲର୍ସ'। ଦରଜୀ ପିଲାଟି ହେଉଛି ଟିକିଏ କବି ଭାବର ଲୋକ। ତା'ର ଦରକାର ଦୀର୍ଘକେଶୀ ମୃଗନୟନୀ ଝିଅଟିଏ। ଚମ୍ପାଫୁଲ ପରି ଗୌରାଙ୍ଗୀ ପଦ୍ମଗନ୍ଧା ପଦ୍ମିନୀ କନ୍ୟା। ମିନି ତୋଫା ଗୋରା ନୁହେଁ ବୋଲି କହି ଦରଜୀ ମଧ୍ୟସ୍ଥ ଆଗରେ ମନଦୁଃଖ କଲା। ତା' ନିଜର ରଙ୍ଗ ମାଗୁର ମାଛ ପରି ହୋଇଥିବାରୁ ସ୍ତ୍ରୀ ଯଦି ଚହଟ ଗୋରା ନହୁଏ, ତେବେ ଭବିଷ୍ୟତ ବଂଶଧରମାନେ

ବି ବେଚେହେରା ହୋଇଯିବା ଭୟରେ ସିଏ ଏ ପ୍ରସ୍ତାବଟିକୁ ସସମ୍ମାନେ ମନା କରିଦେଲା।

ଏବେ ଆଉଗୋଟିଏ ପ୍ରସ୍ତାବ ଏ ମଧ୍ୟସ୍ଥ ବାବୁଙ୍କ ଦ୍ୱାରା କିଛିବାଟ ଆଗେଇଛି। ଏଇ ପ୍ରସ୍ତାବଟି ଉପରେ ଯଦୁମାଷ୍ଟ୍ରେ ବଡ଼ ଆଶା କରି ବସିଛନ୍ତି। ସୁକିନ୍ଦାର ଜଣାଶୁଣା ପରିବାର। ପିଲାଟି ପାଠଶାଠ ପଢ଼ି ଚାକିରୀ ଅପେକ୍ଷାରେ ବୟସ ଗଡ଼େଇଦେଲା ପରେ ଶେଷକୁ ଚାଉଳ, ଚିନି ଆଉ କିରୋସିନିର କଣ୍ଟ୍ରୋଲ ଡିଲର ହୋଇଛି। ହେଲେ, ଏଥିରୁ ବହୁତ ରୋଜଗାର। ପାନଦୋକାନର ବେଞ୍ଚ ଉପରେ ବସି ହସିବାକୁ ଚେଷ୍ଟାକରି ସାର୍ ମଧ୍ୟସ୍ଥ ବାବୁଙ୍କୁ ପଚାରିଲେ- 'କ'ଣ ହେଲା ଆଜ୍ଞା ? ସୁକିନ୍ଦାର ସେଇ ପ୍ରସ୍ତାବକୁ ମୁଁ ବଡ଼ ଆଶାରେ ଅନେଇଚି। ଏ ଭିତରେ ଆପଣ ସୁକିନ୍ଦା ଯାଇଥିଲେ ନା ନାହିଁ ?'

ମଧ୍ୟସ୍ଥ କହିଲେ- "ଏଇଠି କ'ଣ ବାହାଘର କଥା ହେବା ଏ ପାନ ଦୋକାନରେ ? ହେଇଟି, ଲେଭଲକ୍ରସିଂର ଗେଟ୍ ଉଠିଲାଣି। ଚାଲନ୍ତୁ ସେପଟ ଛକ ଉପରକୁ ସିଙ୍ଗଡ଼ା ଦିଟା ଖାଇବା। ବୁଲି ବୁଲି ଭୋକରେ ମୋ ଜ୍ଞାନ ହଜିଗଲାଣି। ଯଦୁମାଷ୍ଟ୍ରେ ଚା' ପିଇଲେ। ମଧ୍ୟସ୍ଥ ବାବୁ ସିଙ୍ଗଡ଼ା, ମିଠା ଖାଇସାରି ଟିକିଏ ସାଷ୍ଟାମ ହେଲେ। ଦୋକାନୀକୁ ପଇସା ବଢ଼େଇଦେଇ ମାଷ୍ଟ୍ରେ ପଚାରିଲେ- କ'ଣ ସେମାନେ ରାଜି ତ ? ଦୋକାନରୁ ବାହାରି ଆସି ମଧ୍ୟସ୍ଥ ବାବୁ କହିଲେ- 'ଏଇ ଏବେ ତ ମୁଁ ସୁକିନ୍ଦାରୁ ଫେରୁଛି'। ତା'ପରେ ଚୁପ୍ ହୋଇଯାଇ ସାର୍ଙ୍କ ପିଠି, ହାତରେ ଆଉଁସିବାକୁ ଲାଗିଲେ। କିଛିକ୍ଷଣ ପରେ କହିଲେ- 'ଶଳା ଯୁଗ ଖରାପ। ଆପଣଙ୍କୁ ଆଉ କ'ଣ କହିବି ? ଛୋଟ ଲୋକଗୁଡ଼ା ଗୁଣ ଚିହ୍ନିଲେ ନାହିଁ । ଝିଅ ମନକୁ ଯାଇଛି କହିଲେ। ହେଲେ, ଅନ୍ୟ ଅଡୁଆ କାଢ଼ିଲେ। ମୁଁ କହିଲି, ସାର୍ଙ୍କୁ ନ ଚିହ୍ନିଚି କିଏ ? ଯାଜପୁରରୋଡ୍ ଆଖପାଖରେ ତାଙ୍କର କେତେ ସମ୍ମାନ। ଭଲ ମାଷ୍ଟର ବୋଲି ଦି'ବର୍ଷ ତଳେ ସିଏ ଦିଲ୍ଲୀରୁ ଖୋଦ୍ ରାଷ୍ଟ୍ରପତିଙ୍କ ହାତରୁ ପୁରସ୍କାର ପାଇଛନ୍ତି। ବଡ଼ ଅମାୟିକ ଲୋକ। ହେଲେ ସୋମନେ କହିଲେ ସେ ଯା ହେଉପଛେ ବିପଦ ଆପଦରେ ବଳଦେଲା ଭଳି ବନ୍ଧୁ ତ ସିଏ ନୁହଁନ୍ତି। ସେଠି ବାହାଘର କରିଲେ ସେ ବୁଢ଼ାଟାକୁ କିଏ ବେକରେ ବାନ୍ଧିବ ? ତା ଦାୟିତ୍ୱ ନବ କିଏ ? ପରିବା ମାର୍କେଟ୍ ପଛକଡ଼େ ଦୂରରେ ଧାନବିଲ ଉପରେ ଘର ବକଟେ ପାଇଁ ବୁଢ଼ାର ଗୁହମୂତ ପୋଛିବ କିଏ କହିଲ ?"

ଯଦୁସାର୍ ସାଇକେଲ୍ ଖଣ୍ଡକ ଗଡ଼େଇ ଗଡ଼େଇ ଫେରିବାକୁ ଲାଗିଲେ। ରାତି ହେଇ ଆସୁଥିଲା। ରୋଗଣା ବୁଲା କୁକୁରଟେ ଚଢ଼ି ପଳେଇଲା ବାଁ ଗୋଡ଼ ଉପରେ। ନିଜକୁ ଏତେ ନିଃସ୍ୱ କେବେ ଅନୁଭବ କରିନଥିଲେ ସେ। ଏଇ ବୟସରେ ହରି ମାଆର ସାନ୍ନିଧ ପାଇଁ ସେ ଯେତେ ଡହଳ ବିକଳ ହୋଇ ଆସୁଛନ୍ତି, ଆଗରୁ

ଯୁବା ବୟସରେ ଏତେ କେବେ ହୋଇନଥିଲେ। ସାତବର୍ଷ ତଳେ ସେ ଜରରେ ମରିଗଲା। ଆଉ କିଏ ଅଛି, ଯାହା ଆଗରେ ଟିକିଏ କାନ୍ଦନ୍ତେ ସେ ଛୋଟଛୁଆ ଭଳି ? ଆକାଶରେ ସାନ ସାନ ମେଘଖଣ୍ଡ ଭିତରେ ଦରଭଙ୍ଗା ଜହ୍ନ। ତଳେ ଦି ପାଖରେ କିଣାବିକା ଚାଲିଛି। ଦୋକାନ ବଜାରରେ ବେପାର ଚାଲିଛି। ଆଉ ମଝି ରାସ୍ତାରେ ସେ ସାଇକେଲ୍ ଗଡ଼େଇ ଗଡ଼େଇ ଧୀରେ ଧୀରେ ଚାଲୁଛନ୍ତି ଛେଉଣ୍ଡଙ୍କ ଭଳି; ଧାଇଁବୁଲି ଥକି ପଡ଼ିଥିବା ଗୋଠ ଫେରନ୍ତା ହଡ଼ାବଳଦ ପରି ପାଦ ଗଣି ଗଣି।

ଘରେ ପହଞ୍ଚି ଲଥ୍ କରି ବସିପଡ଼ିଲେ ଚେୟାର ଉପରେ। ଭିତରୁ ଗୁଣୁଗୁଣୁ ଗୀତ ଶୁଭୁଚି ମିନି କଣ୍ଠରୁ। ଯଦୁସାର୍ କାଶିବାକୁ ଲାଗିଲେ। ମିନି ଆସି ଠିଆହେଲା ଦୁଆର ବନ୍ଧରେ। ସାର୍ ଆଖିବୁଜି ବସି ରହିଲେ। ଅନେକ ସମୟ ନୀରବରେ ଠିଆ ହେବାପରେ ମିନି ଡାକିଲା- 'ବାପା, ବଡ଼ କଷ୍ଟ ଦେଉଛି ତମକୁ'।

ଯଦୁସାର୍ ସେଇମିତି ବସିରହି ନୀରବରେ ମୁଣ୍ଡ ହଲେଇ ମନାକଲେ।

– "ଗୋଟିଏ କଥା କହିବାକୁ ଆସିଚି। ତମେ ମୋ ଉପରେ ରାଗିବନି ତ ବାପା ?

ତମେ ସରୋଜକୁ ଚିହ୍ନିଚ ? ଏଇ ପାଖ ଦଳା ଗାଁର। ବାପା, ତମ ପାଖରେ ପାଠ ପଢୁଥିଲା, ଏନ.ସି. ହାଇସ୍କୁଲରେ। ସେଇ..."

ଗୋଟିଏ ଅଜ୍ଞାତ ଭୟରେ ଥରି ଉଠି ସାର୍ ଭଙ୍ଗାଗଳାରେ ପଚାରିଲେ, 'କ'ଣ ହେଲା ? କ'ଣ ହେଲା ?'

ଥତମତ ହେଇ ମିନି କହିଲା- ଏତେ ଦିନଧରି ଆମେ ଦିହେଁ ପରସ୍ପରକୁ ଭଲ ପାଉଥିଲୁ ତମ ଅଜାଣତରେ। ସେ ଭାରି ଭଲ ପିଲା, ବାପା। ଚାକିରୀ ଖଣ୍ଡେ ପାଇନଥିବାରୁ କିଛି କହୁନଥିଲା ସେ। ବଡ଼ ଲାଜକୁଳା। ତାର ଖଣ୍ଡେ ଚାକିରୀ ହେଇଯାଇଛି ଦାମନଯୋଡ଼ିରେ। ଆସିଥିଲା ଏବେ ଖବର ଦେବାକୁ। ତମେ ରାଗିବ ବାପା ?

ଯଦୁସାର୍ ମିନି ଆଡ଼କୁ ଅନେଇଲେ। ଚେୟାର୍‌ରୁ ଉଠୁ ଉଠୁ ଝିଅର ହାତ ପାପୁଲିକୁ ଜାବୁଡ଼ି ଧରି କହିଲେ- 'ମୋ ମାଆ, ମୋ ମିନି ମାଆଲୋ !' କହୁ କହୁ ମିନିର ପାପୁଲି ଉପରେ ଅଜାଡ଼ି ହୋଇପଡ଼ି କାନ୍ଦିଉଠିଲେ।

■

ଫେରିବାଲା

ଆଉ ଅଳ୍ପବାଟ ପରେ ରେଳଷ୍ଟେସନ। ମାତ୍ର ଏତିକିବାଟ ପାରେଇବା କ'ଣ ସାମାନ୍ୟ କଥା ! ଷ୍ଟେସନ୍ ପାଖ ବତୀଖୁଣ୍ଟ ତଥାପି ଏଠୁ ଥୋଡ଼େ ଦୂର। ବାଟଯାକ କିଟିମିଟିଆ ଅନ୍ଧାର। ମଝିରେ ମାତ୍ର ଗୋଟାକୁ ଛାଡ଼ିଦେଲେ ଏଇ ପାଖର ବତୀଖୁଣ୍ଟଗୁଡ଼ାକରେ ପ୍ରାୟ ଆଲୁଅ ଜଳେ ନାହିଁ। ସେଇ ଗୋଟାକକୁ ବି କାଲି କିଏ ଢେଲାମାରି ଭାଙ୍ଗି ଦେଇଛି ବୋଧେ। ଭୋଲାକୁ ଛାନିଆଁ ଲାଗିଲା। ତଥାପି ସମସ୍ତ ସାହସ ସଞ୍ଚୟ କରି ଭୂତ, ଚରାଡାହାଣୀ କଥା ନଭାବିବାକୁ ଚେଷ୍ଟା କରି ଜୋର୍ ଜୋର୍ ପାଦ ପକାଇ ବିଚରା ଆଗେଇଲା। ମାତ୍ର ଅନ୍ଧାରରେ ଦିଟା ବୁଲା କୁକୁରଙ୍କର ଅଚାନକ କାନ୍ଦଣା ଭୋଲାର ସମସ୍ତ ସାହସକୁ ଦୋହଲେଇ ଦେଲା। ପ୍ରାଣମୂର୍ଚ୍ଛା ଦୌଡ଼ିଲା ସେ। ସେପାଖ ଆଲୁଅରେ ରିକ୍ସା ଉପରେ ବସି ଆରାମ କରୁଥିବା ରିକ୍ସାବାଲାଟା ପାଟିକଲା-

– 'କିରେ ଟୋକା ଏମିତି ଧାଇଁଚୁ କାହିଁକି ?'

ଅନ୍ଧାର ଆଡ଼କୁ ଛେପ ଢ଼ୋକି ଭୋଲା କହିଲା,

– 'ଡ଼ର ମାଡ଼ିଲା'।

ସେଠି ଠିଆହେଇ ମିନିଟିଏ ଦମ୍ ନେବାପରେ କହିଲା- 'ଯାଏ, ସିଆଡ଼େ ଗାଡ଼ି ଆସିଯିବ।'

ଦୌଡ଼ିବା ଯୋଗୁଁ ସାମୟିକ ଭାବରେ ଥଣ୍ଡା ସିନା ଜଣା ପଡ଼ିଲା ନାହିଁ ମାତ୍ର ଖୁବ୍ ଶୀଘ୍ର ପୌଷ ମାସ ରାତିର ପ୍ରକୋପ ଭୋଲାକୁ ଆବୋରି ବସିଲା। ଅଯତ୍ନବର୍ଦ୍ଧିତ ବାବୁରି ବାଳରେ ବୁନ୍ଦା ବୁନ୍ଦା କାକର ଉପରର ବିଜୁଳି ଆଲୁଅରେ ଚକ୍‌ଚକ୍ କରୁଥିଲା। ଫଟା ଢିଲା ହାପ୍‌ପ୍ୟାଣ୍ଟ, ସାମନା ବୋତାମ ନଥିବା ମଇଳା ଜାମା ଭିତରେ ଥଣ୍ଡା ପବନର ଅବାଧ ଚଳପ୍ରଚଳ ତା' ରକ୍ତକୁ ଯେମିତି ବରଫ ପାଲଟେଇ ଦେବାକୁ

ବସିଥିଲା। ମଇଳା ଦାନ୍ତ ଦିଧାଡ଼ିରେ ଦାସକାଠିଆ ବାଜୁଥିଲା। ଭୋଲା ଷ୍ଟେସନ୍ ଆଡ଼କୁ ଚାଲିଥିଲା। ପେଟ ଭିତର କେଁ କଟର ହୋଇ ଯେମିତି ଅବା ବିଦ୍ରୋହ କରୁଥିଲା। ଦି ଦିନ ଧରି ସେ ଖାଲି ପଡ଼ିଛି। ଭୋକର କଷ୍ଟ ଏତେ! ହେ ଭଗବାନ! ଭୋଲା ଭାବିଲା ଏ ନିଆଁଗିଳା ବୁଲା କୁକୁରଗୁଡ଼ାକ ବି ଦାଉ ସାଧିବାକୁ ଥିଲେ। ଭୋକରେ ଥୋଡ଼େ ବାଟ ଦୌଡ଼େଇ ଦେଲେ। ତା'ର ତେର ଚଉଦ ବର୍ଷର ଜୀବନ ଭିତରେ ଉପାସ ରହିବାକୁ ଯେ ନ ହୋଇଛି ତା' ନୁହେଁ ମାତ୍ର ଏତେ ସମୟ ଧରି ରହିବା ଏଇ ପ୍ରଥମ।

ସେ ଲୋକଟା ନିହାତି ଚଣ୍ଡାଳଟାଏ। ରୋକଠୋକ୍ ମନାକରିଦେଲା। ସବୁଦିନେ ତାରି ପତ୍ରିକା, ଖବରକାଗଜକୁ ରେଳଷ୍ଟେସନରେ ବୁଲି ବୁଲି ନେହୁରା ହୋଇ ଭୋଲା ବିକେ। ଗଣ୍ଡେ ଖାଇବାକୁ ସେ ଦିଏ। ମାତ୍ର ଗତ ଦି ଦିନ ବଡ଼ ଦୁର୍ଭାଗ୍ୟ। କିଛି ହେଲେ ବିକ୍ରି ହୋଇପାରିଲା ନାହିଁ। ଲୋକମାନଙ୍କର କ'ଣ ଏବେ ପଢ଼ାପଢ଼ି କରିବାର ସଉକି କମିଗଲାଣି ନା କ'ଣ? ବିକ୍ରି ନହେବାରୁ ସେ ଲୋକଟା ବି ରୋକ୍‌ଠୋକ୍ ମନା କରିଦେଲା। ଆଜି ବି ଯଦି ନ ବିକ୍ରି ହୁଏ! ଭୋଲାକୁ ଆହୁରି ଅନ୍ଧାର ଦିଶିଲା। ନା, କାଲ କଥା ଭାବି ଲାଭ କ'ଣ?

ଷ୍ଟେସନ୍‌ର ଏନ୍‌କ୍ୱାରୀ କାଉଣ୍ଟରରେ ଡିଉଟିରେ ଥିବା ଲୋକ ଜଣକ ଟେଲିଫୋନ୍ ଉପରେ ମୁଣ୍ଡରଖି ଆରାମରେ ଶୋଇଥିଲେ। ମଧ୍ୟରାତ୍ରିରେ ନିଦ୍ରାର ପ୍ରାଦୁର୍ଭାବ ତାଙ୍କ ପାଟିରୁ ବାହାରି ଗଡ଼ିଯାଉଥିବା ଲାଳ ଭିତରେ ବାରି ହୋଇପଡୁଥିଲା। ଭୋଲା ପଚାରିଲା- ମେଲ୍ ଗାଡ଼ିଟା କେବେ ଆସିବ?

କେତେଥର ସେଇ ପ୍ରଶ୍ନଟିକୁ ପଚାରିବା ପରେ ଯାଇ ଏନ୍‌କ୍ୱାରୀ ଲୋକ ଜଣକ ବାଉଳି ହେଲେ- 'ଘଣ୍ଟେ ଡେରି'।

ଭୋଲା ଖବରକାଗଜ ବଣ୍ଡିଲଟିକୁ କାଖତଳୁ କାଢ଼ି ହାତରେ ଧରିଲା। କହିଲା- "ହେ ଭଗବାନ୍ ମତେ ଆଜି ନିରାଶ କରନା। ଲୋମାନଙ୍କୁ ସୁବିଦ୍ଧି ଦିଅ। ପଢ଼ାପଢ଼ିରେ ସେମାନଙ୍କର ଆଗ୍ରହ ହେଉ।"

କାଁ ଭାଁ କେଇଜଣଙ୍କୁ ଛାଡ଼ିଦେଲେ ଷ୍ଟେସନ୍ ଭିତରଟା ବି ନିଦରେ ବୁଡି ଯାଇଥିଲା। ଛୋଟ ସହରଟିର ଅଳ୍ପ ଯାତ୍ରୀ। ରେଳବାଇ ପୋଲିସ୍ ଦି ଜଣ ଦୂର ଅନ୍ଧାରିଆ ଜାଗାର ସିମେଣ୍ଟ ଚେୟାର ଉପରେ ପରସ୍ପର ପିଠିରେ ଢିରାଦେଇ ଢୁଳଉଥିଲେ। ଟିପା ପ୍ୟାଣ୍ଟସାର୍ଟ ପିନ୍ଧା କଲେଜ ଝିଅ କେତେଜଣ ହାତ ଭରା ଦେଇ ହାତ ଚକିରେ ମୁହଁ ରଖି ନିଦ୍ରା ଯାଇଥିଲେ। ବେପାରୀ ଭଦ୍ରବ୍ୟକ୍ତି ଜଣକ ନିଜ ବ୍ରିଫକେଶ୍‌ଟିକୁ କୁଣ୍ଢାଇ ସଶବ୍ଦେ ଶୋଇଥିଲେ। ଚେୟାରରେ ଶୋଇଥିଲେ ଟୋକା କେତେ ଜଣ। ନାଲି

ପୋଷାକ ପିନ୍ଧା ରେଳବାଇ କୁଲିମାନେ ପ୍ଲାଟଫର୍ମରେ ଅର୍ଦ୍ଧବୃତ୍ତାକାରରେ ଶୋଇ ରହି ଭଜା ଚିଙ୍ଗୁଡ଼ି ପରି ଦିଶୁଥିଲେ।

ଭୋଳା ଧୀରେ ଧୀରେ ପ୍ଲାଟଫର୍ମର ଗୋଟାଏ କଣକୁ ଗଲା। ଚା' ଦୋକାନୀଟା କୋଇଲା ଆଞ୍ଚ ଲଗାଇ ଚା' ବସାଇବାକୁ ଚେଷ୍ଟା କରୁଥିଲା। କାଚ କେସ୍‌ରେ ଗୋଟାଏ ପାଖକୁ ରଖା ହୋଇଥିଲା ପାଉଁରୁଟି। ପାଛିଆ ଭିତରେ ଗତକାଲିର ସିଙ୍ଗଡ଼ା ଓ ବରାମାନ ମାଛିମାନଙ୍କର ପ୍ରଚଳ ପ୍ରୟାସ ସତ୍ତ୍ୱେ ବି ସଦର୍ପେ ପଡ଼ିରହିଥିଲେ। ଭୋଳା ସେ ଆଡ଼କୁ ଲାଳସାର ସହିତ ଚାହିଁ ରହିଲା। ଆଞ୍ଚ ଫୁଙ୍କୁ ଫୁଙ୍କୁ ଦୋକାନୀ ପଚାରିଲା- 'କିରେ ଟୋକା'। ଭୋଳା କିରକମ ହସିବାକୁ ଚେଷ୍ଟା କରି କହିଲା- 'ମଉସା, ଭାରି ଥଣ୍ଡା ହେଉଛି ନା!' କହିସାରି ଟିକିଏ ଗରମ ପାଇବାକୁ ଆଞ୍ଚ ଆଡ଼କୁ ଘୁଞ୍ଚି ବସିଲା। ପାଖରେ ବିଜୁଳୀ ଖୁଣ୍ଟ। ସେୟାକୁ ଆଉଜି ବସିଲା। ଭାରି ଥଣ୍ଡା ଲାଗୁଥାଏ। ଗାଡ଼ିଟାବି ଘଣ୍ଟାଏ ଡେରି। ବସୁ ବସୁ ମନେ ପଡ଼ିଲା ଏକଦମ୍ ପିଲବେଳର କଥା। ତା' ବାଆ ବି ଏଇଟି ରିକ୍ସା ଚଳାଉଥିଲା। ମାଆ ମରିଯାଇଥିଲା। ବାଆ ଏଇ ମେଲ୍ ଗାଡ଼ି ଭଳି ରାତି ଗାଡ଼ିର ଲୋକଙ୍କ ପାଇଁ ଅନେକ ରାତିରେ ରିକ୍ସା ପାଖରେ ରଖେ। ଭୋଳା ତା ଭଉଣୀ ପାଟ ପାଖରେ ରାତିରେ ଶୁଏ। ପାଟ ତା' ଠାରୁ ବୟସରେ ଅନେକ ବଡ଼। ମା ଛେଉଣ୍ଡ ସାନ ଭାଇଟାକୁ ପୁଅ ପରି ପାଳେ। ଭୋଳାକୁ ଆଠବର୍ଷ ବେଳେ ପାଟର ବାହାଘର ହେଲା। ତା' ଗିରସ୍ତ ସାଙ୍ଗରେ ପାଟ ଆସାମ ଚାଲିଗଲା। ସେଠି ଚା' କମ୍ପାନୀରେ ତା'ର କାମ। ପାଟ ବାହାହେବା ପରେ ତା' ବାଆ ରିକ୍ସା ଟାଣିବା ବନ୍ଦ କରିଦେଲା। ଭୋଳା ପିଲାଟି ରାତିରେ ଏକା ଶୋଇ ପାରିଲା ନାହିଁ। ଦିନେ ସକାଳେ ଭୋଳା ଡେରିରେ ଉଠି ଦେଖିଲା ତା ବାଆ କାନ୍ଦୁଚି। ଲୋକେ ତାକୁ ଘେରି କରି ଠିଆ ହୋଇଛନ୍ତି।

ସମବେତରୁ ଜଣେ ପାଟିକରି କହିଲା- 'ଆଉ କ'ଣ ମିଛ! ଏଇ ଦେଖୁନ୍ତୁ, 'ସମାଜ' ଟା ନିଜେ ନେଇ ପଢ଼। ଆଉ ଜଣକ ପଢ଼ିଲା-

'ଚା' ବଗିଚାରେ କାମ କରୁଥିବା ଓଡ଼ିଆ ଶ୍ରମିକର ସ୍ତ୍ରୀ ଉପରେ ବଳାତ୍କାର ଓ ହତ୍ୟା'

ସତରେ ନାନା ତର୍ଜମା ପରେ ଶେଷକୁ ସଠିକ୍ କଥା ଜଣା ପଡ଼ିଲା ଯେ ସେ ଶ୍ରମିକଟି ତା' ଭିଣୋଇ। ମରିଥିବା ତା' ଭଉଣୀ ପାଟ। ଭୋଳାକୁ ଏତିକି ବୁଝେଇ ଦିଆଗଲା ଯେ ତା' ଭଉଣୀ ଆଉ ଫେରିବ ନାହିଁ। ସେ ଭଗବାନଙ୍କ ପାଖକୁ ପଳେଇ ଯାଇଛି। ବଳାତ୍କାର, ହତ୍ୟା ଆଦି ଶବ୍ଦ ସେତେବେଳେ ତା' ସମଝର ବାହାରେ ଥିଲା। ମାତ୍ର ଏବେ ଭୋଳା ବୁଝିଲାଣି ସେସବୁର ମାନେ କ'ଣ।

ଥାଉ, ସେସବୁ ଆଉ ଭାବି ଲାଭ କ'ଣ ? ଅନ୍ୟ କଥା ଭାବିଲେ ବରଂ ଭଲ । ଅନ୍ୟକଥା ଭାବୁ ଭାବୁ ମେଲ୍ ଗାଡ଼ିର ଫାଷ୍ଟବେଲ୍ ଶବ୍ଦରେ ଭୋଲା ଚମକି ଉଠି ବସିଲା । ଚା'ଷ୍ଟଲର୍ ଉପରୁ କୋଇଲା ଗୁଣ୍ଡ ପୁଳାଏ ଖସି ପଡ଼ିଲା ମୁହଁରେ । ହାତରେ ପୋଛି ଦେଇ ଉଠି ଆସିଲା ବିଚରା ।

ସମସ୍ତେ ନିଦରୁ ଉଠି ସାରିଥିଲେ । ଜଣେ ଭଦ୍ରବ୍ୟକ୍ତି ପାଟିକଲେ- ଆରେ ଟୋକା ଖଣ୍ଡେ କାଗଜ ଦେଲୁ, ଦେ 'ଆଜି କାଗଜଟା ଦେ' । ଭୋଲା ତାଙ୍କୁ ପରମ ତୃପ୍ତି ସହିତ କାଗଜଟି ବିକ୍ରି କରି ସେ ପାଖରୁ ଟୋକାଦଳଙ୍କ ପାଖକୁ ନେହୁରା ହେବାକୁ ଯାଉଥିଲା । ହଠାତ୍ ସେ ଭଦ୍ରବ୍ୟକ୍ତି ବଡ଼ ପାଟିରେ ପଢ଼ି ଉଠିଲେ:

- ବରୋଦାରେ ପୋଡ଼ା ଜଳା, ଦୁଇଟି ବସ୍ତି ଧ୍ୱଂସ । ଆଗ୍ରା ପାଖରେ ମହିଳା କଲେଜର ଦଳେ ଝିଅଙ୍କୁ ପିକ୍‌ନିକ୍ ଯିବା ରାସ୍ତାରେ ସ୍ପଷ୍ଟ ଦିବାଲୋକରେ ଗଣ ଧର୍ଷଣ । ସମ୍ପୂର୍ଣ୍ଣ ରୋମାଞ୍ଚକ ବିବରଣୀ ଏଗାର ପୃଷ୍ଠାରେ ।

ଯାଉ ଯାଉ ଭୋଲା ଆଁ କରି ଅନେଇ ରହିଲା । ହେଲେ ସେ ପାଖରୁ ଟୋକାମାନେ ହୁରି ଛାଡ଼ିଲେ-ଏଇଠି ଦେଇଯା' । ଆର.ପି.ଏଫ୍. ର ଜବାନଟି, ମାରୁଆଡ଼ି ଭଦ୍ରବ୍ୟକ୍ତି, କଲେଜ୍ ଝିଅମାନେ, ଧୋତି ପିନ୍ଧା ମଉସା ଜଣକ ସମସ୍ତେ ଡାକିଲେ- 'ଆଜି' କାଗଜ ଗାଡ଼ିର ସେକେଣ୍ଡ ବେଲ୍ ପୂର୍ବରୁ ଶେଷ ହୋଇଗଲା । ସେ ମନେମନେ ଫିକ୍‌କିନା ହସିଦେଲା । ଆଜି ତା'ର ବେଳା ଭଲ । ଖବରକାଗଜ ଦୋକାନୀ ତା' ଉପରେ ବିରକ୍ତ ହେବନାହିଁ । ବରଂ କେତେ ଖୁସି ହେବ ସିଏ । ଗାଡ଼ି ଆସିବା ଆଗରୁ ଭୋଲା ଫେରିବାକୁ ଲାଗିଲା । ଫରଚା ହେବାକୁ ଅଳ୍ପ ଡେରି ଅଛି । ଯାଉ ଯାଉ ଖୁସିରେ ପେଟ ଉପରେ ହାତ ବୁଲାଇ ଆଣିଲା ଭୋଲା, କହିଲା-

ଭଗବାନ୍, ଏସବୁ ପ୍ରତିଦିନ ଘଟୁନାହିଁ କାହିଁକି ?

■

ଯାତ୍ରା

ହଠାତ୍ ରାତିରେ ଅସ୍ପଷ୍ଟ ଭାବେ ଯେଉଁ ଲହର ଶୁଭିଲା ମନେହେଲା ତାହା ଯେମିତି ଗାଁ ମଝିରୁ କେତେ ସ୍ତ୍ରୀ ଲୋକଙ୍କର କାନ୍ଦଣା। ଆମେ ବାପପୁଅ ସେତେବେଳେ ଏକାଥାଳିରେ ଖାଇ ବସିଥାଉ। ଭାତ ସାଥିରେ ବଡ଼ମାଛ ଝୋଳ। ଗାଁରେ ବଡ଼ମାଛ ତରକାରୀ ହେବା ଏକ ପର୍ବ ସଦୃଶ। ଗାଁ ପୋଖରୀରେ ଜାଲ ପଡ଼ିଥିଲା। ଏଭଳି ଶୁଭଘଡ଼ି ଆସେ ବରଷକେ ଥରେ। ବାପା ତରତର ହେଉ ହେଉ କହିଲେ- 'ଜଲ୍‌ଦି ଜଲ୍‌ଦି ଖାଇଦେରେ।' ମନକୁ ପାପ ଛୁଇଁଗଲା। 'ବୁଢ଼ାଟା ସତରେ କ'ଣ ଚାଲିଗଲା ନା କ'ଣ?' ବିଜୁଳି ବେଗରେ ଚାଲିଲା ହାତ ଏବଂ ପାଟି, ନୂଆବୋଉ ଧଇଁସଇଁ ହୋଇ କହିଲେ- 'ହଁ ତ ତାଙ୍କରି ଘରଆଡୁ ପାଟି ଶୁଭୁଛି। ବୋଧହୁଏ...।' ମାତ୍ର ବୋଉ ତାଙ୍କୁ ରୋକିଦେଇ କହିଲା- 'ଇଏ ତୋର କେମିତିକା ବିବେକ ଲୋ ମା! ବାପପୁଅଙ୍କୁ ଏମିତି ତରଛେଉଛୁ କାହିଁକି? ମାଛ କଣ୍ଟା ତଣ୍ଟିରେ ଲାଗିଯିବଟି।'

ମୋ ସାନଭାଇ ସେତେବେଳକୁ ଭୋଜନାନ୍ତ ହାକୁଟିଟି ମାରୁ ମାରୁ ଆମକୁ ଅଭୟ ଦେବାଭଳି କହିଲା- 'ତୁ ଧୀରେ ସୁସ୍ଥେ ଖାଉଥା ଭାଇ! ଆମେ ତ ପ୍ରକୃତ କଥା କ'ଣ ସଠିକ୍ ଜାଣିନୁ, କେବଳ କାନ୍ଦଣାଟା ଯାହା ଶୁଭୁଛି। ମୁଁ ଦାଣ୍ଡକୁ ଯାଉଛି ଯଦି ତାଙ୍କର କେହି ଖବର ଦେବାକୁ ଆସୁଥିବ ତେବେ ମୁଁ କଥାବାର୍ତ୍ତା ବାହାନାରେ ତାକୁ ବାଟରେ ପାଞ୍ଚମିନିଟ୍ ରୋକି ଦେଇ ପାରିବି। ସେତିକି ଟାଇମ୍‌ରେ ତ ତମ କାମ ଶେଷ।'

ଖାଇସାରି ଆମେ ହାତ ଧୋଇ ହେଲାବେଳକୁ କାନ୍ଦଣାର ସ୍ପଷ୍ଟତା, ଆବେଗ ଓ ସମବେତତାରୁ ନିଃସନ୍ଦେହ ହେଲୁ ଯେ, 'ଘନ ବଡ଼ବାପା ଚାଲିଗଲେ'।

ଘନବଡ଼ବାପା ଘର ଆମର ମଡ଼ାସାଙ୍ଗୀ ଭାଇଆ। ଗାଁରେ ଏଇଭଳି ଆମ ଭାଇ ଅନେକ। ଏଣୁ ଏତେ ଲୋକଙ୍କ ଭିତରେ ବର୍ଷତମାମ୍ ଜନ୍ମମୃତ୍ୟୁର ଲୀଳା ପ୍ରାୟ

ଲାଗି ରହିଥାଏ। ବିଶେଷତଃ ଜନ୍ମ ଏନ୍ତୁଡ଼ିରୁ ବର୍ଷ ଭରି ଛୁଟଣ ନଥାଏ। ଏଣୁ ନିୟମ ଦୃଷ୍ଟିରୁ ସେସବୁ ସମୟରେ ପର୍ବପାଳନ, ଠାକୁରପୂଜା, ଆମିଷସେବନାଦି ଅନେକ ରୋଚକ ଜିନିଷରୁ ବଞ୍ଚିତ ରହିବାକୁ ପଡ଼େ। ଶବ ପଡ଼ିଥିଲେ ତ ଦିନ ଭରି ଖାନା ପାଣି ବନ୍ଦ। ଯାହାହେଉ କୌଣସି ମତେ ଆଜି ଖାଇବା କାମଟି ବଢ଼ିଗଲା।

ଆମେ ବାପପୁଅ ଦାଣ୍ଡକୁ ଆସିଲାବେଳକୁ କାନ୍ଦଣାଟା ବଡ଼ ମର୍ମନ୍ତୁଦ ମନେହେଲା। ଆମେ ସେଇ ଦିରେ ପାଦ ବଢ଼ାଇଲୁ। ପୁରୁଖା ବିଜ୍ଞଲୋକମାନେ ବଡ଼ ଗମ୍ଭୀର ଦିଶୁଥାନ୍ତି ଆଉ ସ୍ତ୍ରୀଲୋକମାନେ ଲୋଟି ଯାଉଥାନ୍ତି ଭୂଇଁରେ। ସେଇ ଶୋକସନ୍ତପ୍ତ ସମବେତକୁ ଆଶ୍ୱାସନା ଦେଲାଭଳି ଏକ ଦାର୍ଶନିକ ଭଙ୍ଗୀରେ ନଟିଆ ଦାଦା କହି ଉଠିଲେ-

'ଯାବତ୍ ଜନମଂ ତାବତ୍ ମରଣଂ, ପୁନରପି ଜନନୀ ଜଠରେ ଶୟନଂ'

ଏଇ ପରିପ୍ରେକ୍ଷୀରେ ବାପା ଆଉ ଚୁପ୍ ରହିପାରିଲେ ନାହିଁ। ସମ୍ମତିସୂଚକ ମୁଣ୍ଡ ଟୁଙ୍ଗାରି ଦେଇ କହିଲେ- 'ଠିକ୍ କଥାଟାଏ କହିଲୁରେ ନଟ। 'ଏ ଜୀବ ମରଣ ନିକଟେ, ବେଗେ ଚିନ୍ତଇ ଆନ ଘଟେ।' ଘନ ଭାଇ ଦୁଷୁରା ଘଟ ଠାବ କରିସାରିବେଣି।

ନୃସିଂହ ଭାଇ (ଘନ ବଡ଼ବାପାଙ୍କ ପୁଅ) ରହି ରହି ଧକେଇ ଧକେଇ କାନ୍ଦୁଥିଲେ ମାତ୍ର ମାଳତୀ ଭାଉଜଙ୍କୁ ଦେଖି ଅନ୍ୟମାନଙ୍କ ଧୈର୍ଯ୍ୟ ରହିବା ବଡ଼ କଠିନ। ପରଲୋକଗତ ଶ୍ୱଶୁରଙ୍କ ଅସୁମାରି ଗୁଣ ବାହୁନି ବାହୁନି କେତେବେଳେ ମାଟି କାନ୍ଥଟାରେ ମୁଣ୍ଡ ବାଡ଼େଇଦେଉଥାନ୍ତି ତ କେତେବେଳେ ଗଡ଼ିଯାଉଥାନ୍ତି ଭୂଇଁରେ। ସେଇ ମର୍ମାହତ କାନ୍ଦଣା ଭିତରେ ଆଶୁ କବିତାମାନ ଛନ୍ଦି ହୋଇଯାଉଥାଏ-

ତମେ ଏ ଗାଁରେ ଥିଲ ମାଷ୍ଟର ମୋ ବାପା,
ଚାଲିଗଲ ଏବେ କରି ଅନ୍ତର ମୋ ବାପା,
ତମ ପରି ବୁଦ୍ଧି କାହାର ହବ ମୋ ବାପା,
ଗୋରୁ ଗାଈ ଧନ୍ଦା କିଏ ବୁଝିବ ମୋ ବାପା,
ତମ ପରି ଜଣେ କାହୁଁ ଆସିବ ମୋ ବାପା,
ବିଲ ବାଡ଼ି ଏବେ ଉଜୁଡ଼ି ଯିବ ମୋ ବାପା...

ପିଲାମାନେ ବୁଢ଼ାବାପା, ବୁଢ଼ାବାପା ବୋଲି କହି ରାହା ଧରିଥାନ୍ତି। କାନ୍ଦଣା ସଂକ୍ରମି ଯାଇଥାଏ ପ୍ରାୟ ସମସ୍ତଙ୍କୁ। ଶୋକାକୁଳ ପରିବାରକୁ ବୋଧ ଦେବାକୁ ଯାଇଥିବା ଲୋକମାନେ ବୋଧ ଦେବେ ଆଉ କ'ଣ ବରଂ ନିଜେ କାନ୍ଦି କାନ୍ଦି ବାହୁଡ଼ି ଆସୁଥାନ୍ତି। ଅଳ୍ପ କେଇଜଣ ସ୍ଥିତପ୍ରଜ୍ଞଙ୍କୁ ବାଦ୍ ଦେଲେ ସମବେତରୁ ଅନେକେ ସଶବ୍ଦେ କାନ୍ଦୁଥାନ୍ତି।

– 'ଆରେ ନୃସିଂହ, ଧୈର୍ଯ୍ୟ ଧର। ତୁ ଏମିତି ଅସ୍ଥିର ହେଲେ ବୋହୂ ଓ

ପିଲାଙ୍କୁ କ'ଣ ଆଉ ସମ୍ଭାଳି ହେବ? ଏମିତି ତ ଅଚାନକ କିଛି ନୁହେଁ ବାପ, ତାଙ୍କ ସମୟ ଆସିଲା ସେ ଗଲେ। ଏ ସଂସାରର ଲୀଳାଖେଳା ତ ତାଙ୍କର ସରିଥିଲା, ସିଏ ଏବେ ଜାଣି ତରିଗଲେ। ଏଇଠି ଘାଣ୍ଟି ହେବା ଅପେକ୍ଷା ପରଲୋକ ବରଂ ଭଲ ବାପ। କିଏ ଏଇଠି ଆଉ ସବୁ ଦିନକୁ ଟିକଟ କାଟିଛି ?

ଜନୈକ ବୃଦ୍ଧ ସାନ୍ତ୍ୱନା ଦେଲେ। କିଛି କ୍ଷଣ ଅବୁଝା ଭଳି ରହିବା ଉତ୍ତାରେ ନୃସିଂହ ଭାଇ ଧୈର୍ଯ୍ୟ ଧରିଲେ। ମାଳତୀ ଭାଉଜଙ୍କ ତଣ୍ଟି ପଡ଼ିଯାଇଥାଏ। କାନ୍ଦଣା ରୋକିବାକୁ ବୁଢ଼ୀଜଣେ ତାଙ୍କ ପାଟିକୁ ଚାପି ଧରିଥାଏ, ଏଣୁ ସେ ଖାଲି ଏଁ ଏଁ ହେଉଥାନ୍ତି। ମଝିରେ ମଝିରେ ଉଚ୍ଚସ୍ୱର ବାହାରି ପଡୁଥାଏ। ସମସ୍ତଙ୍କୁ ଗୋଟାଏ କିଂକର୍ତ୍ତବ୍ୟବିମୂଢ଼ତା ଘେରି ରହିଥାଏ। ହଠାତ୍ ମଧୁଆ ଗାଁ ମୁଣ୍ଡରେ ଥିବା ତେନ୍ତୁଳି ଗଛଟା ଉପରକୁ ଟର୍ଚ୍ଚ ପକେଇ ଦେଇ କହିଲା- ବୁଢ଼ା ଏ ଗଛଟାକୁ ଲଗାଇଥିଲା।

ଝଙ୍କାଳିଆ ତେନ୍ତୁଳି ଗଛଟାରେ ଖୁନ୍ଦା ହୋଇଥିବା ଅସୁମାରି ପତ୍ରସବୁ ଦୂରରୁ ମଧୁଆର ଟର୍ଚ୍ଚ ଆଲୁଅରେ ଧୂସରିଆ-ଶାଗୁଆ ଦିଶୁଥାନ୍ତି। ଲୋକଗହଳିରୁ ଜଣେ କିଏ କହିପକାଇଲା- ଖାଲି ଏଇ ଗୋଟିକ ନୁହଁରେ ମଧୁ। କାହିଁ କେତେ। ତା'ପରେ ମଧୁଆର ଟର୍ଚ୍ଚ ଘୂରି ବୁଲିଲା ଗଛରୁ ଗଛକୁ। ତେନ୍ତୁଳିରୁ ଆମ୍ବ, ଆମ୍ବରୁ ବର, ବରରୁ ଅଶ୍ୱତ୍ଥ। କହିଲା 'ବୁଢ଼ା ଆଜି ଚାଲିଗଲା ସିନା ହେଲେ ତା' ହାତଲଗା ଗଛ କେତେଟା ରହିଗଲା ଗାଁରେ।' ମଧୁଆର କଥାର ସମର୍ଥନରେ ସମବେତ 'ହଁ' ଟିଏ ଶୁଭିଲା।

ବାବାଜୀ ବାପାଙ୍କୁ କହିଲା, 'କ'ଣ ଆଉ କରିବା ଦାଦା ଆଉ ବସି ରହିଲେ ଚଳିବ ନା? ରାତି ଆସି ଏଗାରଟା ବାଜିଲାଣି, କାମଟା ଶୀଘ୍ର ସାରିଦେବା। ଧୋବା, ବାରିକଙ୍କ ପାଖକୁ କିଏ ଗଲେଣି ନା ନାହିଁ?

ଚାରିଜଣ ସ୍ୱେଚ୍ଛାସେବୀ ଠେଙ୍ଗା ଲଣ୍ଠନ ଧରି ବାହାରି ପଡ଼ିଲେ।

ଖବର ଶୁଣି ପାଖ ଗାଁରୁ କେଇଜଣ ଶୁଭେଚ୍ଛୁ ପହଞ୍ଚି ସାରିଥିଲେ। ସୂର୍ଯ୍ୟ, ମଇତ୍ର, ଧର୍ମବନ୍ଧୁ ସମସ୍ତେ ଆସି ହାଜର ହେଲେ। ଥମିଗଲା କାନ୍ଦଣାର ଲହରୀ। ମଝିରେ ମଝିରେ ଖାଲି ଅବୋଧ ପିଲାଙ୍କର ଏଁ, ଏଁ ଶବ୍ଦ ଶୁଭୁଥିଲା। ଭୀମ ଦାସ ଥିଲା ଧର୍ମବନ୍ଧୁ। ମଝିରେ ଦୁଇ ଘର ଭିତରେ ମନୋମାଳିନ୍ୟ ଯୋଗୁଁ ଯିବାଆସିବା ପ୍ରାୟ ବନ୍ଦ ଥିଲା। ଭୀମପୁଅ କଲିକତାରେ କାମ କରେ। ରଜ ଛୁଟିକୁ ଗାଁକୁ ଆସିଥିଲା। ବିରକ୍ତ ହୋଇ ବାପକୁ ହାଙ୍କିଦେଇ ସେଠି ଆସି ପହଞ୍ଚିଥାଏ। କାମଦାମରେ ସହଯୋଗ ଦେବାକୁ ସେ ଥିଲା ସବଠୁ ଆଗଭର। ପୁଅ ପଛେ ପଛେ ଭୀମ ବିଚରା ଲଣ୍ଠନଟିଏ ହାତରେ ଧରି ଆସି ପହଞ୍ଚିଥାଏ।

ଭୀମପୁଅ କହିଲା- ନାଁ ଆଉ ଡେରି କଲେ ହେବ ନାହିଁ। ଶୀଘ୍ର ମଡ଼ା ଉଠିବା ଦରକାର, ନା କ'ଣ କହୁଚ ଦାଦା ?

ଅନେକ ଦାଦିସ୍ଥାନୀୟ ବ୍ୟକ୍ତି ସମ୍ମତିରେ ମୁଣ୍ଡ ଟୁଙ୍ଗାରି ଦେଲେ। ଭିଡ଼ ଭିତରେ ଦାଦା ବୋଲି କାହାକୁ ସମ୍ବୋଧନ କଲା, ସଠିକ୍ ଜାଣି ହେଲା ନାହିଁ।

- ଆରେ ବାଉଁଶ କାହିଁ ? ଶୀଘ୍ର କୋକେଇ ଭିଡ଼ିଲ।

ମଧୁଆ, ଭୀମପୁଅ, ବାପା ସମସ୍ତେ କୋକେଇ ଭିଡ଼ାରେ ଲାଗିଗଲେ। ନୂଆ ଠେକି, ମାଠିଆ ସବୁ ଆଗରୁ କିଣା ହୋଇଥାଏ।

ନଟିଆ ଦାଦା ନୃସିଂହ ଭାଇକୁ ଡାକି ପଚାରିଲେ- 'ଆରେ ନୃସିଂହ, କାହିଁ କାଠ କେଉଁଠି ଅଛି କହ। ମଶାଣିକୁ ଆଗ କାଠ ବୋହିନେବା ଦରକାର। ଦାହ କାମ ହେବ।' ନୃସିଂହ ଭାଇ ହତାଶ ହୋଇ ଅନେକ ରହିଲେ।

ନଟିଆ ଦାଦା ପଚାରିଲେ- କିରେ ନୃସିଂହ ତୁ ପରା ଗଛ ହାଣି କରି ଆଗରୁ ସଜବାଜ କରି ରଖିଥିଲୁ ?

ନୃସିଂହ ଭାଇ ଥତମତ ହୋଇ ଛେପ ଢୋକି କହିଲେ- 'ଦେଢ଼ ବର୍ଷ ତଳେ ଯାଇ ହଣାହଣି କରି ରଖିଥିଲି। ଏଣେ ବାପା ତ ଡେରିକଲେ। କାଠ ଆଉ କ'ଣ ଅଛି ? ସିଏ (ତାଙ୍କ ସ୍ତ୍ରୀ) ସୁବିଧାଅସୁବିଧାରେ ଖଣ୍ଡେ ଖଣ୍ଡେ ନେଇ ଖର୍ଚ୍ଚ କରିଦେଇଛି'।

ନଟିଆ ଦାଦା ଆଁ କରି ଅନେଇ ରହିଲେ। ପଚାରିଲେ 'ତେବେ କ'ଣ ହେବ ?'

- 'ଦେଖ, ନହେଲେ ପୋତି ଦେବା ଦାଦା। ଲୁଣ ଫୁଣ ଘରେ ଥିବ। ମୁଁ ତାକୁ ପଚାରେ।'

ମଧୁଆ ଆଉ ସମ୍ଭାଳି ପାରିଲା ନାହିଁ। କୋକେଇ ଭିଡ଼ା ବନ୍ଦ କରି ପାଟିକରି ଉଠିଲା, 'ଏ କଥା କେମିତି ତୁଣ୍ଡରେ ଧରୁଚ ? ଏତେ ପୁରୁଖା ଲୋକ, ନିର୍ମାୟା, ଉପକାରୀ ଲୋକ। ଗାଁରେ କେତେ କାମ ସିଏ ନ କରିଛନ୍ତି। ଅଣ୍ଡା ବଚ୍ଚା ସମସ୍ତିଙ୍କି ଅ', ଆ' ଶିଖେଇଛନ୍ତି। ତାଙ୍କୁ ଦାହ କରିବା ନାହିଁ ? ବୁଢ଼ା ନିଜେ ନିଜେ ଏତେ ଗଛ ଲଗେଇଥିଲା। ଶେଷକୁ ଗୋଟିଏ ଡାଳ ତା' କପାଳରେ ଜୁଟିଲା ନାହିଁ। କହୁଚ କ'ଣ ନା ପୋତି ପକେଇବ ?'

ଘଟଣାଟାକୁ ସମ୍ଭାଳି ଦେଇ ଜଣେ ସହୃଦୟ ବ୍ୟକ୍ତି ମନ୍ତବ୍ୟ ଦେଲେ- 'ନୃସିଂହ ବିଚରା ଆଉ କ'ଣ କରିବ ? ସିଏ କ'ଣ ଡାଳ ହାଣି ନଥିଲା। ବୁଢ଼ାତ ଏଣେ ଦି ବର୍ଷ ହେଲା ଠକେଇ ଚାଲିଲେ। ଘର କରି ଭଲମନ୍ଦ କ'ଣ ନାହିଁ। କାଠ ଖର୍ଚ୍ଚ ହୋଇ ଯାଇଛି।'

ନଟିଆ ଦାଦା ନୃସିଂହ ଭାଇଙ୍କୁ କହିଲେ- 'ନାରେ ନୃସିଂହ ମଧୁଆ ଯାହା କହୁଛି ଠିକ୍। ଘନ ଭାଇକୁ ନିଆଁ ଦେବାକୁ ହେବ।'

ତାପରେ ଟିକିଏ ନିକାଞ୍ଚନକୁ ଡାକିନେଇ ନଟିଆ ଦାଦା ନୃସିଂହ ଭାଇଙ୍କ ସହିତ କଥାବାର୍ତ୍ତା କରିବାକୁ ଲାଗିଲେ। କଥାବାର୍ତ୍ତାଟା ନିହାତି ନିମ୍ନକଣ୍ଠରେ ହେବାରୁ କିଛି ଶୁଭିଲା ନାହିଁ। ସେ ଯାହା ହେଉ ତା'ପରେ ନଟିଆ ଦାଦାଙ୍କ ନିର୍ଦ୍ଦେଶରେ ତାଙ୍କ ନିଜଘରୁ ମଶାଣିକୁ କାଠ ବୁହାଚାଲିଲା।

ଘନ ବଡ଼ବାପା କାହିଁ କେବେ ମାଷ୍ଟର ହୋଇ ଗାଁ ସ୍କୁଲରେ ପାଠ ପଢ଼ାଉଥିଲେ ଆମ ଜନ୍ମ ଆଗରୁ। ଗାଁରେ ମାଷ୍ଟ୍ରମାନଙ୍କ ପାଖରେ ଯେ ଲୁଚାଛପା ପୁଂଜି ଥାଏ ଏକଥା ବା କାହାକୁ ଅଜଣା। ଛମାସ ପୂର୍ବରୁ ମାଳତୀ ଭାଉଜ ଏଇ କଥା ନେଇ ଘୁଣି ହେଉଥିଲେ। ବୁଢ଼ାର ତ ହଠାତ୍ ଦେଢ଼ ବର୍ଷ ଆଗରୁ ପାଟି ପଡ଼ିଗଲା ହେଲେ ଠରାଠରି କରିବା ବି ନାହିଁ। ମୋ ସାମ୍ନାରେ ଘନ ବଡ଼ବାପାଙ୍କର ବି ଥରେ ହିକ୍କା ହେଲା ସେ ଉଁ ଉଁ ହେଲେ। ମାଳତୀ ଭାଉଜ ରୋଷେଇ ଘରୁ ଦୌଡ଼ିଆସି ପାଖରେ ବସି ପଡ଼ି ବଡ଼ ଆକୁଳ କଣ୍ଠରେ ପଚାରି ବସିଲେ- ବାପା, କହିବକି ବାପା ? କହିଦେଉନ, କୋଉଠି କ'ଣ ଟା ରଖିଚ ? ତାପରେ ସେ ନିଜେ ଅଗଣା, ଘର ସନ୍ଧି, ଭାଡ଼ି ତଳ, ଛପର ତଳ ସବୁଆଡ଼େ ଇଶାରା କରି କରି ଥକି ପଡ଼ିଲେ। ଘନ ବଡ଼ବାପା ଏ ଅବସ୍ଥାରେ କ'ଣ ବୁଝୁଥିଲେ ମୁଁ ଜାଣେନା। ଖାଲି ଉଁ ଉଁ ହୋଇ ନିଥର ଦୃଷ୍ଟିରେ ଉପରକୁ ଚାହିଁ ରହିଥିଲେ। ଭାଉଜଙ୍କୁ କିଛିଟା ଗୁପ୍ତଧନ ପ୍ରାପ୍ତ ହେଲା କି ନାହିଁ ସେ କଥା କେବଳ ତାଙ୍କୁ ହିଁ ଜଣା।

ଗତ ଦି ବର୍ଷ ଖଣ୍ଡେ ଧରି ବୁଢ଼ା ଆଜି ଯିବ, କାଲି ଯିବ ବୋଲି ଆଲୋଚନା ଚାଲୁଥାଏ। ଲୋକମାନେ ଥର ଥର କରି ହାଣ୍ଡିକୁଣ୍ଡେଇ କାଢ଼ି ପକାଉଥାନ୍ତି। ତର ତର ହୋଇ ସନ୍ଧ୍ୟା ପୂର୍ବରୁ ଖାଇ ଦେଉଥାନ୍ତି ମାତ୍ର କିଛି ହେଉ ନଥାଏ। ଭୀମ ଦାସ ଗାଁରେ ଅନ୍ୟାନ୍ୟ ପିତୃପୁରୁଷଙ୍କର ଉଦାହରଣ ଦେଇ କହୁଥାଏ, 'ଏମିତି କଥା ମୁଁ ଆଗରୁ ଦେଖିନାହିଁ। ଘନଭାଇ ପରି ଏତେ କେହି ଠକି ନାହାନ୍ତି। ୟାଙ୍କର ତ ଏକଦମ୍ ରେକର୍ଡ଼।'

ତୃତୀୟ ଶ୍ରେଣୀ ପିଲାଗୁଡ଼ାକ ଏସବୁ ଶୁଣି ତାଙ୍କ ପଢ଼ା ଗପ ବହି ଅନୁସାରେ ଘନ ବଡ଼ବାପାର ନୂଆ ନାଁ ଦେଇଥାନ୍ତି- 'ମିଛୁଆ ରାଧୁଆ।'

ଏତେ ଥରର ମିଛ ଶେଷକୁ ଆଜିହିଁ ସତ ପାଲଟିଗଲା। ପଡ଼ି ପଡ଼ି ଆଜିହିଁ ଘନ ବଡ଼ବାପା ସତସତିକା ମରିଗଲେ।

କୋକେଇ ଭିଡ଼ା ସରିଲା। ସେପଟୁ ମଶାଣିରେ କାଠ ଖଂଜା ସରିବାର ଖବର ଆସିଲା। ଆମେ କେତେଜଣ କାନ୍ଧେଇବା କଥା। ଶବ ଆଣିବାକୁ ଘରଭିତରକୁ

ଗଲୁ । ଘରଟା ଭୀଷଣ ଅପରିଷ୍କାର ହୋଇଥାଏ । ଯାତନା ଏବଂ ମରଣର ଗନ୍ଧ ଉତ୍କଟ ଭାବେ ଭରି ରହିଥାଏ ଘର ଭିତରେ । ମଇଳା ଛିଣ୍ଡା କନ୍ଥା ଉପର ବାଉଁଶରୁ ଝୁଲୁଥାଏ । ଗୋଟାଏ କଡ଼କୁ ଦୀପରୁଖା ପାଖରେ ଭାଗବତ ଏକାଦଶ ସ୍କନ୍ଧ ଥୁଆ ହୋଇଥାଏ । କତରା ଛିଣ୍ଡା ମଶିଣା, ଖୋଳହୀନ ତକିଆଟିଏ । ତକିଆଟି ଲାଗୁଥାଏ ମଣିଷର ଆତ୍ମା ସଦୃଶ କାରଣ ଗୀତାରେ ବର୍ଣ୍ଣିତ ଆତ୍ମାର ସ୍ୱରୂପ ଭଳି ଏ ତକିଆଟିକୁ ମଧ୍ୟ ଅସ୍ତ୍ର କାଟିପାରିବ ନାହିଁ, ଅଗ୍ନିଦାହ କରିପାରିବ ନାହିଁ କିମ୍ବା ପାଣି ଓଦା କରିପାରିବ ନାହିଁ। ଯୁଗାନ୍ତର ଧରି ତେଲ ଚିକିଟା ତକିଆଟିକୁ ଆତ୍ମାବତ୍ ବନାଇ ଦେଇଥାଏ । ତାରି ଉପରେ ଶବ ପଡ଼ିଥାଏ, ଅନ୍ତିମ ଶୟନ । ହାଡ଼ ଉପରେ ନେସି ହୋଇଥାଏ ଧୁଡୁଧୁଡୁଆ ଚମ । ଦୀର୍ଘ କାଳ ପଡ଼ି ରହି ଅଣ୍ଟା, ହାତ, କହୁଣୀ ସବୁରେ ଘା ହୋଇଯାଇଥାଏ । ମେଲା ଆଖି, ଜିଭ ଗୋଟାଏ କଡ଼କୁ ଲେଉଟି ପଡ଼ିଥାଏ, ଭୟରେ ମୋ ରୁମ ଟାଙ୍କୁରି ଉଠିଲା । ତଥାପି ମୁଁ ସେଇ ଆଡ଼କୁ ଚାହିଁଥାଏ । ଶତ ସହସ୍ର କୋଷମାନଙ୍କରୁ ଝିଙ୍କି ହୋଇ ପ୍ରାଣ ବାୟୁ ଉଡ଼ି ଚାଲିଯାଇଛି ।

ସମସ୍ତେ ହାତ ଯୋଡ଼ି ଶବକୁ ପ୍ରଣାମ କଲେ । ସିଏତ ପ୍ରାୟ ସମସ୍ତଙ୍କଠାରୁ ପ୍ରଣାମ ହିଁ ପାଆନ୍ତି, ଅତି ପୁରୁଖା ପ୍ରାଇମେରୀ ମାଷ୍ଟର ଯେ ଥିଲେ ।

ଠେକିରେ ଗୋବର ପାଣି ଧରି ଭୀମ ଦାସ ଦୁଆର ମୁହଁରେ ପ୍ରସ୍ତୁତ ଥାଏ । ପାଣି ଛିଞ୍ଚି ଛିଞ୍ଚି ଶବ ପଛେ ପଛେ ମଶାଣି ଯାଏଁ ଯିବ ।

- ଦିଅ ଉଠାଅ, ନଟିଆ ଦାଦା କହିଲେ । ବାପା ମୁଣ୍ଡ ପାଖକୁ ଯାଇ ଆଖି ଉପରେ ହାତ ଥୋଇ ମେଲା ଆଖିକୁ ବନ୍ଦ କରିଦେଲେ । ଶବକୁ ଉଠାଇ କୋକେଇରେ ଭିଡ଼ିକରି ରଖାଗଲା । ପାଥେୟ ଦିଆଗଲା ସେଇ ମଣିଣା, ସେଇ କନ୍ଥା, ସେଇ ତକିଆ, ନୂଆ ଲୁଗାଟିଏ ପିନ୍ଧାଇ ଦିଆଗଲା । ଦି'ବର୍ଷ ଧରି ଲୁଗାଟା ବାକ୍ସରେ ସାଇତା ହୋଇଥିଲା ।

ମାଳତୀ ଭାଉଜଙ୍କୁ ଆଉ ସମ୍ଭାଳେ କିଏ ? ଶବ ଛାଡ଼ିଦେବାକୁ ଏକବାର୍ ନାରାଜ୍ ।

- ଆରେ ବୋହୂକୁ ସମ୍ଭାଳରେ ।

- ହେଲେ ସମ୍ଭାଳୁଚି କିଏ ? ସମସ୍ତେ ତ ନିଜେ ଅସମ୍ଭାଳ ।

ଶୁଭିଲା- 'ହରିବୋଲ ହରିବୋଲ' । ଉଠିଲା କୋକେଇ । ମୋ ପାଖରେ ଠିଆହୋଇଥିବା ଥୁରୁଥୁରିଆ ବୁଢ଼ାଜଣେ ଶୂନ୍ୟ ଦୃଷ୍ଟିରେ ଚାହିଁରହିଥିଲା ମଶାଣିଯାଏଁ ଲମ୍ବିଯାଇଥିବା ସରୁ ଅଙ୍କାବଙ୍କା ପାଦଚଲା ରାସ୍ତା ଆଡ଼େ । ହିଡ଼ମାଟିର ଶାଗୁଆ ଘାସ ପତ୍ର ମଝିରେ ପାଙ୍କ କରି ଫିଟି ପଡ଼ିଥିବା ସରୁଆ ରାସ୍ତାଟା ଦିନ ଆଲୁଅରେ ମାଟି ରଙ୍ଗର ଦିଶେ, ଧୂସରିଆ । ମୁଁ ତାଙ୍କ ବାଁ ହାତ ମୁଠାଇ ଧରି କହିଲି- 'ଅନ୍ଧାରରେ କୁଆଡ଼େ ଅନେଇଚ ? ଚାଲୁନ ଯିବା, କୋକେଇ ଉଠିଲାଣି ।'

ପ୍ରକୃତିସ୍ଥ ହେଲା ପରି ସେ କହିଲେ-ହଉ ବାପ ଚାଲ୍। ମୁହୂର୍ତ୍ତେ ପରେ ମୋ ହାତରୁ ନିଜ ହାତ ଛଡ଼େଇ ନେଇ କହିଲେ- 'ଏଇ ସତୁରୀ ବର୍ଷ ଭିତରେ କେତେ ଥର ଯେ ଏଇବାଟେ ଘନଭାଇ ଯା'ଆସ କରିଥିବେ ତା'ର ଗଣତି ନାହିଁ। ହେଲେ ଆଜିର ଯାତରା ନିଆରା। ଜନମରେ ଥରଟିଏ ମାତ୍ର ଆସେ, ସଭିଙ୍କ ପାଇଁ।

ଆମେ ସମସ୍ତେ ଚାଲିବାକୁ ଲାଗିଲୁ।

ଦୀର୍ଘ ଦୁଇ ବର୍ଷ ପରେ ଘନ ବଡ଼ବାପା ଆଜିହିଁ ଘରୁ ବାହାରିଲେ। ଦୁଇ ବର୍ଷ ପୂର୍ବେ ଯାହା ଏଇବାଟେ ପାଖାପାଖି ଏମିତି ବୁହାହୋଇ, ରିକ୍ସାରେ ବୁଜୁଳାଟିଏ ପରି ଲଦା ହୋଇ ବ୍ଲକ୍ ଅଫିସ୍ ଆଡ଼େ ଯାଇଥିଲେ। ମାସିକ ପେନ୍‌ସନ ଟଙ୍କା ପାଇଁ ନାତିଟୋକାଟା ରିକ୍‌ସାରେ ଲୋଡ୍ କରି ନେଇଥିଲା ତାଙ୍କୁ।

ମଶାଣି ଯାଏଁ ରାସ୍ତାରେ 'ହରିବୋଲ' ବ୍ୟତୀତ ଆଉ କିଛି ଶବ୍ଦ ଶୁଭିନାହିଁ। ମୁଖାଗ୍ନି ପାଇଁ ଜଳନ୍ତା ନିଆଁ ବରିଆ ଥୁଆ ହୋଇଥାଏ। ତା' ଆଗରୁ ଶବକୁ ଛିଞ୍ଚା ପାଣିରେ ଶୁଦ୍ଧ ଶୌଚ କରିସାରିବା ଉତ୍ତାରେ ସେଇଠି ରନ୍ଧା ଜାଉ ମୁଠାଏ ତା'ର ବନ୍ଦ୍ ଓଠ ପାଖରେ ଅର୍ପଣ କରି ନୃସିଂହଭାଇ ନିବେଦନ କଲେ- 'ବାପା ଖାଅ, ବାପା ଖାଅ, ବାପା ଖାଅ'। ତା'ପରେ ପ୍ରଣାମ। ସମବେତ ସବୁ ଶବଯାତ୍ରୀ ହାତଯୋଡ଼ି କହିଉଠିଲୁ- 'ଗଙ୍ଗା ଯାଆ, ଗୟା ଯାଆ, ଜନ୍ମ ମରଣରୁ ମୁକ୍ତି ପାଆ।'

■

ଦୃଷ୍ଟି

ସରକାରୀ ଡାକ୍ତରଖାନାର ଝରକା ଖୋଲିଦେଲେ ପଛକଡ଼ର ବିକଳାଙ୍ଗ ଘାସ ପଡ଼ିଆଟା ଦିଶେ, ଯାହାକି ଏ ସହରତଳି ଲୋକଙ୍କର ମୁକ୍ତାକାଶ ପାଇଖାନା ହିସାବରେ ବ୍ୟବହୃତ ହୋଇ ଆସୁଛି। ଗୋଟାଏ ପାଖରେ ପୋଷ୍ଟମର୍ଟମ୍ ଘର। ଏଇଠୁ ସେଇ ଘରଟା ଭୂତକୋଠି ପରି ଦିଶେ। ପଡ଼ିଆ ସେ ପାଖରୁ ଝରକା ଆଡ଼କୁ ଲସରପସର ହୋଇ ଧାଇଁଥିବା ଘୁଷୁରିପଲକୁ ଦେଖି ହରି ବିଛଣାରୁ ଉଠିପଡ଼ି ଝରକା ବନ୍ଦ କରି ଦେଲା। ବର୍ତ୍ତମାନ ସୁଦ୍ଧା ସେପାଖର ଏକାନ୍ତ ପୋଷ୍ଟମର୍ଟମ୍ ଘରଟିରେ ତା' ନିଜ ଶବର ବ୍ୟବଚ୍ଛେଦ ସରନ୍ତାଣି। କିନ୍ତୁ ସେତିକି ବି ହୋଇପାରିଲା ନାହିଁ। ମରିଯିବା ଭଳି ହେୟ ଇଚ୍ଛାଟିର ପୂର୍ତ୍ତି ଏ କପାଳରେ ଜୁଟିଲା ନାହିଁ।

ଜୀବନସାରା ହିଁ ତ ଇଚ୍ଛା ବିରୁଦ୍ଧରେ ଘଟଣାମାନ ଘଟିଚାଲିଛି। ଭଲ ଚାହିଁଲେ ହେଉନାହିଁ, ଖରାପ ଚାହିଁଲେ ବି ହେଉନାହିଁ। ତେବେ ମନ ଭିତରେ 'ଏଇ ଚାହିଁବା' ଜିନିଷଟାକୁ ଭଗବାନ୍ ଦେଇଛନ୍ତି କାହିଁକି ? ଆତ୍ମହତ୍ୟା ପାଇଁ ଏଇଟା ଥିଲା ହରିର ଦ୍ୱିତୀୟ ଅସଫଳ ଚେଷ୍ଟା। ସେ ନିଜର ପତଳା ରୋଗଣା ଦେହ ଉପରେ ନଜର ବୁଲେଇ ଆଣି କ୍ଲାନ୍ତ କଣ୍ଠରେ ଥରେ ଚିତ୍କାର କଲାପରି କହିଉଠିଲା-ହେ ଭଗବାନ୍, ମୁଁ ଏବେ କରିବି କ'ଣ ?

ପାଟି ଶୁଣି ସୁଏଟର ବୁଣୁବୁଣୁ ନର୍ସ ୱାର୍ଡ ଭିତରକୁ ପଶି ଆସି ପଚାରିଲେ- 'କ'ଣ ହେଇଚି ? ତମେ ଏମିତି ଚିଲୋଉଛ କାହିଁକି ?'

ହରି ନିଜର ଭୁଲ ବୁଝିପାରି ପ୍ରକୃତିସ୍ଥ ହେଲା ପରି ଚୁପ୍‌ଚାପ୍ ପଡ଼ିରହିଲା। ଟୁଲ୍‌ଟା ଟାଣି ଆଣି ପାଖରେ ବସି ପଡ଼ିଲା ନର୍ସ। ସୁଏଟର ବୁଣା ଅବ୍ୟାହତ ଭାବେ ଚାଲିଥାଏ। କିଛି କ୍ଷଣ ପରେ ନର୍ସ କହିଲେ- 'ତମେ ବଞ୍ଚିବ। ସାତ ପୁଅ ଆଉ ସୁନାନାକୀ ଝିଅଟିଏ ହେବ ତୁମର। ତମ ଦେହରେ ଆଉ ବିଷ ନାହିଁ। ଡାକ୍ତରବାବୁ

ଔଷଧ ଦେଇ ସବୁ ଉଗାଳି ସାରିଲେଣି। ପୁରା ସାଷ୍ଟାମ ହୋଇଗଲେ ଘରକୁ ଯିବ, ଟିକିଏ ସବୁର୍ କର।'

ଖଟର ମଶାରି ବାଡ଼ରୁ ବିପର୍ଯ୍ୟସ୍ତ ଭାବେ ଓହଳିଥିବା ନିଜର ଝୁଲାବ୍ୟାଗ ଖଣ୍ଡକୁ ନିସ୍ତେଜ ହାତରେ ହଲେଇ ଦେଇ ହରି ପଚାରିଲା- 'ଆଉ କେତେ ଦିନ ଏଠି ରହିବାକୁ ପଡ଼ିବ, ସିଷ୍ଟର?'

ମାତ୍ର ନର୍ସ ତାକୁ ପୁଣି ପଚାରିବସିଲେ- 'ତମେ ଏମିତି ବାରମ୍ବାର ଜୀବନ ହାରିବାକୁ ବସିଚ କାହିଁକି? ଭଗବାନ୍‌ଙ୍କ ଇଚ୍ଛା ବୋଧେ ଅନ୍ୟପ୍ରକାର, ସିଏ ଚାହାନ୍ତି ତମେ ବଞ୍ଚିରୁହ ବୋଲି। ସେଇଥିପାଇଁ ତ ଦି ଥର ଯାକ ଚେଷ୍ଟା ଫଳ ଦେଲାନି। ତମ ଦ୍ୱାରା ବହୁତ ବଡ଼ କାମ ହେବ।' ହାଇସ୍କୁଲ ଇତିହାସ ବହିରେ ପଢ଼ିଥିବା ଅନେକଥର ଆତ୍ମହତ୍ୟା ପାଇଁ ଚେଷ୍ଟାକରି ବିଫଳ ହୋଇଥିବା ରବର୍ଟ କ୍ଲାଇବଙ୍କ କଥା ମନେ ପକାଇଦେଲେ ନର୍ସ। ପୁଣି କହିଲେ- 'ଆଚ୍ଛା! ତୁମର ଦୁଃଖ କ'ଣ କହିଲ, କ'ଣ ହୃଦୟ ଭିତରେ କିଛି ଲୁଚାଚୋରା କଥା କି? କୋଉ ଝିଅ ତୁମକୁ ଦଗା ଦେଇଚି ନା କ'ଣ?'

ହରି କିଛି ନ କହି ଜବାବରେ ଖାଲି ଶୁଖିଲା ହସଟିଏ ହସିବାକୁ ଚେଷ୍ଟାକଲା। ଡିମୋକ୍ଲିସ୍‌ଙ୍କ ଖଣ୍ଡା ପରି ମଥା ଉପରେ ଝୁଲୁଥିବା ହସ୍‌ପିଟାଲ୍‌ର ଅକାମୀ ପଙ୍ଖାଟାକୁ ଚାହିଁରହି ଧୀରେ ଧୀରେ ଗୁଣୁଗୁଣୁ ହେବାକୁ ଲାଗିଲା- 'ଆଜୀବନ ତ ଏଇମିତି, ଅକାମୀ, ଅସହାୟ, ଅଲୋଡ଼ା। ଏଇ ପଙ୍ଖା ପରି।

ନର୍ସ ଆହୁରି ଟିକିଏ ପାଖକୁ ଘୁଞ୍ଚିଆସି କଅଁଳ କଣ୍ଠରେ ପଚାରିଲେ- 'ତମେ କୋଉ ଝିଅକୁ ଭଲ ପାଇଥିଲ କି? ସତ କହୁନ।'

ହରି- ହଁ।

ନର୍ସ- ସେ ଆନମନା ଧରି ତମକୁ ଛାଡ଼ିଦେଲା କି?

ହରି- ହଁ।

ନର୍ସ- 'ଦେଖ, ଏଇଥିରେ ତମେ ବିଷ ଖାଇଦେଲ! କି ମରଦ କି ତମେ। ଏମିତି ତ ସଚରାଚର ଘଟୁଚି। ତାଙ୍କର ଦଶା ବି ଏରକମ୍ ହୋଇଥିଲା। ଛୁଆପିଲାଙ୍କ ପରି କାନ୍ଦୁଥିଲେ। ଶେଷରେ ମୋ ସହିତ ହାତଗଣ୍ଠି ପଡ଼ିଲା। ଏବେ ସେ ପୁରା ମୋ କାନିରେ ବନ୍ଧା। ଉଠ୍ କହିଲେ ଉଠୁଛନ୍ତି, ବସ୍ କହିଲେ ବସୁଛନ୍ତି। ଦିଟା ପିଲା ହେଲେଣି, ଆଉ ସେ ପାଗଳାମି ନାହିଁ। ଏଠୁ ଗଲେ ତମେ ଶୀଘ୍ର ବାହା ହୋଇପଡ଼। ସବୁ ଠିକ୍ ହୋଇଯିବ।'

ଚଗଲିଆ ହସଟିଏ ହସିଦେଇ ନର୍ସ ସେଠୁ ଅପସରି ଗଲେ। ଜୀବନର

ସମସ୍ତ ଦୁଃଖସୁଖ ଆଶାହତାଶାଙ୍କୁ ଖାଲି ପ୍ରେମ ଓ ବିରହ ଭିତରେ ଦେଖୁଥିବା ସେଇ ମହିଳା ଜଣକୁ ବିକଳ ଦୃଷ୍ଟିରେ ହରି ଅନେଇ ରହିଲା।

ଦେହହାତ ଝିମ୍‌ଝିମ୍ କରୁଛି। ଗୋଟାଏ ତୀବ୍ର ବେଦନା ସଞ୍ଚରି ଯାଉଛି ସାରା ଦେହରେ। ଏତିକି ବୟସରୁ ଏତେ ଯନ୍ତ୍ରଣା ଭୋଗିବାର ଥିଲା, ହେ ଭଗବାନ୍! ହରିର କ'ଣ ଦୁଃଖ କେବଳ ସେ ନିଜେ ହିଁ କାରଣ। କାହା ସହିତ ମନର ଗ୍ଲାନି, ଅଭିଯୋଗ ବା ଦୁଃଖ କିଛି ହେଲେ ଆଲୋଚନା କରିବାର ଦୃଷ୍ଟାନ୍ତ ନାହିଁ। ସେ ଅଲୋଚନା କରିବାକୁ ଚେଷ୍ଟା କରିଥିଲେ କଣ ଯେ ହୁଅନ୍ତା ସେଇଟା ଅବଶ୍ୟ ଅନ୍ୟ କଥା। ଖାଲି ଗୋଟାଏ ଦୁଃଖ, ନିଃସ୍ୱ, ନିଶ୍ଚେଷ୍ଟ ପରାଜିତ ମଣିଷର ଅବ୍ୟକ୍ତବେଦନା ଦଗ୍ଧ ଛାପ ଚେହେରାଟାରେ ଦିଶୁଥାଏ। ଦ୍ୱିତୀୟ ଥର ଆତ୍ମହତ୍ୟାର ଚେଷ୍ଟା ବିଫଳ ହେବା ପରେ ସେ ଲାଗୁଥାଏ, ଆହୁରି ଭଙ୍ଗାଭଙ୍ଗା, ଖାପଛଡ଼ା, ଆହୁରି ଆତ୍ମପ୍ରତ୍ୟୟହୀନ।

ସାମ୍ନା ବେଡ୍‌ରେ ଆଉଜି ବସି ରୋଗୀଜଣକ ବିଡ଼ି ଟାଣୁଥିଲା। କସ୍‌ନେଲା ବେଳେ ବିଡ଼ିର ଅଗଟା ଜଳି ଉଠୁଥିଲା ଦାଉଦାଉ ହୋଇ। ସେଇ ଆଡ଼କୁ ଅନେଇ ହରି ଗୁଣୁଗୁଣୁ ହେଲା-ଠିକ୍ ଏଇଭଳି ପ୍ରତିକ୍ଷଣ, ପ୍ରତି ମୁହୂର୍ତ୍ତରେ ଜଳୁଚି ମୁଁ, ପ୍ରତି ମୁହୂର୍ତ୍ତରେ ମରୁଚି। ଥରୁଟିଏ ମରିବି ସଚ୍ଚା ମରଣ, ତା'ପରେ ଆଉ ମରିବାକୁ ନଥିବ। ଜୀବନକୁ ବୋହି ବୁଲିବାର କଷ୍ଟ କେତେ! କ୍ଲାନ୍ତି କେତେ!

ସନ୍ଧ୍ୟା ଜମିଆସିଲା। ପଛକଡ଼ ପଡ଼ିଆ ପାଖରେ ପୋଷ୍ଟମର୍ଟମ୍ ଘରଆଡ଼ୁ ଭାସି ଆସିଲା ବୁଲାକୁକୁରଦଳଙ୍କ କାନ୍ଦଣା। ସେଇ ଲହର ଆଗରେ ମଶାମାନଙ୍କ ଅନବରତ ଗୁଞ୍ଜନ ଲାଗୁଥିଲା ତାନପୁରା ଭଳି। ଗୋଟାଏ ଦୁଃସହ ଯନ୍ତ୍ରଣା ସଞ୍ଚରି ଯାଉଛି ଦେହସାରା, ଲହଡ଼ି ଭଳି ପିଟିହୋଇ ପଡୁଛି ଦେହ ଭିତରେ ଭିତରେ। ୱାର୍ଡ ଭିତରର ବଲ୍‌ବ ର ଆଲୁଅ ଲୋଭୋଲଟେଜ୍‌ରେ ଦିଶୁଥାଏ କ୍ଷୀଣ। ସେଥିରେ ଦୂରରୁ ଆସୁଥିବା ଜେନାବାବୁଙ୍କୁ ସେ ହଠାତ୍ ଚିହ୍ନିପାରିଲା ନାହିଁ। ସାଇକେଲ୍ ଚାବିଟାକୁ ହାତରେ ଘୂରାଇ ଘୂରାଇ ଜେନାବାବୁ ଟୁଲ୍ ଉପରେ ବସି ପଡ଼ିଲେ। ପଚାରିଲେ-କ'ଣ ହରିବାବୁ, ଏବେ ଭଲ ଅଛନ୍ତି ତ? କେବେ ଡିସ୍‌ଚାର୍ଜ କରିବାକୁ ଡାକ୍ତର କହୁଛନ୍ତି।

ହରି କହିଲା- ବ୍ୟସ୍ତ ହେବନି ଭାଇ। ତମ ଘରଭଡ଼ା ଟଙ୍କା ଚୁକ୍ତି ନ କରି ମରିଯିବା ବୋଧହୁଏ ମୋ କପାଳରେ ନାହିଁ। ଡାକ୍ତର ଆସିଲେ ମୁଁ ଚାଲିଯିବି।

ଆଠଫୁଟ୍‌ରେ ଆଠଫୁଟ ଛେଳିଗୁହାଳ ପରି ଖଣ୍ଡେ ଘର, ଯାହାର ଭଡ଼ା ବାକୀ ପଡ଼ିଛି। ଜେନାବାବୁଙ୍କୁ ଅନେଇ ହରି ହସିବାକୁ ଚେଷ୍ଟା କଲା। ଭାବିଲା କରଜଗ୍ରସ୍ତ ହୋଇ ମରିବାରେ ବି ଗୋଟାଏ ଆନନ୍ଦ ଅଛି। ମରିଗଲା ପରେ ବାଧହୋଇ ଅନ୍ତତଃ ଏଇମାନେ କାନ୍ଦିଲେ ବୋଲି ଆଶ୍ୱାସନା ମିଳିବ ତ! ଏଇ ଯେମିତି ଜେନାବାବୁ

ଖବର ନେବାକୁ ଡାକ୍ତରଖାନା ଯାଏଁ ଚାଲି ଆସିଲେ ।

ମନୋବଳ ଏବଂ ସ୍ୱାସ୍ଥ୍ୟରକ୍ଷାର ସାଧାରଣ ଉପଦେଶ କେତେଟା ଦେବା ଉତ୍ତାରେ ଜେନାବାବୁ ଚାଲିଗଲେ ।

ହରି ପୋକମରା ବିଷ ଔଷଧ ଖାଇଦେବାର ପରେ ପରେ ମେଲେରିଆ ବିଭାଗର ଜଣେ କର୍ମଚାରୀ ଘରର କାନ୍ଥ ଉପରେ ଗାରେଇବାକୁ ଆସିଥିଲା । ତତ୍‌କ୍ଷଣାତ୍ ହରିକୁ ଉଠେଇ ମେଡ଼ିକାଲ୍‌କୁ ନେଇ ଆସିଲା । ବଞ୍ଚିଗଲା ହରି ଏବଂ ଅନ୍ତତଃ ଗୋଟାଏ ଜୀବନ ବଞ୍ଚେଇବାର କୃତିତ୍ୱ ଲାଭକଲା ଲୋକଟି (ମେଲେରିଆରୁ ନହେଉ ପଛେ) ।

ହରି ଭାବୁଥିଲା ଜୀବନ ଯେଉଁମାନଙ୍କ ପାଇଁ ଗୋଟାଏ କ୍ଲିଷ୍ଟ ଅବସ୍ଥାର ନାମାନ୍ତର, ଅନ୍ତତଃ ସେମାନଙ୍କ ପାଇଁ ଜୀବନର ଦୈର୍ଘ୍ୟ ଖାଲି ମୃତ୍ୟୁ ପାଇଁ ଏକପ୍ରକାର ବିରକ୍ତିକର ପ୍ରତୀକ୍ଷା ବ୍ୟତୀତ ଆଉ କିଛି ନୁହେଁ । ଏ ନିରର୍ଥକ ପ୍ରାଣକୁ ସାଇତି ରଖି ଲାଭ କ'ଣ ? ଏଣୁ ସେ ମରିବ । ନିଶ୍ଚିତଭାବେ ଆଉଥରେ ଚେଷ୍ଟା କରିବ । କିଏ ଜାଣେ ଏଥରକ ସେ ସଫଳ ହୋଇପାରେ । କଷ୍ଟ ସହିବାର ତ ପୁଣି ଗୋଟାଏ ସୀମା ଅଛି ।

ବଟିକାଟିଏ ଧରି ପଶିଆସିଲେ ସେଇ ନର୍ସ । କହିଲେ- 'ନିଅ ଏଇଟା ଖାଇଦିଅ । ସନ୍ଧ୍ୟା ହେଲାଣି । ଡାକ୍ତରବାବୁ ଆସିଲେଣି । ଏବେ ଏଠିକି ଆସିବେ । ତମ ରକ୍ତ ପରୀକ୍ଷା କରିବାକୁ ନେଇଥିଲେ, ଯାଞ୍ଚ କରିସାରିଥିବେ ।'

ହରି- ମୁଁ ଏଠୁ କେବେ ଯିବି ?

ନର୍ସ- ସାଷ୍ଟାମ ହେଲେ ଯିବ କାଲି କି ପଅରଦିନ, ଏତେ ତରତର କାହିଁକି ? ଦେଖ, ଡାକ୍ତରଙ୍କ ଆଗରେ ଯାଡୁସ୍ୟାଡୁ ବକିବ ନାହିଁ । ସେ ବଡ଼ ଟିଙ୍ଗା ଲୋକ । ଆଚ୍ଛା, ତମ ମୁହଁଟା ସବୁବେଳେ ଏମିତି କାନ୍ଦିଲା ଭଳି କରି ରଖିଚ କାହିଁକି ?

ହରି- ମୋର ତ ବାସ୍ତବ ଅବସ୍ଥା ସେଇ, କାନ୍ଦିଲା ଭଳି । ଅନ୍ୟ ପ୍ରକାର ବା ଦିଶନ୍ତି କେମିତି ?

ନର୍ସ-କାହିଁକି ବା ? ତମେ ଟିକିଏ ମଉଜିଆ ହଉନ, ହବାକୁ ଚେଷ୍ଟାକର । ଖୁସି ମଉଜ ଏମିତି କ'ଣ ? ଚେଷ୍ଟା କର ।

ହରି କହିଲା- ମୁଁ ମରିଯିବି ସିଷ୍ଟର । ମତେ କେହି ବଞ୍ଚେଇ ପାରିବେ ନାହିଁ । ଜୀଇଁବାରେ ହିଁ ମୋର ଦୁଃଖ । ହଠାତ୍ ଏକ ଆବେଗରେ ହରିର ଦେହହାତ କମ୍ପିଉଠିଲା, ଔଷଧ ନଖାଇ ସେ ଝରକାବାଟେ ଫିଙ୍ଗିଦେଲା ବାହାରକୁ ।

ହରିକୁ ପାଗଳ ପରି କାନ୍ଦିଉଠିବାର ଦେଖି ନର୍ସ ସେଠୁ ଦୌଡ଼ିବା ଭଳି ଚାଲିଗଲେ । କିଛି ସମୟପରେ ୱାର୍ଡ଼ ଭିତରକୁ ପଶିଆସିଲେ ଉଭୟେ ନର୍ସ ଓ ଡାକ୍ତର ।

ଡାକ୍ତର ପଚାରିଲେ- ଏବେ କେମିତି ଲାଗୁଛି ?

ହରି ନମସ୍କାର କଲା, ଧକେଇ ଧକେଇ କାନ୍ଦିବାକୁ ଲାଗିଲା ।

ଡାକ୍ତର କହିଲେ- ତମେ ବଡ଼ ସେଣ୍ଟିମେଣ୍ଟାଲ ହୋଇ ପଡୁଚ । ଦେଖ, ଆତ୍ମହତ୍ୟା କରିବାର କିଛି ମାନେ ଅଛି ? ଜୀବନ ବଞ୍ଚେଇ ରଖିବା ପାଇଁ ସାରା ଦୁନିଆର ନାଟ । ଏମିତି ଭାଙ୍ଗି ପଡୁଛ କାହିଁକି ? ତୁମେ ପୁରା ସୁସ୍ଥ ହେଇନ, ଆରାମ୍ କର । ଯାଡୁସ୍ୟାଡୁ କିଛି ଭାବନାହିଁ ।

ହରି- ସାର ମୁଁ ବଞ୍ଚିରହି କରିବି କ'ଣ ?

ଡାକ୍ତର- ତମର ଅଭିଭାବକ କିଏ ? ବାପାମାଆ ?

ହରି- କେହି ନାହାନ୍ତି ମୋର । ବଡ଼ ଅଭାଗା ମୁଁ, ବଡ଼ ଅସହାୟ, ଗରିବ, ବଡ଼ ଦୁଃଖୀ ମୁଁ ସାର୍ ।

ଡାକ୍ତର- ଆତ୍ମହତ୍ୟା କେତେ ଖରାପ, ଏକଥା ଜାଣିଚ ?

ହରି-ସବୁ ହରେଇଚି ମୁଁ । ନିଃଶ୍ୱାସ ଟିକକ ବ୍ୟତୀତ ଆଉ କିଛି ନାହିଁ ମୋର । ସେତିକି ବି ହରେଇ ଦେବି । ତା'ପରେ ହରେଇବାକୁ ଆଉ କିଛି ନଥିବ । ମୁଁ ନିରାକାର ହୋଇଯିବି, ମୁକ୍ତ ହୋଇଯିବି ।

ନିଜ ଉପରୁ ନିୟନ୍ତ୍ରଣ ହରେଇଥିବା ହିଷ୍ଟେରିଆ ରୋଗୀ ଭଳି ହରି ବକ୍‌ବକ୍ ହେବାକୁ ଲାଗିଲା । ଡାକ୍ତର ଚିଡ଼ି ଉଠି କହିଲେ, 'ଠିକ୍ ଅଛି, ତମର ଯାହା ଇଚ୍ଛା କର । ଔଷଧ ନ ଖାଇ ବାହାରକୁ ଫିଙ୍ଗି ଦେଲନା ?'

ହରି କହିଲା- ମରିବାର ଇଚ୍ଛା ମୋର । ସାର୍, ଏମିତି କ'ଣ ହୋଇପାରନ୍ତା ନାହିଁ ଯେ ମତେ ହାର୍ଟ ଆଟାକ୍, କ୍ୟାନସର କିମ୍ବା ଏଡ଼୍‌ସ ଭଳି କିଛି ରୋଗ ହୋଇଯାଆନ୍ତା । ଯା'ଫଳରେ ମତେ ଆଉ ନିଜକୁ ମାରିଦେବାର ଚେଷ୍ଟା କରିବାକୁ ପଡ଼ନ୍ତା ନାହିଁ । ନା, ସେସବୁ କେବଳ ବଡ଼ଲୋକଙ୍କ ରୋଗ । ମୁଁ ସେମାନଙ୍କ ନାପସନ୍ଦ ।

ଚିଡ଼ିଉଠି ଡାକ୍ତର କହିଲେ- 'ନା, ସେସବୁ କେବଳ ବଡ଼ଲୋକଙ୍କ ରୋଗ ନୁହେଁ । ତୁମକୁ ଏବେ କ'ଣ ହୋଇଛି ଜାଣ ? ଲ୍ୟୁକେମିଆ । ମୁଁ ତମ ରକ୍ତ ପରୀକ୍ଷା କରିଛି । ହେଲା ? ସନ୍ତୁଷ୍ଟ ତ ? ଏବେ ଚାହିଁଲେ ବି ତମ ପାଇଁ ବଞ୍ଚିବା କଷ୍ଟକର । ସେଭଳି ରୋଗପାଇଁ ଏଇ ଛୋଟ ଡାକ୍ତରଖାନା ଅକ୍ଷମ । ତମେ ପୁଣି ଆତ୍ମହତ୍ୟା କରିବାକୁ ବସିଛ । ଦରକାର ନାହିଁ ସେ ପରିଶ୍ରମ କରିବା । ଏତିକି କହିଦେଇ ଡାକ୍ତର ସେଠୁ ଉଠିଚାଲିଗଲେ ।

ଡାକ୍ତରଙ୍କ କଥାଟା ହରିର କାନଉପରେ ଘଡ଼ଘଡ଼ି ପରି ଅଜାଡ଼ି ପଡ଼ିଲା । ଲ୍ୟୁକେମିଆ ! ସତରେ ? ତା'ର ଦେହରେ ? ମରଣର ଶୀତଳ ସ୍ପର୍ଶ । ହେ ଶୂନ୍ୟତା !

ତମପାଇଁ ଅପେକ୍ଷା କରିଥିଲି ଏତେ ଦିନ, ଏତେ ଚେଷ୍ଟା କରିଥିଲି। ଏବେ ଶେଷକୁ ତମେ ଆସୁଛ, ଲୁଚିଛପି ନିଜେ ନିଜେ। ସଚରାଚର ଯେମିତି ଆସ ଆପେ ଆପେ, ସ୍ୱେଚ୍ଛାରେ।

ମନ ଭିତରେ ଏବେ ଆନ୍ଦୋଳନ ଉଠିଚି। ଏବେ ଚାହିଁଲେ ବି ସେ କ'ଣ ବଞ୍ଚିପାରିବ ? ଚାହିଁ ରହିଲା ହରି ତା'ର ସମସ୍ତ ସମ୍ପତ୍ତି ବୋଲାଉଥିବା ଝୁଲା ବ୍ୟାଗ୍‌ଟି ଆଡ଼େ। ମଶାରି ବାଡ଼ରୁ ପେଣ୍ଡୁଲମ୍ ଧରି ଧୀରେ ଧୀରେ ହଲୁଚି ବ୍ୟାଗ୍‌ଟା। ବ୍ୟାଗ୍ ଭିତରୁ ବାହାରି ଅସରପାଟାଏ ଧାଇଁ ପଳାଉଚି ଇତସ୍ତତଃ।

ଖୋଲା ଝରକା ବାଟଦେଇ ଆଉ ପୋଷ୍ଟମର୍ଟମ ଘରଟା ଦିଶୁନି ଅନ୍ଧାରରେ। ମନଶ୍ଚକ୍ଷୁରେ ଖାଲି ଅନୁଭବ କରିହେଉଚି ତା'ର ଛାୟା, ଏକାନ୍ତ ଗିରିଶୃଙ୍ଗ ପରି ସଦର୍ପେ ଠିଆ ହୋଇଚି ସେଇଟା ନିକଟରେ, ଅକ୍ଷୟ ସତ୍ୟର ବାର୍ତ୍ତାବହ ହୋଇ।

ଏଇଆତ ସେ ଚାହିଁଥିଲା ବରାବର, ମୃତ୍ୟୁର ସର୍ବଗ୍ରାସୀ ଆଶ୍ଳେଷ। ଏତକ ପାଇଁ ଦୁଇ ଦୁଇଥର ବିଫଳ ପ୍ରୟାସ ଭିତରେ ସେ କେତେ ଲୋକହସା ନ ହେଇଚି ! ମୃତ୍ୟୁର ତର୍ଜମା କ'ଣ ଜାଣିନି ସେ, ସେ ଜାଣିନାହିଁ ମରଣର ସଂଜ୍ଞା କ'ଣ। ଖାଲି ଏତିକି ଅନୁମାନ ଯେ ଏଇଟା ବଞ୍ଚିରହିବାଠୁ ଭିନେ। ଇଏ ଏକପ୍ରକାର ମୁକ୍ତି। ଏବେ ସେଇ ମୁକ୍ତି ଆପେ ଆପେ ଆସୁଚି, ଖୋଦ୍, ତା' ନିଜ ଢଙ୍ଗରେ। ସେ ହରିର ଚାହିଁବା, ନ ଚାହିଁବାକୁ ଅପେକ୍ଷା କରୁନାହିଁ।

ହରି ନିଜର ରୋଗଣା ଦେହ ଉପରେ ଥରେ ନଜର ବୁଲେଇ ଆଣିଲା। ଲମ୍ୱା ଲମ୍ୱା ଅଙ୍ଗୁଳି, ବାଲୁଆ ଛାତି, ପତଳା ପେଟ, ଅଣ୍ଟାପାଖରେ ଏଣ୍ଟୁଡ଼ି ଘରେ ମା ଦେଇଥିବା ଦାଗ, ଶୁଖିଲା ଶୁଖିଲା ହାଡୁଆ ଦେହ, ଅସଜଡ଼ା ବାଳ, ମୁହଁଭର୍ତ୍ତି ଦାଢ଼ି। ସର୍ବାଙ୍ଗରେ ହାତ ବୁଲେଇ ଆଣିଲା ଥରେ। ଶେଷରେ ନିଜର ଏ ଦେହଟା ବି ତା ଉପରୁ ଆସ୍ଥା ତୁଟେଇ ଦେଉଛି। ଏ ଅପୋଷା ଅସହାୟ ମଣିଷଟାର କବଚ ହୋଇ ରହିବ ନାହିଁ, ଛାଡ଼ି ଚାଲିଯିବ ତାକୁ। ପଞ୍ଚଭୂତରେ ମିଶିଯିବ। ନଷ୍ଟ ହୋଇଯିବ ଦୀର୍ଘ ସତେଇଶି ବର୍ଷର ସମ୍ପର୍କ।

ଆଉ ନିଦ ଆସୁନାହିଁ। ସେ ଆଉ ଶୋଇପାରିବ ନାହିଁ। ଶୋଇଲେ ଆଉ କିଛି ଭାବି ହେବ ନାହିଁ ଯେ ! ଏବେ ମନ ଭିତରେ କେତେ ଜାତି ଭାବନା ଆସୁଚି। ଆନ୍ଦୋଳନ ଉଠିଚି ମନଭିତରେ। ସତେଇଶି ବର୍ଷର ଆଜୀବନ ଘଟଣାମାନ ଉଙ୍କିମାରୁଚି। ମା କୋଳରେ ଝୁମରୁଥିବା ଠାରୁ ବର୍ତ୍ତମାନ ଯାକର ସାନବଡ଼ ଅଶ୍ରୁସଜଳ ଅନେକ ମୁହୂର୍ତ୍ତ, ଅନେକ ଘଟଣାମାନ ନାଚି ଯାଉଚି। ଏବେ ଭାବି ବସିଲେ ତା' ପରାଜିତ ଜୀବନର କରୁଣ ମୁହୂର୍ତ୍ତଗୁଡ଼ିକ ବି କିରକମ୍ ମୁଗଧ ଅନୁଭୂତି ହୋଇ ଫୁଟି ଉଠୁଚି। କାହିଁକି ?

ସକାଳ ଆସିଲା। ହରି ନିତ୍ୟକର୍ମ ସାରିଲା ବେଳକୁ ଠୋକକର ବୁଢ଼ା ଲୋକଟିଏ ଆଡ୍‌ମିଶନ୍ ନେଇଥାଏ ପାଖ ବେଡ୍‌ରେ। ହାତ ନାହିଁ, ଗୋଡ଼ ନାହିଁ , ମାଦଳ ପରି ବିଛଣାରେ ଗଡୁଥାଏ ସେ। ତାକୁ ଜର ହେଇଚି। ସିଏ ଚିଲୋଉଚି, ନିଜ ଲୋକଙ୍କୁ ଡାକୁଚି, ଡାକ୍ତରଙ୍କୁ ହୁରି ପକାଉଚି। ତା'ର ଏବେ ଭଲ ହେବା ଦରକାର, ସିଏ ବ୍ୟଗ୍ର ହେଉଚି ବଞ୍ଚିବା ପାଇଁ।

ହରି ବାହାରକୁ ଆସିଲା। ଆଜି କେମିତି ନଜରଟା ତା'ର ବଦଳି ବଦଳି ଯାଉଛି। ଆଗର ସେଇ ପୁରୁଣା ଜିନିଷମାନ ଅଲଗା ଅଲଗା ଲାଗୁଛନ୍ତି। ସେଇ ଅପରଛନିଆ, ଘୁଷୁରିଚରା ପଡ଼ିଆଟାରେ ଭର୍ତ୍ତି ହେଇଚି ଅଜସ୍ର ଟିକି ଟିକି ଘାସଫୁଲ। ସୂର୍ଯ୍ୟ ଚମକୁଚି ପୂର୍ବ ଆକାଶରେ। ସାରା ପୃଥିବୀର ସୂର୍ଯ୍ୟସ୍ନାନ ହେଇଚି। ଏକ ନୂଆ ଦିନ, ଏକ ନୂଆ ଜୀବନର ପ୍ରସ୍ତୁତି ଚାଲିଚି। ପଡ଼ିଆ ପାଖରେ ଘୋଡ଼ାମୁହାଁ ଧାନ କିଆରୀସବୁ ଅଶିଣ ସକାଳର ପବନରେ ଲହରେଇ ଯାଉଛନ୍ତି। ସଦ୍ୟଜାତ ବାଛୁରୀ ଦେହରୁ ଲାଳ ଚାଟି ଚାଟି ସଫା କରୁଚି ଗାଈ। ଲଙ୍ଗଳା ପିଲାମାନେ ଦୌଡ଼ାଦୌଡ଼ି କରି ଖେଳରେ ମାତିଛନ୍ତି। ହରି ବସିପଡ଼ିଲା ପଡ଼ିଆ ଧାରର ପୋଖରୀ ପାଖରେ। ବାଛି ସାରିଥିବା ମାଛ ଆଣି ଧୋଉ ଧୋଉ ସ୍ତ୍ରୀଲୋକଟି ପାଟି କରୁଛି। କଣ୍ଟା, କାତି, ଗାଲିସି ଛଡ଼େଇ ସାରି ଧୋଉଥିବା ବେଳେ ତା' ହାତରୁ କୋଉମାଛଟିଏ ପାଣି ଭିତରକୁ ଖସି ପଳେଇଲା ବୋଲି। ସେଇ ମାଛ ଆଡ଼କୁ ଅନେଇ ଅସହାୟ ଭାବେ ଶୁଖିଲା ହସଟିଏ ହସିବାକୁ ଚେଷ୍ଟାକଲା ସେ।

ଧାନ କିଆରୀରୁ ପାଣି ଗଡ଼ିଚାଲିଚି କୁଳୁକୁଳୁ, କୁବ୍‌କୁବ୍ ହୋଇ। ବରଗଛ ତଳେ ଧକୋଉଚି ବୁଲା କୁକୁର। ଲହକା ଅମରୀ ଗଛର ଡାଳରେ ବସି କୋଇଲି କୁଉ, କୁଉ ହେଉଚି। ଥିରିଥିରିଆ ପବନରେ ଗୋଟାଏ ଚିହ୍ନା ଚିହ୍ନା ଗନ୍ଧ, ଶିହରେଇ ଦେଉଚି ଦେହସାରା।

ବିହ୍ୱଳିତ ବୈଷ୍ଣବ ସନ୍ନ୍ୟାସୀ ପରି ଦୁଇବାହା ଉର୍ଦ୍ଧ୍ୱକୁ ଟେକି କାନ୍ଦୁରା କଣ୍ଠରେ ପାଟିକରି ଉଠିଲା ହରି– 'ହେ ସୂର୍ଯ୍ୟ, ମାଟି, ପାଣି, ପବନ, ହେ ମଣିଷ, ପଶୁପକ୍ଷୀ, ହେ ନଦନଦୀ, କୀଟପତଙ୍ଗ। ଇଏ କି ମାୟା, କି ମାୟା ଇଏ ଭଗବାନ୍।'

ଫେରି ଆସିଲା ସେ। ନର୍ସଙ୍କ ସାମ୍ନାରେ ଡିସଚାର୍ଜ ରେଜିଷ୍ଟରରେ ଦସ୍ତଖତ କରି ସାରି ଝୁଲା ଖଣ୍ଡିକ କାନ୍ଧରେ ଗଳେଇଲା। କହିଲା– 'ଆପଣ ପଚାରୁଥିଲେ ନା ସିଷ୍ଟର ସୁଖ କ'ଣ ବୋଲି ? ତା'ର ଉତ୍ତର ଜାଣିଚି ମୁଁ। ଜୀଇଁବାରେ, ବଞ୍ଚିରହିବାରେ ହିଁ ତ ସୁଖ। ଏତେ ସୁଖ ସତରେ !'

ବାହାରେ ଠିଆ ହୋଇଥିଲେ ଡାକ୍ତର। ଏମିତି ନିଷ୍ଠୁର ଭାବେ ସତ କଥାଟା

ଜଣେଇ ନିରାଶା ସୃଷ୍ଟି କରିଥିବାରୁ ଗ୍ଲାନିଗ୍ରସ୍ତ ହୋଇ କହିଲେ- 'ମତେ କ୍ଷମା କର ! ହଁ, ସବୁ ରୋଗର ବିଧାନ ରହିଚି ଦୁନିଆରେ । କାହାର ବିଧାନ କଷ୍ଟକର ହୋଇପାରେ, ବ୍ୟୟବହୁଳ ହୋଇପାରେ, ମାତ୍ର ଅସମ୍ଭବ ନୁହେଁ । ବଡ଼ ସହରର କୌଣସି କ୍ୟାନସର ହସ୍‌ପିଟାଲକୁ ଯାଅ ଶୀଘ୍ର । ଟଙ୍କା ଯୋଗାଡ଼ କର । ସମୟ ନଷ୍ଟ କରନାହିଁ । ହାଭ୍ ଫେଥ୍ ଇନ୍ ଗଡ୍ !'

ଭିକ୍ଷା ହେଉ ବା ଉପହାର, ନିଜର ଟିଉସନ ଛାତ୍ର ସାନପିଲାଟିଏ ଡାକ୍ତରଖାନାରେ ତାକୁ ଦେଇଥିବା ପାଞ୍ଚଟଙ୍କିଆ ନୋଟ ଖଣ୍ଡିକ ପକେଟ୍‌ରେ ଜାବ ପଡ଼ିଯାଇଥିବା ହରିର ହାତମୁଠା ଭିତରେ ଭିଜି ଭିଜି ଆସୁଥିଲା, ଝାଳରେ । ବିଦାୟ ନେବାପାଇଁ ସେ ଟିକିଏ ନଇଁପଡ଼ି କହିଲା- ମୁଁ ଯାଉଚି ସାର୍ । ମୋ ହାତରେ ସମୟ ବହୁତ କମ୍ ।

ଡାକ୍ତର କହିଲେ- 'ଟେକ୍ ଇଟ୍ ଇଜି । ଫାଇଟ୍ ଇଟ୍ ।'

ହରି କହିଲା- ନିୟତିର ଢଙ୍ଗ କେତେ ଅଜବ । ଆଜୀବନ ଯେତେବେଳେ ମୁଁ ଯାହା ଟିକିଏ ବି ଚାହିଁଲି, ପାଇ ପାରିଲି ନାହିଁ । ମରିବାକୁ ଚେଷ୍ଟା କରିଥିଲି ଦି' ଦି' ଥର, ମାତ୍ର ହୋଇପାରିଲା ନାହିଁ । ଆଉ ଏବେ ଯେତେବେଳେ...

ଗୋଟାଏ ଉଦ୍‌ଗତ କୋହ ତା' କଣ୍ଠକୁ ରୋକିଦେଲା । ସେ ଆଉ ବାକ୍ୟ ପୂରଣ କରିପାରିଲା ନାହିଁ । ଡାକ୍ତରଙ୍କ ମୁହଁକୁ ବଲବଲ କରି ଅନେଇ ରହିଲା । ମୁହୂର୍ତ୍ତକ ପରେ ପଚାରିଲା- 'ସାର୍, ସତରେ କ'ଣ ପୁନର୍ଜନ୍ମ ଅଛି ?'

ଡାକ୍ତର ମୌନ ହୋଇ ତା ମୁହଁକୁ ଅନେଇ ରହିଲେ । ହରି ଧୀରେ ଧୀରେ ରାସ୍ତା ଆଡ଼କୁ ଚାଲିଯିବାକୁ ଲାଗିଲା ।

■

ବିବର୍ଣ୍ଣ ନୂପୁର

ଯେଉଁ କେତେଟା ଗାଁର ଲୋକମାନଙ୍କର ବାଳକଟା ଦାୟିତ୍ୱ ତା' ବାପାଙ୍କ ଉପରେ ଅଛି ସେଇ ଲୋକମାନଙ୍କ ମୁହଁଦେଖା ପାଇଁ ପ୍ରତିବର୍ଷ ଦଶହରାରେ ତା' ବାପା ଯେଉଁ ଗଛ ଆଇନାଟି ବ୍ୟବହାର କରନ୍ତି, ସେଇଟା ତାଙ୍କ କାନ୍ଥ ଉପରେ ବଡ଼ ସନ୍ତର୍ପଣରେ ଟଙ୍ଗା ହୋଇଥିଲା। ଦୈବାତ ତଳେ ପଡ଼ିଯିବାର ସବୁ ଚାନସ୍‌କୁ ବାତିଲ କରିଦେବା ପାଇଁ ଉପରେ ପଟା ଏବଂ ତଳେ ପଟା ଦିଆଯାଇ, ପୁରା ଟାଇଟ୍ କରାଯାଇ ଆଇନାଟା କାନ୍ଥ ପିଠିରେ ଲଟକା ଯାଇଥିଲା। ସେଇ ଗଛ ଆଇନା ଆଗରେ ଠିଆ ହୋଇଥିବା ଯମୁନା ତା' ଗାଲର ହନୁହାଡ଼ ପାଖର ବ୍ରଣଟାକୁ ଚିପି ଚିପି ତା' ଅଭ୍ୟନ୍ତରସ୍ଥ ସରୁ ଆରୁଆଚାଉଳ ପରି ଦାନାଟିଏ କାଢୁ କାଢୁ ଦେଖିଲା ବ୍ରଣସମୃଦ୍ଧ ତା ମୁହଁ ମାଳଭୂମି ଉପରେ ବୟସର ରୈଖିକ ଲିପି ଛାପି ହୋଇଯାଇଛି।

ଏଇ କଥାଟା ଭାବିଲେ ଯମୁନାକୁ ବଡ଼ ଆଶ୍ଚର୍ଯ୍ୟ ଲାଗେ, ବିରକ୍ତ ବି ଲାଗେ। ଯେଉଁ କେତେଟା ଜିନିଷ ତାକୁ ଏଯାଏଁ ହତଚକିତ କରି ଆସିଚି ତନ୍ମଧ୍ୟରୁ ଗୋଟାଏ (ବୋଧହୁଏ ଶ୍ରେଷ୍ଠ) ହେଉଚି ସମୟ। ନିଆଁଗିଳା ସମୟ। ସମୟଟା ଗୋଟାଏ ଜନ୍ତୁ। ଦୟାମାୟା, ବିଚାର ଶକ୍ତି ନଥିବା ଜନ୍ତୁ! ପ୍ରାୟତଃ ଘରକୁ ଫେରୁଥିବା ବାଟରେ ଏକମୁହାଁ ଘୋଡ଼ାଟାଏ ପରି କେତେ ବେଗରେ ନ ଦୌଡ଼ୁଚି! ତା ଉପରେ ସବାର ହୋଇଥିବା ବିଚରାଟା ପିଠିରୁ ଖସି ପଡ଼ିଲା କି ପଡ଼ି ଗୋଡ଼ ହାତ ଭାଙ୍ଗିଲା କି ମଲା ସେ ନେଇ ସେ ସାମାନ୍ୟ ବ୍ୟସ୍ତ, ବିକଳ ଏପରିକି ଚିନ୍ତାଶୀଳ ବି ନୁହେଁ। କାଲି ଭଳି ଗାଁ ପୋଖରୀ ଘାଟର ତୁଠ ସନ୍ଧିରେ କାନିଖିଅ ପତେଇ ଚିଙ୍ଗୁଡ଼ି ଧରୁଥିବା ଯମୁନା ଆଜି ସୁଦ୍ଧା ଏକତିରିଶ ଥର ଆମ୍ବ ବଉଳିବା ଦେଖିସାରିଲାଣି। ଆଗରୁ ଆଉ କେତେ ଥର ବାକି ଥିବ ? ସେଇ ତିରିଶି କି ବିତିଶ୍। ବାସ୍।

ହାଣ୍ଡିଶାଳ ପିଣ୍ଡା ଶିଳରେ ବଡ଼ି ବାଟୁଥିବା ଭାଉଜଙ୍କ ଠାରୁ ହଠାତ୍ ଏକାଦିକ୍ରମେ ଚାରିଟା ଡାକରା ଆସିବାରୁ ଯମୁନା ତାଙ୍କର ଡ୍ରଇଁ ରୁମ୍, ଡ୍ରେସିଂରୁମ୍, କାଠକୁଣ୍ଡା ବସ୍ତା ଏବଂ ଗୋବର ଘସି ଆଦିର ଷ୍ଟୋର ରୁମ୍ ବୋଲାଉଥିବା ସେଇ ଏକମାତ୍ର ଘରୁ ତରବରରେ ପଦାକୁ ବାହାରି ଆସିଲା। ଡାକର କାରଣ, ତାଙ୍କର ଜ୍ୱାଇଁ ତଥା କାବେରୀର ସ୍ୱାମୀ (ନାମ ଗୋପାଳ), କାବେରୀ ଏବଂ ତାଙ୍କର ସମୁଦାୟ ତିନୋଟି ମଧ୍ୟରୁ ଜୀବିତ ଥିବା ତିନି ବର୍ଷର ଏକମାତ୍ର ପୁତ୍ର ହାଉଟା ଆଜି ଆସି ପହଞ୍ଚିଛନ୍ତି। ନବାଗତ ଅତିଥି ଗୋପାଳ ଖଂଜା ଭିତରକୁ ପଶୁ ପଶୁ ଯମୁନାକୁ ଦେଖି ଦଣ୍ଡବତ କରି ପକେଇଲା। ବାହାଘରର ଏ ସାତବର୍ଷ ଭିତରେ ଅଷ୍ଟମ ଥର ପାଇଁ ବାପଘର ବୁଲି ଆସିଥିବା ସାନ ଭଉଣୀ କାବେରୀର ଅପା, ଅପା ବୋଲି ଦି'ଥର ଡାକି ଲହର ଛାଡ଼ିଲା। କାବେରୀର ମୁହଁ ଉପରକୁ ଝୁଲି ପଡ଼ିଥିବା ଲୁହଭେଦା ବାଳ କେଇଟାକୁ ତା' ମୁଣ୍ଡ ଉପରକୁ ଠେଲି ଦେଇ ପିନ୍ଧା କାନିରେ ତା' ଲୁହ ପୋଛି ଦେଉଥିବାବେଳେ ଯମୁନା କହିଲା, ବାହାରେ ଠିଆ ହେଇ ରହିଲ ଯେ! ଭିତରକୁ ଆସ।'

ଏ ପାଖରେ ବଖୁରିକିଆ ଝରକାଲଗା ଘରଟା। ସେଇଠି ଭାଉଜ କାବେରୀ ଓ ଗୋପଳକୁ ଚର୍ଚ୍ଚା କରିବାରେ ବ୍ୟସ୍ତ। ସିଡ଼ି ଫାଳି ପରି ଛଡ଼ା ଛଡ଼ା ପଟାରେ ତିଆରି ଖଟଟା ଉପରେ ସପଟେ ପଡ଼ିଥିଲା, ସେଇଠି ଗୋପାଳ ବସିଥିଲେ। ଖଟ ସାମନା ଦଉଡ଼ିଆ ଖଟିଆ ଉପରେ ଭାଉଜ ଆଉ କାବେରୀ। ସେଇଠି ଚାଲିଛି ଏ ଗୁଲି ଗପ। ବେକ ମୂଳରେ ଇଞ୍ଚେବହଳର ପାଉଡ଼ର ମଖା ହାଉଡ଼ାଟାକୁ କାଖେଇ ଯମୁନା ଏ ଘରକୁ ଚାଲି ଆସିଲା।

ତିନିବର୍ଷ ପିଲା, ପୁଟୁରା ହାଉଡ଼ା ଗାଲରେ ବୋକ ଦେଉଁ ଦେଉଁ ଯମୁନା ଅନୁଭବ କଲା ତା' ମୁଣ୍ଡ ଭିତରେ ପରସ୍ତ ପରସ୍ତ ଚିନ୍ତା। କୁଢ଼ କୁଢ଼ ଚିନ୍ତା ସବୁ ଅଷାଢୁଆ ମେଘର ଭଉଁରୀ ପରି ବୁଲୁଚନ୍ତି। ସେ ହଠାତ୍ ଅନ୍ୟମନସ୍କା ହୋଇ ଉଠୁଚି। କେବଳ ଆଜି ନୁହେଁ କାବେରୀ ଯେତେଥର ଘରକୁ ଆସିଚି ପ୍ରାୟ ସବୁବେଳେ। ନିଜର ଏଇ ଅନ୍ୟମନସ୍କତାକୁ ସେ ଭଲ ଭାବେ ଅନୁଭବ କରିପାରେ। ଆଉ ଆଜି କାବେରୀ ଏକାନୁହେଁ ତା ସାଙ୍ଗରେ ଗୋପାଳ ବି ଆସିଛନ୍ତି। ଗୋପାଳ ମୁଣ୍ଡ ନୁଆଁଇ ତାକୁ ନମସ୍କାର କଲାବେଳେ ଭାବିଲା ଯେମିତି ଯମୁନାର ଜିଭରେ କିଏ ଗୋଟାଏ ଡାମ୍ଫଣ ଫୋଡ଼ିଦେଲା ଠିକ୍ ଅଖାସିଲେଇ କଲାପରି। ପୁଣି ସେଇ ଆଇନାଟା ଆଗକୁ ଘୁଞ୍ଚିଆସିଲା ଯମୁନା। ତା'ରି ଭିତରେ ନିଜର ଏକତିରିଶି ବର୍ଷୀୟ କୁଆଁରୀ ଦେହଟା ନିଶ୍ଚଳ ହୋଇ ଠିଆ ହେଇଚି। ସେଇ ଛବିରେ କେନ୍ଦୁକାଠ ପରି ଦିଶୁଥିବା ଚମଡ଼ାର ଗମ୍ଭାରି ଭିତରେ କେତେ ଅସହାୟ, ଦୟନୀୟ, ଏକାକୀ ମନଟାଏ ଲୁଚି ରହିଚି ସତେ!

ଆରଘର ଆଉ ଏ ଘର ମଝିରେ ଗୋଟାଏ କାନ୍ଥ। ଆଗଘରୁ ଗୋପାଳଙ୍କ ସହିତ ଭାଉଜଙ୍କର ଥଟ୍ଟା କଥା ନିର୍ବିଘ୍ନରେ କାନ୍ଥ ଡେଇଁ ଏଠିକି ଚାଲିଆସୁଚି। ତିନିହେଁ ଗୁଲି ଗପ କରୁଚନ୍ତି ବୋଧେ। ଚୁପ୍‌ଚାପ୍ ଫୁସ୍‌ଫୁସିଆ ଗପ ବି ବାଦ୍ ଯାଉନି। ସବୁ ଏଠିକି ସ୍ପଷ୍ଟ ଶୁଭୁଚି। ଭାଉଜ ଆଉ କାବେରୀଙ୍କ ବାଣଫୁଟା ହସ କାନ ଚହେଲେଇ ଦେଉଚି। ସମସ୍ତେ ମିଶି ତାକୁ ଅପମାନ କରୁନାହାଁନ୍ତି ତ? ହାଉଡ଼ାଟା କୁଣ୍ଡାବସ୍ତା ସନ୍ଧିରେ ଆଙ୍ଗୁଳି ପୁରେଇଚି। ବସ୍ତାର କଣା ଭିତରେ କୁଣ୍ଡା ଘାଣ୍ଟୁଚି। ତା ନାକ ତଳୁ ଦିଧାର ଶିଂଘାଣି ଓଠ ଯାଏ ଲମ୍ବିଛି। ଆଉ ଟିକକୁ ଖାଇଦେବ। ଯମୁନା ତା' ନାକ ଚିପି ଶିଂଘାଣି ପୋଛିଦେଲା। ଶିଂଘାଣି ପୋଛିଲା ବେଳେ ସେ ଆଖିବୁଜି ପକେଇଲା ନାହିଁ କି ତା' ରୁମସବୁ ଠିଆ ହୋଇପଡ଼ିଲେ ନାହିଁ। ଆର ଘରୁ ପୁଣି ଦିଟା ଘଡ଼ଘଡ଼ିଆ ହସ। ଓଃ କ'ଣ ଅଛି ଏତେ ହେଁ ହେଁ ଫେଁ ଫେଁ ହେବାରେ? ଏ କିଚିରିମିଚିରି, ହେଁ ହେଁ, ଚେଁ ଚାଁ ସବୁ ଯେମିତି ଯୁଦ୍ଧର ପଟୁଆର, ଷଡ଼ଯନ୍ତ୍ରର ଘୋଷଣା କିମ୍ବା ତୋପର ଆବାଜ୍। ଇଚ୍ଛାହେଲା ବଡ଼ ପାଟିରେ ଭାଉଜଙ୍କୁ ଡାକିବାକୁ। ହାଉଡ଼ାକୁ ବି ଭୋକ ଲାଗୁଥିବତ ! ନହେଲେ ଗୋପାଳଙ୍କୁ ଡାକିନେଇ ଘରବାଡ଼ି ବୁଲେଇ ଦେଖାନ୍ତା ସେ। ପଛପଟ ମେଣ୍ଢା ଗୁହାଳ ଆଗର ନଡ଼ିଆଗଛଟା ସାତବର୍ଷରେ ଫଳ ଧରିଚି। କାବେରୀର ବାହାଘର ବର୍ଷ ଭାଇ ତାକୁ ପୋତିଥିଲେ। ଘରର ଏ ପାଖଟା ତଳୁଆଥିବାରୁ ଉଛୁଳା ଅମୁହାଁ ପୋଖରୀର ପାଣି ସେ ପାଖ ଦୁଆର ବନ୍ଧ ଯାଏ ଚାଲିଆସେ। ଏମିତି କେତେ କ'ଣ। କିନ୍ତୁ ସେ କହିପାରିବ ନାହିଁ। କିଛି କହିପାରିବ ନାହିଁ। ମୁହଁ ଫିଟେଇ ପାରିବ ନାହିଁ। ଖାଲି ଏମିତି ବଲବଲ କରି ଅନେଇଥିବ ଆଉ ଭାବି ଚାଲିଥିବ। ତା' ତଣ୍ଟି ସତକୁ ସତ କିଏ ଯେମିତି ଚିପି ଧରିଚି। ଏମିତି ବାଗରେ ଧରିଚି ଯେ ଯେମିତି ସେ ନିଃଶ୍ୱାସ ନେଇ ପାରିବ, ବଂଚି ରହି ପାରିବ ହେଲେ ତଣ୍ଟିରୁ କୌଣସି କଥା ବାହାରି ପାରିବ ନାହିଁ। ସେ ଖାଲି ବଲବଲ କରି ଅନେଇଥିବ ଆଉ ଭାବି ଚାଲିଥିବ। ଭାବି ଚାଲିଥିବ ଆଉ ଅନେଇଥିବ। କୁଣ୍ଡାବସ୍ତାଟା ଉପରେ ହାମୁଡ଼େଇ ପଡ଼ିଥିବା ହାଉଡ଼ାକୁ ଯମୁନା ଅନେଇ ରହିଲା।

ଏଇ କାବେରୀ କଥା ମନେ ପଡ଼େ। ସିଏ ଯମୁନା ଠାରୁ ଛଅବର୍ଷ ସାନ। ଯମୁନା ଯେବେ ପ୍ରଥମେ ପ୍ରଥମେ ହାଇସ୍କୁଲକୁ ଯାଇଥିଲା ସ୍କୁଲ୍‌ରେ ବଣ୍ଟା ହେଉଥିବା ମକାଗୁଣ୍ଡ ପକୋଡ଼ି, ଗହମ ଛତୁଆ ଆଉ ଗୁଣ୍ଡ ଦୁଧ ତା' ଫ୍ରକରେ ଲୁଚେଇ ଆଣି କାବେରୀକୁ ଦେଉଥିଲା। ସ୍କୁଲ୍ ବଗିଚାରୁ ଜିନ୍ନିଆ, ସିଙ୍ଗଡ଼ାହାର ଫୁଲ ଛିଡ଼େଇ ଆଣି କାବେରୀ ବାଳରେ ଦେଇ ବେଣୀ ପାରିଦେଉଥିଲା। ଦିନେ ଥରେ ଆନ୍ତରିକ କଥା ହେଉ ହେଉ ଯମୁନା ଜଣେ ପୋଖତ ସ୍ତ୍ରୀ ଲୋକ ଭଳି କାବେରୀକୁ ବୁଝାଇଥିଲା,

"ବୁଝିଲୁ, ସ୍ୱାମୀଙ୍କ କଥାରେ ସ୍ତ୍ରୀମାନେ ସବୁବେଳେ ମେଣ୍ଢା ହୋଇ ରହିବା ଠିକ୍ ହେବନାହିଁ। ପୁରାଣର ଆଜ୍ଞାଧିନା ଦାସୀ ପରି ସବୁବେଳେ ସ୍ୱାମୀର ଅନୁଗତା ହୋଇ ରହିଲେ ବିବାହର ସ୍ୱାଦ ଜଣାପଡ଼େ ନାହିଁ। ତା'ମାନେ ସ୍ୱାମୀ ବିରୁଦ୍ଧରେ ଯିବାନୁହେଁ। ଅନ୍ତର ଭିତରେ ସମର୍ଥନ ଥିଲେ ସୁଦ୍ଧା ତାଙ୍କ ହଁରେ ବେଳେବେଳେ ନା ଏବଂ ନାରେ ହଁ କହିବା ଉଚିତ୍। ଏମିତି ବିରୋଧ ଆଉ ଅଭିମାନ ଦାମ୍ପତ୍ୟ ଜୀବନକୁ ସୁନ୍ଦର କରିବ।' ଆଚ୍ଛା, ଏବେ ଯମୁନାର ସେସବୁ ବକ୍ତୃତା କ'ଣ କାବେରୀର ମନେଥିବ? ହେ ଭଗବାନ୍, ସେ ଭୁଲିଯାଇଥାଆନ୍ତାକି! ହେ ଭଗବାନ୍! ତା'ର ମନେ ନଥାନ୍ତା କି। ଯମୁନାର ଦେହ ମୁହଁ ଝାଳେଇ ଉଠିଲା।

ଛାତିରେ ଟିଙ୍କ ପରି ଲାଗିଥିବା ହାଉଡ଼ାଟାକୁ ଠେଲି ଦେଉଁ ଦେଉଁ କାବେରୀ ପାଟିକଲା, 'ଦେଖିବୁ ଅପାକୁ ଡାକିବି। ଏଇଟା କେତେ ଖଚଡ୍। ତିନିବର୍ଷ ହେଲାଣି, ଆସନ୍ତା ବର୍ଷଠାରୁ ସ୍କୁଲ ଯିବ ଦୁଧ ଛାଡୁନି। ସବୁବେଳେ କ'ଣ ଦୁଧଖିଆ ଛୁଆ ହୋଇ ରହିଥିବୁ।' ହାଉଡ଼ା ସୁଁ ସୁଁ କରି କାନ୍ଦୁଥିଲା। ତା'ମେଲା ପାଟିରୁ ଲାଳ ବହି ଆସୁଥିଲା। ଯମୁନା ତାକୁ ଅନେଇଥିଲା। ଧୀରେ ଧୀରେ ତାକୁ ଆଉ ହାଉଡ଼ା ଦିଶିଲାନି। କାବେରୀ ବି। ଦେଖାଗଲା ଠିକ୍ ସେଇ ପିଣ୍ଡା ଧାରରେ ସିଏ ନିଜେ ଆଉ କାବେରୀ। ଯମୁନା ପେଣ୍ଟ ଫ୍ରକ୍ ପିନ୍ଧିଚି। କାବେରୀ ଆଖି ଦି'ଟାକୁ ବାଁ ହାତରେ ଚାପି ବନ୍ଦ କରି ଦେଇଚି। କହୁଚି, 'ତୁ ଆଗେ ଆଁ କର, ବଡ଼ ଆଁଟାଏ କର।' କାବେରୀ ଆଁ କରୁଚି। ଖୁବ୍ ବଡ଼ ଆଁ। ତା' ଛୋଟ ଜିଭ ଦିଶିଲା ଭଳି। ଆଉ ଯମୁନା ତା'ଫ୍ରକରୁ ସ୍କୁଲ୍‌ରୁ ଆଣିଥିବା ଗୁଣ୍ଡଦୁଧ ମୁଠାକ ଧରି ତା' ପାଟିରେ ମାଡ଼ି ଦେଉଚି। ସେଇଠୁ ସେ ଆଖି ଖୋଲି ଦେଉଚି। ଦିହେଁ ହସିଉଠୁଚନ୍ତି। ନା, କାବେରୀ ହସି ପାରୁନି। ତା'ପାଟିରେ ଆଉ ଜାଗା ନାହିଁ। ଯମୁନା ଏକା ହସୁଚି। ଖୁବ୍ ବଡ଼ ପାଟିରେ ହସୁଚି। ତାଳି ମାରି ମାରି ହସୁଚି।

ପିଲାଦିନୁ ଯମୁନା ଭଲ ପାଠ ପଢୁଥିଲା। କାବେରୀଟା ଥିଲା ଅପାଠୋଇ, ନିତାନ୍ତ ବୋକୀ। ତୃତୀୟ ଶ୍ରେଣୀରେ ଯମୁନା ଯେତେବେଳେ ବୃତ୍ତି ପାଇ ସମୁଦାୟ ବୃତ୍ତିଟଙ୍କା ଏକଚାଳିଶ ଟଙ୍କା ପଞ୍ଚସ୍ତରୀ ପଇସା ବାପାଙ୍କ ହାତକୁ ଦେଲା, ସେଦିନ ସେ ଏତେ ଖୁସି ହୋଇଯାଇଥିଲେ ଯେ ଦାଢ଼ୀ କାଟୁ କାଟୁ ଦି ଜଣଙ୍କ ଗାଲ ଖଣ୍ଡିଆ କରି ପକେଇଥିଲେ। ପୋଡ଼ାକାଠ ପରି ଦିଶୁଥିବା ଟିକିପିଲା ଯମୁନା କ'ଣ ବା ନକଲା।

ସେଇ ଯମୁନାକୁ ଏବେ ଲାଗୁଚି କାବେରୀ ଯେମିତି ତାଠାରୁ ବେଶୀ ଜ୍ଞାନୀ। ଖୁବ୍ ବେଶୀ ଜ୍ଞାନୀ ଆଉ ବୟସରେ ବି ବହୁତ ବଡ଼ ହୋଇ ଯାଇଚି। ଆଉ ସେ ନିଜେ ଠିକ୍ ଗୋଟିଏ ସଦ୍ୟଜାତ ଶିଶୁ ପରି ନିତାନ୍ତ ଅଜ୍ଞ, ଅନଭିଜ୍ଞ।

ଯମୁନା ପୁଣି ଥରେ ସାମନାର ଦର୍ପଣକୁ ଚାହିଁଲା, ନିଜର ଛବିକୁ ଦେଖିଲା। ଅପୋଛା ଲଣ୍ଠନ କାଚ ପରି ଦିଶୁଥିବା ଏ ଚେହେରା ଯୋଗୁଁ ମୁଣ୍ଡରେ ବାଳ ଅଛି କି ନାହିଁ ଅନୁଧ୍ୟାନ ନକଲେ ଜଣା ପଡୁନାହିଁ। ବ୍ରଣ ଆଉ ବସନ୍ତ ଦାଗର ଅଜସ୍ର ଉଠାଣି ଗଡ଼ାଣି ଭିତରେ ଭରପୁର ମୁହଁ ବେପାରୀର ଅଣ୍ଡାରଖା ଖୋଳ ଭଳି ହୋଇଚି। ଆଉ ତା'ରି ଭିତରେ ଯମୁନାର ସବୁ ଆକାଙ୍କ୍ଷା, ଭାବପ୍ରବଣତା ଏମିତିକି ଜୀବନ ବି ଧୋଇହୋଇ ଯାଉଚି।

କୃତୀ ଛାତ୍ରୀ ଭାବେ ପାଶ୍ କରିବାପରେ ଘରଠାରୁ ଦୁଇମାଇଲ୍ ଦୂରରେ ନୂଆକରି ଖୋଲିଥିବା କଲେଜ୍‌କୁ ଯମୁନା ଦୁଇବର୍ଷ ଯାଇଛି। ସେ ଦୁଇବର୍ଷ ଭିତରେ ସେ ଯେଉଁ ଜଣକ ସାଙ୍ଗରେ ଅନ୍ତରଙ୍ଗ ଥିଲା ସେ ହେଉଛି ଲାଜକୁଳୀ। କଲେଜ୍ ହତାରେ ବୁଲାବୁଲି କଲାବେଳେ ପ୍ରଧାନତଃ କମନ୍‌ରୁମ୍‌ରୁ ଥୋକେ ଦୂର ଗୋବିନ୍ଦା ପାନଦୋକାନକୁ ଯିବା ରାସ୍ତାରେ ଏକାକିନୀ ହୋଇ ପଡୁଥିବା ଲାଜକୁଳୀ ସ୍ୱାଇଁ ଯମୁନାକୁ ସାଥି କରେ। ଲାଜକୁଳୀ ଜର୍ଦା ଦିଆ ପାନ ଖାଏ। ଦିନେ ଗୋବିନ୍ଦା ଦୋକାନରୁ ଫେରିବା ବାଟରେ ସଦ୍ୟ ପଢ଼ିଥିବା ଦୀନକୃଷ୍ଣଙ୍କ ରସକଲ୍ଲୋଳ କାବ୍ୟ ଉପରେ ଲାଜକୁଳୀକୁ ଯମୁନା କେତେ କଥା କହିଚାଲିଥାଏ। ସୁରେଶଟା କେଉଁଠି ଛପି ବସିଥିଲା କେଜାଣି ହଠାତ୍ ତାଙ୍କ ଆଗରେ ଗଛ ପରି ଠିଆହୋଇଗଲା। ଜଲ୍‌ଦି ନିଶ ଉଠାଇବା ପାଇଁ କ୍ଷୌର ହେଇଥିବା ନାକତଳେ ଜମି ଉଠିଥିବା ଝାଳ ବିନ୍ଦୁଗୁଡ଼ାକୁ ରୁମାଲ୍‌ରେ ପୋଛୁ ପୋଛୁ ସୁରେଶ କୁହାଟମାରି କହିଲା- "ଜେନେମନ୍! ଏ ମଣିଷ ଜନ୍ମ ମୋର ମାଟି ହୋଇଗଲା। ସେ ଭଳି ମଣିଷ ହୋଇ ଲାଭ କ'ଣ ଯାହାକୁ ତମେ ଇମିତି କରଛଡ଼ା ଦେଉଥିବ। ଚୂନ, ଗୁଆ ହୋଇ ଜନ୍ମ ହୋଇଥାନ୍ତି ଭଲା, ଲାଲ୍‌ରଙ୍ଗ ବନି ତମ ଓଠ ସନ୍ଧିରେ ନେସି ହୋଇ ରହିଥାନ୍ତି।"

ଆନ୍ଦୋଳିତ ଓଠର ଫାଙ୍କରୁ ଲୁଚାଣିଆ ହସ ଝରୋଉଥିବା ଲାଜକୁଳି ନାକରାଗର କଣ୍ଠରେ ଆସ୍ତେ ଆସ୍ତେ ସୁରେଶକୁ ଭେଗା, ଲଫଙ୍ଗା ଆଦି କହିଚାଲିଥିଲା। ଲାଜର ଓଜନରେ ନଇଁ ଯାଉଥିବା ଆଖିପତା ତଳୁ ପ୍ରେମାଙ୍କିତ ଚାହାଣୀ ଆଉ ପୁଲକରେ ଥରୁଥିବା ଓଠରୁ 'ଅଭଦ୍ର', 'ବଜାରୀ' ଆଦି ଶବ୍ଦ କେତୋଟି ନିକ୍ଷେପ କରି ଗୋଟାଏ ସଫଳ ଯୁବତୀର ସ୍ୱାଭିମାନ ଏବଂ ଅହଂକାର ନେଇ ଲାଜକୁଳୀ ଚାଲୁଥିଲା। ଆଉ ଯମୁନା ସେ ଆଡ଼କୁ ଚାହିଁ ଭାବୁଥିଲା ହଠାତ୍ ନିଜେ କାନ୍ଦିପକାଇବ କି!

ସେତେ ଯେମିତି ଗୋଟାଏ ଯୁଦ୍ଧ ଯାତ୍ରା ଚାଲିଛି। ଭୟାନକ ଯୁଦ୍ଧ। ଯୁଦ୍ଧ ଭୂଇଁରେ ଗଡୁଛି ଗୋଟାଏ କବନ୍ଧ ସୈନିକ। ଯମୁନାର ମନେଅଛି ସେଇ 'କବନ୍ଧ ସୈନିକ'ର କବିତା ସାର୍ ଯେଉଁଟା କ୍ଲାସରେ ପଢ଼ାଉଥିଲେ। ଭୟାବହ ଯୁଦ୍ଧ ଚାଲିଥିବ।

ସୀମାନ୍ତରେ ପଡ଼ିଥିବ ଗୋଟାଏ କବନ୍ଧ ସୈନିକ। କବନ୍ଧ ଉପରେ ଗୋଟାଏ ବୀରବେଶର ଭଗ୍ନାଂଶ। କିଳିକିଳା ନାଦ କରି ଶତ୍ରୁ ସବୁ ମାଡ଼ିଆସୁଥିବେ। ଲଘିଁ ଯାଉଥିବେ ସୀମାନ୍ତକୁ। କ'ଣ କରିବ ଏ ସୈନିକ? ଖାଲି ଉଡୁଥିବ ରୋଲ୍‌ର ପରି। କାନ୍ଦି କାନ୍ଦି ଚିତ୍କାର କରି ଦେଶପ୍ରେମ ଜାହିର କରୁଥିବ। ଆଉ ଅଧିକ କ'ଣ ବା କରି ପାରିବ? ସ୍ୱରାଜ ଆଉ ସ୍ୱାଧୀନତାର ସ୍ୱପ୍ନ ଦେଖିବ? ଦେଖୁ, ସ୍ୱପ୍ନ ଦେଖିବାକୁ କାହାକୁ ମନା ନାହିଁ।

ଯମୁନା ନିଜେ ବି କବିତା ଲେଖେ। ଶ୍ରାବଣ ସଂଧ୍ୟା ଉପରେ, ହଡ଼ାବଳଦ ଉପରେ, ବିଧବା ଉପରେ, ସୋହାଗିନୀ ଉପରେ, ଆକାଶ, ନଦୀ, ସମୁଦ୍ରଉପରେ କାହିଁ କେତେ କବିତା ଲେଖିଚି। ପ୍ରଦୀପ୍ତ, କିଶୋର, ସନ୍ତୋଷ, ସୌଭାଗ୍ୟ, ବଳରାମ, ବିନୋଦ କେହି କ'ଣ କଲେଜ ମାଗାଜିନ୍‌ରେ ବାହାରିଥିବା ତା'ର ସେ କବିତାକୁ ପଢ଼ି ନାହାନ୍ତି କି! ନା, ବୋଧହୁଏ ପଢ଼ିନାହାନ୍ତି। କେହି ପଢ଼ି ନାହାନ୍ତି। ନହେଲେ ସେ ଦିନ ଏମିତିକି ଯମୁନା ଯେତେବେଳେ ସୌଭାଗ୍ୟକୁ ନୋଟ୍ ଖାତାଟା ମାଗିଲା ସେ ନଶୁଣିଲା ପରି ଧାଇଁ ପଳେଇଥାନ୍ତା କାହିଁକି? କଙ୍କଡ଼ା ଗାତରେ ସାପ ଦେଖିଲା ପରି!

ଲାଜକୁଳୀ କିନ୍ତୁ ପଢ଼ିଥିଲା। କାରଣ ସେଦିନ କଲେଜ୍‌ରୁ ଫେରିବା ବାଟରେ ବେଦମ୍ ହସି ସେ ଯମୁନାକୁ କହିଥିଲା- କି ଯେ କବିତା ଆଜିକାଲି ଲେଖୁଚୁ ତାର ଆଦିଅନ୍ତ ଜଣାପଡ଼େ ନାହିଁ। ସେ ଗୁଡ଼ାକ ଠିକ୍ ଆଜିକା ଟୋକାଟୋକୀଙ୍କ ପରି। ଯେଉଁଠି ଟିକିଏ ଦୂରରୁ ତମେ ଜଣକୁ ପୁଅକି ଝିଅ ବୋଲି ସଠିକ୍ କହିପାରିବ ନାହିଁ ସେମିତି ସେସବୁ କବିତା କି ଗଳ୍ପ କିବା ଅନ୍ୟକ'ଣ ବାରିହୁଏ ନାହିଁ। ହେଲେ ତୋର ବହୁତ ଭଲ ହେଇଚି। ନହେଲେ ତୁ ଫାଷ୍ଟପ୍ରାଇଜ୍ ପାଇଥାନ୍ତୁ ନା! ହଁ ତୋ କବିତାରୁ ପଙ୍କଜ ଶବ୍ଦ ଉଦ୍ଧାର କରି ଆର କ୍ଲାସର ସେଇ ଡମ୍ଫାଣିଆ ଟେରେଙ୍ଗା ଟୋକାଟା ହସି ଉଡ଼ୋଉଚି। କହୁଚି ପଙ୍କରୁ ପଦ୍ମର ଜନ୍ମ ହେଇଚି। ପ୍ରାଇଜ୍ ପାଇଚିରେ କିଷ୍କିନ୍ଧା ସୁନ୍ଦରୀ।

ଯମୁନା ପୁଣିଥରେ ଆଇନାକୁ ଅନେଇଲା। ତାଳଗଛର ପିଠି ପରି ଦିଶୁଥିବା ଏଇ ଦେହଟା ଭିତରେ କିଏ ସିଏ ଛପି ବସିଛି? ବସି ବସି କବିତା ଲେଖୁଚି? ହସୁଚି କାନ୍ଦୁଚି! ପ୍ରତି ମୁହୂର୍ତ୍ତରେ ବଞ୍ଚିରହିବାର ଆଶ୍ୱାସନା ଦେଇଚାଲିଚି। କ'ଣ ସେଇଟା ଯିଏ ଭାବିଚାଲିଚି ଏତେ କଥା? ଯେତେ ନିରେଖି ଚାହିଁଲେବି ଯମୁନା ତାକୁ ଦର୍ପଣ ଭିତରେ ଠାବ କରିପାରୁନାହିଁ। ଏମିତି କ'ଣ କାଚ ବାହାରି ପାରିବ ନାହିଁ ଯାହା ସେଇଟାକୁ ତା ଦେହରେ ଧରି ରଖନ୍ତା? କ୍ଳାନ୍ତିରେ ଆଖିପତା ନଇଁଯିବା ଯାଏଁ ଏକାନ୍ତରେ ଦିନ ଦିନ ଧରି ଯମୁନା ଦେଖୁଥାଆନ୍ତା ତାରି ସ୍ୱରୂପ, ତା'ରି ଆକାର।

ଜଣେ ପ୍ରେମିକ କଳ୍ପନାରେ ଆସେ। ତା'ରି ସ୍ପର୍ଶରେ ତରଳିଯାଏ ଯମୁନା,

ଆଶ୍ଳେଷରେ ଭାଙ୍ଗି ଭାଙ୍ଗି ପଡ଼େ। ନିଜେ ଥାଇ ନଥିବାର ମୁଗ୍‌ଧ ଅନୁଭବ ଭିତରେ ଦ୍ରବି ହୋଇଯାଏ ସେ। ସିଏ ଦେହ ମାଧ୍ୟମରେ ମନକୁ ଛୁଏଁ ନାହିଁ, ସିଧାସଳଖ ଛୁଇଁଯାଏ ଯମୁନାର ସତ୍ତାକୁ। ଦେହର ଆଢୁଆଳରେ ଢାଙ୍କି ହୋଇଥିବା ତରଳ ପ୍ରେମିକାକୁ ସେ ଚିହ୍ନେ, ତାକୁ ହିଁ ଆଲିଙ୍ଗନ କରେ, ତାକୁ ହିଁ ଶୋଷିନିଏ। ସେଇ ପ୍ରେମିକ କଳ୍ପନାରେ ଆସେ। ଆଙ୍କି ପୁଣି ଆଙ୍କିହୁଏ ନାହିଁ ତା'ର ଚେହେରା, ଲିଭି ଲିଭି ଯାଉଥାଏ। ମନଶ୍ଚକ୍ଷୁରେ ଚିହ୍ନି ପୁଣି ଚିହ୍ନି ହୁଏ ନାହିଁ। ଖାଲି ଅନୁଭବ କରିହୁଏ ତା'ର ପ୍ରେମ, ଆଦର। ଯମୁନା ସ୍ୱଗତୋକ୍ତି କରେ- ଏତେ କାହିଁକି ଭଲପାଅ ଯେ! ଅଳ୍ପ ଅଳ୍ପ ଭଲ ପାଅ ମୁଁ ମଲା ଯାଏଁ!

ଭାଉଜ ଯମୁନାକୁ କିଛି କହନ୍ତି ନାହିଁ। ଏମିତି କୌଣସି କାମ ସେ କରନ୍ତି ନାହିଁ, କରାନ୍ତି ନାହିଁ କି କହନ୍ତି ନାହିଁ ଯାହାକି ଯମୁନାକୁ ଦୁଃଖ ଦେବ। ସବୁବେଳେ ଘରକାମ ଭିତରେ ବୁଡ଼ିରହିଲେ ସୁଦ୍ଧା ସେଥିପାଇଁ ସେ ଯମୁନାର ସାହାଯ୍ୟ କେବେ ଲୋଡ଼ନ୍ତି ନାହିଁ। ତାକୁ ପରଘରକୁ ପଠେଇବାର ଅନେକ ଚେଷ୍ଟା ଅସଫଳ ହୋଇଚି। ବାହାଘର ପାଇଁ ଝିଅଦେଖାରେ ଯମୁନାକୁ ଦେଖିବାକୁ ଆସି ଗୋପାଳ ନାକଟେକି ଫେରି ଯାଉ ଯାଉ କାବେରୀକୁ ଆବିଷ୍କାର କରିଥିଲେ ଏବଂ ତାକୁ ବାହାହେବାକୁ ଅଡ଼ିବସିଲେ। ଯମୁନାକୁ ଆପାତତଃ ଏ ଘରର ସ୍ଥାୟୀ ସଦସ୍ୟା ହିସାବରେ ମନେମନେ ଗଣତି କରିଦେବା ପରେ ଭାଉଜ ତାକୁ ମଉଜରେ ରଖିବାରେ ବ୍ୟସ୍ତ। ବିଚାରୀ, ଟିକିଏ ସୁଖ ଶାନ୍ତିରେ ରହୁ। କିନ୍ତୁ ତାଙ୍କର ଏ ଅଯାଚିତ ଦୟାହିଁ ଯମୁନାକୁ ବହୁତ ଦୁଃଖ ଦିଏ। କାହିଁକି ତାକୁ ପରମଣିଷ ପରି, ଅତିଥି ଅଭ୍ୟାଗତଙ୍କ ପରି ଏ ସତ୍କାର ଚାଲିଛି। ସୁଖଦୁଃଖ ଭଲମନ୍ଦ ସବୁଥିରେ ଜଡ଼ିରହିଲେ ଘର ଆପଣାର ମନେହୁଏ। ତା'ଠାରୁ ଏ ଅଧିକାର ଅଲକ୍ଷ୍ୟରେ ଏମାନେ ଛଡ଼ାଇ ନେଉ ନାହାନ୍ତି ତ!

ଯମୁନା ଆଗରେ ସମୟ ଜଣେ ଭଙ୍ଗାଗୋଡ଼ ବାଟୋଇ ପରି କେଡ଼େ ଧୀରେ ଘୁଷୁରି ଘୁଷୁରି ଚାଲୁଚି। ଘଣ୍ଟାଟାଏ ବର୍ଷ ପରି, ଦିନଯାଏ ଯୁଗ ପରି। ଏଇ ଘରେ ଏକା ଏକା ବସି ବସି ସେ ଉପରର ରୁଅବାଉଁଶଗୁଡ଼ାକୁ ଗୋଟି ଗୋଟି କରି କେତେଥର ଗଣି ସାରିଲାଣି। କାବେରୀ କେତେଟା ବହି ନେଇ ଆସିଥିଲା ଯମୁନା ପାଇଁ। ଯମୁନା ସେସବୁ ପଢ଼ିବ। ଖୋଲାଖୋଲି କହିଦେଲେ ସମୟ କାଟିବ, ମନ ହାଲ୍‌କା କରିବ। କହୁଥିଲା- 'ଅପା ତୋ ଲାଗି ଏଇ ବହି କେତେଟା ସେଇ ଆଣିଚନ୍ତି। ପଢ଼ିବୁ, ତୋ'ର ତ ବହିପଢ଼ିବା ନିଶା। ପରେ ମୁଁ ଭଲ ବହି କେତେଖଣ୍ଡ ପଠେଇବି।'

କାବେରୀ ମୁହଁରୁ ଏକଥା ଶୁଣି ଯମୁନାକୁ ଲାଗିଲା ଯେମିତି ଅଚେତ୍ ନକରି ତାକୁ କିଏ ଅପରେସନ୍ କରୁଚି ଠିଆ ଠିଆ। କଇଁଚିରେ ତା' ଚମଡ଼ାକୁ ପରସ୍ତ ପରସ୍ତ

କରି କାଟିଚାଲିଚି । କାବେରୀ ତାକୁ ଆକ୍ଷେପ କରୁ ନାହିଁ ତ ? ଅଲକ୍ଷ୍ୟରେ ଅପମାନ ଦେଉନାହିଁତ ? ସହାନୁଭୂତି ନାଁରେ ନିଜ ସ୍ୱାଚ୍ଛନ୍ଦ୍ୟର ତାରିଫ କରୁଚାଲୁନାହିଁ ତ ? କିଏ ତାକୁ କହିଲା ସମୟ ମୋ ପାଇଁ ବୋଝ ହୋଇ ରହିଚି ବୋଲି । ଗୁଡ଼ିଆ ଦୋକାନରେ ପିରାମିଡ୍ କରି ରଖା ହୋଇଥିବା ଜିଲାପି ଥାକ ଭଳି ଏଘରେ ନାଟମରା ହୋଇଥିବା ଗୋବର ଘଷିଗୁଡ଼ାକୁ, ବାଁ ପଟ ଭାଡ଼ିର କୁଣ୍ଡା ବସ୍ତା, ଚାଳର ବାଉଁଶ ରୁଅକୁ ତୁହାଇ ତୁହାଇ ଗଣିବାକୁ ସମୟ ଅଣ୍ଟୁନାହିଁ । କିନ୍ତୁ ସେ ମୁହଁ ଫିଟାଇ କିଛି କହିଲା ନାହିଁ । ସବୁ ଦୟା ଆଉ ସହାନୁଭୂତିକୁ ମୁଣ୍ଡେଇ ନେଲା ।

ଲାଜକୁଳୀ ବି କେତେଥର ଆସିଚି । ଅଧକପାଳି ଉପରେ ଆଠଣି ଆକାରର ସିନ୍ଦୂର ଟୋପାଏ ମାରି ଜାଗୁଲାଇ ପରି ଦିଶେ । ସୁରେଶ କଥା କହେ । ତାକୁ ସେ ବାହା ହେଇଚି । ଗନ୍ଧର୍ବ ବିବାହ । କହେ- 'ତାଙ୍କ କଥା ଭାବିଲେ ଲାଜରେ ଦେହ ଝାଳେଇ ଆସେ । ଛି ! ମାଇଚିଆ । କ'ଣ ଯେ ସେ ହେଉଥାନ୍ତି ! ଏଯାଏ ବି ସେମିତି ସିନେମା ଛଳର କଥା । ଭାରି ଚଗଲା ସତେ ଯେମିତି ସେକାଳର କଲେଜ୍ ପିଲା । ଲାଜକୁଳୀ ଏ ଯାଏ ମାଆ ହୋଇପାରି ନାହିଁ । ନିଜର ସେ ଦୁଃଖ ଯମୁନାକୁ କହି କେବେ କେବେ କାନ୍ଦେ । କହେ- ଯମୁନା ସୁଖ ଗୋଟାଏ ତାଳଗଛ ଛାଇ । ତାକୁ ବିଶ୍ୱାସ ନାହିଁ । ତା' ତଳେ ଠିଆହୋଇ ସାରାଦିନର ଉତ୍ତାପକୁ କିଏ କ'ଣ ଫାଙ୍କି ପାରିଚି ?

କିଛି କ୍ଷଣ ଚୁପ୍ ରହି ପୁଣି କହେ ସ୍ୱାମୀ ସୁଖ ମୁଁ ଅଙ୍ଗେ ନିଭେଇଲି ହେଲେ ସନ୍ତାନ ସୁଖ ମୋ କପାଳରେ ଯୁଟିଲା ନାହିଁ । ତୋ କଥା ମୋର ଅନେକବେଳେ ମନେପଡ଼େ । କେମିତି ଜୀଇଁବୁ ତୁ ଏତେବଡ଼ ଜୀବନଟା ? ଆଗକୁ ଅନେଇଁ ଦେଲେ କେତେ ଖାଁ ଖାଁ ଲାଗୁଚି । ବଡ଼ ହତଭାଗୀଟା ତୁ ! ଜହର ଉପରେ ଚିନିବୋଳି ଦେଇ ରଙ୍ଗ ଢାଳି ଦେଲେ ତାକୁ ଖାଇବାକୁ ସମସ୍ତେ ଧାଇଁଥିବେ କିନ୍ତୁ ପଡ଼ିରହିଥିବ ବେରଙ୍ଗ ଅମୃତ । ଏଇ ହେଲା ଦୁନିଆଁ । ଯମୁନା ତୁ ନିଜେ ଦମ୍ଭ ଧର, ଜୀବନକୁ ସାମ୍ନା କର ।

ଲାଜକୁଳୀର କଥା ଯମୁନାକୁ ଅଧା ଆପଣାର ପରି ଲାଗେ । ଅନ୍ୟ ଅଧକ ସାତ ପର ପରି । ସିଏ କ'ଣ ତାକୁ ଆକ୍ଷେପ କରୁଚି କି ? ବୋଧହୁଏ ନୁହେଁ । ଉପହାସ କରିବା ପରି ସର୍ବାଙ୍ଗ ସୌଭାଗ୍ୟ ଲାଜକୁଳୀର ହୁଏତ ନାହିଁ । ଛୁଆବକଟେ ପାଇଁ ଠାକୁର ଆଉ ଡାକ୍ତରଙ୍କ ଦୁଆରକୁ ଧାଇଁ ଧାଇଁ କାନ୍ଦୁଚି ସେ ଅଧାବେଳେ । ହେଲେ ସେ କ'ଣ ଯମୁନାକୁ ଅନୁଭବ କରିଚି ? ନା, କେବେ ନୁହେଁ ।

ସାନ୍ତ୍ୱନା ଅନେକ ବେଳେ କାଟେ । ଯମୁନାକୁ ଲାଗେ ଯେ ସେ ସବୁବେଳେ କଟୁ ସାନ୍ତ୍ୱନାର ହିଁ ଶିକାର ହେଉଚି । କାହିଁକି ଏ ସାନ୍ତ୍ୱନା ଚିହ୍ନାଲୋକଙ୍କର ?

କାବେରୀ, ଗୋପାଳ ଓ ହାଉଡ଼ା ଅନେକ ବେଳୁ ବିଦାୟ ନେଇ ତାଙ୍କ ଘରକୁ ଫେରିଯାଇଥିଲେ। ସଂଧ୍ୟା ହୋଇ ଯାଇଥିଲା। ପିଣ୍ଡା ଉପରେ ରୁଗ୍ଣ ଲଣ୍ଠନଟି ଗହଳ ଅନ୍ଧାରକୁ ଠେଲିପେଲି କିଛି ବାଟ ଦୂରେଇ ରଖିଥିଲା କଷ୍ଟେମଷ୍ଟେ। ସହସ୍ର ଲଣ୍ଠନ ପରି ନକ୍ଷତ୍ରମାନେ ଦପ୍‌ଦପ୍ ହେଉଥିଲେ ଉପର ଆକାଶରେ। ଛନ୍ଦୋ ବଦ୍ଧ ହୋଇ ସଜେଇ ହେଇଥିଲେ ଗୋଟିଏ ମହାଜାଗତିକ କବିତାର ପଂକ୍ତିପରି; ଗୋଟିଏ ଗୋପନ ସତ୍ୟ, ଗୋଟିଏ ଅଜଣା ଆବେଗର ଆଭିବ୍ୟକ୍ତି ହୋଇ। ପ୍ରକୃତିସ୍ଥ ହୋଇ ଯମୁନା ନିଜ ବାଁ ଛାତିରେ ହାତମାରିଲା। ଦମ୍‌ଦମ୍ ଧମ୍‌ଧମ୍ ହୋଇ ହୃଦପିଣ୍ଡ ଚାଲିଚି ଅବିଶ୍ରାନ୍ତଭାବେ। ଗୋଟିଏ ମୁହୂର୍ତ୍ତରୁ ଆଉଗୋଟିଏ ମୁହୂର୍ତ୍ତକୁ ଠେଲି ଦେଉଚି ଯମୁନାକୁ, ଜୀବନ୍ତ ଯମୁନାକୁ। ଏଇ ମୁହୂର୍ତ୍ତମାନଙ୍କର ଗୋଟିଏ ଅବିଚ୍ଛିନ୍ନ ଧାରାରେ ଜୀବନର ଦୈର୍ଘ୍ୟ ଗଢ଼ିହୋଇ ଚାଲିଛି। ଯମୁନା ବଢ଼ିଚାଲିଚି ଆଉମାନଙ୍କ ପରି, ବହିଚାଲିଛି। ଯମୁନାର ରୋମାଞ୍ଚ ହେଲା। ଗୋଟିଏ ଅଦ୍‌ଭୂତ ଶିହରଣ ସଞ୍ଚରିଗଲା ମନରେ ଆଉ ଦେହରେ। ସେ ଅନେଇ ଦେଖିଲା ଟିକି ଟିକି ରୁମମାନ ଠିଆ ହୋଇପଡ଼ିଚନ୍ତି ସେଇ ସମ୍ମୋହନ, ଶିହରଣର ଉଚ୍ଛ୍ୱାସରେ।

ପିଣ୍ଡା ଉପରୁ ଉଠି ଲଣ୍ଠନଟି ହାତରେ ଧରି ଚୁପ୍‌ଚାପ୍ ଯମୁନା ଆଇନାଟଙ୍ଗା ହୋଇଥିବା ଘର ଭିତରକୁ ପଶି ଆସିଲା। ଠିଆ ହେଲା ଆଇନାର ସାମ୍‌ନାରେ। ତାଳୁରୁ ତଳିପାଯାଏ ନିଜକୁ ଦେଖିଲା ନିରେଖିଲା ଭଳି। ଏଇ ତା'ର ଦେହ। ଆଜନ୍ମ ଅବିଚ୍ଛେଦ୍ୟ ସମ୍ପର୍କରେ ସମ୍ପର୍କିତ ତା'ର ନୀରୋଗ ନିର୍ମଳ ଶରୀର। ସ୍ଥୁଳ ବ୍ରହ୍ମାଣ୍ଡରେ ତାକୁ ଚେନାଏ ଥାନ ଦେଇଥିବା ତା'ର ଆପଣାର ଦେହ। ଯା ପ୍ରତି ସତରେ ତାର ମୋହ କେତେ ପ୍ରଗାଢ଼। କେତେ ଆଦିମ ଆଉ ଅଦମ୍ୟ! କେତେ ଦିନ ଧରି କେତେ ଅଭିଯୋଗ ସେ ନିଜେ କରି ନଆସିଚି ଏଇ ଦେହ, ମୁହଁ ବିରୁଦ୍ଧରେ। ତା'ର ଆକୃତି ଯେମିତି ସେହିଭଳି ଭାବେ ତାକୁ ଆଦରିନନେଇ ମନେ ମନେ ତାକୁ କେତେ ନ ବଦଳେଇଚି! କାହିଁ କେତେଥର ଭାଙ୍ଗି ପୁଣି ନ ଯୋଡ଼ିଚି! ପୁରୁଷର ଦୃଷ୍ଟିରେ ନିଜକୁ ଦେଖି କେତେ କ୍ଷୁବ୍‌ଧ ନ ହେଇଚି। ଅସହାୟ ନହୋଇଚି। ଗୋଟାଏ ବିକଳ ଭାବନା ନେଇ ଜୀଇଁ ରହିଚି। ନିଜ ଆଗରେ ନିଜେ ଦୟନୀୟ ହେଇଚି। କାହିଁକି? କାହିଁକି ଏ ଆତ୍ମଦୟା? ଚିହ୍ନାଜଣା ଲୋକ କେବଳ ନୁହେଁ ସେ ନିଜେ ବି ନିଜ ଉପରେ ଦୟା ଦେଖେଇ ଚାଲିଚି। ଛି!

କାହିଁ କେଉଁ କାଳରୁ ଏଯାଏ ବାକୀଥିବା ତୀବ୍ର କୃତଜ୍ଞତାବୋଧ ନେଇ ଆଇନା ଉପରକୁ ଝୁଙ୍କି ପଡ଼ିଲା ଯମୁନା। ଚୁମିଦେଲା। ମୁହଁ ଆଉ ନିଃସ୍ୱାସର ବାମ୍ପରେ ଝାପ୍‌ସା ହୋଇଗଲା ଆଇନାର କାଚ। ପିନ୍ଧା ଶାଢ଼ୀର ଅଞ୍ଚଳରେ ପୋଛିଦେଲା

ଯମୁନା। ଆଉଥରେ ଚୁମିବାକୁ ଲୋଭହେଲେ ବି କାଚଟା ଝାପସା ହୋଇଯିବା ଭୟରେ ନିବୃତ୍ତ ରହିଲା ସେ। ଖାଲି ଚାହିଁ ରହିଲା। ପାଟିରୁ ବାହାରି ପଡ଼ିଲା- "ନିଜକୁ ଭଲପାଇବା କେତେ ଭଲ ସତେ!"

ପରଦିନ ସକାଳୁ ଉଠୁ ଉଠୁ ଡେରି ହେଲା। ଗତ ରାତିର ନିଦ ଏତେ ଗଭୀର ଥିଲା ଯେ ସକାଳ ହେବା ଜାଣି ହେଲା ନାହିଁ। କୂଅ ପାଖରେ ଗାଧୋଉଥିବା ବେଳେ ଯମୁନାର ଗୁଣୁଗୁଣୁ ଗୀତ ପିଣ୍ଡା ଉପରୁ ଭାଉଜ ଶୁଣି ହସିଦେଇ ରୋଷେଇ ଘର ଭିତରକୁ ପଶିଗଲେ। ଗାଧୋଇସାରି ଯମୁନା ରୋଷେଇ ଘରକୁ ଭାଉଜଙ୍କ ପାଖକୁ ଆସିଲା। ଭାଉଜ ପଚାରିଲେ- କଥା କ'ଣ ମ? ଯମୁନା ହସି ହସି କହିଲା- କି କଥା?

ଭାଉଜ ମୁରୁକିହସା ଦେଇ ଯମୁନାକୁ ଚିମୁଟି ଦେଲେ। କହିଲେ- 'ବଡ଼ ମନମତାଣିଆ ସୁର ଧରିଥିଲ ଯେ।' ଯମୁନା ଚୁଲି ମୁଣ୍ଡରେ ବସିପଡ଼ିଲା। ଟିକିଏ ଗେହ୍ଲେଇ ହୋଇ କହିଲା- ବସୁନ ଭାଉଜ, ଟିକିଏ ବସ, କଥା ହେବା।

ଭାଉଜ ନଇଁ ପଡ଼ି ଅଧାକାନ୍ଥି ଉପରେ ଲୁଣ କାଠୁଆ ରଖୁଥିଲେ। ଯମୁନା କହିଲା- ମୁଁ ଭାବୁଚି ବାହାରକୁ ଯିବି। କିଛି ଗୋଟାଏ ଚାକିରୀ କରିବି। ପଢ଼ିବି, କବିତା ଲେଖିବି, ଛାପିବି। କ'ଣ କହୁଚ ଭାଉଜ?

ଚୁଲିଝିଙ୍କାର ମଝିରୁ ବାହାରକୁ ଆସୁଥିବା ନିଆଁଧାସରେ ଯମୁନାର ମୁହକୁ ଚାହିଁଲେ ଭାଉଜ। ଯମୁନା ହସୁଥିଲା। ତା ଦୁଇ ଆଖିଡୋଳାରେ ସେଇ ନିଆଁ ଆଲୁଅର ପ୍ରତିବିମ୍ବ ଝଲସି ଉଠୁଥିଲା। ଭାଉଜ ଚମକିପଡ଼ି ପଚାରିଲେ-ଏଇ କ'ଣ କହୁଚ? କାହିଁକି ମ?

ଚୁଲିମୁଣ୍ଡରେ ଲଥ୍ କରି ବସିପଡ଼ିଲେ ସେ। ଯମୁନା ଆଡ଼କୁ ଘୁଞ୍ଚିଆସି କହିଲେ- ମୋ ସୁନାଟା ପରା! କ'ଣ ଆମକୁ ପରତେ ଯାଉନ! ଛି, ଏମିତି କଥା କହନ୍ତି? ଆମର କ'ଣ ଭୁଲ ହୋଇଗଲା କି?

ଯମୁନା ଭାଉଜଙ୍କ ଆଡ଼କୁ ଢ଼ଳି ଆସି କହିଲା-ନାଇଁ ନାଇଁ, ସେକଥା ଆଦୌ ନୁହେଁ। ଭାଉଜ, ତମେ ସତରେ କେତେ ଭଲ। ମୁଁ କେବଳ ଟିକିଏ ସ୍ୱାବଲମ୍ବୀ ହେବାକୁ ଚାହୁଁଚି। ନିଜେ କିଛି କରିବାକୁ ଚାହୁଁଚି। ବୋଝ ହେବାକୁ ଚାହୁଁନାହିଁ।

- ବୋଝ? ତୁମେ ମୋ ଉପରେ ବୋଝ? କିଏ କହିଲା ଏକଥା?

ଆଖିରେ ଲୁହ ଆସିଗଲା। ଭାଉଜ ଯମୁନାକୁ କୁଣ୍ଢେଇ ଧରି କାନ୍ଦିବାକୁ ଲାଗିଲେ। କହିଲେ- କଣ ଆଉ କରିବି? ବାହାଘର ପାଇଁ ଆମେ ଯେତେ ଚେଷ୍ଟା...

ଯମୁନା ଭାଉଜଙ୍କ ଆଲିଙ୍ଗନ ଭିତରେ ରହି ଓଲଟ ପାପୁଲିରେ ତାଙ୍କ ମୁହଁ ବନ୍ଦକରି କହିଲା- ସେ କଥା ନୁହେଁ ଭାଉଜ। ତୁମର ନଣନ୍ଦ, ଭାଇର ଭଉଣୀ ହୋଇ ଜନ୍ମ ହେବା ମୋର ସୌଭାଗ୍ୟ। ତୁମେ ତ ମୋ କଳ୍ପନାଠାରୁ ବି ଆହୁରି ଭଲ। ମୁଁ କେବଳ ନିଜ ଗୋଡ଼ରେ ନିଜେ ଠିଆ ହେବାକୁ ଚାହୁଁଚି। କେଉଁ ପୁରୁଷର ଯୌନ ଆକର୍ଷଣର ମାତ୍ରାକୁ ମାପକାଠି କରି ମୋର ସମଗ୍ର ବ୍ୟକ୍ତିତ୍ୱ ତଉଲି ହେଉ ମୁଁ ଚାହୁଁ ନାହିଁ। କେବଳ ପୁରୁଷର ମନଲାଖି ହେବା ବ୍ୟତୀତ ଜୀବନରେ ଅନେକ ଜିନିଷ ଅଛି ଭାଉଜ। ମୁଁ ସେଇଆକୁ ଖୋଜୁଚି। ମୁଁ, ମୁଁ ହେଇ ବଞ୍ଚିବାର ଅହଂକାର ଖୋଜି ବାହାରିଚି !

■

ସୁଜାତା

ଏବେ ସମଗ୍ର ସତ୍ତାକୁ ଆବୋରି ବସିଚି ସୁଜାତା, ଚିତାକୁଟାଳୀର ଚିତ୍ରିତ ଦାଗଭଳି ଯାହାକୁ ଲିଭେଇ ପାରିବା ବୋଧହୁଏ ଆଉ ସମ୍ଭବ ନୁହେଁ। ମୋର ସମସ୍ତ ଅପାରଗତା, ଅସହାୟତା ସତ୍ତ୍ୱେ ତା'ର ଗେଟାଏ କାଳ୍ପନିକ ସତ୍ତାକୁ ମୁଁ ମନ ଭିତରେ ବାନ୍ଧି ରଖିଚି। ସ୍ଥୂଳ ଜଗତରେ ତା'ର କୌଣସି ମୂଲ୍ୟ ନଥାଉ ପଛେ ହେଲେ ମୋ ଆକୁଳମନର ଢଙ୍ଗ ଆଉ ଲୁଚି ନେଇ ମୁଁ ତାକୁ ସଜେଇଚି। ତା'ର ସାନ୍ନିଧ୍ୟ ପାଇଚି। ଆଜି କିଛି ଦିନ ପରେ ପରୀକ୍ଷା ସରିଲେ ସୁଜାତା ଚାଲିଯିବ କଲେଜ୍‌ରୁ। ମୁଁ ବି ଚାଲିଯିବି; ସାଙ୍ଗରେ ନେଇ ଯିବି ସୁଜାତାର ମଧୁର କଳ୍ପନା, ତା'ର ଅଦେହୀ ବାୟବୀୟ ସତ୍ତା। ସେତକ ହିଁ ମୋର ନିଜସ୍ୱ ହାର୍ଦ୍ଦିକ ଓ ମାନସିକ ସମ୍ପତ୍ତି-ମୋର ମାନସ କନ୍ୟା।

ଭଲପାଇବା ବରଂ ସହଜ ହୋଇପାରେ ମାତ୍ର ଭଲପାଇବାର ସ୍ୱୀକାରୋକ୍ତି ଆଦୌ ସହଜ ବ୍ୟାପାର ନୁହେଁ। ଏଇ ଯେମିତି ସୁଜାତା ପ୍ରତି ମୋର ଅନୁରାଗ ଆସିଥିଲା ବିନା ଚେଷ୍ଟାରେ ସ୍ୱତଃସ୍ଫୂର୍ତ୍ତ ସହଜ ଓ ସାବଲୀଳ ଭାବେ। ମାତ୍ର ଦୁଇବର୍ଷ ହେଲା ସେଇଆକୁ ଛପେଇ ରଖିଚି। ଏଥିରେ ଅନ୍ତର୍ଦାହ ଅଛି, କଷ୍ଟ ଅଛି ମାତ୍ର ପ୍ରତ୍ୟାଖ୍ୟାତ ହେବାର ବା ଲାଂଛିତ ହେବାର ଭୟ ନାହିଁ। ନିଜର ଭଲପାଇବାକୁ ଘୋଡ଼େଇବାର ଚେଷ୍ଟାରେ ଦୁଇବର୍ଷ ବିତିଗଲା। ଏବେ ଇଣ୍ଟର ମିଡ଼ିଏଟ୍‌ର ପରୀକ୍ଷା ସରିଗଲେ ମୁଁ, ସୁଜାତା ତଥା ଅନ୍ୟ ସାଙ୍ଗସାଥୀମାନେ କିଏ କୁଆଡ଼େ ଚାଲିଯିବୁ। କିଏ ବିଏ ପଢ଼ିବ କିଏ ବିଏସ୍‌ସି, କିଏ ଇଂଜିନିୟରିଂ ତ କି ଡାକ୍ତରୀ। ଜୀବନଚକ୍ରରେ ସମସ୍ତେ ନିଜ ନିଜ ରାସ୍ତାରେ ଚାଲିଯିବେ, ଗୋଟାଏ ଫୁଟାବାଣର ଭଗ୍ନାବଶେଷ ଭଳି କିଏ କୁଆଡ଼େ ଛିଟିକି ପଡ଼ିବ ପରସ୍ପରଠାରୁ ଦୂରରେ। ମୁଁ ବି ସେମିତି ଦୂରେଇଯିବି, ଆହୁରି ପାଠ ପଢ଼ିବି, ଜୀବନର ଚିରାଚରିତ କ୍ରିୟାକଳାପରେ ବ୍ୟସ୍ତ ରହିବି କିନ୍ତି ସୁଜାତାକୁ କେବେ କ'ଣ ଭୁଲି ପାରିବି ? ସେ ମୋ ଭିତରେ ସେମିତି ଛପିରହିଥିବ ଗୋଟାଏ ଅବଶୋଷ ହୋଇ।

କଲେଜ୍‌ର ଏ ଦୁଇବର୍ଷ ସାନସାନ ଅନେକ କଥା, ଅନେକ ଘଟଣାକୁ ନେଇ ଗଢ଼ା ହୋଇଚି ମାତ୍ର ମୁଁ ସିନା ସେଇସବୁ କୁନି କୁନି କଥାମାନଙ୍କୁ ଏତେ ଗୁରୁତ୍ୱ ଦେଇ ମନଭିତରେ ସାଇତି ରଖିଚି, ହେଲେ ସୁଜାତା ବା ଅନ୍ୟକାହାର ଏସବୁ ଗତାନୁଗତିକ ଘଟଣାବଳୀ ଉପରେ ଗୁରୁତ୍ୱ ଦେବାର କୌଣସି କାରଣ ନାହିଁ।

ବୈତରଣୀ କୂଳର ଗୋଟିଏ ଧୋଇଆ ଗାଁରୁ ଚୁଡ଼ାତେନ୍ତୁଳି ପୁଟୁଳି ସାଙ୍ଗରେ ଲୁଗାଜାମା ବହିପତ୍ର କେତୋଟି ଧରି ରେଭେନ୍‌ସା କଲେଜ୍‌ରେ ଆଇ.ଏସ୍.ସି. ପଢ଼ିବାକୁ ପହଞ୍ଚିଥିଲି। ସାଙ୍ଗରେ ମୋର କ'ଣ ଆଉ ଥିଲା ? ପାଠ ପଢ଼ି ମଣିଷ ହେବାର ଗୋଟାଏ ଅଦ୍ୟମ ଇଚ୍ଛା, ଗାଁ ଛାଡ଼ିଲା ବେଳେ ବୋଉର କାନ୍ଦୁରା ମୁହଁ ଆଉ ବାପାଙ୍କର ଦୃଢ଼ ଅଥଚ ଛଳଛଳ ଆଖିର ସ୍ମୃତି। ସେଇ ପାଥେୟ ନେଇ ମୁଁ ଏଠି ପହଞ୍ଚିଥିଲି। ଏତେ ବିରାଟ ନାଲିକୋଠା ଦେଖି ଶଙ୍କି ଯାଇଥିଲି ପ୍ରଥମେ। ଆଡ଼ମିଶନ୍ ନେଲାବେଳେ ଦସ୍ତଖତ କରିବା ବେଳକୁ ମୋ କଲମଟି ନଚାଲିବାରୁ ମୋର ଅତମତ ଭାବ ଦେଖି ଯେଉଁ ଝିଅଟି ନିଜ କଲମ ମୋ ଆଡ଼କୁ ବଢ଼େଇ ଦେଇଥିଲା ସେ ହିଁ ସୁଜାତା। ନାନାବିଧ ଆଧୁନିକ ପରିପାଟୀ ଭିତରେ ଚିତ୍ରତାରକା ପରି ଦିଶୁଥିଲା। କୃତାର୍ଥ ହୋଇ କଲମଟି ଫେରେଇ ଦେଲାବେଳେ ମୁଁ ନାଁ ପଚାରିବାରୁ ସେ କିଛି ନକହି ରେଜିଷ୍ଟର ଆଡ଼କୁ ଆଙ୍ଗୁଳି ବଢ଼େଇ ଦେଲା। ମୁଁ ପଢ଼ିଲି 'ସୁଜାତା ମହାନ୍ତି'। ପଢୁ ପଢୁ ଡରିଗଲି ଏଇ ତେବେ ବୋର୍ଡ଼ ପରୀକ୍ଷାରେ ସାରା ଓଡ଼ିଶାରେ ଫାଷ୍ଟ ହୋଇଚି। ଦୀର୍ଘ ଦୁଇବର୍ଷ ଭିତରେ ଏତିକି ହିଁ କଥାବାର୍ତ୍ତା।

ମୋ ଭଳି ଗାଉଁଲୀ ପିଲାମାନଙ୍କର ଗୋଟାଏ ଚାରିତ୍ରିକ ଦୁର୍ବଳତା ହେଲା ଅଯଥା ଭାବପ୍ରବଣତା। ସୁଜାତାର ସେଇ ସାଧାରଣ ସୌଜନ୍ୟକୁ ମୁଁ ଏ ଦିବର୍ଷ ଭିତରେ ଅନେକ ରଙ୍ଗେଇଚି। ଅନେକ ଢଙ୍ଗରେ ଦେଖି କୃତାର୍ଥ ହୋଇଚି। ସେଇତକରୁ ହିଁ ସ୍ନେହର କ୍ଷୀଣ ସମ୍ଭାବନାକୁ ଖୋଜି ମନେମନେ ପୁଲକିତ ହୋଇଚି। ବାସ୍ତବତା ଦୃଷ୍ଟିରୁ ମୁଁ ଯେ ସୁଜାତାର ଅଯୋଗ୍ୟ ଏକଥା ଅବଶ୍ୟ ମତେ ଜଣା। ମାତ୍ର ମୋର ତ ମଣିଷର ମନ। ଭାବିଚାଲିବାରେ ବା ସ୍ୱପ୍ନ ଦେଖିବାରେ ଆପତ୍ତି କାହିଁକି ?

ସୁଜାତାକୁ ମନେମନେ ଭଲପାଇବା ପରଠାରୁ ମୋର ଅସହାୟବୋଧ ତୀବ୍ରତର ହୋଇଉଠିଚି। ତାର ଲୋଭନୀୟ ଗମ୍ଭୀର ବ୍ୟକ୍ତିତ୍ୱ, ଅପ୍‌ସରୀୟ ଚେହେରା, ଭଲ ପାଠପଢ଼ା ଏବଂ ଧନୀ ପରିବାର ସାମ୍‌ନାରେ ମତେ ନିଜକୁ ଜୋକର୍‌ଟିଏ ପରି ଲାଗେ। ତାକୁ କେବେ ଗୋଟିଏ ପୋଷାକରେ ଦି'ଥର ଦେଖିନାହିଁ। କିନ୍ତୁ ପୋଷାକ ଯେମିତି ହେଉନା କାହିଁକି ସବୁଥିରେ ସେ ସୁନ୍ଦର ଦିଶେ, ଆପଣାର ପରି ଲାଗେ।

ରକ୍ତାକ୍ତ ବର୍ଛାମୁନ ପରି ଲମ୍ବା ଲମ୍ବା ନଖ, ଲାଲ୍ ଓଠ, ରେଶମ ପରି ବାଳ ଆଉ ଅଦୃଶ୍ୟ ମନ ଭଳି ଗଭୀର, ଦୁର୍ବୋଧ୍ୟ ଆଖି।

ତାକୁ ଭଲପାଇବା ପରଠାରୁ ଅସହାୟବୋଧ ଆସିଲେ ସୁଦ୍ଧା ମୁଁ କେବେହେଲେ ଭାଙ୍ଗି ପଡ଼ିନାହିଁ। ମନେମନେ ତା'ର ମନଲାଖି ହେବାର ପ୍ରାଣାନ୍ତକ ଚେଷ୍ଟା କରିଚି। ସୁଜାତା ମୋ ଭିତରେ ଗୋଟାଏ ପ୍ରେରଣା ହୋଇ ରହିଚି ଏଯାଏଁ। ତା'ର ଯୋଗ୍ୟ ହେବାକୁ ଦିନରାତି ବସି ପାଠ ପଢ଼ିବା ଛଡ଼ା ମୋ ପାଖରେ ସମ୍ବଳ ଆଉ କ'ଣ ଅଛି ?

ମୁଁ ଯେମିତି ରୂପନେଇ ଜନମିଛି ତାକୁ ଏବେ ହଠାତ୍ ବଦଳେଇ ଅତିସୁନ୍ଦର କରିପାରିବି କେମିତି ? ଚାଷବାସରେ ପେଟପୋଷୁଥିବା ଆମ ଦରିଦ୍ର ପରିବାରକୁ ଧନଶାଳୀ କେମିତି କରିପାରିବି ? ମୋର ସମ୍ବଳହୀନ ବାପାଙ୍କୁ ଇରିଗେସନ୍ ବା ଆର୍.ଏଣ୍ଡ.ବି. ର ଏକ୍‌ଜିକ୍ୟୁଟିଭ୍ ଇଂଜିନିଅରରେ ତ ବଦଳେଇ ପାରିବି ନାହିଁ। ମୁଁ ନିଜେ ବି ତଥାକଥିତ ସ୍ମାର୍ଟ ନୁହେଁ। ଇମୋଜିଙ୍ଗ ସ୍ୱଭାବର ବି ନୁହେଁ। ପକେଟ୍‌ରେ ପାଞ୍ଚ ପଇସା ନଥାଇ ଉପରବେଳା ପେଟେ ପାଣି ପିଇ ସଂଧ୍ୟା ସାଢ଼େ ସାତଟା ବେଳକୁ ମେସ୍‌ରେ ଡିନର୍ ଆଶାରେ ପଇଁତରା ମାରୁଥିବା ପିଲାଟିଏ 'ସ୍ମାର୍ଟ' ହେବା ନିହାତି କଷ୍ଟ।

ଏଣୁ ସୁଜାତା ମୋ ପାଇଁ କେବଳ ସୁଖ ସ୍ୱପ୍ନଟିଏ। ତା'ର ମନ ଜିଣିବାକୁ ସାରା କଲେଜ୍ ଯାକର ଚେଷ୍ଟା ଚାଲିଛି। ଏମ୍.ଏ. ପର୍ଯ୍ୟନ୍ତ ଅନେକ ଛାତ୍ରଙ୍କ ସମେତ ନୂଆ ଅଧ୍ୟାପକ କେତେଜଣ ବି ଏ ଦିଗରେ ପରିଶ୍ରମରତ। ମୁଁ ବିଚରା ନିହାତି ନଗଣ୍ୟ।

କେବଳ ମୋର ଆଚାରବ୍ୟବହାର ଏବଂ ପାଠପଢ଼ା ଆଦି ଯେଉଁ ସବୁ ଜିନିଷର ପରିମାର୍ଜନା ଏବଂ ଉନ୍ନତି ମୋ ଚେଷ୍ଟାରେ ସମ୍ଭବ, ସେଇସବୁକୁ ହିଁ ଭଲ କରିବାକୁ ଚେଷ୍ଟା କରିଚି ଯାହା ଯେମିତି ମୋ ମନଗହନରେ ରହିଥିବା ସୁଜାତାର ରୁଚିକୁ ସୁହାଇବ। ରାତି ରାତି ବସି ଅଙ୍କ କଷିଚି, ଫିଜିକ୍ସ କେମିଷ୍ଟ୍ରି ପଢ଼ିଚି। ମୋର ଦୁର୍ବଳ ଚେହେରା ଆହୁରି ରୁଗ୍‌ଣ ହେଇଚି। ଆସୁ ଆସୁ ଅଳ୍ପଦିନ ଭିତରେ କଲେଜ୍‌ର କେତେଜଣ ମୋର ଚୁଡ଼ାଖିଆ ଭଳି 'ପାପକର୍ମ' କୁ ଉଦ୍ଧୃତ କରି ମୋର ନାଁକୁ 'ଚୁଡ଼ା' 'ନାଲିଚୁଡ଼ା', 'ମଫୁ' ଆଦିରେ ବଦଳେଇ ଦେଲେ। ଅଳ୍ପ କେଇଜଣ ସାଥିଙ୍କୁ ଛାଡ଼ିଦେଲେ ମୁଁ ଏକରକମ୍ ନିଃସଙ୍ଗ ହୋଇଉଠିଲି। ମୁଁ ଏଠି ଆଡ୍‌ମିଶନ୍ ନେଇଥିଲି ସାଧାରଣ ଭାବେ ଜଣେ ସାଧାରଣ ଜାତୀୟ ବୃତ୍ତିପ୍ରାପ୍ତ ଛାତ୍ର ହିସାବରେ। ମାତ୍ର ଏଭଳି ଛାତ୍ର ତ ଏଠି ପ୍ରାୟ ସମସ୍ତେ, ତା'ପରେ ଖୋଦ୍ ସୁଜାତା ଭଳି ବେଷ୍ଟ ଟେନ୍‌ରେ ଥିବା କେତେଜଣ ପିଲା ମଧ୍ୟ ଥାଆନ୍ତି। ଅନେକ ଦିନ ପରେ ମୋର ଅକ୍ଲାନ୍ତ ପରିଶ୍ରମ ଏବଂ

ଆକୁଳତାର ଫଳ ମିଳିଲା । ବାର୍ଷିକ ପରୀକ୍ଷାରେ ମୁଁ ସୁଜାତା ସମେତ ଅନ୍ୟ ସମସ୍ତଙ୍କଠାରୁ ଅଧିକ ନମ୍ବର ରଖି ଫାଷ୍ଟ ହୋଇଗଲି ।

ବର୍ଷ ତମାମ ମୁଁ ସୁଜାତାକୁ କ୍ଲାସରେ ଅନେକ ବେଳେ ଚାହିଁରହିଥାଏ । ନଚାହିଁବାକୁ ଚେଷ୍ଟା କଲେ ସୁଦ୍ଧା ନିଜ ଅଜାଣତରେ ତା'ରି ଆଡ଼େ ଚାହିଁ ହୋଇଯାଏ । ଦୈବାତ୍ କେତେଥର ତା' ଆଖିରେ ଆଖି ପଡ଼ିଯାଇଚି ମାତ୍ର ମୁଁ ଡ଼ରିମରି ମୋର ରାସ୍ତା କାଟିଚି । ସେ ମତେ କ'ଣ କେମିତି ବୋଲି ଭାବେ ସେ କଥା ମୁଁ ଆଦୌ ଜାଣେନା ମାତ୍ର ଏତିକି ନିଶ୍ଚିତ ରୂପେ ଜାଣେ ଯେ ସେ ଅନ୍ତତଃ ମତେ ଭଲଭାବେ ଚିହ୍ନେ ।

କ୍ଲାସ୍ ପିଲାମାନେ ସମସ୍ତେ ପିକ୍‌ନିକ୍‌ରେ ଯାଇଥିଲୁ ନନ୍ଦନକାନନ । ସମସ୍ତେ ମଉଜ ମସ୍ତିରେ ନାଚି ବୁଲୁଥାନ୍ତି । ସୁଜାତା ଥିଲା ଝିଅମାନଙ୍କର ଲିଡ଼ର୍ । ମୁଁ ବିଚରା ଏକା ଏକା ବସି ସାମ୍‌ନା ହ୍ରଦର ଶାନ୍ତ ଦେହ ଆଡ଼େ ଚାହିଁରହିଥାଏ ।

ଖିଆପିଆ କରିବାର ବେଳ ଆସିଗଲା । ଝିଅମାନେ ଘରଣୀ ପରି ହେଉଥାନ୍ତି । ଆମେ ସମସ୍ତେ ଖାଇ ବସିଲୁ । ଝିଅମାନେ ପରଷିବାକୁ ବାହାରିପଡ଼ିଲେ । ସୁଜାତା ମୋ ପାଖରେ ପରଷି ଦେଲା ବେଳକୁ ମୁଁ କାଠ ଭଳି ଅନେଇ ରହିଲି । କ'ଣ ଭାବି ମୋର ଲୋମ ଟାଙ୍କୁରି ଉଠିଲା ।

ସୁଜାତା ସ୍ପୋର୍ଟସ, ଡିବେଟ୍ ଆଦି ସବୁଥିରେ ଭାଗନିଏ । ତା'ର ବନ୍ଧୁ ଅନେକ । ଏଇ ବନ୍ଧୁମାନଙ୍କ ଭିତରୁ କେତୋଟି ଯୋଗ୍ୟ ପୁଅ ବନ୍ଧୁ ଏବଂ ଜଣେ ଅଧ୍ୟାପକ ତା' ଆଗରେ ନିଜ ନିଜର ଦୁର୍ବଳତା ଦେଖାଇ ବେଜି୍ ହୋଇଥିବାର ମୁଁ ଜାଣେ । ମୁଁ ବା କେମିତି କେଉଁ ସାହସରେ ମୋ ମନୋଭାବ ତାକୁ ଜଣାନ୍ତି । ମୁଁ ଏମିତି କିଏ କି ?

ଏମିତି ଲୁଚି ଲୁଚି ଭଲପାଇବାର ଆଉ ଗୋଟାଏ କାରଣ ଅଛି । ଭଲପାଇବା ଆସିଯିବା ପରେ ମୁଁ ନାଚାର ହୋଇପଡ଼ିଲି । ମୁଁ ତା ପାଇଁ ନିହାତି ଅଯୋଗ୍ୟ ବୋଲି ଭାବୁଥିବାରୁ ପ୍ରତ୍ୟାଖ୍ୟାନ ଓ ହତାଶାର ଭୟ ମତେ ମାଡ଼ି ବସିଲା । ଯେ ଯାଏଁ ସିଧାସଳଖ ଭାବେ ପ୍ରତ୍ୟାଖ୍ୟାତ ନହେଇଚି ସେ ଯାଏଁ ଅନ୍ତତଃ ଏକ କାଳ୍ପନିକ ସୁଖ ଭିତରେ ତ ବଞ୍ଚିଯିବି । ମିଛ ହେଉ ପଛେ ଜାଣୁ ଜାଣୁ ସେଇ ସୁଖତକ ହରେଇବି କାହିଁକି ?

ପରୀକ୍ଷା ଚାଲିଲା । ଆଇ.ଏସ୍.ସି ପରେ ମୁଁ ଯେ କୌଣସି ମତେ ଇଂଜିନିୟରିଂ ପଢ଼ିବି । ଆଇ.ଆଇ.ଟି. ପାଇବାର ଆଶା ଥାଏ । ଜବିବାଡ଼ି ବିକ୍ରି ହେଉ ପଛେ କୌଣସି ମତେ ଅର୍ଥର ଯୋଗାଡ଼ ହେବ ବୋଲି ବାପା ମତେ ଉତ୍ସାହ ଦେଉଥାନ୍ତି । ସେ ଯାହାହେଉ ଅନ୍ତତଃ ଏଇ ପରୀକ୍ଷାପରେ ରେଭେନ୍‌ସା କଲେଜ୍‌ରୁ ମୋର ବିଦାୟ ସୁନିଶ୍ଚିତ । ସୁଜାତା କଥା ମନେପଡ଼ିଲେ ମୁଁ ବହୁତ ଭାବପ୍ରବଣ ହୋଇ ଉଠୁଥିଲି । ଭାବୁଥିଲି ତମରି ପାଇଁ ହିଁ ଜୀବନରେ ମୁଁ ଏକପ୍ରକାର ଉନ୍ନତି କରିବି, ଏବେ ହୁଏତ ତୁମଠାରୁ ଦୂରକୁ ଚାଲିଯିବି ।

ଆସିଗଲା ଶେଷ ପରୀକ୍ଷା। ଆଜି ପରଠୁ ବିଧିବଦ୍ଧଭାବେ ରେଭେନ୍‌ସାରେ ପାଠପଢ଼ା ଶେଷ। କାଲି ମୁଁ ମୋର ସେଇ ରଙ୍ଗଦିଆ ଟିଣ ବାକ୍ସଟି ଉଠାଇ ଗାଁକୁ ଫେରିଯିବି। ପରୀକ୍ଷାରେ ଭଲ ହୋଇଥିବାରୁ ଏକପ୍ରକାର ସନ୍ତୋଷ ଆସିଥାଏ ମୋର। ପରୀକ୍ଷା ପରେ କଲେଜ୍‌ଟା ଖାଁ ଖାଁ ଲାଗୁଥାଏ। ଏକା ହଲ୍‌ରେ ବସିଥିଲା ସୁଜାତା। କାଗଜପତ୍ର ଧରି ଆର୍ଟସ୍ ବ୍ଲକରୁ ଓହ୍ଲେଇ ଲନ୍‌ର ମଝିରାସ୍ତାରେ ଚାଲିଗଲା ସେ। ଅସ୍ତପ୍ରାୟ ସୂର୍ଯ୍ୟର ଶେଷ କିରଣରେ ଅପସୃୟମାନ ସୁଜାତାର କାୟା ଗନ୍ଧର୍ବୀ ଛାୟା ପରି ଲାଗୁଥାଏ। ମୁଁ ଛାତି ଭିତରେ ଅସହ୍ୟ ଯନ୍ତ୍ରଣା ଅନୁଭବ କଲି। ସୁଜାତାକୁ ସତରେ ଆଉ ଦେଖିହେବ ନାହିଁ। ଏଇ ଦୁଇବର୍ଷ ଭିତରେ ଇଏ କି ମାୟାରେ ବାନ୍ଧି ହୋଇଯାଇଚି ମୁଁ।

ଯନ୍ତ୍ରଚାଳିତ ପରି ପଛେ ପଛେ ଚାଲିବାକୁ ଲାଗିଲି। ପଛରେ କିଏ ଆସୁଚି ବୋଲି ସୁଜାତା ଜାଣିପାରିଲା ବୋଧହୁଏ, ଅଟକି ପଛକୁ ଚାହିଁଲା। ମୁଁ ରାସ୍ତା ମଝିରେ ସୂର୍ଯ୍ୟ ଘଡ଼ି ଉହାଡ଼ରେ ରହିଗଲି। ପୁଣି ସେ ଧୀରେ ଧୀରେ ଚାଲିବାକୁ ଲାଗିଲା। ମୋର କୁକୁଡ଼ା କଳିଜା ଧାଉଁ ଧାଉଁ କରୁଥାଏ ତଥାପି ମୁଁ ପୁଣି ପଛେ ପଛେ ଯିବାକୁ ଲାଗିଲି। କନିକା ଲାଇବ୍ରେରୀ ସାମ୍‌ନାରେ ବାଁ କଡ଼କୁ ମୋଡ଼କାଟି ସେ ହଠାତ୍ ପଛକୁ ବୁଲିପଡ଼ିଲା। ମୁଁ ନାଚାର, ଥମ୍ କରି ସେଇଠି ଠିଆ ହୋଇ ପଡ଼ିଲି ତା'ର ଏକ୍‌ଦମ୍ ସାମନାରେ।

ସେ ପଚାରିଲା-କ'ଣ ହେଲା ?

ମୁଁ କହିଲି- ନାଇଁ କିଛି ନାହିଁ ଯେ-

ସୁଜାତା ପୁଣି ପଚାରିଲା- କ'ଣ ହୋଇଚି ?

ମୁଁ ଆଉ ନିଜକୁ ସମ୍ଭାଳି ପାରିଲି ନାହିଁ। ବନ୍ଧ ଭାଙ୍ଗିଲେ ନଈର ପାଣି ଯେମିତି ଆବେଗରେ ଉଚ୍ଛୁଳି ପଡ଼େ ଠିକ୍ ସେମିତି ଦୀର୍ଘ ଦୁଇବର୍ଷର କାରାରୁଦ୍ଧ ଭାବନା ମୋର ପ୍ରବଳ ଉଚ୍ଛ୍ୱାସରେ ଭାଷାନ୍ତରିତ ହୋଇଗଲା।

- ସୁଜାତା, ତମ ମନରେ ଆଘାତ ଦେବା ମୋର ଉଦ୍ଦେଶ୍ୟ ନୁହେଁ। ଦି'ବର୍ଷ ହେଲା ବିବେକର ବାରଣ ସତ୍ତ୍ୱେ ମୋ ମନରେ ତମ ଲାଗି ଯେଉଁ ଭାବନା ଜାଗିଚି ଆଜି କଲେଜ୍ ଛାଡ଼ି ଚାଲିଯିବା ଆଗରୁ ତାକୁଇ ତମକୁ ଥରେ ଜଣେଇ ଦେବି ବୋଲି ଆସିଚି, ନହେଲେ ଗୋଟାଏ ଅପରାଧ ଭାବନାରେ ମୁଁ ଆଜୀବନ ଘୁଣି ହେଉଥିବି।

ସୁଜାତା- କ'ଣ ?

ମୁଁ ତଳକୁ ଅନେଇ ଭଙ୍ଗା ଗଳାରେ କହିଲି- ଏଇ ଦି'ବର୍ଷ ଧରି ମୁଁ ଏକତରଫାଭାବେ ତମକୁ ଭଲପାଇ ଆସିଚି।

    ଏତିକି କହି ମୁଁ ଚୁପ୍ ହୋଇଗଲି। ତଳକୁ ସେମିତି ଚାହିଁରହି ଥରିଲା ହାତରେ
ମୁହଁର ଝାଳ ପୋଛିବାକୁ ଚେଷ୍ଟା କଲି। ମୁହୂର୍ତ୍ତେ ପରେ ସୁଜାତାର ଓଦା କଣ୍ଠ ଶୁଭିଲା–
ସତ କହୁଚ ?

    ମୁଁ ଆଶ୍ଚର୍ଯ୍ୟ ହୋଇ ତଳୁ ମଥାଟେକି ତା' ମୁହଁକୁ ଅନେଇଲି। ତା'ର ଭାବମୟ
ଆକାଶୀ ଆଖି ଦୁଇଟିରୁ ଅସ୍ତ ସୂର୍ଯ୍ୟର କିରଣରେ ମୋତି ଭଳି ଝଟକି ଆସୁଥିଲା
ଦୁଇବୁନ୍ଦା ଲୁହ। ମୁଁ ସେଇଆଡ଼କୁ ଚାହିଁ ରହି ଆବେଗ ଆତିଶଯ୍ୟରେ କଇଁ କଇଁ
ହୋଇ କାନ୍ଦି ଉଠିଲି।

ମାଟି

ନ୍ୟାସନାଲ୍ ସ୍କଲାରସିପ୍ ପାଇ ମୁଁ ଯେବେ କଲେଜରେ ପଢ଼ିବା ପାଇଁ କଟକ ବାହାରିଲି, ସେତେବେଳର ବିସ୍ମୟ ଗତ ଦଶନ୍ଧି ଭିତରେ ଗାଁରେ ଘଟି ନଥିଲା। ଦାଣ୍ଡପିଣ୍ଡାଠାରୁ ପୋଖରୀ ତୁଠ ଯାଏଁ ଏଇ ଘଟଣା ହୋଇଥିଲା ଚଳିତ ଆଲୋଚନାର ବିଷୟବସ୍ତୁ। ରୋଜ ତିନିଟଙ୍କା ହିସାବରେ ମଜୁରି ଖଟୁଥିବା ହଗୁରା ଦାସ ଯେବେ ଶୁଣିଲା ଯେ ମୁଁ ପାଠପଢ଼ିବା ପାଇଁ ସରକାରଠାରୁ ମାସକୁ ଶହେ ଟଙ୍କା ହିସାବରେ ପାଇବି, ସେତିକିବେଳୁ ସେ ମତେ 'ଦେବୁବାବୁ' ବୋଲି ସମ୍ବୋଧନ କଲା। ହଗୁରା ଭାରିଜା ତୁଠ ପଥରରେ ବସି କହିଥିଲା ଯେ 'ଦେବୁବାବୁ' ଆମର ବଡ଼ ହାକିମ ହେବେ। ସିଏ ତ ବୟସ ପାଇଲେ ଟଙ୍କାଗଛ ହୋଇ ବାହାରିବେ। ଏବେଠୁ ପାଠ ସବୁ ପଢୁ ପଢୁ ଯଦି ସରକାର ଘରୁ ମାସକୁ ଶହେ ଟଙ୍କା ଝିଙ୍କିଲେଣି ତେବେ କୁହ ତ ଦେଖି ଚାକିରୀ କଲେ କେତେ ବା ନ ପାଇବେ।'

ପିଲାଦିନେ ଅଜ୍ଞାନ ଅର୍ବାଚୀନ କାଳେ ମୁଁ ବି ଦୁଷ୍ଟାମୀରେ ବହୁତ ଉସ୍ତାଦ୍ ଥିଲି। ଖେଚଡାମି ସହିତ ଭଲ ପାଠ ବି ପଢୁଥିବାରୁ ଗାଁ ମାଷ୍ଟ୍ରେ ଶାସନ ଭିତରେ ଗୋଟାଏ ସ୍ନେହବୋଳା ନାକରାଗ ମାତ୍ର ମୋତେ ଦେଖାଇ ଆସୁଥିଲେ। ସମବୟସ୍କ ଗାଁ ଟୋକାଙ୍କ ମେଳରେ ବଦମାସୀରେ ମୁଁ ଛୋଟକାଟର ଗୋଟିଏ ନେତା ହିସାବରେ ପ୍ରସିଦ୍ଧି ପାଇଥିଲି। ସବୁ ଢାଞ୍ଚାର ବଦମାସୀଗୁଡ଼ାକ ମୋରି ସମର୍ଥ ନେତୃତ୍ୱ ଯୋଗୁଁ ହିଁ ଉଚ୍ଚ ଚିନ୍ତାପ୍ରସୂତ, ଯୋଜନାବଦ୍ଧ ତଥା କଳାତ୍ମକ ଭାବେ ସଂଘଟିତ ହେଉଥିଲା। ଯଥା- ବୃକ୍ଷାରୂଢ଼ ହୋଇ ନିମ୍ନସ୍ଥ ଚିନ୍ତାମଗ୍ନ କାଲୁ ଯେନା ବୁଢ଼ାର ଚନ୍ଦାମୁଣ୍ଡକୁ ମୂତ୍ର ସ୍ନାତ କରାଇବାର ଅଭିନବ ପରିହାସ। ଅଥବା ଯଶୋଦାନାମ୍ନୀ ଝିଅଟି ଗାଧୋଉଥିବାବେଳେ ପୋଖରୀ ତୁଠସ୍ଥ ତା'ର ଫ୍ରକ୍‌ହରଣ ତଥା ଜାମୁକୋଳି ଗଛ ଆରୋହଣପୂର୍ବକ

କୃଷ୍ଣାବତାରର ପୁନରାଭିନୟ-ଏମିତି ଅନେକ। ଗୁରୁବାରୀ ବୁଢ଼ୀର ଆମ୍ବଗଛରୁ ଆମ୍ବଚୋରୀ, କେବେ କେବେ ବା ଆମ୍ବ ଡକାୟତି ଏବଂ ତା' ନିମନ୍ତେ ଗରମ ଗାଳିର ଆଦାନପ୍ରଦାନ ଭଳି କୃତିତ୍ୱ ସତ୍ତ୍ୱେ ବି ମୁଁ ଶହେ ଟଙ୍କା ମାସିକ ବୃତ୍ତି ପାଇଁ ସମସ୍ତଙ୍କୁ ହତବାକ୍ କରିଦେଇ ପଢ଼ିବାକୁ କଟକ ରମାନା ହୋଇଗଲି। କଟକରେ ହିଁ ପ୍ରଥମେ ଦୁନିଆଁର କିଛିଟା ବୈଚିତ୍ର୍ୟର ସନ୍ଧାନ ପାଇଥିଲି। ପିଚୁ ରାସ୍ତା, ମୋଟର ଗାଡ଼ିର ପେଁ ପେଁ ଶବ୍ଦ ତଥା ବତୀ ଆଲୁଅର ଫ୍ରେମ୍‌ରେ ଝୁଲୁଥିବା 'ସଭ୍ୟତା' ନାମକ ଜିନିଷଟି ମତେ ପୁଲକିତ କରିଥିଲା। ନିତି ସକାଳୁ ଟଙ୍କେ ପଖାଳରେ ଅଭ୍ୟସ୍ତ ମୁଁ, ଯେତେବେଳେ କଟକରେ ପ୍ରଥମ ଦିନ ସକାଳେ ଚାରିଖଣ୍ଡି ବିସ୍କୁଟ୍ ମାତ୍ର ହଷ୍ଟେଲରୁ ପାଇଥିଲି, ସେତେବେଳେ ମୋର ବୁଦ୍ଧି ହଜିଯାଇଥିଲା ଅବଶ୍ୟ, ହେଲେ ଯେବେ ଜାଣିଲି ଯେ ମୁଁ ଖାଇବାକୁ ଯାଉଥିବା ଜିନିଷର ନାଁଟି 'ବ୍ରେକ୍‌ଫାଷ୍ଟ' ସେଇ ଶବ୍ଦଗାମ୍ଭୀର୍ଯ୍ୟରେ ସେତେବେଳେ ହଠାତ୍ ଗର୍ବିତ ମନେକରିଥିଲି। ତା'ପରେ ବି ରାତିରେ 'ଆମ୍‌ଲେଟ୍' ହେବ ବୋଲି ଶୁଣି ମୁଁ ସେଦିନ ଚାତକୀୟ ରୀତିରେ ରାତିକି ଅପେକ୍ଷା କରିଥିଲି। ଆମ୍‌ଲେଟ୍ ନାମକ ନୂଆ ଜିନିଷଟିର କାଳ୍ପନିକ ସ୍ୱାଦରେ ସାରାଦିନ ଅତିବାହିତ କରିବା ଉତ୍ତାରେ ରାତିରେ ସେଇ ଚିଜଟିର ସାମ୍‌ନାସାମ୍‌ନି ହେଲି ଏବଂ କହିବା ବାହୁଲ୍ୟ ଚକିତ ହେଲି। - 'ଆରେ, ଯାକୁ ତ ମୁଁ ପିଲାଦିନୁ ଖାଇ ଆସୁଛି। ଏଇ ତ ମୋ ବଉ ତିଆରି କରୁଥିବା ଅଣ୍ଡା ଚକୁଳି। ଏଇ ତେବେ ଆମ୍‌ଲେଟ୍। ହଉ ବୋଉକୁ ବି କହିଦେବି 'ଅମ୍‌ଲେଟ୍, ଅମ୍‌ଲେଟ୍'। ଏସବୁ ଭିତରେ ଗୋଟାଏ ଅନୁସନ୍ଧିତ୍ସୁ ଏବଂ ଅପରାଜେୟ ମନ ନେଇ ମୁଁ କଟକରେ ମୋର ନୂଆ ଛାତ୍ର ଜୀବନ ଆରମ୍ଭ କରିଦେଲି। ମୋର ଦୁର୍ଜେୟ ମନ ଚାରିପାଖେ ବେଢ଼ିଥିବା ଗ୍ରାମ୍ୟ ମ୍ଳେଚ୍ଛତ୍ୱ ଓହରିଯିବାକୁ ବେଶି କାଳ ଲାଗିଲା ନାହିଁ। ଧୀରେ ଧୀରେ ମୋର ଜାମା ମଧ୍ୟ ଇସ୍ତ୍ରୀ କରାଗଲା ଏବଂ ବିସ୍କିଟିଆ ବ୍ରେକ୍‌ଫାଷ୍ଟରେ ମୁଁ ସତତ ଅଭ୍ୟସ୍ତ ହୋଇପଡ଼ିଲି।

ମୁଁ ଆଜି ଗାଁକୁ ଆସିଛି। ହାଇସ୍କୁଲ୍‌ର ଦିନ କେବେଠୁ ଗତ ହେଲାଣି। ଦିଲ୍ଲୀର 'ହ୍ୟୁମାନ କମ୍ପ୍ୟୁଟର୍ସ' ନାମକ କମ୍ପ୍ୟୁଟର୍ସ ସଂସ୍ଥାରେ ଜଣେ ପଦସ୍ଥ ଯନ୍ତ୍ରୀରୂପେ କାମ ଆରମ୍ଭ କରିବା ପାଞ୍ଚ ବର୍ଷ ହୋଇଗଲାଣି। କୋମ୍ପାନୀ ଆନୁକୂଲ୍ୟରେ ଦଶମାସ ନିମନ୍ତେ ଆମେରିକାରେ ତାଲିମ୍ ନେଇଥିଲି। ଶେଷକୃତ୍ୟ କରିବା ଲାଗି ମୁଁ ଏବେ ଗାଁକୁ ଆସିଛି। ପିଲାଦିନେ ମଫସଲି ଅନ୍ଧାରରୁ ବାହାରିଯିବାପରେ ମୁଁ ବିଭିନ୍ନ ଚିନ୍ତାର ଶିକାର ହୋଇଥିଲି। ଏଇ ପରିବେଶରେ ବଢ଼ିବା, ମଣିଷ ହେବା କେତେ କଷ୍ଟ ସତେ ! ଶିକ୍ଷାର ବାତାବରଣ ନାହିଁ, ପ୍ରଗତିଶୀଳ ଚିନ୍ତା ନାହିଁ, କ'ଣ ତେବେ ଅଛି ଏଠି ? କଲେଜ୍‌ରେ ପଢୁଥିବାବେଳେ ମୋର ଧୀଶକ୍ତି ନିମନ୍ତେ ମୁଁ ବହୁ ପ୍ରଶଂସିତ ହୋଇଛି। ମାତ୍ର ସେସବୁର

ଅନ୍ତରାଳରେ ବି ମୋର ଗୋଟାଏ କ୍ଷୋଭ ରହିଥାଏ ମୋର ଏଇ ପରିବେଶ ପାଇଁ। ମୋର ବନ୍ଧୁମାନେ ମୋ ତୁଳନାରେ କେତେ ଭାଗ୍ୟବାନ୍ ସତେ! ମୋର ବିଗତ ଶୈଶବର ଏଇ ପରିବେଶକୁ ନେଇ ମୁଁ କ'ଣ କେବେ ଗର୍ବ କରିପାରିବି-କଲେଜରେ ହିଁ ମୋର ଏପ୍ରକାର ଅନୁଭବ ହୋଇଥିଲା ଯେତେବେଳେ ଜଣାପଡ଼ିଗଲା ଯେ ବିଜୁଳୀବତୀ ନଥିବା, ବର୍ଷାଦିନେ ଆଣ୍ଠୁ ଉପରକୁ ପ୍ୟାଣ୍ଟ ନ ମୋଡ଼ିଲେ ଯାଇ ହେଉନଥିବା ତଥା ସନ୍ଧ୍ୟା ଉତ୍ତାରୁ ଶୃଗାଳଙ୍କ ସମବେତ ସଂଗୀତରେ ଧ୍ୱନିତ ହେଉଥିବା ଗାଁଟିଏ ମୋର ଜନ୍ମସ୍ଥାନ। - ଏଯାଏଁ ବିଜୁଳି ଯାଇନଥିବା ଗାଁ ପୁଣି କ'ଣ ଅଛି?' ଜଣେ ବନ୍ଧୁ ମନ୍ତବ୍ୟ ଦେଇଥିଲେ।

ଛୁଟିରେ ମୁଁ ଗାଁକୁ ଆସେ। ବାପା, ବୋଉଙ୍କ ପାଖରେ ହିଁ ପଡ଼ିରହେ। ବହି ପଢ଼ାପଢ଼ିରେ ଛୁଟିଟା ବିତେଇ ଦିଏ। ବାହ୍ୟ ସମ୍ବନ୍ଧ ପ୍ରାୟ ନଥାଏ କହିଲେ ଚଳେ- 'ବାପ କେବେ ଆସିଲୁ କିରେ? ସବୁ ଭଲ ତ?'

ଝିଣ୍ଟିକା ନାନୀ ବୁଢ଼ୀ ଥରେ ପଚାରି ଦିଏ।

ଅଳ୍ପ ଭାଷା ପ୍ରୟୋଗରେ ମୁଁ କହେ, 'ଦଶଦିନ ହେବ।'

- ଦଶ ଦିନ ହେଲାଣି। କାହିଁ ମୁଁ ତ ଆଜି ଦେଖୁଚି। ଆଲୋ ହେ ମଧୁଆ ମା, ଦେଖୁଚୁ ତ ମଣିଷ କେତେ ବଦଳିଯାଆନ୍ତି। ଦେଖ୍, ଦେବୁ ଆମର କେତେ ଶାନ୍ତଶିଷ୍ଟ ହୋଇଯାଇଚି। ବୁଦ୍ଧିମାନ ପିଲା, ବାହାରକୁ ଗଲା, ଆଖି ଫେରିଲା, ହେଲେ ପିଲାବେଳେ ଯୋଉ ବାଲୁଙ୍ଗା ଥିଲା କିଏ ଭାବିଥିଲା ଏତେ କଥା ଆଗକୁ?'

ମୁଁ ସାମାନ୍ୟ ହସେ।

ବଡ଼ ଆଶ୍ଚର୍ଯ୍ୟ ଲାଗେ। ଚୁପଚାପ୍ ରହିବା, କାହା ସହିତ ମିଳାମିଶା କରୁନଥିବା ବା କଥା କମ୍ କହୁଥିବା ଲୋକେ କ'ଣ ନିଶ୍ଚିତ ଭାବେ ଶାନ୍ତଶିଷ୍ଟ? ଏ ନିର୍ବୋଧ ବୁଢ଼ୀ କାହୁଁ ବୁଝିବ ଯେ ମୁଁ ତାଙ୍କଠାରୁ ଦୂରେଇଯାଇଚି ବୋଲି। ଏଇ ଦୂରତ୍ୱଟା ଯେ ବେଳେବେଳେ ଗାମ୍ଭୀର୍ଯ୍ୟ ତଥା ଶିଷ୍ଟତା ପରି ଦିଶେ, ମଣିଷର ସେ ପ୍ରକାର ମନସ୍ତତ୍ତ୍ୱ ଝିଣ୍ଟିକାନାନୀ ବୁଝିପାରି ନାହିଁ। ଗାଁରେ ବେଳେବେଳେ ଖରାପ ଲାଗେ ମତେ କଲେଜ୍ ଛୁଟିରେ। ଗୋଟାଏ ପୁରୁଣା କଥା ମନେ ପଡ଼ିଯାଏ। ବହୁତ ଛୋଟଥିବାବେଳେ ଯଶୋଦାକୁ ମୁଁ ଅନେକ ହଇରାଣ କରୁଥିଲି। ପାଖ ଗାଁରୁ ଯାତ୍ରାପାର୍ଟିଙ୍କ ନାଟତାମସା ଦେଖି ଫେରୁଥିବାବେଳେ ସେଇ ନାଟୁଆ ଢଙ୍ଗରେ ଥରେ ଯଶୋଦାକୁ କୁଣ୍ଢାଇ ପକାଇ କହିଥିଲି, 'ଆଲୋ ହେ ଯଶୋଦା, ତତେ ମୁଁ ବାହାହେବି ଲୋ, ଯାତରାରେ ତ ସିଏ 'ଗୋରୀରେ, ମୋର ଗୋରୀ ମୋର ମନୋହାରୀରେ' ବୋଲି କେତେ ଡାକୁଥିଲା। ନିଜକୁ ଥରେ ଦେଖିଲୁ, ତୁ ତ କମ୍ ଗୋରୀ ହେଇନୁ।'

ଅବଶ୍ୟ ନିଜର ବୁଦ୍ଧି ହେବାପରେ ମୁଁ ଏମିତି ଆଉ ହୋଇନି। ତଥାପି ବି ମତେ ଅଡୁଆ ଅଡୁଆ ଲାଗେ ବେଳେବେଳେ। ଭାବେ ପିଲାକାଳର ହେଉ ପଛେ ନିଜର ଦୁର୍ବଳତା ତ ତା' ଆଗରେ ଟିକିଏ ଦେଖେଇଚି। ବାହାରକୁ ଯିବା ପରେ ପରେ ତ ମୁଁ କାହା ସହିତ ବିଶେଷ ମିଳାମିଶା କରେ ନାହିଁ। କିନ୍ତୁ ପୋଖରୀରେ ଗାଧୋଇଲାବେଳେ ଆରପାଖରେ ଯଶୋଦାକୁ ବେଳେବେଳେ ମୁଁ ଗାଧୋଉଥିବାର ଦେଖେ। ଏଣୁ ସେ ଲୁଗା ବଦଳାଇଲାବେଳେ ମୁଁ ପୋଖରୀରେ ବୁଡ଼ ଦିଏ ନଚେତ୍ ସେ ଆଡ଼କୁ ପଛ କରି ନିଜେ ଲୁଗା ବଦଳାଏ। ମୋ ନିଜର ପରିବର୍ତ୍ତିତ ମାର୍ଜିତ ରୁଚି ତଥା ଗାଁ ଦାଣ୍ଡରେ ଆଖି ଠରାଠରି ବା ବରଗଛ ଖୋଲରେ ଚିଟାଉ ରଖାରଖି ପଦ୍ଧତିରେ ପ୍ରେମର ଶସ୍ତା ବୟାନରୁ ମୋ ଉର୍ଦ୍ଧ୍ୱତର ଚେତନାର ପ୍ରମାଣ ନିମନ୍ତେ ସେତିକି କ'ଣ ଯଥେଷ୍ଟ ନୁହେଁ?

ରେଭେନ୍‌ସା କଲେଜ ପରେ ମୁଁ ଆଇ.ଆଇ.ଟି କାନ୍‌ପୁରରେ ପଢ଼ିଲାବେଳେ ପୁନଶ୍ଚ ହଗୁରା ଭାରିଯାର ଏକ ଆଶ୍ଚର୍ଯ୍ୟକର ପ୍ରଶ୍ନର ଶିକାର ହୋଇଥିଲି। – 'ଦେବବାବୁ, କଟକଠାରୁ ଆହୁରି ଦୂରବାଟକୁ ପଢ଼ିବାକୁ ଯାଉଚନା? କୁଆଡ଼େ? ଭଡ଼ କେତେ ସେଠିକି?... ଓଃ ଏତେ ଗୁଡ଼ାଏ ଟଙ୍କାର ବାଟ।' କୌଣସି ଜାଗାର ଗୁରୁତ୍ୱଟା ଆମ ଗାଁରୁ ସେଠାକୁ ଲାଗୁଥିବା ଭଡ଼ା ଉପରେ ନିର୍ଭର କରେ ବୋଲି ସେତେବେଳେ ମୁଁ ହଗୁରା ଭାରିଯା ପାଖରୁ ଜାଣିଲି।

କାନପୁରରେ ମୋର ଶେଷ ବର୍ଷରେ ବାପା ଶିକ୍ଷକତାରୁ ଅବସର ନେଲେ। ବାପା ସ୍ୱଭାବତଃ ଗମ୍ଭୀର। ମୋ ପ୍ରତି ତାଙ୍କର ସ୍ନେହ, ମୋର ସଫଳତା ଯୋଗୁଁ ତାଙ୍କ ଖୁସିର ବାହ୍ୟପ୍ରକାଶ ସେ ବିଶେଷ କରନ୍ତି ନାହିଁ। ମାତ୍ର ନିଜର ସ୍ନେହ ବା ଖୁସି ନିଜ ଭିତରେ ହଜମ କରିପାରିବାଭଳି କଲିଜା ବୋଉର ନଥାଏ। ପଢୁଥିବାବେଳେ ଦୀର୍ଘଦିନର ବ୍ୟବଧାନ ପରେ ମୁଁ ଘରକୁ ଗଲେ ସେ କାନ୍ଦି ପକାଏ। ବୋଉର କୋଳରେ ମୁଣ୍ଡ ରଖି ମୁଁ ଅନେକ ବେଳଯାଏ ପଡ଼ି ରହେ। ଭାବପ୍ରବଣତାର ମୁହୂର୍ତ୍ତ କଟିଗଲାପରେ ମୁଁ ବୋଉକୁ ନାନା କଥା ଶିଖାଏ; ଯଥା ଚାଁ ନୁହେଁ ଚା,' ବିଷକୁଟ ନୁହେଁ ବିସ୍କିଟ୍, ଆଇଟାଇ ନୁହେଁ ଆଇ.ଆଇ.ଟି. ଇତ୍ୟାଦି, ଇତ୍ୟାଦି। ବୋଉ ନାକ ଫୁଲେଇ କହେ, 'ହଁରେ ବୁଢ଼ୀ ହେଲିଣି, କେତେ ଦିନ ଆଉ ବଞ୍ଚିବି ଯେ ଏତେ କଥା ଶିଖାଉଚୁ।'

ପାଠପଢ଼ା ଅନ୍ତେ ଦିଲ୍ଲୀର 'ହ୍ୟୁମାନ କମ୍ପୁଟର୍ସ' ରୁ ଆପଏଣ୍ଟମେଣ୍ଟ ପାଇ ଦିଲ୍ଲୀ ଯିବାର ଯୋଜନା କରୁଥାଏ। ଯିବାଦିନ ବୋଉ ଆଖି ପୋଛି ପୋଛି କହିଲା, ବଇଦେହୀ ବୁଢ଼ୀ ଯାହା କହୁଥିଲା ସତ। କହିଲା, 'ଦେବୁ ମା, ପାଠପଢୁଆ ପିଲାଙ୍କ ମା'ମାନଙ୍କ ଛାତି ସତରେ ପଥର ଗୋ, କ'ଣ ମିଳିବ ସେ ଚାକିରୀରୁ? ପୁଅ ପଛେ ଜମି ଚଷୁ ହେଲେ ପାଖରେ ଥାଉ।'

ସହର ଏବଂ ଗାଁ, ପ୍ରଗତିଶୀଳତାର ଭିତ୍ତିଭୂମି ଆଉ ଏ ଅନ୍ଧ ପରମ୍ପରା ଓ ଜଡ଼ତ୍ୱର ଇଲାକା ମଝିରେ ଗୋଟାଏ ହାଇଫେନ୍ ହୋଇ ରହିବାର କ୍ଷୋଭ ମୋ ଭିତରେ ପ୍ରବଳ ଭାବେ ଜମି ରହିଥିଲା। ଟ୍ରେନ୍‌ରେ ବସି ଭାବୁଥିଲି ଓଡ଼ିଆ ଜାତିର ଏ ଦୂରବସ୍ଥା କାହିଁକି ? ତିନିଗୋଟି ଚିଜ ପ୍ରତି ଅହେତୁକ ପ୍ରେମ ହିଁ ଜାତିକୁ ସର୍ବସ୍ୱାନ୍ତ କରିଛି। ସେମାନେ ହେଲେ ପାନ, ପଖାଳ ଏବଂ ପଣତ। ସଚିବାଳୟଠାରୁ ଗ୍ରାମଦେବୀ ମଣ୍ଡପ ଯାଏଁ ସବୁଠି ବିଭିନ୍ନ ଢାଞ୍ଚାରେ ପାନ ପିକର ରଙ୍ଗ ତତୋଃପରଃ ପଣତକାନିରେ ଛପି ରହିବାରେ ଅପାର ଆନନ୍ଦ, ବାହାରକୁ ବାହାରିବାରେ ଭୟ ଆଉ ଘରେ ପଖାଳ ଭାତର ମୋହ। ତେବେ ତ ଓଡ଼ିଶାର ଅବସ୍ଥା ଆଜି ଏମିତି !

କମ୍ପାନୀ ପ୍ରଦତ୍ତ ଫ୍ଲାଟ୍‌ରେ ଦିଲ୍ଲୀରେ ହିଁ ବାପାଙ୍କର ଦେହାନ୍ତ ହେଲା। ଆମେରିକା ଯିବା ପୂର୍ବରୁ ବୋଉର ଇଚ୍ଛାମତେ ମୁଁ ସେତେବେଳେ ତାକୁ ଗାଁରେ ଛାଡ଼ିଦେଇ ଯାଇଥିଲି। ଅନ୍ୟର ବଦ୍‌ନାମ ଗାଁରେ ଯେତେ ବେଗରେ ବ୍ୟାପେ, ମୋର ବିଦେଶ ଯିବାର ଖବର ତା'ଠାରୁ ଜୋର୍‌ରେ ଆଖପାଖରେ ବ୍ୟାପିଯାଇଥିଲା। କଳାପାଣି ପାରି ହେବାରେ ବିଜାତୀୟ ନକରାଇ ବାହାଦୂରୀ ଦେବାର ପରିବର୍ତ୍ତିତ ଗ୍ରାମ୍ୟ ବ୍ୟବହାର ଯୋଗୁଁ ମୁଁ ପ୍ରୀତ ହୋଇଥିଲି। ଯଶୋଦାର ଫ୍ରକ୍ ହରଣ ବା ବିରାଡ଼ି ରୀତିରେ ମୁର୍‌ଗୀ ଚୋରୀ ଆଦି ସାହସିକ ଅଭିଯାନରେ ସାମିଲ୍‌ଥିବା ମୋର ବାଲ୍ୟସାଥି ସିରିଆ କହିଲା, 'ଏଠିକା ଓଭରସିଅର ଭାରି ଦିମାକ୍ ଦେଖାଉଛି। ଆପଣ ଆମ ଗାଁକୁ ବିଜୁଳି ଅଣାଇବେ ବୋଲି ଆମେ ଆଶା କରିଥିଲୁ। ହେଲେ ଆପଣ ତ ବିଜୁଳିଥିବା ଜାଗାକୁ ଉଠିଯାଉଚନ୍ତି ଗାଁ ଛାଡ଼ି।' ଦୀର୍ଘଦିନୁ ସେ ମତେ ଆପଣ ସମ୍ବୋଧନ କରିବା ଆରମ୍ଭ କରିଥିଲା।

ଦିଲ୍ଲୀରେ ହିଁ ପୁଣି ବୋଉର ଦେହାନ୍ତ ହେଲା। ବାପାବୋଉଙ୍କ ଇଚ୍ଛା ମତେ ଗାଁରେ ଆମ ଘର ପଛପାଖ ଜମିରେ ଦୁହିଁଙ୍କର ଲଗାଲଗି ଦୁଇଟା ସମାଧି କରିବାର କଥା। ତା'ପରେ ଗାଁର ଜମିବାଡ଼ି ଇତ୍ୟାଦିର ଜଞ୍ଜାଳରୁ ମୁକ୍ତି ଅର୍ଥାତ୍ ବିକ୍ରୟ। ଏଇ ଶେଷକୃତ୍ୟ ନିମିତ୍ତ ମୁଁ ଏଥର ଗାଁକୁ ଆସିଥିଲି।

ବେଶ୍ କିଛି ଦିନ ଛୁଟି ଥିଲା। ଗ୍ରୀଷ୍ମଋତୁ ଶେଷ ପ୍ରାୟ। ଦିଲ୍ଲୀରୁ ମୋ ସାଥିରେ ମୋର ରେଷୋଇଆ ପିଲାଟାକୁ ମୁଁ ଆଣିଥାଏ। ଗାଁରେ ନଚେତ୍ ଖାଇବା ମୁସ୍କିଲ୍ ହେବ। ରଜପର୍ବ ଆସୁଥାଏ। ରଜ ପରେ ପରେ ଦିଲ୍ଲୀ ବାହୁଡ଼ିବାପାଇଁ ଟିକେଟ୍ ହୋଇସାରିଥାଏ। ଜମିଜମାର ଦାୟିତ୍ୱରୁ ମୁକ୍ତି ପାଇବା ପରେ ନିଜ ଅଲକ୍ଷ୍ୟରେ ସାମାନ୍ୟ ବିଚଳିତ ଭାବ ମୋତେ ଗ୍ରାସ କରିଥାଏ। ଆଉ ଏ ଅନ୍ଧାରି ମୂଲକ, ଏ ଲୋକବାକ କାହାର ମୋଠାରେ ଅଧିକାର ନାହିଁ। ବାଁ ଗୋଡ଼ ଶେଷଥର ପାଇଁ ଉଠାଇ ଏ ଭୂଇଁରୁ ମୁଁ ଚାଲିଯିବି।

ସନ୍ଧ୍ୟାରେ ଦୂର ମାର୍କେଟ୍‌ରୁ ଫେରୁଥାଏ। ଗାଁ ଆରମ୍ଭରେ ହଠାତ୍ ଝିଣ୍ଟିକାନାନୀ ବୁଢ଼ୀ ସହିତ ଦେଖାହୋଇଗଲା। ଚିରାଚରିତ ସ୍ୱଭାବରେ 'ବାପା ଏବେ ଆସିଲୁ କି?' ବୋଲି ପଚାରିଦେଲା। ପାଖକୁ ଟିକିଏ ଘୁଞ୍ଚି ଆସି କହିଲା, 'ଆମେ କ'ଣ ଏତେ ପର ହେଲୁରେ ତୁ ଦିନ କେଇଟା ପାଇଁ ସିଆଡୁ ପୁଝାରୀ ଧରି ଆସିଚୁ! ଆମର ତ ଏଠି ଶାଗ ପଖାଳ ଆଉ କ'ଣ ପାଉଚୁ ଯେ ତତେ ଥରେ ଡାକିବାକୁ ସାହସ କରନ୍ତୁ। ପାଖ ଗାଁ ପୋଖରୀ ଘଣ୍ଟା ହେଉଥିଲା ଯେ ଆମ ଟୋକାଟା ଦି'ଟା ଚୂନା ମାଛ ଆଣିଚି, ରାତିରେ ଭାତ ଦି'ଟା ଆମ ଘରେ...।'

ମୋ ପାଟିରୁ ହଠାତ୍ ବାହାରିପଡ଼ିଲା, 'ହଉ ଆସିବି ଆଜି।' - ହଉ ବାପ, କାଲିପରି ମନେପଡୁଚି ତୋ ମାଆ ଏଇ ତୁଠକୁ ଗାଧୋଇ ଆସେ। ଅଲକ୍ଷଣୀଟା ତତେ ଛେଉଣ୍ଡ କରି ଚାଲିଗଲା।'

ସେଠାରୁ ଘରକୁ ଫେରୁଥିବା ରାସ୍ତାରେ ମୁଁ ଭାବୁଥିଲି, 'ମୋର ଶିକ୍ଷା, ପ୍ରତିଷ୍ଠା, ସ୍ୱାବଲମ୍ବନଶୀଳତା ଏସବୁ ଭିତରେ କେବଳ ମା' ଛେଉଣ୍ଡ ଚେହେରାଟା ଝିଣ୍ଟିକାନାନୀର ନଜରକୁ ଆସିଲା। କେବଳ ମୋର ବାପାମାଆ ଛେଉଣ୍ଡ ଅନାଥ ରୂପଟା ତାକୁ ଦିଶିଗଲା।'

ବାପାବୋଉଙ୍କର ଦୁଇଟା ପ୍ରଶାନ୍ତ ମୂର୍ତ୍ତି ମୋ ଆଖି ଆଗରେ ନାଚିଗଲା।

ତା'ପରେ ପହିଲି ରଜ। ଗୁରୁବାରୀ ବୁଢ଼ୀ ଆମ୍ବ ଆଣି କହିଲା, 'ପିଲାବେଳେ ଏଇ ଗଛ ଆମ୍ବରେ ପୁଅ ତୋ'ର ଭାରି ସଅକ। କେତେ ପାଟିତୁଣ୍ଡ କରୁ। ରାତିରେ ଚଢ଼ି ତୋଳି ପକାଉ।' ମୋ ଭିତରେ ସେତେବେଳେ ମୁଁ ଏକ ଅଦ୍ଭୁତ ଯନ୍ତ୍ରଣା ଅନୁଭବ କରୁଥିଲି। ସେ ଦିନର ସେ ଆମ୍ବ କେଇଟାର ସ୍ୱାଦ, ମୁଁ ତା'ପରେ କୌଣସି ଆମ୍ବରୁ ପାଇପାରିନାହିଁ।

ଦିଲ୍ଲୀକୁ ଫେରି ଆସିବା ପୂର୍ବରୁ ମୁଁ ଗାଁ ଚାରିପାଖ ଖାଲି ଖାଲିଟାରେ କେଇଥର ଘୂରି ଆସିଛି। ଗାଁ ଶେଷ ମୁଣ୍ଡଟାର ବରଗଛରେ ସନ୍ଧ୍ୟାବେଳେ ବାଦୁଡ଼ିଗୁଡ଼ାକ ଆଗଭଳି ସେମିତି ଚିତ୍କାର କରୁଥାନ୍ତି। ଅଦୂର ଆଖଡ଼ାଶାଳରୁ ଢୋଲ, ମାଦଳ ସାଥିରେ ଟୋକାଦଳଙ୍କ ଗୀତ–

'ପର କରି ଯାଆନା ଗୋରୀ,
ଛାତିରେ ମୋ ବସାଇ ଛୁରୀ'...

ରାତିର ଘନ ଅନ୍ଧାରକୁ ଆନ୍ଦୋଳିତ କରୁଥାଏ!

ରଜ ପରଦିନ ସକାଳେ ଦୁଆରେ ସୁଁ ସୁଁ କାନ୍ଦଣା ଶୁଭିଲା। ଦେଖିଲି ଧୀର ପାଦରେ ଯଶୋଦା ଝିଅଙ୍କ ମେଳରେ ଆସୁଚି। ଯଶୋଦା କାନ୍ଦୁଚି। ଏଇ ଯଶୋଦାର

ବାହାଘର ମୁଁ କାନପୁରରେ ଥିବାବେଳେ ହୋଇଥିଲା। ମୁଁ ଆଶ୍ଚର୍ଯ୍ୟ ହୋଇ ଚାହିଁ ରହିଲି। ମୋ ପାଦ ପାଖରେ ମୁଣ୍ଡ ନୁଆଁଇ କାନ୍ଦୁରା କଣ୍ଠରେ ଯଶୋଦା କହିଲା, 'ରଜ ପୂର୍ବରୁ ବାପା ଗାଁକୁ ନେଇ ଆସିଥିଲେ। ଆଜି ଶାଶୁ ଘରକୁ ଚାଲିଯାଉଚି ଦେବୁଭାଇ।'

ମୁଁ କହିଲି, 'ପରମେଶ୍ୱରଙ୍କ ଦୟାରୁ ତୁ ସୁଖୀ ରହ ଯଶୋଦା!'

ଯଶୋଦାର ଆଖିରେ ଏତେ ଲୁହ! କେଉଁ ଚିଜର ମୋହ ତା' ମୁହଁକୁ ଏତେ କାନ୍ଦୁରା କରି ପକାଇଚି। ଯଶୋଦାର ଫେରନ୍ତା ପାଦ ଯୋଡ଼ାକୁ ଚାହିଁ ରହିଥିଲି। ପାଖାପାଖି କୋଡ଼ିଏ ବର୍ଷ ପରେ ତା' ସହିତ କଥାବାର୍ତ୍ତା ହେଲା। ଆଜି ସେ ଏଠାକୁ ନ ଆସିଲେ ହୁଏତ ମୁଁ ଜାଣିପାରି ନଥାନ୍ତି ଯେ ସେ ରଜ ପୂର୍ବରୁ ବାପଘରକୁ ଆସିଥିଲା ବୋଲି। କଲିକତାରେ କେଉଁ ଖୋଟପଟିରେ ତା' ସ୍ୱାମୀ ସର୍ଦ୍ଦାର। ବର୍ଷକରେ ଆପାତତଃ ଦୁଇମାସ ପାଉଥିବା ସ୍ୱାମୀସୁଖକୁ ଭିତ୍ତି କରି ସେଇ ଆଶାରେ ହୁଏତ ବିଚାରୀ ବାକୀ ଦଶମାସ ଦୁଆରବନ୍ଧରେ ବସି ରାହା ଦେଖି କାଟୁଥିବ!

ପରଦିନ ମୋର ଯିବା କଥା। ସକାଳୁ ଚାକର ପିଲାଟା ଜିନିଷ ବନ୍ଧାବନ୍ଧି କରୁଥାଏ। ମୁଁ ପୋଖରୀ ପାଖେ ପବନ ଖାଉଥାଏ। ପୁଣି ହଗୁରା ଭାରିଜା ଦେଖାହେଲା। ସାନ ପିଲାଟାକୁ କହିଲା, 'ଜୁହାର ହୋରେ ଖୋକା। ବାବୁଙ୍କୁ ଜୁହାର ହୋ! ବୁଝିଲ ଦେବବାବୁ, ତୁମେ ତ ଉଡ଼ାଜାହାଜରେ ବସି ବିଲାତ ଯିବ ବୋଲି ଗାଁରେ ସବୁଆଡ଼େ ଆଲୋଚନା ଚାଲିଲା। ଏଇ ମୋ ସାନପୁଅଟା ଆକାଶରେ ଉଡ଼ାଜାହାଜ ଦେଖିଲେ ଖାଲି ପାଟିକରି ଡାକିଲା। ହେଇ ଦେବୁବାବୁ ଉଡ଼ି ଉଡ଼ି ବିଲାତ ଯାଉଚନ୍ତି। ବାବୁ, ବାବୁ, ଏଇଠି ଟିକେ ଓହ୍ଲାଅ, ଆମେ ଉଡ଼ାଜାହାଜ ଦେଖିବୁ ପରା!'

ମୋର ବାହାରି ଯିବାର ସମୟ ଆସିଲା। ଗାଁଯାକ ରୁଣ୍ଡ ହେଲେ ମତେ ଶେଷ ବିଦାୟ ଦେବାକୁ। ଦି'ଟା ରିକ୍ସାରେ ମୋର ଜିନିଷପତ୍ର ସମେତ ପୁଝାରୀ ପିଲାଟା ଥାଏ। ସନ୍ଧ୍ୟା ହେବାକୁ ବେଶି ଡ଼େରି ନଥାଏ। ପଛରୁ ଜଣେ କେହି କହିବାର ଶୁଣିଲି ଯେ ପାରିଲା ପୁଅକୁ ଗାଁ ଭୂଇଁ ହରେଇଲା ବୋଲି। ପଛକୁ ଫେରି ଦେଖିଲି ବଇଦେହୀ ବୁଢ଼ୀ, ଝିଣ୍ଟିକା ନାନୀ, ଯଶୋଦାର ଗଞ୍ଜୋଡ଼ ବାପା, ସିରିଆ, ମଧୁଆ, ଘନ, ଭୀମା, ହଗୁରା ଭାରିଜା ସମେସ୍ତ ମତେ ପଛରୁ ଚାହିଁଛନ୍ତି। ହଗୁରା ମୋ ପାଖେ ପାଖେ ଚାଲିଚି। ସେତିକିବେଳେ ହଗୁରା ମତେ ପଚାରିଲା, 'ଦେବବାବୁ, ତମେ ତ ଦିଲ୍ଲୀରେ ରହୁଚ। ଇନ୍ଦେରା ଗାନ୍ଧୀ ତମର ତ କେବେ କେମିତି ଦେଖା ହେଉଥିବ, ନୁହଁ?

ତା'ର ଶେତା ମୁହଁକୁ ଚାହିଁ କହିଲି, ହଁ।'

– ଦେବୁବାବୁ, ତମେ ତ ବଡ଼ ଲୋକ। ତମ କଥା ସେ ବିଶ୍ୱାସ କରିବ।

ତାକୁ କହିବ ଯେ ଆମର ଏଠାରେ ବଡ଼ ଦୁଃଖ। ଦିନ ସାରା ଖରାରେ ଖଟି ଖଟି ଅଧପେଟେ ବି ଖାଇବା ଯୋଗାଡ଼ ହୋଇପାରୁନାହିଁ।

ମୋ ଭିତରୁ ଏକ କଣ୍ଠ ବାହାରିଲା- 'ହ'। ହଗୁରା ହାତ ଆଉଁଷି ପକେଇଲା। ମୁଣ୍ଡ ନୁଆଁଇ ପ୍ରଥମ ଥର ପାଇଁ ସମସ୍ତଙ୍କୁ ପ୍ରଣାମ କଲି। ଝିଣ୍ଟିକା ନାନୀର ମୁହଁଟା ଆଖି ଆଗକୁ ଆସିଗଲା। ମନେ ମନେ କହିଲି, ହଁ ମତେ ତୁ ଠିକ୍ ଚିହ୍ନିଚୁ ନାନୀ, ମୋ ଭିତରେ ମଣିଷଟାର ଚେହେରାକୁ ତୁ ଠିକ୍ ଚିହ୍ନିଚୁ। ମୋର ସମସ୍ତ ଅହଂକାର ତଳେ ନିଜକୁ ଫାଙ୍କି ବୁଲୁଥିବା ବାପାମାଆ ଛେଉଣ୍ଡଟାକୁ ତ ତୁ ଦେଖିପାରିଚୁ।'

ଆଖିତୋଳି ଥରେ ଗାଁ ଆଡ଼େ ଚାହିଁଲି। ହେଇତ, ଆମ ଘରର ଛପର ପଛପାଖ ଗାଁ ମୁଣ୍ଡରେ ସୂର୍ଯ୍ୟ ବୁଡ଼ିଯାଉଚି। ସେଇ ମଥାନ ତଳେ ପିଣ୍ଡାରେ ବସି ମୁଁ ପିଲାଦିନେ ଜହ୍ନିପତ୍ରରୁ ବର୍ଷାପାଣି ଝରିପଡ଼ିବାର ଟପ୍ ଟପ୍ ଶବ୍ଦ ଶୁଣିଚି। ସେଇ ଘରର କାନ୍ଥ ଆଉ ଚଟାଣ ଉପରେ ମୋ ଶୈଶବର ଇତିହାସ ଲେଖାହୋଇ ରହିଚି। ହେଇ ସେ ପାଖରେ ଝଙ୍କାଳିଆ କଦମ୍ବ ଗଛ। ଆମେ ଡାଳି ମାଙ୍କୁଡ଼ି ଖେଳିବାର ଗଛ। ତା' ଆଗକୁ ଗୋଚର। ସେଇଠି ଠିଆହୋଇ ଆମେ ଗାଈଆଳ ନଟିଆର ବଇଁଶୀ ଛପି ଛପି ଶୁଣୁ। ବେଳେବେଳେ ଟେକାଟାଏ ପକାଇ ଗାଈଗୋଠକୁ ହୁରୁଡ଼େଇ ଦେଉଁ। ଆଉ ଏଇ ଗାଁର ହିଡ଼ମାଟିର ରାସ୍ତା, ମୋ ପାଖର ଏ ବରଗଛ ତଳଦେଇ ବଙ୍କିଟଙ୍କି ଲମ୍ବିଯାଇଚି ଆଗକୁ। ଏଇବାଟେ ଦିନେ ସବାରୀରେ ବସି କାନ୍ଦୁରୀ ଯଶୋଦା ତା' ଶାଶୁଘରକୁ ଯାଇଥିବ। ଏଇ ମୋର ଗାଁ। ଦାରିଦ୍ର୍ୟ ଆଉ ଅଣହେଳା ଭିତରେ ବଞ୍ଚିରହିଥିବା ମୋରି ଗାଁ। ସବୁ ସତ୍ତ୍ୱେ ତା'ରି ଅସ୍ଫୁଟ ହୃତ୍‌ସ୍ପନ୍ଦନ କେତେ ମଧୁର ସତେ। କେତେ ଶ୍ରାବ୍ୟ, କେତେ ପ୍ରାଣସ୍ପର୍ଶୀ ଯା'ର ଏ ମୂକଭାଷା। ହେଲେ ମୁଁ ବି ତ ଆଜି ସବୁ ଛାଡ଼ି ଚାଲିଯାଉଚି। ଆରେ ନା, ମୁଁ ସବୁଦିନ ପାଇଁ କେବେହେଲେ ଯାଉନାହିଁ। ମୋ ଗାଁ, ମୋ ଯଶୋଦା, ମୋ ଝିଣ୍ଟିକାନାନୀ, ସିରିଆ, ମଧୁଆ ସମସ୍ତଙ୍କ ପ୍ରତି ମୋର ମୋହ ଅଛି, ମୋର ଦାୟିତ୍ୱ ଅଛି। ମୁଁ କେବଳ ମୋର କର୍ମସଂସ୍ଥାନକୁ ଯାଉଚି। ହେଲେ ଆସୁଥିବି। ଯାରି ସୁଖଦୁଃଖର ରଙ୍ଗରେ ବୋଳି ହେବାକୁ ଆସୁଥିବି। ଏଇ ବରଗଛ ତଳେ ବସି ବରପତ୍ରର ଫାଙ୍କ ଭିତର ଦେଇ ଜହ୍ନ ଦେଖିବାକୁ ଆସିବି। ନଇଁ ପଡ଼ି ଧୂଳି ଟିକେ ମଥାରେ ମାରିଲି। ଅନୁଭବ କଲି ମୁଁ କାନ୍ଦୁଚି।

■

ମୁଖା

ଦିଲ୍ଲୀ ସହରର ରାତି ଉପରେ ମୀନାର ଧାରଣା ଏକପ୍ରକାର ବଦଳି ଆସୁଥିଲା । ସାରା ସହରର ନ ହେଉ ପଛେ ଅନ୍ତତଃ ଏଇ କଲୋନୀର ମଧ୍ୟରାତ୍ରି ଓଡ଼ିଶାର କେଉଁ ଅଜ୍ଞାତ ପଲ୍ଲୀ ଭଳି ଶାନ୍ତ, ସୁପ୍ତ, ନିଃଶବ୍ଦ । ଝରକାର ପରଦା ଟାଣି ଦେଲେ କଲୋନିକୁ ଗ୍ରାସିଥିବା ମେଘ ଢ଼ଙ୍କା ରାତିର ଅନ୍ଧାର ସହିତ ଯୁଝୁଥିବା କାଁ ଭାଁ କେତେଟା ବତୀଖୁଣ୍ଟର ରୁଗ୍‌ଣ ଆଲୁଅ ଦିଶିଯାଉଚି । ଗଳି ଉପଗଳିର ସେଇ କେଇଟା ଧୀମା ଆଲୁଅ ତଳେ ଚିକ୍ ଚିକ୍ ହୋଇ ଦିଶୁଚି କୁଣ୍ଡା ଝଡ଼ା ମେଘର ଅବାରିତ ସୂକ୍ଷ୍ମ ଜଳକଣା ।

ରାତି ସବୁବେଳେ ରହସ୍ୟମୟ ଆଉ ଅନ୍ଧକାର ଏକ ଶକ୍ତ ପର୍ଦ୍ଦାଭଳି । ଆଲୁଅରେ ଏକାଭଳି ଦିଶୁଥିବା ଜିନିଷମାନ ଅନ୍ଧାରରେ ନିଜଠାରୁ କେତେ ତଫାତ୍ । ଏମିତିକି ମଣିଷର ମନ ବି । ସମୁଦ୍ର ମନ୍ଥନ ଭଳି ଅନ୍ଧାରର ଅଦେଖା ଗର୍ଭର ମନ୍ଥନ ହୋଇ ପାରିଲେ କ'ଣ ବାହାରନ୍ତା ! କେତେ ଅମୃତ ଆଉ କେତେ ହଳାହଳ ? ବିପିନ୍‌ର ଏକଥା ମନେ ପଡ଼ିବା କ୍ଷଣି ମୀନାକୁ ଶୋଇ ଶୋଇ ହସ ଲାଗିଲା । ବିପିନ୍ ସବୁବେଳେ ନିରାଶାବାଦୀ, ଦୁଃଖବାଦୀ । ଭଲ ଭିତରେ ଭେଲ ଖୋଜିବସେ । ସବୁ ସେମିନାରରେ, କ୍ଲାସ୍‌ରେ ତା' ସହିତ ମୀନାର ତର୍କ ହୁଏ; ଆଉ ପ୍ରାୟ ସବୁ ସମୟରେ ବିପିନ୍‌ର ତର୍କକ୍ଲିଷ୍ଟ ମୁହଁଟା ଦିଶେ ବିବ୍ରତ ନିରୀହ ମେଣ୍ଢାଛୁଆଟି ପରି- କିଛି ମାତ୍ରାରେ ଅସହାୟ ଏବଂ କିଛି ମାତ୍ରାରେ ନାଛୋଡ଼ବନ୍ଦା ।

ବିପିନ୍ ଏମ.ଏ.ରେ ମୀନାର କ୍ଲାସମେଟ୍ ଆଉ... ଧେତ୍... ଓଠକୁ ପାପୁଲିରେ ଢାଙ୍କିରଖି ବିଛଣାରେ ଗଡୁଥିବା ଅବସ୍ଥାରେ ମୀନା ଚାପା ଚାପା ହସିବାକୁ ଲାଗିଲା । ଝରକାର ପରଦାକୁ ଟାଣି ଦେଇ ଫୁସ୍ ଫୁସ୍ କଣ୍ଠରେ ସ୍ୱଗତୋକ୍ତି କରିବାକୁ ଲାଗିଲା- 'ତମେ କ'ଣ ଖାଲି ମୋର କ୍ଲାସମେଟ୍ ? ନାଇ ମ ବିପିନ୍ ! ତମ କଥା ଅନେକବେଳେ

ଭାବି ହେଉଚିଯେ ! ତମଠି ଗୋଟିଏ ମୋହନର ମାୟା ଅଛି ବିପିନ୍, ଆଉ ମୁଁ ସେଇ ମାୟାରେ ବାନ୍ଧି ହୋଇଯାଇଚି।'

ମୀନା ନିହାତି ସୁନ୍ଦରୀ। ସୌନ୍ଦର୍ଯ୍ୟ ପାଇଁ ଗୋଟି ଗୋଟି କରି ତା'ର ଅବୟବମାନଙ୍କର ବର୍ଣ୍ଣନା ଆବଶ୍ୟକ। ତାକୁ ଦେଖିଦେଲା ମାତ୍ରେ ସୁନ୍ଦରୀ ସୁନ୍ଦରୀ ଲାଗେ, ଦି ଆଗ୍ରିଗେଟ୍ ଇମ୍ପ୍ରେସନ୍। ଧନାଢ଼୍ୟ ଓକିଲଙ୍କ ଝିଅ। ୟୁନିଭରସିଟିରେ ମନସ୍ତତ୍ତ୍ୱରେ ଗୋଲ୍ଡ଼ ମେଡ଼ାଲିଷ୍ଟ। ବିପିନ୍ ବିଚରା ସେକେଣ୍ଡ ହୋଇଗଲା।

କାହିଁ କ୍ଲାସର ଅନ୍ୟ ଝିଅମାନଙ୍କ ଭଳି ତାକୁ ତ କେହି ପ୍ରେମ କରିପାରିଲେ ନାହିଁ। ବିପିନ୍‌ର ଖାପଛଡ଼ା ଢଙ୍ଗରୁ କିଛିଟା ବି ସଠିକ୍ ଜାଣିହେଉ ନାହିଁ। ଖାଲି ସବୁବେଳେ କ୍ଲିଷ୍ଟ, ବ୍ୟସ୍ତ, ବିବ୍ରତ ଭାବ, ଜ୍ଞାନଲିପ୍‌ସା। ଯାହା ବା ଆଲୋଚନା ତର୍କ ସବୁ ବିଦ୍ୟା ସମ୍ବନ୍ଧୀୟ। ସେ ଯାହା ହେଉ ସୁନ୍ଦରୀ, ଧନୀ ଏବଂ ଇଣ୍ଟେଲିଜେଣ୍ଟ ଝିଅମାନେ ପ୍ରାୟତଃ ଅନେକ ସମୟରେ ଏକାକୀ; ଲୋନ୍‌ଲୀ ! ଯାର ଅର୍ଥ ନୁହେଁ ଯେ ସେମାନେ ଅବାଞ୍ଛିତ, ମାତ୍ର ପୁଅମାନଙ୍କ ଭିତରେ ଏକପ୍ରକାର ହତାଶାର ଭୟ, ଦୁଷ୍ପ୍ରାପ୍ୟ ଓ ଦୁର୍ଜୟବୋଧ ଯୋଗୁଁ ହିଁ ସେଇ ଢାଞ୍ଚାର ଝିଅମାନେ ଏକାକୀ ଏକାକୀ ଥାନ୍ତି। ସେଇ ବୋଧହୁଏ କାରଣ। ମୀନା ଫିସ୍ ଫିସ୍ କରି କହିଲା- ସେ ଯାହା ହେଉନା କାହିଁକି ମଁ ବେଶ୍ ନିର୍ଲଜ୍ଜ ହୋଇ ମୁହଁ ଖୋଲିବା ଆଗରୁ ତମେ ମୋ ମନକୁ ଟିକେ ପଢ଼ିବାକୁ ଚେଷ୍ଟା କର ବିପିନ୍, ସେ ଦାୟିତ୍ୱ ତୁମର।

ବିପିନ୍‌ର ଅଧ୍ୟାପକ ହେବାକୁ ଇଚ୍ଛା। ଦାରିଦ୍ର୍ୟ, ଅନଟନ ଏବଂ ନାନା ଘାତ ପ୍ରତିଘାତ ଭିତରେ ବିଚରା କୁଆଡ଼େ ଜୀବନ ସଂଗ୍ରାମ କରୁଚି। ଏଣେ ବାଣୀବିହାରରେ ସେକେଣ୍ଡ ହୋଇଗଲା। ଅଧ୍ୟାପକତା ତ ଏତେ ସହଜରେ ମିଳିବ ନାହିଁ। ତାକୁ ପୁଣି ପିଏଚ୍‌ଡ଼ି କରିବାକୁ ପଡ଼ିବ। ହେଇତ ଦିଲ୍ଲୀରେ ମନସ୍ତତ୍ତ୍ୱର ଅଖିଳ ଭାରତୀୟ କନ୍‌ଫରେନ୍‌ସରେ ଭାଗ ନେଇ ପାରିଲା ନାହିଁ- ଜଣେ ମାତ୍ର ମନୋନୀତ ହେବା କଥା। ସେଇଥିପାଇଁ ମୀନା ଆସିଛି ଦିଲ୍ଲୀ। କନ୍‌ଫରେନ୍‌ସରେ ଭାଗ ନେବ, ନିଜର ସନ୍ଦର୍ଭ ପାଠ କରିବ।

ଦିଲ୍ଲୀ ଆସିବା ଏଇ ପ୍ରଥମ। ଅପରିଚିତ ସହର। ଆଜି କନ୍‌ଫରେନ୍‌ସର ପ୍ରଥମ ଦିନର ଅନୁଭୂତି ପୁଣି ବିଚରା ବିପିନ୍‌ର ଆଡ଼ବାୟା ସ୍ମୃତି। ମୀନାର ଆଖିରେ ନିଦ ନାହିଁ। ଝିପି ଝିପି ମେଘ ଭିତରେ କଲୋନୀଟା ଏତେ ନିକାଞ୍ଚନ !

ଓ.ଓ କରି କୁକୁରଟାଏ କାନ୍ଦି ଉଠିଲା; ତା ପଛକୁ ପଛ ଆଉ ଦୁଇ ତିନିଟା। ବୁଲା କୁକୁରଙ୍କର ସମବେତ କାନ୍ଦଣାର ସୁର ରାତିର ନିସ୍ତବ୍‌ଧତା ଭେଦ କରି ତୁହାଇ ତୁହାଇ କାନ ଉପରେ ଅଜାଡ଼ି ପଡ଼ିଲା। ମୀନାକୁ ଟିକିଏ ଡର ଲାଗିଲା। ଏଇ କୁକୁରଙ୍କ

କାନ୍ଦଣା ଭିତରେ ରାତିର ନିସ୍ତବ୍ଧତା ଯେମିତି ବଢ଼ିଗଲା ପରି ଜଣାଗଲା। ସହରର ବ୍ୟସ୍ତ ଜୀବନ ଭିତରେ ଏ ବୁଲା କୁକୁରମାନେ ମଣିଷମାନଙ୍କ ଭଳି ତାଙ୍କର ସାମାଜିକତାକୁ ହରାଇ ନାହାନ୍ତି ଅନ୍ତତଃ କାନ୍ଦିବା ବେଳେ।

ବେଡ୍ ଲାଇଟ୍‌ଟା ଧପ୍‌କରି ନିଭିଗଲା, ବନ୍ଦ ହୋଇଗଲା ପଙ୍ଖା। ଲାଇନ୍ କଟିଗଲା ବୋଧହୁଏ, କାହିଁ ବାହାରେ ତ ଧୀମା ଧୀମା ଲାଇଟ୍‌ପୋଷ୍ଟ ଏବେବି ଦିଶୁଛି। ଆଖପାଖ ଘରଗୁଡ଼ାକ ବି ଅନ୍ଧାରରେ ବୁଡ଼ିଯାଇଚି। ଚାକର ଟୋକାଟା ତଳେ ଘଡ଼୍‌କୁଚି। ତାସ୍ ଖେଳର ଆସରରୁ ଯାଦବ୍ ଅଙ୍କଲ୍ ଫେରିବେଣି କି ନାହିଁ କେଜାଣି। ବୁଢ଼ାର ଏ କି ସଉକ ହେଲାଣି।

କୁକୁର ପଲେ ପୁଣି କାନ୍ଦି ଉଠିଲେ। ଏଥରକ ଟିକିଏ ଦୂରରୁ। ଧେତ୍ ଆଉ ଶୋଇ ହେବ ନାହିଁ।

ବାପାଙ୍କର ଜଣେ ଅନ୍ତରଙ୍ଗ ବନ୍ଧୁ ଯାଦବ୍ ଅଙ୍କଲ୍। ଦିଲ୍ଲୀର ଜଣାଶୁଣା ପ୍ରଫେସର। ବୃଦ୍ଧ ପ୍ରଫେସର ଯାଦବ୍ ଏଇ ମନସ୍ତତ୍ତ୍ୱ କନ୍‌ଫରେନସ୍‌ର ଆୟୋଜକମାନଙ୍କ ମଧ୍ୟରୁ ଜଣେ। ଯାଦବଙ୍କ ଛତ୍ରଛାୟା ତଳେ ଏ ନୂଆ ଜାଗାରେ, ଏତେ ବଡ଼ ଅଖିଳ ଭାରତୀୟ କନ୍‌ଫରେନସ୍‌ରେ ମୀନା ନିର୍ଭୀକ। ତାଙ୍କରି ଘରର ଉପର ମହଲାରେ ଗେଷ୍ଟରୁମ୍‌ରେ ସେ ରହୁଥାଏ। ନୂଆଦିଲ୍ଲୀ ରେଲଷ୍ଟେସନ୍‌ରେ ଓହ୍ଲାଇବା ଠାରୁ ଏଯାଏଁ ଟିକିଏ ହେଲେ ଅସୁବିଧା ହୋଇନାହିଁ। ବାପା ତ କଟକରୁ ଫୋନ୍ ମାଧ୍ୟମରେ ଯାଦବଙ୍କୁ ଦାୟିତ୍ୱ ଦେଇ ନିଶ୍ଚିତ। ଯାଦବ୍ ମୀନାକୁ କହିଥିଲେ ଏଇ କନ୍‌ଫରେନ୍‌ସ ହିଁ ତମ କ୍ୟାରିୟରର ଷ୍ଟେପିଙ୍ଗ୍ ଷ୍ଟୋନ୍। ମୀନାର ସନ୍ଦର୍ଭ ପଢ଼ି ଖୁସି ହେଲେ।

– ମୋଟାମୋଟି ବହୁତ ଇମ୍ପ୍ରେସିଭ୍ ହୋଇଚି। ଅଳ୍ପ କେତେଟା ଜାଗାରେ ସାମାନ୍ୟ ପରିବର୍ତ୍ତନ ଦରକାର।

ଆହା ବିପିନ୍ ବିଚରାର ଯଦି କେହି ଗଡ୍‌ଫାଦର ଥାଆନ୍ତା, ଉପରୁ କେହି ଯଦି ତାକୁ ଟିକିଏ ଆଶ୍ରା ଦିଅନ୍ତା! ମୀନା ଭାବିଲା କନ୍‌ଫରେନ୍‌ସର ଝିନଝଟ ସରୁ। ବିପିନ୍ ବିଷୟ ସେ ପ୍ରଫେସର ଯାଦବଙ୍କୁ କହିବ!

ଏ ପ୍ରଫେସରମାନେ ବି କେଡ଼େ ଆଡ଼ବାୟା ସତେ! ନିଜର ଆଦର୍ଶ ଏବଂ ନିଜସ୍ୱ ଚିନ୍ତା ଭିତରେ ବୁଡ଼ିରହି ବାହାରକୁ ଖାପଛଡ଼ା ଲାଗନ୍ତି। ଅନେକ ମାତ୍ରାରେ ଏକ୍‌ସେଣ୍ଟ୍ରିକ। ଯାଦବ୍ ବି ଏସବୁ ପ୍ରଫେସରିଆ ଢଙ୍ଗରେ କମ୍ ନୁହଁନ୍ତି। ବଡ଼ ଅମାୟିକ, ସ୍ନେହୀ, ସବୁବେଳେ ଚିନ୍ତାମଗ୍ନ ଯେମିତି ଗୋଟାଏ ଭିନ୍ନ ଦୁନିଆର ମଣିଷ! ଘର ଭିତରେ କାଣ୍ଡି କାଣ୍ଡି ବହି କୌଣସି ଅର୍ଦ୍ଧ ସରକାରୀ କଲେଜର ଲାଇବ୍ରେରୀ- ଭଳି।

ଆଉ ଗୋଟାଏ ଦୃଷ୍ଟିରୁ ପ୍ରଫେସରମାନେ ବାହାରକୁ ଯେତେ ଅସହାୟ ଦିଶନ୍ତି ବାସ୍ତବରେ ସେତେ ନୁହଁନ୍ତି। ଏମ୍.ଫିଲ୍. ପିଏଚ୍‌ଡ଼ି କରୁଥିବା ପିଲାମାନଙ୍କ ଯୋଗୁଁ ସେମାନଙ୍କର ଚାକର ବା ଅର୍ଡର୍ଲୀ ଆଦିର ଦରକାର ରହେ ନାହିଁ।

ଷ୍ଟେସନ୍‌ରୁ ଜଣେ ଛାତ୍ର ହିଁ ମୀନାକୁ ରିସିଭ୍ କଲା। ପ୍ରଥମ ଦିନ ଆଉଜଣେ ଦିଲ୍ଲୀ ବୁଲେଇ ଦେଖେଇଲା। ମୀନାର ସୁବିଧାଅସୁବିଧା ବୁଝିବାପାଇଁ ଲାଗିଗଲେ ପି.ଏଚ.ଡ଼ି ଷ୍ଟୁଡେଣ୍ଟମାନଙ୍କର ଏକ ଛୋଟକାଟିଆ ବାଟାଲିଅନ। ଯାଦବତ ନିଜେ କନଫରେନ୍‌ସ ଝାମେଲା ନେଇ ବ୍ୟସ୍ତ ରହନ୍ତି। ସଂଧ୍ୟା ଉତ୍ତାରେ କ୍ଲବରେ ତାସ୍ ଖେଳି ଫେରନ୍ତି ଏଗାରଟା ପାଖାପାଖି।

ଦିଲ୍ଲୀର ଏ ପାଖ ଅଞ୍ଚଳଟା ବଡ଼ ଗୁଣ୍ଡାଗର୍ଦ୍ଦିର ଜାଗା। ବୁଲାବୁଲି ସାରି ସଂଧ୍ୟା ପୂର୍ବରୁ ମୀନା ଘରକୁ ଫେରିଆସେ। ରାଜଧାନୀରେ ସେତେବେଳେ ଉଗ୍ରପନ୍ଥୀଙ୍କ ଆତଙ୍କ ଲାଗି ରହିଥାଏ। ମହାନଗରୀରେ ଧନଜୀବନର ତ କୌଣସି ନିରାପତ୍ତା ନାହିଁ। ଅଜଣା ଜିନିଷ ଛିଇଁବା କଥା ନୁହେଁ। କିଏ ଜାଣେ ବୋମା ଥାଇପାରେ। ସବୁ ଲୋକଙ୍କୁ ସତର୍କ ରହିବା କଥା, କାରଣ ସେ ଯେ ମାରାତ୍ମକ ଉଗ୍ରପନ୍ଥୀ ନୁହେଁ କିଏ କହି ପାରିବ ?

ପରଦା ଠେଲି ଦେଇ ଦଲକାଏ ଓଦା ପବନ ମୁହଁରେ ନେସି ହୋଇଗଲା ମୀନାର। ଦୂରର ମିଂଜି ମିଂଜି ଦିଶୁଥିବା ଲାଇଟପୋଷ୍ଟଟା ଧପ୍ ଧପ୍ ହେବାକୁ ଲାଗିଲା। ମୀନାକୁ ହଠାତ୍ ଡର ଲାଗିଲା। ଲାଇନ୍ କେବେ ଆସିବ ଯେ ! ଅନ୍ଧାର ହେବା ପୂର୍ବରୁ କାନ୍ଥ ଘଣ୍ଟା ଦେଖିଥିଲା ରାତି ବାରଟା।

ଲାଗିଲା କାନ୍ଥ ସେପାଖେ କେହି ଯେମିତି ଅତି ସନ୍ତର୍ପଣରେ ଚାଲି ଯାଉଛି, ପାଦ ଚାପି ଚାପି। ଧାଉଁ କିନି ହେଲା ଛାତି। ଝରକାଟା ପୁରାପୁରି ବନ୍ଦ କରିଦେଲା ମୀନା। କାହିଁକି କେଜାଣି ଭାରି ଡର ଲାଗୁଛି। ଅଙ୍କଲ୍ ଫେରିଆସିଥିବେ ଡାକିବ କି ? ହୁଣ୍ଡା ଚାକର ପିଲାଟାକୁ ଡାକିବ କି ? ପୁଣି ଭାବିଲା ଏଟା ମନର ଭୟ, କାହିଁ ଆଉ କିଛି ଶୁଭୁ ନାହିଁ ତ ? ଏବେ ସେ ବରଂ ବିପିନ୍‌ର କଥା ଭାବିବ। ଭାବୁ ଭାବୁ କାଳେ ନିଦ ଆସିଯିବ !

ମୁହୂର୍ତ୍ତେ ପରେ ଆସ୍ତେକିନା ଏକ ଧାତବ ଶବ୍ଦ ଶୁଭିଲା- ଘର୍‌ର। ମୀନା ଉଠି ପଡ଼ିଲା ବିଛଣାରୁ। ପୁଣି ଶୁଭିଲା- ଘର୍‌ର ଘର୍‌ର। ଟମ୍‌ମ କବାଟର କିଳିଣୀ ପାଖରୁ। କିଏ କ'ଣ କିଳିଣୀ ଭାଙ୍ଗୁଚି ବାହାର ପାଖରୁ ? ଧଡ୍‌କରି ହେଲା ଛାତି। ଅନ୍ଧାରରେ ଦରାଣ୍ଡି ଦରାଣ୍ଡି କବାଟ ଆଡ଼କୁ ଆଗେଇଲା ମୀନା। ଟେବୁଲ୍‌ର ଫୁଲଦାନୀଟା ଡିସ୍ କରି ଚଟାଣରେ ପଡ଼ି ଚୁନା ହୋଇଗଲା। କବାଟର ଚାବି କଣାରେ ଆଖି ରଖି ଦେଖିଲା- ଗହଳ ଅନ୍ଧାର। ପାଟି କରି ଉଠିଲା-

- କିଏ ?

କବାଟ ବାଡ଼େଇବାକୁ ଲାଗିଲା ମୀନା,- କିଏ, କିଏ ସେ !

ବିଜୁଳି ଝଲକି ଗଲା ମେଘ ଢ଼ଙ୍କା ଆକାଶରେ। ସେତିକିବେଳେ ଚାବି କଣାରେ ଦିଶିଗଲା କଳାମୁଖା ପିନ୍ଧା ମଣିଷଟା ଧାଇଁ ପଳାଉଛି। ଆଉ କିଛି ଦିଶିଲା ନାହିଁ; ଖାଲି ଗୋଟାଏ ପଳାୟମାନ ମୁଖା, ଗାଢ଼ କଳା ରଙ୍ଗର। ଏବେ ଆଉ ବିଜୁଳିର ଝଲକ ନାହିଁ, ଖାଲି ଅଛି ଛାତିରେ ଛନକା ଓ ମନରେ ଭୟ। ଚୋର ବଦ୍‌ମାସଙ୍କର ଏମିତି ସାମ୍‌ନା ସାମ୍‌ନି ତାର କେବେ ହୋଇନି। ଉତ୍ତେଜନାରେ ଦେହ ଥରୁଚି। ଝାଳରେ ଥାପି ହୋଇ ଯାଉଚି ଦେହରେ ନାଇଟି।

ମୀନା ଏକ ପ୍ରକାର ଚିତ୍କାର କରି ଉଠିଲା- ଅଙ୍କଲ୍, ଅଙ୍କଲ୍ ! ଆରେ ହେ ପିଲା (ଚାକର ଟୋକା) !

ଲାଇଟ୍ ଆସିଲା ବେଳକୁ ପ୍ରଫେସର ଏବଂ ଚାକର ପିଲାଟା ଉପର ମହଲାରେ ପହଞ୍ଚି ଗଲେଣି। ଯାଦବ୍ ପଚାରି ବସିଲେ- କଣ ହେଲା ମା ?

ମୀନା ପ୍ରଫେସରଙ୍କୁ ଜାବୋଡ଼ି ଧରି ଧକେଇ ଧକେଇ କହିଉଠିଲା- ମତେ ଭାରି ଡର ଲାଗୁଚି ଅଙ୍କଲ୍ ! ଏ ଘରର କବାଟ କିଏ ଜଣେ ଖୋଲିବାକୁ ଚେଷ୍ଟା କରୁଥିଲା। ରାକ୍ଷସ ଭଳି ଗୋଟାଏ କଳାରଙ୍ଗର ମୁଖା। କିଳିଣୀ ତାଡ଼ିବର ଶବ୍ଦ। ଧାଇଁ ପଳେଇଚି ସିଏ।

ବୃଦ୍ଧ ପ୍ରଫେସର ତତ୍‌କ୍ଷଣାତ୍ ଗୋଟିଏ ବଡ଼ ଟର୍ଚ୍ଚ ଧରି ଘରର ଆଖପାଖ ତନଖିବାକୁ ବାହାରିଗଲେ। କିଛି ସମୟ ପରେ ବୁଢ଼ା ବିଚରା ଧଇଁସଇଁ ହୋଇ ଆଖପାଖ ଅଞ୍ଚଳ ବୁଲି ଲେଉଟି ଆସିଲେ। କାହିଁ କେହି ନାହିଁ। ଅନ୍ଧାରେ ଅନ୍ଧାରେ ଡେଇଁଡାଇଁ ଭାଗି ଯାଇଛି।

ବୃଦ୍ଧ ମୀନାକୁ ସାନ୍ତ୍ୱନା ଦେଲେ। କବାଟରେ ହାତମାରି ଦେଖିଲେ ସତକୁ ସତ କିଳିଣୀର ଗୋଟାଏ ସ୍କ୍ରୁ ଅଧା ଖୋଲି ବଙ୍କା ହୋଇ ରହିଛି। ହାତରେ ପରଖି ଦେଖିଲେ ସ୍କ୍ରୁଟି ଡିଥ୍ରେଡ୍ ହୋଇଯାଇଛି। ସତକଥା।

- କ'ଣ ଦେଖିଥିଲ ତମେ ? ଖାଲି ଗୋଟାଏ ମୁଖା।

- ହଁ ଅଙ୍କଲ୍ ଗାଢ଼ କଳାରଙ୍ଗର ଚିପା ମୁଖା, ଆଉ କିଛି ଦେଖି ପାରି ନାହିଁ। ବିଜୁଳି ଆଲୁଅରେ ମୁଖାଟାଏ ଧାଇଁ ପଳାଇଲା।

ପ୍ରଫେସର ଆଁ କରି ଅନେଇ ରହିଲେ। କହିଲେ- ହେ ଭଗବାନ୍ !

ତଳୁ ଡ୍ରଇଁ ରୁମ୍‌ରୁ ଫୋନ୍ କଲେ।

- ହ୍ୟାଲୋ ପୋଲିସ୍ ଷ୍ଟେସନ୍ ? ହଁ, ମୁଁ ପ୍ରଫେସର ଯାଦବ୍ କହୁଚି। ମୋ

ଘରେ କିଏ ପଶିଥିଲା ଆଜ୍ଞା। ଏପଟେ ନଜର ରଖନ୍ତୁ। ହଁ, ହଁ ମୁହଁରେ ଗୋଟାଏ ବ୍ଲାକ୍ ମାସ୍କ। କବାଟ ତାଡ଼ି ପକାଇଚି। ଆମେ ସବୁ ଏବେ ବଡ଼ ଭୟରେ ବସିଚୁ। ହଁ କ'ଣ କହିଲେ? ଆଚ୍ଛା ମୋର ସମସ୍ତ ସମ୍ପତ୍ତି ତ ମୁଁ ସାଙ୍ଗରେ ଧରି ଯିବା ଆସିବା କରେ। ୟେସ୍ ୟେସ୍ ଆଇ ମିନ୍ ମାଇଁ କାର୍। ଘରେ କେଇଗଦା ବହିପତ୍ର ବ୍ୟତୀତ ମୋର ଦୌଲତ ଆଉ କ'ଣ? ପ୍ଲିଜ୍ ଟେକ୍ କେୟାର!

ଭୟାର୍ତ୍ତଭାବ ସମ୍ପୂର୍ଣ୍ଣ ଯାଇ ନଥାଏ। ମୀନା କହିଲା, ଆପଣମାନେ କୁଆଡ଼େ ଯାଆନ୍ତୁ ନାହିଁ। ମୁଁ ଏଠି ଏକା ଶୋଇ ପାରିବି ନାହିଁ।

ଡ୍ରଇଁ ରୁମ୍‌ରେ ସୋଫା ଉପରେ ବସି କୌଣସି ମତେ ଢୁଳାଇ ଢୁଳାଇ ସମସ୍ତଙ୍କର ରାତି କଟିଗଲା।

ସକାଳେ ଯାଦବ୍ ମୀନାକୁ କହିଲେ- ଏବେ ଟିକେ ବିଶ୍ରାମ ନିଅ। ବାପାଙ୍କ ସହିତ କଟକ କଥାହୁଅ। କ'ଣ କରାଯିବ, ଏ ଦିଲ୍ଲୀ ଗୁଡ଼ାଏ ଚୋରସଇତାନଙ୍କ ଆଖଡ଼ା ପାଲଟି ଗଲାଣି। ପୋଲିସ୍ ବି ସେମିତି।

ଜଳଖିଆ ଟେବୁଲ୍‌ରେ ମୀନା ପଚାରିଲା- ଇଏ କି ଜାଗାରେ ଆପଣ ରହୁଛନ୍ତି ଅଙ୍କଲ୍। ଏଠି ଧନ ଜୀବନ ଆଦୌ ନିରାପଦ ନୁହେଁ। ପଅରଦିନ ଷ୍ଟୁଡେଣ୍ଟ ଜଣେ କହୁଥିଲେ ଯେ ଏ ଅଞ୍ଚଳରେ ଗୁଣ୍ଡାଗର୍ଦ୍ଦି ବେଶି।

ଯାଦବ୍ କହିଲେ- ଏମିତି ଗୋଟିଏ ଜାଗା ମତେ କୁହ ଯେଉଁଠି ଧନଜୀବନ ସମ୍ପୂର୍ଣ୍ଣ ନିରାପଦ। କେବଳ ସେତିକି ନୁହେଁ ମହାନଗରୀମାନଙ୍କରେ ଜଣେ ସାଧାରଣ ଲୋକର ଘର ବାଛିବାର ସୌଭାଗ୍ୟ ନଥାଏ। ଏଠି ବରଂ ଘରମାନେ ମଣିଷଙ୍କୁ ବାଛନ୍ତି। ପୁଣି ଦେଖ ଥାନାବାଲା କିଏ ଶୁଣିଲା? କିଏ ଆସିଲା? ସେମାନେ ସେଠି ରହି ଶୋଇବେ ଅଥଚ ଆମ୍ଭେମାନେ ଶୋଇନପାରି ଡରିଡରି ବସିରହିଥିବୁ ରାତି ସାରା।

ବୃଦ୍ଧ ପ୍ରଫେସର କିଛି ସମୟ ପରେ ବଡ଼ ବିବ୍ରତ ଭାବରେ କହିଲେ- ଏ ଗୋଟାଏ ବିରାଟ ଜଙ୍ଗଲ୍। ମଣିଷ କେତେ ଅସହାୟ।

ମୀନା କହିଲା- ଏ ବଦ୍‌ମାସ୍‌ଗୁଡ଼ାକଙ୍କର ବି ସାଧାରଣ ଜ୍ଞାନ ନାହିଁ, ବୁଦ୍ଧି ନାହିଁ। ଦିଲ୍ଲୀରେ କ'ଣ ଶିଳ୍ପପତି, ଦୋକାନଦାର, ପଇସାବାଲାଙ୍କର ଅଭାବ ଯେ ଏମାନେ ଜଣେ ଶିକ୍ଷକଙ୍କ ଘରେ ପଶୁଛନ୍ତି। ବହି ଗୁଡ଼ାଏ ନେଇ କରିବେ କ'ଣ?

ପ୍ରଫେସର କହିଲେ- ଚିନ୍ତା କରିବାର ଶକ୍ତି ଥିଲେ ଏଭଳି ବୃତ୍ତି ମଣିଷ ବାଛନ୍ତା କାହିଁକି?

ଉଭୟେ ହସିବାକୁ ଲାଗିଲେ।

ସେଦିନ କନ୍‌ଫରେନ୍‌ସ ଥାଏ ମଧ୍ୟାହ୍ନରେ। ପ୍ରଫେସରଙ୍କୁ କିନ୍ତୁ ସକାଳୁ

ଯିବାକୁ ହେଲା। ଡେଲିଗେଟ୍‌ମାନଙ୍କର କେତେ କଥା ବୁଝିବାର ଦାୟିତ୍ୱ ଥାଏ ସେଦିନ ତାଙ୍କର।

ମୀନା କହିଲା-ମୁଁ ଟିକିଏ ବିଶ୍ରାମ ନେବି। ଠିକ୍ କନ୍‌ଫରେନସବେଳକୁ ହାଜିର ହେଲେ ହେଲା।

ପ୍ରଫେସର ଚାଲିଯିବା ପରେ ମୀନା ପୁଣି ନିଜ ବିଛଣାକୁ ଫେରି ଆସି ଗଡ଼ପଡ଼ ହେଲା। ଏଇଭଳି ଅବସ୍ଥାରେ ବିପିନ୍ କଥା ଭାବିବାକୁ ଭଲ ଲାଗେ। ହୃଦୟର ପଦେଅଧେ ଭାଷା ତାକୁ କ'ଣ ବିପିନ୍ କହିଛି କି ଯାହାକୁ ମନେ ମନେ ଦୋହରୋଇ ନିମିଷେକ ପାଇଁ ଉଚ୍ଚାଟ ହୋଇ ଉଠନ୍ତା। ତା'ର ତ ସବୁ କଥା ଖାଲି ପାଠ ସମ୍ବନ୍ଧୀୟ ତର୍କ ଏବଂ ବ୍ୟବହାର ଦର ଦର ଚିହ୍ନା ଭଦ୍ରଲୋକ ପରି। ଧେତ୍ ବେରସିକ ଲୋକଟା।

- ନିରାଶାବାଦ ଯେମିତି ଆଶାବାଦ ବି ସେମିତି ଅହେତୁକ, ବାସ୍ତବତାହୀନ। ଏକମାତ୍ର ବାଦ ହେଉଚି ବାସ୍ତବବାଦ। ଦି ଓନ୍‌ଲି ଇଜମ୍ ଇଜ୍ ରିଅଲିଜିମ୍। ଆଉ ସବୁ ଫମ୍ପା।

ବିପିନ୍‌ର ଏସବୁ କଥା ମନେ ପଡୁ ପଡୁ ଭାବିଲା ଆହା ବିଚରା ସ୍ୱପ୍ନ ଦେଖିବାର ସୁଖ କେମିତି ସେକଥା ଜାଣିପାରିଲା ନାହିଁ।

କାଲି ତା'ର ସନ୍ଦର୍ଭ ପାଠ। କାଲି ବି କନ୍‌ଫରେନ୍‌ସର ଅନ୍ତିମ ଦିନ। ତା'ର ସନ୍ଦର୍ଭଟା ଯାଦବ୍ ଅଙ୍କଲଙ୍କ ପାଖରେ ରହିଗଲା ଯେ! ଏବେ ଟିକିଏ ଦୋହରାଇ ଦେଇଥିଲେ ଭଲ ହୋଇଥାନ୍ତା। ମୀନା ତଳକୁ ଓହ୍ଲାଇ ଆସିଲା। ସାନ ଡ୍ରଇଁ ରୁମ୍ କଡ଼କୁ ଷ୍ଟଡ଼ି। ର୍‍ୟାକ୍ ର୍‍ୟାକ୍ ଭର୍ତ୍ତି ବହି। ବହି ଟେବୁଲ ସାରା, ଆଖିରେ ଆଖିରେ ଚାରିଆଡ଼ ଦରାଣ୍ଡି ଦେଲା, କେଉଁଠି ହେଲେ ନାହିଁ। ସେ ଫେରିଲେ ବରଂ ପଚାରିବି।

ଟେବୁଲ୍‌ର ଡ୍ରୟାରଟା ଟାଣି ଦେଇ ମୀନା ଦି'ହାତ ପଛକୁ ଘୁଞ୍ଚି ଆସିଲା। ଇଏ କ'ଣ? କ'ଣ ଏଇଟା!

ଗୋଟିଏ ହାକ୍‌ସ, ସ୍କ୍ରୁ ଡ୍ରାଇଭର ଆଉ ତା' ପାଖରେ ଗାଢ଼ କଳାରଙ୍ଗର ଗୋଟାଏ ମୁଖା। କାନ ପାଖରେ ଇତିହାସର ସୈନିକଙ୍କ ଶିରସ୍ତ୍ରାଣ ପରି ଖୋଲା ଖୋଲା ଖୋପ। ଆଖି ଓ ନାକ ପାଖେ ସାନ ସାନ କଣା ଏବଂ କି ରକମ୍ ସଦ୍ୟ ଝାଳର ଉଷୁମୁଳିଆ ଗନ୍ଧ।

ମୀନା ଏକପ୍ରକାର ଦୌଡ଼ିବା ଭଳି ବାହାରିଗଲା। ଗୋଡ଼ ଉପରେ ନିଜର ନିୟନ୍ତ୍ରଣ ନାହିଁ ନା ମନ ଭିତରେ ଭାବୁକତାର କାଣିଚାଏ ଅଂଶ। ଆଉ ବିପିନ୍ କଥା ମନେ ନାହିଁ, ସନ୍ଦର୍ଭ କଥା ମନେ ନାହିଁ। କନଫରେନ୍‌ସ, କ୍ୟାରିୟର କିଛି ମନେ

ନାହିଁ। ମନକୁ କେବଳ ଜାବୋଡ଼ି ବସିଛି ଗୋଟିଏ କଳା ରଙ୍ଗର ମୁଖା। ଦେହହାତ ଥରୁଚି ଉତ୍ତେଜନାରେ। ରୁଦ୍ଧ ହେଇଚି କଣ୍ଠ ଆଉ ଢଳ ଢଳ ହେଉଛି ଆଖି...

ତା'ର କିଛି ସମୟ ପରେ ଦିଲ୍ଲୀରୁ କଟକ ଯାଉଥିବା ରେଳଗାଡ଼ିର ଗୋଟାଏ ବଗିର ଝରକା ପାଖ ସିଟ୍‌ରେ ମୀନା ବସିଥିଲା। ଅସ୍ତବ୍ୟସ୍ତ ବାଳ, ପରିପାଟୀ। ଥକ୍‌କା ଲୋକଙ୍କ ଭଳି ଚାହିଁ ରହିଥିଲା ରେଳଷ୍ଟେସନର କୋଳାହଳମୟ ଜନସମୁଦ୍ର ଆଡ଼େ। ଆଖି କଣରେ ଜକେଇ ଆସୁଥିଲା ଲୁହ। ଅମୃତର ସନ୍ତାନମାନଙ୍କର ଆରଣ୍ୟକ ଗହଳି ଆଡ଼କୁ ଅନେଇ ଭଙ୍ଗା କଣ୍ଠରେ କହି ଉଠିଲା- ହଁ ବିପିନ୍, ମଣିଷ ଈଶ୍ୱରଙ୍କର ସବୁଠୁ ଅଦ୍ଭୁତ, ବିଚିତ୍ର ଏବଂ ରହସ୍ୟମୟ ସୃଷ୍ଟି। ମଣିଷ...

ଉଦ୍‌ଗତ କୋହ ଯୋଗୁଁ ମୀନାର ଅବଶିଷ୍ଟ ବକ୍ତବ୍ୟ ଅସ୍ଫୁଟ ଭାବେ କଣ୍ଠରେ ହିଁ ଅଟକି ରହିଗଲା।

ବିହଙ୍ଗ

କଥାବାର୍ତ୍ତା ଯେମିତି ଘରଗୃହସ୍ଥି ଆଡ଼କୁ ଢଳିଲା ପାତ୍ରେ ଆଉ ସମ୍ଭାଳି ପାରିଲେ ନାହିଁ। ବାହାଦୂରୀ ବଖାଣିଲେ- 'ବୁଝିଲ ପ୍ରଧାନେ, ପୁଅ ବାହାଘର ହେଇ ଦି ବର୍ଷ ପୂରିବ। ପୁଅବୋହୂଙ୍କୁ ଏକାଠି ମୁହାଁମୁହିଁ ହେଁ ହେଁ ହେବାର ଦେଖିଲୁ ନାହିଁ। ବଡ଼ ସୁଧାର, ଗୁରୁଜନ ଲଘୁଜନ ସବୁରି ଜ୍ଞାନ। ମୋ କପାଳ ଟାଣ। ଆଜିକାଲି ଯୁଗରେ ଏମିତି ପୁଅବୋହୂ ପାଇଛି, ଭାଇ! ମୋ ଭାଗ୍ୟ ଢେର!'

ନିଜ ଘରକଥା ଭାବି ପ୍ରଧାନେ ବିଚରା ଏଣେ ଦୀର୍ଘଶ୍ୱାସ ଛାଡ଼ି ଆକାଶକୁ ଅନେଇଲେ। ଆକାଶରେ ଗାଢ଼କଳା ବଉଦ କେତେଟା ଭାସିବୁଲୁଥିଲା। ଦୁହେଁ ଚା' ପିଇ ସାରି ଉଠିଲେ। ଚଣ୍ଡିଖୋଲ ଛକରୁ ଗାଁ ଚାରିକିଲୋମିଟର ଦୂର। କଥାବାର୍ତ୍ତା ହେଉ ହେଉ ଚାଲିଗଲେ କେତେ ଅବା ବାଟ। ହେଲେ ଏ ଅଶିଣର ଆକାଶ, କିବା ଭରସା! ବର୍ଷା ଆଗରୁ ଗାଁରେ ପହଞ୍ଚିଗଲେ ହେଲା।

ଗୋବିନ୍ଦ ପାତ୍ରେ ଗାଁ ପ୍ରାଇମେରୀ ସ୍କୁଲରୁ ଗତ ବର୍ଷ ରିଟାୟାର କରିଛନ୍ତି। ଭଲ ମାଷ୍ଟ୍ରେ ହିସାବରେ ଆଖପାଖରେ ନାଁ। ପ୍ରଧାନେ ମୋହରିର୍ କାମ କରନ୍ତି। ଦଶରା ପାଖେଇ ଆସିଚି। ଲାଗ୍ ଲାଗ୍ ଦିବର୍ଷ ଭଲ ପାଳକ ଥିବାରୁ ପ୍ରଧାନେ ଅଳ୍ପ ହସି କହିଲେ- ଏବର୍ଷ ଦୁର୍ଗାପୂଜା ଭଲ ହେବ ପାତ୍ରେ। ଅମଳ ତ ଭଲ ଅଛି। ପାତ୍ରେ ମୁଣ୍ଡ ଟୁଙ୍ଗାରିଲେ। କହିଲେ- ଭଲ ମାନେ କ'ଣ? ବେଶି ମାଇକ୍ ବାଜିବ। ଲୋକେ ଅଧିକା ସିନେମା ଦେଖିବାକୁ ବାହାରିବେ, ଏଇସବୁତ ହବ! ଭକ୍ତିଭାବ ତ ମଣିଷ ପୋଡ଼ି ଖାଇଲାଣି!

ପାତ୍ରଙ୍କ ପରିବାର ବୋଇଲେ ପୁଅ ରମେଶ କଟକରେ ବ୍ୟାଙ୍କ୍‌ରେ କିରାଣୀ ଅଛି। ବୋହୂ, ଦି'ଝିଅ ଆଉ ସ୍ତ୍ରୀ, ସାନ ଭାଇଟି ବିପତ୍ନୀକ। ସେ କୋରାପୁଟରେ ଚାକିରୀ କରେ। ତା'ର ପାଞ୍ଚବର୍ଷର ପୁଅଟିଏ। ଏଇ ପରିବାର।

ବୋହୂଟି ଭାରି ଜିଲିପି ପ୍ରିୟ। ବ୍ୟାଗ୍ ଭିତରର ଗରମ ଜିଲିପି ଠୁଙ୍ଗାଟାକୁ ଟିକେ ଆଖି ପକେଇ ପାତ୍ରେ ସଦର୍ପେ ଚାଲିବାକୁ ଲାଗିଲେ।

ଘରେ ପହଞ୍ଚି ଛତା, ପରିବା ବ୍ୟାଗ୍ କାନ୍ଧରୁ ଓହ୍ଲାଇ ପିଲାମାନଙ୍କୁ ଡାକ ଛାଡ଼ିଲେ। ସାନଭାଇର ପୁଅ କୁନା ଦୌଡ଼ି ଦୌଡ଼ି ଆସିଲା। ବୋହୂ ତରତର ହୋଇ ଚା' ତିଆରି କରିବାକୁ ଚାଲିଗଲା। ପାତ୍ର ଅର୍ଥପୂର୍ଣ୍ଣ ହସ ହସି କହିଲେ- ଆରେ ଥାଉ ମା, ଚା' ପରେ ତିଆରି ହେବ। ପାତ୍ରଙ୍କ ହାତରେ ଥିଲା ଅଧାଖୋଲା ଜିଲିପିର ଠୁଙ୍ଗା। ଦି ଝିଅ, କୁନା ସମସ୍ତଙ୍କୁ ଜିଲିପି ବଣ୍ଟାଗଲା। ବୋହୂ ଚୁପ୍‌ଚାପ୍ ଠିଆ ହୋଇଥାଏ। ବାଁ ହାତରେ ବାଁ ଗାଲଟିକୁ ଚିପି ଧରିଥାଏ। ହଠାତ୍ ପାତ୍ରଙ୍କ ମନେ ପଡ଼ିଗଲା ବିଚାରୀର ଦାନ୍ତ ବିନ୍ଧା କଥା। ଆହା ଡାକ୍ତରଙ୍କୁ ପଚାରି ଔଷଧ ଆଣିବାକୁ ଭୁଲିଗଲେ।

ବୋହୂ ମାଳତୀ କହିଲା- ଥାଉ ବାପା, ବ୍ୟସ୍ତ କାହିଁକି ହେଉଛନ୍ତି। ମୁଁ ଚା' କରି ଆଣୁଚି। ମୁଁ ତ ଚୋବେଇ ପାରିବି ନାହିଁ। ପିଲାଙ୍କୁ ଦେଇ ଦିଅନ୍ତୁ ନା ସବୁ।

ମାଳତୀ ଚା' ତିଆରି କରୁକରୁ କୁନା ନୂଆବୋଉ, ନୂଆବୋଉ ଡାକି ପିଠିରେ ଲଦି ହୋଇ ପଡ଼ିଲା। ମାଳତୀ ତାକୁ ଗେଲ କରୁ କରୁ କହିଲା- 'କୁନା ଆମର ସୁନାପିଲା। ଏବେ ଖାଇ ସାରି ମୁହଁ ହାତ ଧୋଇ ଠାକୁରଙ୍କୁ ନମସ୍କାର କରିବ। ତା'ପରେ ଘଣ୍ଟେ ବହି ପଢ଼ିବ। ରାତିରେ ମୁଁ ପିଠି ଥାପୁଡ଼େଇ ଦେବି। ଗପ କହିବି।'

ମାଳତୀ ସଂଧ୍ୟା ଦେଲାବେଳକୁ ଦୁଇ ନଣନ୍ଦ ଓ ସାନ ଦିଅର ଚକାମାଡ଼ି ବସି ସାରିଥାନ୍ତି। ଆରମ୍ଭ ହେଲା ପିଲାମାନଙ୍କର ସମବେତ କଣ୍ଠରେ - ଦୀପଂ ଜ୍ୟୋତି ପରମ ବ୍ରହ୍ମ।' ପାତ୍ରେ ଚା'କପ୍‌ଟାକୁ ତଳେ ଥୋଇ ଦେଇ ହାତ ଯୋଡ଼ି ପକାଇଲେ।

ରାତିରେ ରୋଷେଇ କଲାବେଳକୁ ଶାଶୁ ପାଖରେ ବସିଥାଆନ୍ତି। ନଣନ୍ଦମାନେ ଲଣ୍ଠନ ଲଗାଇ ପାଠ ପଢ଼ନ୍ତି। ସମସ୍ତଙ୍କୁ ଖାଇବାକୁ ଦେଇସାରି ଶାଶୂବୋହୂ ଶୋଇଲାବେଳକୁ ଯାଇ ରାତି ନଅ। ତା'ପରେ ଶାଶୁଙ୍କ ଗୋଡ଼ ମୋଡ଼ି ଦେଇ ମାଳତୀ ଶୋଇବାକୁ ଯାଏ। ଆଜି ଦାନ୍ତ ବିନ୍ଧା ଯୋଗୁଁ ବିଚାରୀ ରାତିରେ ଭଲଭାବେ ଖାଇପାରିଲା ନାହିଁ। ଶୋଇଲାବେଳକୁ ରଜାଘର ଗପ ଶୁଣିବାକୁ ଅପେକ୍ଷା କରି କରି କୁନା ବିଚରା ଶୋଇ ପଡ଼ିଥାଏ।

ରମେଶ ସବୁ ଶନିବାର ଘରକୁ ଆସେ। ଚଣ୍ଡିଖୋଲ୍ ଯାଏଁ ବସ୍‌ରେ ଆସି ସେଇଠୁ ସାଇକେଲ୍‌ରେ ଆସେ। ପାଖାପାଖି ସନ୍ଧ୍ୟା ସାତଟାକୁ ଦାଣ୍ଡ ଦୁଆରେ ସାଇକେଲ୍ ବେଲ୍ ଶୁଭେ।

ଦାନ୍ତ ବିନ୍ଧା ସକାଳକୁ ବଢ଼ିଯାଇ ଥାଏ। ମାଳତୀ ଗରମ ପାଣି ସେକ ଦେଉଥାଏ। ଘରେ ସମସ୍ତେ ବ୍ୟସ୍ତ। ଶାଶୁ କହିଲେ- ହେଉ, ଆଜି ପୁଅ ଆସୁ। କାଲି

ନେଇ ଭଲ ଡାକ୍ତରଙ୍କୁ ଦେଖାଇଆଣିବ। ଶାଶୁ ନିଜର ଦାନ୍ତ ପଡ଼ିବା ବେଳର କଷ୍ଟ ମନରେ ପକାଇ ଶିହରି ଉଠୁଥାଆନ୍ତି। କହିଲେ ଦାନ୍ତ ବିନ୍ଧା ବଡ଼ କଷ୍ଟ। ଯିଏ ଭୋଗିଛି ସିଏ ଜାଣେ!

ଘରେ ମାଳତୀକୁ ଟିକିଏ ହେଲେ ଫୁରସତ୍ ନଥାଏ। ବାହାଘର ବେଳେ କୁନା ଥିଲା ତିନିବର୍ଷର। ନୂଆବୋଉଙ୍କୁ ମାଆ ଭଳି ଜ୍ଞାନ କରେ। ନଣନ୍ଦ, ଶାଶୂ, ଶ୍ୱଶୁର ସମସ୍ତଙ୍କର ମାଳତୀ ଉପରେ ନିର୍ଭର। ତାକୁ ଛାଡ଼ିଲେ କାହାର ବି ଦଣ୍ଡେ ଚଳିବା ମୁସ୍କିଲ୍।

ବୋହୂର ଦାନ୍ତବିନ୍ଧା ନେଇ ପାତ୍ରେ ବହୁତ ବ୍ୟସ୍ତ ହୋଇ ପଡ଼ିଲେ। କହିଲେ- ହଁ ମା, ଟକିଏ କଷ୍ଟ ସହିଯାଆ। ଆଜି ଦିନଟାତ! ରମେଶ ଆସୁ! ଦାନ୍ତରେ କିଛି ଚୋବେଇ ହେଉନଥାଏ। ଶାଶୁ କହିଲେ-ଭାତକୁ ଜାଉ ଭଳି କରି ଦିଢ଼ୋକ ପିଇବାକୁ ଚେଷ୍ଟାକର ମା'!

ସଂଧ୍ୟାବେଳେ ସାଇକେଲ୍ ଶବ୍ଦ ଶୁଣୁ ଶୁଣୁ କୁନା ଦୌଡ଼ିଯାଇ ଖବରଦେଲା ଭାଇ, ଭାଇ, ଜାଣିଚୁ? ନୂଆବୋଉ ଦାନ୍ତ ଭାରି ଜୋର୍ ବିନ୍ଧୁଚି। ଦିନଯାକ ସେ କିଛି ଖାଇ ନାହିଁ।

ଆଉ ଦଶ, ଏଗାର ଦିନପରେ ଦଶରା। ରମେଶ ସମସ୍ତଙ୍କ ପାଇଁ କଟକରୁ ନୂଆ ଲୁଗା ଆଣିଥାଏ। ସମସ୍ତଙ୍କ ମନ ଖୁସି। ହେଲେ ତା' ଭିତରେ ମାଳତୀର ଯନ୍ତ୍ରଣା ପାଇଁ କଷ୍ଟ ସବୁରି ମନରେ ବି ଆବୋରି ବସିଥାଏ।

ପାତ୍ରେ କହିଲେ-ହଁ ସେଇ ଠିକ୍। କାଲି ସକାଳୁ ବୋହୂକୁ କଟକ ନେଇଗଲୁ। ଭଲ ଡାକ୍ତରଙ୍କୁ ଦେଖାଇବୁ। ଏ ଦାନ୍ତବିନ୍ଧା କଷ୍ଟ ମୋ ଦେହରେ ଯିବ ନାହିଁ।

ମା କହିଲେ- ହଁ ଯେ ଭୋଗିଚି ସେଇ ଜାଣେ।

ପାତ୍ରେ କହିଲେ-ଆରେ ଚଣ୍ଡିଖୋଲ ଯାଏଁ ଯିବ କେମିତି? ପାଖ ଗାଁର ରିକ୍ସା ବାଲାକୁ ଖବର ଦେଲେ ହେବ। ସକାଳୁ ଆସି ପହଞ୍ଚିବ।

ସକାଳେ ଦୁଆରେ ରିକ୍ସା ଲାଗିଥାଏ। ରମେଶ ମାଳତୀକୁ ଧରି ବାହାରି ପଡ଼ିଲା। କୁନା ମାଳତୀର ହାତ ଧରି କହିଲା- କଟକରୁ ମିଠେଇ ଆଣିବ।

ମାଳତୀ ତା ମୁହଁ ଆଉଁଷି ଧୀରେ କହିଲା- ହଁ ରେ!

ରିକ୍ସା ଚାଲିଲା। ମାଳତୀ ବାଁ ଗାଲକୁ ଧରି ବସିଥାଏ। ରିକ୍ସା ଚାଲିଥାଏ। ଗାଁ ରହିଗଲା ବହୁତ ପଛରେ। ମାଳତୀ ଗାଲରୁ ହାତ କାଢ଼ି ଧୀରେ ଧୀରେ ବାଁ ହାତରେ ରମେଶକୁ ଚିମୁଟି ଦେଇ ଗେହ୍ଲା କଣ୍ଠରେ ପଚାରିଲା- 'କଟକରେ କି ସିନେମା ଲାଗିଚି ବୋଲି ତମେ କହୁଥିଲ ଯେ?'

ରମେଶ ଚୁପ୍ ରହିବାକୁ ଠାରି ଦେଇ ଇଙ୍ଗିତରେ କହିଲା- ରିକ୍ସାବାଲା ଶୁଣିବ। ସିଏ ତ ଏଇ ପାଖ ଗାଁର।

ମାଲତୀ ସେମିତି ଲାଜ କରି ରମେଶକୁ ଅନେଇ ରହିଲା। ଧୀରେ ଧୀରେ ପଚାରିଲା- କି ସିନେମା କହୁନ!

ରମେଶ ମାଲତୀର କାନ ପାଖରେ ଫିସ୍ ଫିସ୍ କରି କହିଲା- 'ମନ ଚୋର'।

ଠିକ୍ ସେତିକିବେଳେ ରିକ୍ସା ଉପର ଦେଇ ବିହଙ୍ଗ ହଳେ ଆକାଶରେ ଉଡ଼ିଗଲେ।

■

ହରିମାମୁ

ଉଦୁଉଦିଆ ଦିପହରେ ଅଗଣାର ଆମ୍ବଗଛ ମୂଳେ ବାଟି ଖେଳୁ ଖେଳୁ ମୁଁ ଏବଂ ମୋର ଭାଇ ଦି'ଜଣ ଅଦ୍ଭୁତ ଦର୍ଶନ ଆଗନ୍ତୁକକୁ ଦେଖି ଥମକି ରହିଗଲୁ। ହାତର ଜାବ ପଡ଼ିଗଲା ବାଟି ଉପରେ। ନାକରୁ ଖସି ଚାଲିଲା ଛାନିଆଁ-ଶିଂଘାଣି। ବୟସରେ ମୋ' ଠାରୁ ଅଳ୍ପ ବଡ଼ ମୋ ଭାଇ ଦି'ଜଣ ଅଳ୍ପ କେତୋଟି ଭୟାର୍ତ୍ତ ମୁହୂର୍ତ୍ତ ସେଇଆଡ଼େ ନିର୍ମିମେଷ ନୟନରେ ଚାହିଁ ରହିବା ଉତ୍ତାରେ ବିଜୁଳି ବେଗରେ ଛତ୍ରଭଂଗ ଦେଇ ଅଦୃଶ୍ୟ ହୋଇଗଲେ। ମୁଁ ନାଚାର, ଛାନିଆଁରେ ପେଣ୍ଟରେ ସାନପାସ୍ କରିପକାଇ କାନ୍ଦକାନ୍ଦ ହୋଇ ତାଙ୍କୁ ପଚାରିଲି- "ତମେ କ'ଣ ଛୁଆଧରା ଲୋକ ?" ଆଗନ୍ତୁକ ମଣିଷଟା ସାମାନ୍ୟ ହସିଦେଇ ପଚାରିଲା-

- 'ତୋ ବାପା ନାଁ କ'ଣ କହିଲୁ ?'

- 'ସନାତନ ଦାସ। ମତେ ଡର ମାଡୁଚି। ତମେ କ'ଣ ସତରେ ମତେ ଧରିନେବ ?'

ଏକା ନିଃଶ୍ୱାସକେ କହିଦେଲି ମୁଁ। ଲୋକଟା କିନ୍ତୁ ଏବେ ପ୍ରାଞ୍ଜଳଭାବେ ହସିଲା। ଦି'ହାତ ବଢ଼େଇ ଡାକିଲା- 'ଆରେ ବାବୁ, ମୋ ପାଖକୁ ଟିକେ ଆ !'

ମୁଁ ଏଥର ସଶବ୍ଦେ କାନ୍ଦିଉଠି କହିଲି- ନାଇଁ ନାଇଁ ତମେ ତ ଛୁଆଧରା ଲୋକ। ସେ ମତେ ଆଉଁଷିଦେଇ କହିଲା- ନାଇଁ ବାପା, ମୁଁ ପରା ତୋ ମାମୁ, ହରିମାମୁ।

ଆମ ହରିମାମୁ, ପୁଣି ଏଇ ଲୋକଟା ? ଅବିଶ୍ୱାସ, ଭୟ ଓ ଉତ୍ତେଜନାରେ ଗୋଟିଏ ଫେଣ୍ଟାଫେଣ୍ଟି ଭାବନାରେ ମୁଁ ବିସ୍ଫାରିତ ନୟନରେ ଚାହିଁ ରହିଲି ସେଇଆଡ଼େ। ଦରପାଚିଲା ଲମ୍ବା ଲମ୍ବା ସଫେଦ୍ ନିଶଦାଢ଼ି ଭିତରେ ଲୋକଟାର ହସଟାଏ ଲୁଚକାଳି

ଖେଳୁଥିଲା । ଆଉ ଠିକ୍ ସେତିକିବେଳେ ବୋଉକୁ ଧରି ଭାଇମାନେ ଆସି ହାଜର ହେଲେ ସେଇଠି । ଆଗନ୍ତୁକ ମଣିଷଟା ଆଡ଼କୁ ଚାହିଁକରି କାନ୍ଦିଉଠିଲା ବୋଉ– 'ଭାଇ, ମୋ ହରିଭାଇ, କୋଉଠି ଥିଲୁ ତୁ ଏତେ ଦିନ ? ଏମିତି କଙ୍କାଳ ପରି ଦିଶୁଚି କାହିଁକି ? ଆଉ ତା'ପରେ ହଠାତ୍ ଆମର ଭୟବୋଧ କୁଆଡ଼େ ଧୂଆଁବାଣ ପରି ଉଭେଇଗଲା । ଏଇ ଜଟାଜୁଟଧାରୀ ଦରବୁଢ଼ା ଲୋକଟା ଯେ ଆମର ହରିମାମୁ ସେ ବିଷୟରେ ସହସା ଆମେ ନିଃସନ୍ଦେହ ହେଲୁ ଏବଂ କହିବା ବାହୁଲ୍ୟ, ଏକ ଭିନ୍ନ ଉତ୍ତେଜନାରେ ସ୍ପନ୍ଦିତ ହେଲୁଁ ।

ଆଜନ୍ମରୁ ଆମ୍ଭେମାନେ ମାମୁଘର ସୁଖରେ ବଞ୍ଚିତ ଥିଲୁ । ଆମ ମୃତ ଅଜାଙ୍କର ଏକମାତ୍ର ଦାୟାଦ ଓ ଆମର ଏକମାତ୍ର ମାମୁ ହରିମାମୁ ତାଙ୍କର ଘର ଏବଂ ଅଳ୍ପ ଯାହାଟା ବା ଜମିବାଡ଼ି ଥିଲା ସେସବୁକୁ ଗ୍ରାମଦେବୀଙ୍କ ଉଦ୍ଦେଶ୍ୟରେ ସମର୍ପଣ କରିଦେଇ ସନ୍ନ୍ୟାସୀ ହୋଇଯାଇଥିଲେ । ବାପା ବିଲରୁ ଆସି ପହଞ୍ଚିଗଲେ । ଆରମ୍ଭ ହେଲା ପୁଣି ଗୋଟାଏ ଅଶ୍ରୁଳ ମିଳନ ।

ଅଥଚ ଏଇ ହରିମାମୁଙ୍କୁ ନେଇ ଆମମାନଙ୍କର କେତେ ଗର୍ବ ନଥିଲା ! କେତେ ଅହଂକାର ନଥିଲା ! ମାମୁଘରକୁ ଯିବା, ମାମୁ ମାଇଁଙ୍କ ସ୍ନେହ ଆଦର ପାଇବାର ସୁଖ ଆଜନ୍ମ ଲଭି ନଥିଲେ ବି ଖୋଦ୍ ଆମ ନିଜ ମାମୁ ଯେ ଭଗବାନଙ୍କ ପାଖ ଲୋକ । ଏଣୁ ଅନ୍ୟାନ୍ୟ ସାଙ୍ଗସାଥିମାନଙ୍କଠାରୁ ଆମର ଯେ ଭଗବାନଙ୍କ ସହିତ ଏକ ବିଶେଷ ଧରଣର ବନ୍ଧୁବାନ୍ଧବୀୟ ସମ୍ପର୍କ ଏଇ ଆସ୍ପର୍ଦ୍ଧାରେ ଆମେ ଆତଯାତ ହେଉଥିଲୁ ଏବଂ କଦବା କେମିତି ଅନ୍ୟ ବାଳୁଙ୍ଗା ପିଲାମାନଙ୍କୁ ଡରାଧମକା କରୁଥିଲୁ । ମାତ୍ର ଆମର ସେସବୁ ପ୍ରଚ୍ଛନ୍ନ ଗୌରବକୁ ଧୂଳିସାତ୍ କରିଦେଇ ତହିଁ ପରଦିନ ମାମୁଙ୍କର ସେଇ ମହିମାମୟ ଜଟାଜୁଟ ଏବଂ ନିଶଦାଢ଼ି ଆମ ଗାଁର ମୂଷା ବାରିକ କର୍ତ୍ତୃକଭୂପତିତ ହେଲା । ବାରିକ ପାଖରୁ ଚିକ୍କଣ ହୋଇ ଉଠିଆସିବା ପରେ ହରିମାମୁ ବୋଧହେଲେ ଅନ୍ୟାନ୍ୟ ସିଧାସିଧା ଦରବୁଢ଼ା ମଣିଷମାନଙ୍କ ଭଳି ପାର୍ଥିବ ।

କଥାଟା ସହସା ରାଷ୍ଟ୍ର ହେଲା । ଆମ ଗାଁ ଏବଂ ଆଖପାଖରେ । ସନ୍ନ୍ୟାସୀ ହରିଦାସ ମହାରାଜାଙ୍କର ସନ୍ନ୍ୟାସରୁ ସନ୍ନ୍ୟାସ । ଅଳ୍ପ କେତେଜଣ ସିନା 'ପୁଣି ମୂଷା' ବା 'ପୁନର୍ମୁଷିକ' ଆଦି ପଦମାନ ଉଦ୍ଧୃତ କରି କିଛିଦିନ ଛିଗୁଲେଇଲେ କିନ୍ତୁ ଅଧିକାଂଶ ସଂସାରତ୍ୟାଗ କରିପାରୁନଥିବା ଈଶ୍ୱରକାମୀ ଗୃହସ୍ଥମାନେ ଏକ ବିଶେଷ ଆଶ୍ୱାସନାରେ ସନ୍ତୁଷ୍ଟ ଦିଶିଲେ । ଆଯୌବନ ବଣଜଙ୍ଗଲରେ ବୁଲିବୁଲି ତପସ୍ୟାକରି ପଚାଶବର୍ଷ ବୟସ ହେଲାବେଳକୁ ସନ୍ନ୍ୟାସୀ, ଅଘରୀ ଆତ୍ମାଟିଏର ଯେଉଁ ଦିବ୍ୟ ଜ୍ଞାନ ଉଦୟ ହେବାରୁ ସେ ଗୃହସ୍ଥାଶ୍ରମକୁ ବାହୁଡ଼ି ଆସିଲା ବିନା ତପସ୍ୟାରେ ସେଇ ଜ୍ଞାନର ଅଧିକାରୀ ହୋଇ

ଥୋକେ ସତର ଅଠର ବର୍ଷ ବୟସରୁ ବାହାଚୁରା ହୋଇ ଅଧ୍ୟାବଧି ବେଙ୍ଗଫୁଲ ଭଳି ଅନେକ ସନ୍ତାନ ଉପୁଜାଇ ପାରିଥିବାରୁ ବୋଧହୁଏ ଆଶ୍ୱସ୍ତ ଦିଶୁଥିଲେ।

ହରିମାମୁ ଦିଶୁଥିଲେ ବହୁତ ବୟସ୍କ ଓ ଦୁର୍ବଳ। କାଶି ହେଉଥିଲେ ଅନେକବେଳେ। ଆମେମାନେ, ବିଶେଷତଃ ମୁଁ ମାମୁଙ୍କ ପାଖ ଛାଡୁ ନଥିଲି। କେତେ କେତେ ମଜା ଗପ, ଦେଶ ବିଦେଶର ଅସୁମାରି ଗପମାନ ଶୁଣିବାକୁ ମିଳୁଥିଲା। ହେଲେ ଯେତେ ଶୁଣିଲେ ବି ସେତେ ନୂଆ ଗପସବୁ ବାହାରି ଆସୁଥିଲା ତାଙ୍କ ଅକ୍ଷୟ ଭଣ୍ଡାରରୁ। ଆମ ଘର ଏବଂ ଗାଁର ପରିସୀମା ଭିତରେ ପେଷି ହୋଇ ଯାଉଥିବା ମୋର ସମସ୍ତ କୌତୂହଳର ଉଜ୍ଜୀବକ ହୋଇ ପଡ଼ିଲେ ହରିମାମୁ ଏବଂ ହୋଇପଡ଼ିଲେ ମୋ ସହିତ ବାହ୍ୟ ବ୍ରହ୍ମାଣ୍ଡର ଏବଂ ମୋ କଳ୍ପରାଜ୍ୟର ଯୋଗସୂତ୍ରଧର।

ମାମୁ ଆମରି ଘରେ ହିଁ ରହିବାକୁ ଲାଗିଲେ। ମଝିରେ ମଝିରେ କେବେ କେମିତି ନିଜ ଗାଁଆଡ଼େ ଯାଇ ବୁଲି ଆସନ୍ତି। ସେ ଦାନ କରିଦେଇଥିବା ତାଙ୍କ ଘର ଭିତରେ ଗ୍ରାମଦେବୀଙ୍କ ମନ୍ଦିର ତୋଳା ହୋଇଥାଏ। ସେଇ ମନ୍ଦିରରେ ରହିଯାଆନ୍ତି ରାତିରେ କେବେକେବେ, ପୁଣି ଫେରିଆସନ୍ତି ଆମ ଘରକୁ। ସେ ଆଉ ଆମ ଘରେ କୁଣିଆଁ ହୋଇ ରହିଲେ ନାହିଁ, ପାଲଟିଗଲେ ଜଣେ ସ୍ଥାୟୀ ସଦସ୍ୟ। ଏଥିରେ ଆମେ ପିଲାମାନେ ମହାଖୁସ୍ କିନ୍ତୁ କେଜାଣି କାହିଁକି ବାପା, ବୋଉ ଏତେ ଖୁସି ହେଉନଥିଲେ। ଧୀରେ ଧୀରେ ବରଂ ସେମାନେ ଅଶାନ୍ତି ଏବଂ ବିରକ୍ତ ହୋଇ ପଡୁଥିବାର ମୁଁ ଅନେକ ଥର ଲକ୍ଷ୍ୟ କରିଚି।

ସନ୍ଧ୍ୟା ହେଲେ ବୋଉ ଲଣ୍ଠନ ଲଗାଏ। ମାମୁଁ ଘଣ୍ଟାଏ ଖଣ୍ଡେ ବସି ନୀରବରେ ଧ୍ୟାନ କରନ୍ତି। ଧ୍ୟାନ ସରିଲାପରେ ଲଣ୍ଠନ ଧରି ବାରଣ୍ଡାକୁ ଆସି ଆମକୁ ପାଠ ପଢ଼ାନ୍ତି। ପାଠ ପଢ଼ା ସରିଲାପରେ ଆମେ ଗପ ଶୁଣିବାକୁ ଅଡ଼ିବସୁ। ମାମୁ କହନ୍ତି ବ୍ରହ୍ମରାକ୍ଷସ କଥା, ବୁଢ଼ୀ ଅସୁରୁଣୀ କଥା, ବାଘଭାଲୁଙ୍କ କଥା, ପରୀ, ରାଜକନ୍ୟା କଥା ଏବଂ ଆହୁରି ଅନେକ କଥା। ମୋର କଳ୍ପନା କୁଆଡ଼େ କୁଆଡ଼େ ଡେଇଁ ଚାଲିଯାଏ ଲଗାମ୍‌ଛଡ଼ା ହୋଇ। ମୁଁ ଢୁଳାଇ ଢୁଳାଇ 'ହୁଁ' ଟି ମାନ ମାରିଚାଲେ ଏବଂ ମାମୁ ଗପଟିମାନ କହିଚାଲନ୍ତି।

ଦିନେ ମୁଁ ପଚାରିଲି-ମାମୁ, ତମେ ଭଗବାନଙ୍କୁ ଦେଖିଚ ? ପଚାରିସାରି ଉତ୍କଣ୍ଠାରେ ତାଙ୍କ ମୁହଁକୁ ତରାଟି ଚାହିଁ ରହିଲି। ମୋର ଆଗ୍ରହାତିଶଯ୍ୟକୁ ଲକ୍ଷ୍ୟ କରି କି ରକମ୍ ଅସହାୟଭାବେ ମାମୁ ମୋତେ ଅନେଇଁ କହିଲେ-ନାଇଁରେ।

ମୁଁ କହିଲି-ତମେ ଲୁଚୋଉଚ ମାମୁ। ମିଛ କହୁଚ। ଏତେ ବର୍ଷ ଧରି ବାବାଜୀ

ହୋଇଥିଲ ଏବେ କହୁଚ ଭଗବାନଙ୍କୁ ଦେଖିନ ବୋଲି। ସତ କହୁନ ତାଙ୍କ ଚେହେରା କେମିତି ? ସେ କ'ଣ ବହୁତ ବଡ଼ ? ବିରାଟ ?

ମାମୁ କିଛି ନକହି ଚୁପ୍ ରହିଲେ। ନୀରବରେ ମୋ ମୁହଁକୁ ସେମିତି ଅନେଇ ଥାଆନ୍ତି। କିଛିକ୍ଷଣ ପରେ ପରେ କହିଲେ- 'ମୁଁ ଅଭାଗା ସିନା ତାଙ୍କୁ ଦେଖିପାରିଲି ନାହିଁ ହେଲେ ତୁ ନିଶ୍ଚୟ ଦେଖିପାରିବୁ। ତୁ ମତେ କହିବୁ ସେ ଦେଖିବାକୁ କେମିତିକା ଯଦି ମୁଁ ସେଯାଏ ବଞ୍ଚିଥାଏ।' ମୁଁ ସେଇଠୁ ବଡ଼ ଜୋରରେ ହସିଦେଇ କହିଲି- 'ହଉ, ଭଗବାନଙ୍କ କଥା ଛାଡ଼। ମାମୁ ତମେ ପରୀ ଦେଖିଚ ? ଅପସ୍ରା ଦେଖିଚ ? ସେମାନେ ସବୁ କେତେ ସୁନ୍ଦର ଯେ ?

ଏଥର ମାମୁଙ୍କ କଣ୍ଠ ଭଙ୍ଗା ଭଙ୍ଗା ଶୁଣାଗଲା। ମୋ ମୁହଁକୁ ଆଉଁଷିଦେଇ କହିଲେ- 'ନାଇଁରେ, ପରୀ ବି ମୁଁ ନିଜେ ଦେଖିନାହିଁ। ଭଗବାନ, ପରୀ, ଅପ୍‌ସରା କାହାକୁ ହେଲେ ପାଇବା ସହଜ ନୁହେଁ। ଅନ୍ତତଃ ଜୀବନରେ କାହାକୁ ମୁଁ ଦେଖିପାରିଲି ନାହିଁ।'

ତା'ପରେ ମାମୁ ଅନ୍ୟ ନୂଆ ଗପ କହିବାକୁ ଆରମ୍ଭ କଲେ ମାତ୍ର ମୋର ମନ ମାନୁନଥାଏ। ଅବଶ୍ୟ ମତେ ସେତେବେଳକୁ ଟିକିଏ ନିଦ ଲାଗି ଆସିଲାଣି। ମାମୁ ଯେ ଆଜିକାଲି ମିଛ କହିବାକୁ ଆରମ୍ଭ କଲେଣି ଏ ପ୍ରକାରର ଗୋଟିଏ କ୍ଷୋଭ ମନ ଭିତରେ ନେଇ ମୁଁ ସେଦିନ ଶୋଇପଡ଼ିଲି।

ମାମୁ ଶାଗବାଡ଼ିରେ ପାଣି ପକାନ୍ତି। ଘରର ଅନ୍ୟାନ୍ୟ କାମଦାମ ଯାହା ଯେମିତି ପାରନ୍ତି କରି ପକାନ୍ତି। ଟିକିଏ ଅଧିକ ଧାଁ ଧଉଡ଼ କଲେ ଥକି ପଡ଼ନ୍ତି, କାଶୁ ଥାଆନ୍ତି। ମତେ ଏସବୁ ପସନ୍ଦ ଲାଗେନାହିଁ। ମୋର ଇଚ୍ଛା ସେ ସବୁବେଳେ ମୋ ପାଖରେ ଥାଆନ୍ତୁ। ଆମ ଘରର ପଛକଡୁ ହିଡ଼େ ହିଡ଼େ କେତେଗୁଡ଼ାଏ ଧାନବିଲ ଡେଇଁଗଲେ ଗୋଚର ପଡ଼ିଆ ପଡ଼େ। ପାଖରେ ଥାଏ ପୋଖରୀ। ପୋଖରୀ ହୁଡ଼ାଯାକ ଆମ୍ବ, ବର ଆଦି ଅନେକ ବଡ଼ବଡ଼ ଗଛ ବେଢ଼ିଥାଏ। ଗୋଚର ଡେଇଁଗଲେ ପଡ଼େ ପଥୁରିଆ ଟାଙ୍ଗରା ପଡ଼ିଆ। ସେଠି ମାଙ୍କଡ଼ା ପଥର କଟାଯାଏ। ପଡ଼ିଆଯାକ ବିଛେଇ ହୋଇ ପଡ଼ିଥାଏ ଲାଲ୍ ରଙ୍ଗର ଅପର୍ଯ୍ୟାପ୍ତ ସାନସାନ ଗୋଡ଼ି। କିନ୍ତୁ ଘାସଭର୍ତ୍ତି ଗୋଚର ପଡ଼ିଆଟା ଦିଶୁଥାଏ ଗାଢ଼ ଶାଗୁଆ ରଙ୍ଗର ଗୋଟାଏ ଗାଲିଚା ପରି। ହରିମାମୁଙ୍କ କାନ୍ଧରେ ବସି ଏଇ ପଡ଼ିଆ ଆଉ ପୋଖରୀ ହୁଡ଼ାରେ ବୁଲିବା ଏତେ ସୁଖଦ ଯେ 'ତା' କେବଳ ମୋ'ପରି ଅନୁଭବୀ ହିଁ ଜାଣେ। କାନ୍ଧରେ ବସି ଲହସି ଲହସି ବରଫଳ ତୋଳି ପୋଖରୀ ଭିତରକୁ ଟୁବ୍ ଟୁବ୍ କରି ପକେଇବା, କଷି ଆମ୍ବ ତୋଳିବା ପରି ମୋର ଗୌରବମୟ କାର୍ଯ୍ୟକଳାପ ମୋ ସମବୟସ୍କମାନଙ୍କ ଦୁର୍ବାର ଈର୍ଷ୍ୟାର କାରଣ ହୋଇ ପଡ଼ିଥିଲା।

ମାମୁଙ୍କ ଆଦ୍ୟଯୌବନରେ ଗୋଟାଏ ବିବାହ-ହିନସ୍ତା ଯୋଗ ପଡ଼ିଥିଲା ବୋଲି ବୋଉ କହେ। ବୋଉ ସେତେବେଳେ ଏକଦମ୍ ପିଲା। ମାମୁଙ୍କର ବାହାଘର ଲାଗିଥାଏ। ସେତେବେଳେ ଜୁଆନ୍ ମାମୁ ବିଚରା ବାହାଘର ପୂର୍ବଦିନ ବାହାକର୍ମ ପାଇଁ ଆମ୍ବପତ୍ର ତୋଳିବାକୁ ପ୍ରବଳ ଉତ୍କଣ୍ଠାରେ ନିଜେ ନିଜେ ଆମ୍ବଗଛକୁ ଚଢ଼ିଯାଇ ଗଛରୁ ପଡ଼ିଯାଇ ଗୋଡ଼ ଭାଙ୍ଗିଦେଲେ। ଛଅମାସ କାଳ ପଡ଼ିରହିଲେ ବିଛଣାରେ। କନ୍ୟା ଅନ୍ୟତ୍ର ବିବାହ କଲା। କିଏ ଜାଣିଥିଲା ଯେ ସେତେବେଳର ଚୁଲବୁଲିଆ ଛିଗୁଲିଆ ଟୋକାଖଣ୍ଡକ ଶେଷରେ ଘରସଂସାର ତୁଚ୍ଛକରି ଗୃହତ୍ୟାଗୀ ସନ୍ନ୍ୟାସୀ ହୋଇଯିବ ? କିଏବା ପୁଣି ଜାଣିଥିଲା ଯେ ପାଖାପାଖି ଦୀର୍ଘ କୋଡ଼ିଏବର୍ଷ ଉତ୍ତାରେ ସେ ପୁନଃପ୍ରବେଶ କରିବେ ଦୁନିଆଁରେ ? ଆମ୍ଭମାନଙ୍କୁ ରଜାଘର ଗପ, ବାଘଭାଲୁ ଗପ ଆଉ ପରୀମାନଙ୍କ ଗପ ଶୁଣେଇବେ ? ମତେ କାନ୍ଧରେ ବସାଇ ପଡ଼ିଆଯାକ, ଧାନବିଲଯାକ ବୁଲାଇବେ ?

ବାପା ବୋଉ ଧୀରେ ଧୀରେ ଅଶାନ୍ତି ହୁଅନ୍ତି। ମାମୁଁ ତାଙ୍କୁ ଅଯଥା ହଇରାଣ କରୁଚନ୍ତି ବୋଲି ଫୁଟ୍‌ଫାଟ୍ ହୋଇ କଥା ହୁଅନ୍ତି ରାତିରେ। ମୁଁ ଲକ୍ଷ୍ୟ କଲି ମାମୁ ବାପାଙ୍କଠାରୁ ବୟସରେ ଅନେକ ବଡ଼ ହେଲେ ସୁଦ୍ଧା ବାପା ତାଙ୍କୁ ଆଗପରି ଭକ୍ତି କରୁନାହାନ୍ତି। ମାମୁ ଅନୁମାନ କରି ବାପାଙ୍କୁ କହିଲେ- ଦେଖିରେ ସନାତନ, ମୁଁ ଖାଲି ବସି ରହିନାହିଁ। ଘରର କାମଦାମ ଯାହା ଯେମିତି ପାରିବି କରିବି। ପିଲାଙ୍କ ଦାୟିତ୍ୱ ନେବି। ଏବେ କୁଆଡ଼େ ଆଉ ଯିବି ମୁଁ? ହଁ, ଅବଶ୍ୟ ଆଉ ଗୋଟିଏ ଯାଗାକୁ ଯାଇ ହୁଅନ୍ତା ଯେ ହେଲେ ତମେମାନେ ତ ଆପଣାର। ଏଇଠି ଟିକିଏ ତମମାନଙ୍କ ମାୟା ଲାଗିଯାଇଚି ବୋଲି। ବେଶି ଏଇ ପିଲାମାନଙ୍କର !

– 'ହେଲେ ଆସିବ କୁଆଡୁ ?' ବୋଲି କହିଦେଇ ବାପା ବିରକ୍ତିରେ ବିଲକୁ ପଳାନ୍ତି। ଆମେ ପିଲାମାନେ ଡରିବାଭଳି ଚୁପ୍‌ଚାପ୍ ବସିରହୁ। ହରିମାମୁ ତାଙ୍କ ବ୍ୟାଗଟା ଆଉ ବାଡ଼ିଖଣ୍ଡକ ଧରି ଅଗତ୍ୟା ବାହାରି ଚାଲି ଯାଆନ୍ତି। ନିଜ ଗାଁର ଘରଡିହରେ ତ ମନ୍ଦିର ତୋଳା ହୋଇଚି, ବୋଧହୁଏ ଅନ୍ୟ କୁଆଡ଼େ। କେତେଦିନ ମୁଁ ମାମୁଙ୍କ ଅଭାବରେ ଛଟପଟ ହୁଏ। ବାପାବୋଉଙ୍କ ଉପରେ ମନେମନେ ଚିଡ଼େ। ମାତ୍ର କିଛି ଦିନପରେ ପୁଣି ଦେଖିଲାବେଳକୁ ହରିମାମୁ ସେଇ ବ୍ୟାଗ୍ ଏବଂ ବାଡ଼ି ଖଣ୍ଡକ ଧରି ହାଜର (କ'ଣ ଅନ୍ୟ ସମସ୍ତେ ବି ତାଙ୍କୁ ଏମିତି ଗାଳି କରନ୍ତି କି ?) ପିଣ୍ଡାଉପରେ ବସିପଡ଼ି ମାମୁ ପାଟିକରି ବୋଉକୁ ଡାକନ୍ତି- 'ଆରେ ଲକ୍ଷ୍ମୀ, ପାଲି ଗିଲାସେ ଦେଲୁ। ଶୋଷରେ ତଣ୍ଟି ଶୁଖିଗଲାଣି ମୋର। ଓଃ, ଏ କି ଭୟଙ୍କର ଖରା।' ବୋଉ ଚୁପ୍‌ଚାପ୍ ପାଣି ଗିଲାସେ ଥୋଇଦିଏ। ଗିଲାସ ତଳୁ ଉଠାଇ ବୋଉ ମୁହଁକୁ ଅନେଇ ହସିଲାପରି ମାମୁ କହନ୍ତି-ତମକୁ ସବୁ ଛାଡ଼ି ମୁଁ କ'ଣ କୁଆଡ଼େ ରହିପାରିବି ବେଶିଦିନ ?

ମୋ ହାତକୁ ବ୍ୟାଗଟା ବଢ଼େଇଦିଅନ୍ତି। ବାପା ଦେଖନ୍ତି, ଖିଟ୍‌ମିଟ୍ ହୁଅନ୍ତି ପୁଣି ଚୁପ୍ ରହନ୍ତି।

ଥରେ ଆମେ ଦି'ଭାଇ ଜ୍ୟାମିତିବାକ୍ସ ପାଇଁ କାନ୍ଦିଲୁ। ଖାଲି ମାଗିଲେ ବାପାଙ୍କଠାରୁ କେବେହେଲେ କିଛି ମିଳିବା ସମ୍ଭବ ନୁହେଁ। ବାପା ବିରକ୍ତ ହେଉଥାନ୍ତି। ଦିନ କେଇଟା ସମ୍ଭାଳି ନବାକୁ କହୁଥାନ୍ତି। ମାତ୍ର ମାଷ୍ଟ୍ରଙ୍କଠାରି ଗାଳି ଖାଇଥିବାରୁ ବିନା ଜ୍ୟାମିତି ବାକ୍ସରେ ଆମେ କେମିତି ପାଠ ପଢ଼ିବୁ ବୋଲି ଅଡ଼ି ବସିଥାଉଁ। ବାପା ତାଏଁକିନା ଦି'ଟା ଚଟକଣି କଷିଦେଇ କହୁଥାନ୍ତି-ଭାରି ପାଠପଢୁଆ ଫିଟିଚି ! ଦେଖିବି ସେ ପଣ୍ଡିତ ମାଷ୍ଟର କିଏ, ଦିନ କେଇଟା ସବୁର୍ କରୁନାଇଁ।

ଠିକ୍ ଏତିକିବେଳେ ହରିମାମୁ ପୁଣି ତିନିଦିନ ପାଇଁ କୁଆଡ଼େ ଗାଏବ୍ ହୋଇଗଲେ। ଫେରିଲାବେଳକୁ ନୂଆ ଜ୍ୟାମିତି ବାକ୍ସଟିଏ ସାଙ୍ଗରେ ଧରି ଆସିଥାନ୍ତି। ତା'ସାଙ୍ଗକୁ କେତେଟା ରଙ୍ଗୀନ୍ ପେନ୍‌ସିଲ୍ ଆଉ ରବର। ଆମେ ଖୁସିରେ କୁଦି ଉଠିଲୁ। ମାମୁଙ୍କ କୋଳରେ ପିଠିରେ ଲଦି ହୋଇପଡ଼ିଲୁ। ବାପାବୋଉ ଚୁପ୍‌ଚାପ୍ ରହିଲେ। ଆପାତତଃ ସେ ସମସ୍ୟାର ସମାଧାନ ହୋଇଗଲା ବୋଲି ଧରିନେଲାବେଳକୁ ତା'ର ଦି'ଦିନ ପରେ ହଠାତ୍ ବାପା ଗର୍ଜି ଉଠିଲେ ସିଧା ହରିମାମୁଙ୍କ ଉପରେ।

ହରିଭାଇ ମୋ ଇଜ୍ଜତ୍ ଟିକକ ଧୂଳିରେ ପକେଇବାକୁ ଏଠିକି ଆସିଥିଲ ? ଛୁଆଙ୍କ ଜିନିଷ ଟିକିଏ ମୋର ହାତ ଫେରହୋଇଥିଲେ ଦି'ଦିନ ବାଦ୍ ମୁଁ କିଣି ଦେଇଥାନ୍ତି। ତମେ ଏଠି ଲୁଚିକରି ଦୂର ଗାଁରେ ମୂଲ ମଜୁରୀ କରିବାକୁ ଚାଲିଗଲ କାହିଁକି ? କ'ଣ ଏତେ ଜରୁରୀ ପଡ଼ିଲା ? ଦିନ କେଇଟାରେ କୋଉ ମହାଭାରତ ଅଶୁଦ୍ଧ ହୋଇଯାଉଥିଲା ? ଶ୍ୱଶୁରଙ୍କ ଅଭଲ୍ ନମ୍ବର ଜମିସବୁ ଗାଁରେ ଦାନ କରିଦେଇ ବାବାଜୀ ହୋଇ ଚାଲିଗଲ। ହିରଶ୍ଚନ୍ଦ୍ର ପାଲଟିଗଲ। ତମର ଯେ ଭଣଜାଭାଣିଜୀ ହେବେ ସେତେବେଳକୁ ଏକଥା ଥରେ ଚିନ୍ତାକଲ ନାହିଁ। ଶେଷରେ ଏବେ ମୂଲ ଲାଗିକରି ସ୍ନେହ ଦେଖାଉଚ ?

ମାମୁ ଡରିମରି କହିଲେ- ଯା ହେଲା ହେଲା ସେକଥା ଆଉ କାହିଁକି ଧରୁଚୁରେ ସନାତନ ? ପରିଶ୍ରମ କଲି ସେଥିରେ ଆଉ ଲାଜ କ'ଣ ? ଏବେ ବଡ଼ ଦୁର୍ବଳ ଲାଗୁଚି। ବୁଢ଼ା ତ ହେଲିଣି ଆଉ କ'ଣ ଖଟି ପାରିବି ? ପିଲାଗୁଡ଼ାକ ଅଝଟ ଦିହରେ ଗଲାନି।

ବାପା କହିଲେ- ଗାଁ ଠାକୁର ପାଣ୍ଠିକୁ ମୌକିକରେ ଦେଇଚ। ଲେଖାପଢ଼ା ତ ହୋଇନାହିଁ, ଏବେ ଥରେ ପଚାରିକି ଦେଖ ! ଆମେ ତ ଆଉ ଏଠି କ୍ଷୀରିପୁରିରେ ଭାସୁନାହୁଁ।

ମାମୁ ଏଥର ବଡ଼ କରୁଣଭାବରେ ବାପାଙ୍କୁ ଅନେଇଲେ। ମତେ ବଡ଼ କଷ୍ଟ ଲାଗିଲା। ମୁଁ ସନ୍ଧ୍ୟାବେଳେ ମାମୁଙ୍କ କାନ୍ଧରେ ଝୁଲିଝୁଲି ତାଙ୍କ କାନରେ ଫିସ୍ ଫିସ୍ କରି କହିଲି- 'ବାପା ବଡ଼ ବଦ୍‌ରାଗୀ ଲୋକ ମାମୁ। ତମେ ତାଙ୍କ କଥାରେ ରାଗ କରୁଚ କି? ଟିକିଏ ରୁହ ଖାଲି ମୁଁ ବଡ଼ ହୋଇଯାଏ। ତମକୁ କେତେ ମଉଜରେ ରଖିବି।' ମାମୁଙ୍କ ଆଖି ହଠାତ୍ ପାଣିଚିଆ ହୋଇଗଲା। ମତେ ଛାତି ଉପରକୁ ଆଉଜେଇ ନେଇ ମୋ ଦେହଯାକ ବୋକ ଦେବାକୁ ଲାଗିଲେ।

ପରଦିନ ସକାଳେ ଆମେ ଭାଇମାନେ ପିଣ୍ଡାରେ ବସି ଭୂଗୋଳ ଘୋଷୁଚୁ, ମାମୁ ବୋଉକୁ ଡାକି କହିଲେ- 'ଆରେ ଲକ୍ଷ୍ମୀ, ଇଆଡ଼େ ଟିକିଏ ଆସିଲୁ। ତୋ ପାଖରେ ମୋର ଗୋଟାଏ ଅଳି ଅଛି ରଖିବୁ? କେତେ ଦିନରୁ କହିବି କହିବି ହେଉଚି।'

ବୋଉ କହିଲା- ଅଳି? କି ଅଳିମ? ମତେ ଏମିତି ଛାନିଆ କରାଉଚୁ କାହିଁକି? ସଫା ସଫା କହୁନୁ ହରିଭାଇ।

ହରିମାମୁ ମୋରି ଆଡ଼କୁ ଆଙ୍ଗୁଳି ଦେଖେଇ କହିଲେ- ୟା'କୁ ମତେ ଦେଇଦେ।'

ବୋଉ ଚମକି ପଡ଼ିଲାଭଳି କହିଲା- 'ହରିଭାଇ, ଇଏ କି କାଳ କଥା ତୁ ତୁଣ୍ଡରେ ଧରୁଚୁ? ଦଶମାସ ପେଟରେ ଧରିଚି ତାକୁ। ତତେ ଦେଇଦେବି କେମିତି? ତାକୁ କ'ଣ ତୋ'ଭଳି ପାଗଳା ବନେଇବୁ? ଇଏ କି ସଂସାର କରିବାକୁ ବସିଚୁ ତୁ? ମୋ ଗଣ୍ଠିଧନକୁ ମାଗିବସୁଚୁ? ଛି, ଛି, ଏକଥା କେମିତି ତୋ ତୁଣ୍ଡରୁ ବାହାରିଲା?' ବୋଉ ଉତ୍ତେଜନାରେ କାନ୍ଦିବାକୁ ଲାଗିଲା। ମାମୁ ଚୁପ୍ ରହିଲେ। ବାପା ଜାଣିଲାରୁ ପାଟିକରି କହିଲେ- ତମକୁ ଦେବା ଅପେକ୍ଷା ତା' ତଣ୍ଟି ଚିପି ନ ଦେବି କାହିଁକି? ତମର ତ ନିଜ ରକ୍ଷଣ ଅସମ୍ଭାଳ। କୋଉ ବିବେକରେ ମାଗିବସିଚ ତାକୁ? ତମ ମୁଣ୍ଡ ଠିକ୍ ଅଛି ତ? ଛି ଛି!

ସେ ଦିନ ଉପରବେଳା ମୁଁ ହରିମାମୁଙ୍କ ସାଙ୍ଗରେ ସେଇ ପୋଖରୀ ଧାରରେ ଗୋଚର ଆଡ଼େ ବୁଲି ବାହାରିଲି। ତାଙ୍କ କାନ୍ଧ ଉପରେ ଛତ୍ରପତି ସମ୍ରାଟ ଭଳି ବସିଥାଏ। ପୋଖରୀ ପାଖ ବରଗଛ ମୂଳେ କାନ୍ଧରୁ ଓହ୍ଲେଇ ମାମୁ ହାମୁଡ଼େଇ ଚାରିଗୋଡ଼ିଆ ହୋଇ କହିଲେ- 'ମୁଁ ଘୋଡ଼ା ହେଲି। ତୁ ସବାର୍ ହେ।' ମୁଁ କହିଲି- 'ମାମୁ, ମୁଁ ତ ବଡ଼ପିଲା ହେଲିଣି। ଆଉ କ'ଣ ଘୋଡ଼ାଚାଲ୍ ଖେଳିପାରିବି? ମାମୁ କହିଲେ- 'ଆରେ ତୁ ଚେଷ୍ଟା କରୁନୁ ଟିକେ।' ମୁଁ ବସିଲି। କିନ୍ତୁ ବସିଲାପରେ ବି ମୋ ଦି'ଗୋଡ଼ ଦି'କଡ଼ ମାଟି ଉପରେ ଲାଗିଯାଉଥାଏ। ଏଣୁ ଘୋଡ଼ାଖେଳ ଭଲଭାବେ ଖେଳି ହେଲାନି। ଅଗତ୍ୟା ବନ୍ଦ କରି ମାମୁ କହିଲେ-ହଁରେ, ସତରେ ତୁ ତ ବଡ଼ପିଲା।'

ତାପରେ 'ମତେ ଛୁଁ' ଖେଳ ଖେଳିଲୁ। କିନ୍ତୁ ମାମୁ ଆଦୌ ଦୌଡ଼ିପାରୁ ନଥିଲେ। ଖାଲି କାଶି ହେଲେ। ପୋଖରୀ ହୁଡ଼ା ପଥର ଉପରେ ଚୁପ୍‌ଚାପ୍ ବସିଲୁ। ଘରକୁ ଫେରିବା ପାଇଁ ମୁଁ ମାମୁଙ୍କୁ ହଲାଇଦେଇ କହିଲି- 'ମାମୁ, ମାମୁ ଚାଲୁନ ଯିବା।' ମାମୁ ଅନ୍ୟମନସ୍କ ହୋଇ ବସିଥିଲେ। ମୋ ଡାକରେ ଚମକିପଡ଼ିଲା ପରି ମତେ ଅନେଇ ରହିଲେ ଚୁପ୍‌ଚାପ୍। ହଠାତ୍ କହିଲେ-

- ତୁ ଆଉ ମତେ ମାମୁ ବୋଲି ଡାକିବୁ ନାହିଁ।

ମୁଁ ପଚାରିଲି- 'କାହିଁକି ? ଆଉ କ'ଣ ଡାକିବି ?'

- ବାପା !

- ନା, ନା ମୋ ବାପା ତ ଘରେ ଅଛନ୍ତି। ତମେ ହେଉଚ ମାମୁ, ଆମ ହରିମାମୁ। ତମକୁ ବାପା ବୋଲି କାହିଁକି ଡାକିବି ମିଛଟାରେ ? ବାପା ଜାଣିଲେ ବିଗିଡ଼ିବେ।

- ଥରୁଟିଏ ଡାକିଦେ।' କେହି ଶୁଣିପାରିବେ ନାଇଁରେ ମୋ ଛଡ଼ା। ନହେଲେ କାନରେ ଫିସ୍‌କିନା କହିଦେ ଥରେ।

ମାତ୍ର ମୁଁ ମନାକଲି। କହିଲି- 'କାହିଁକି ଯେ ?'

ମାମୁ କିଛି ସମୟ ଚୁପ୍‌ଚାପ୍ ବସିରହିଲେ। କହିଲେ- ଆଉ କ'ଣ କେବେ ଦେଖା ହୋଇପାରିବ ତୋ ସାଙ୍ଗରେ ? ଥରେ ଡାକିଦେଲେ କ'ଣ ହାନି ହୋଇଯିବରେ ତୋ'ର ?

- 'ମାମୁ ତମେ ନିଜେ ପରା ମତେ ମିଛ କଥା କହିବାକୁ ମନାକର। ସବୁବେଳେ କେବଳ ସତ କହିବାକୁ କହିଥିଲ। ଏବେ ଜାଣୁଜାଣୁ ମୁଁ କେମିତି ମିଛ କଥାଟା କହିବି ଯେ ?'

ମାମୁ ମୋ ମୁହଁ ଆଡ଼କୁ ଆଖି ପକେଇ କହିଲେ- 'ଆରେ ହଁ ତ, ଠିକ୍ କଥା। ମିଛ କଥା ତୁ କାହିଁକି କହିବୁ? ତୁ ସବୁବେଳେ ସତ କହିବୁ। ଭଲ ମଣିଷ ହେବୁ।'

କିଛି ସମୟ ଚୁପ୍‌ଚାପ୍ ହୋଇ ବସି ରହିବା ପରେ ବେଦମ୍ କାଶିଲେ ମାମୁ। କହିଲେ- 'ହଉ ଉଠ୍, ଏଥର ଯିବା ଚାଲ୍। ମତେ ତ ଅନେକ ବାଟ ଚାଲିବାକୁ ହେବ। ଅନ୍ଧାର ହୋଇଯିବ। ମୁଁ ଏଇଠୁ ଅନେଇଚି ତୁ ଘରକୁ ପଳା !'

ମୁଁ ଆସୁ ଆସୁ କହିଲି- 'ଶୀଘ୍ର ଆସିବ ମାମୁ! ଆରେ ତମ ବ୍ୟାଗ୍ ଆଉ ବାଡ଼ି ଘରେ ଛାଡ଼ିଗଲ ଯେ!'

ମାମୁ କହିଲେ- 'ଥାଉ' !

ବାସ୍ ସେତିକି ଯାହା। ହରିମାମୁ ଆଉ ବାହୁଡ଼ିଲେ ନାହିଁ। କୁଆଡ଼େ ଗଲେ କେଜାଣି ? ■

ଆରଣ୍ୟକ ନିବାସ

ଆରଣ୍ୟକ ନିବାସର ନିଷ୍ପ୍ରାଣ ପଥର ଚଟାଣ ଏବଂ ହାଡ଼ମାଂସର ମରଣଶୀଳ କେଇଜଣ କର୍ମଚାରୀଙ୍କୁ ହତଚକିତ କରିଦେଇ ସେଦିନର ଅଳସ ଅପରାହ୍ଣରେ ଓହ୍ଲାଇ ଆସିଥିଲା ସେଠିକି ତାରାଟିଏ। ହେଲେ ସିଏ ତ ଅନ୍ତରୀକ୍ଷର ଗତାନୁଗତିକ ମାମୁଲି ତାରା ନୁହେଁ ବରଂ ସେସବୁ ଅସହାୟ ଜ୍ୱଳନ୍ତ ପିଣ୍ଡମାନଙ୍କଠାରୁ ଯଥେଷ୍ଟ ଅଧିକ ଚମକପ୍ରଦ ଆଉ ଲୋଭନୀୟ- ପ୍ରସିଦ୍ଧ ଚିତ୍ର ତାରକା କୁମାରୀ ଚିତ୍ରାଙ୍ଗଦା। ଚିତ୍ରାଙ୍ଗଦା ବା ଚିତ୍ରା ହେଲା ତାଙ୍କ ପରଦାନାମ, ମାତ୍ର ଆରଣ୍ୟକ ନିବାସର ଯୁବ କର୍ମଚାରୀ ଗୋପାଳ ସାହୁ ପରି ଅଭିନେତ୍ରୀଙ୍କର କେତେଜଣ ଅତି ସଚ୍ଚୋଟ ଆଉ ଖାସ୍ ଫ୍ୟାନ୍ କଥାକଥାକେ ତାଙ୍କ ପିତୃଦତ୍ତ ନାମ ଉଚ୍ଚାରଣ କରି ଗୋପିକା ଗିଡ଼ୱାନୀ ବୋଲି କହି ପକାନ୍ତି ଏବଂ ସେତେବେଳେ ମୁଖଭଙ୍ଗୀରୁ ଯେଉଁ ଗଡ଼ଜୟୀ ସନ୍ତୋଷ ଦୃଶ୍ୟମାନ ହୁଏ ସେଥିରେ ଲୁଚି ରହିଥାଏ ନାମ ସମ୍ବନ୍ଧୀୟ ଏ ଗୋପନୀୟତାର ମାଲିକାନା ଭାବ।

ଚିତ୍ରା ଆସିଛନ୍ତି! ପରଦାରେ ଯାହାଙ୍କ ଓଷ୍ଠର ସାମାନ୍ୟ କମ୍ପନ, ଆଖିର କାରିଗରୀ ଚାହାଣୀରେ ହଁ ଓ ନା ମଝିରେ ଝୁଲୁଥିବା ଦୁର୍ବୋଧ ଭାଷା ଏବଂ ସର୍ବୋପରି ଝରଣା ହେଉ ବା ନଦୀ, ସମୁଦ୍ର ହେଉ ନତୁବା ସୁଇମିଂ ପୁଲ୍ ପ୍ରାୟ ସବୁଠି ମତ୍ସ୍ୟକନ୍ୟା ପରି ସନ୍ତରଣରତା ଚିତ୍ରାଙ୍କର ଛବିଟିମାନ ଦିନ ଦିନ ଧରି ଚିତ୍ତକୁ ଚହଲେଇ ଚାଲିଛି। ରାତିମାନଙ୍କ କଥା ବରଂ ନ କହିବା ଭଲ। ଗୋପାଳ ସଳଖି ବସିଲା। ହାତଟାକୁ ଚିମୁଟି ଦେଇ କହିଲା- ସତରେ! ବିଶ୍ୱାସ ହେଉନାହିଁ।

ଆରଣ୍ୟକ ନିବାସ ହେଉଛି ସରକାରୀ ପର୍ଯ୍ୟଟନ ବିଭାଗର ଗୋଟିଏ ଛୋଟକାଟିଆ 'ଟୁରିଷ୍ଟହୋମ୍'। ଦେଶର ମୂଳ ଭୂଖଣ୍ଡଠାରୁ କିଛି ଦୂରରେ ବଙ୍ଗୋପସାଗର ଭିତରେ ଗୋଟିଏ କୁନି ଦ୍ୱୀପ। କାଠୁରିଆର ଚୋଟ ଲାଗି ନଥିବା କିମ୍ବା ବିଧିବଦ୍ଧଭାବେ

ବାଣୁଆର ଗୁଳି ଶବ୍ଦ ଶୁଣି ନଥିବା ଏଠାକାର ସତୀ ଜଙ୍ଗଲର ଜାଙ୍ଗଲିକ ସୁଷମା ଉପଭୋଗ କରିବାକୁ ମାଲ୍‌ଦାର ସହରୀ ପର୍ଯ୍ୟଟକମାନଙ୍କ ସକାଶେ ରାଜ୍ୟ ଜଙ୍ଗଲ ନିଗମ ଏବଂ ପର୍ଯ୍ୟଟନ ବିଭାଗର ମିଳିତ ଆନୁକୂଲ୍ୟରେ ଗତବର୍ଷ ତିଆରି ହୋଇଛି ଆରଣ୍ୟକ ନିବାସ। ତିଆରି ହେବାର ବର୍ଷକ ଭିତରେ ସିନେ ଅଭିନେତ୍ରୀ ଚିତ୍ରା ହେଉଛନ୍ତି ଏଠିକି ପଧାରିଥିବା ଦ୍ୱିତୀୟ ପ୍ରସିଦ୍ଧ ବ୍ୟକ୍ତିତ୍ୱ। ପ୍ରଥମେ ଥରେ ଗସ୍ତରେ ଆସିଥିଲେ ଜଙ୍ଗଲ ବଭାଗର ଖୋଦ୍ ରାଷ୍ଟ୍ରମନ୍ତ୍ରୀ।

ଦେଶର ଅବକ୍ଷୟମାନ ଜଙ୍ଗଲ ସମ୍ପଦର ଅବଶିଷ୍ଟାଂଶକୁ ସ୍ୱଚକ୍ଷୁରେ ଦେଖିବା ଥିଲା ଉଦୀୟମାନ ରାଷ୍ଟ୍ରମନ୍ତ୍ରୀ ମହୋଦୟଙ୍କ ସରକାରୀ ଗସ୍ତର ଉଦ୍ଦେଶ୍ୟ। ବିଚରା ଗୋପାଳ ସମେତ ଅନ୍ୟାନ୍ୟ କର୍ମଚାରୀମାନେ ମନ୍ତ୍ରୀଙ୍କ ରହଣିକାଳତକ ଏକପ୍ରକାର ଯୁଦ୍ଧକାଳୀନ ତତ୍ପରତାରେ କଟେଇଥିଲେ। ଦିନ ଓ ରାତି ଉଭୟ ସମୟ ପାଇଁ ମନ୍ତ୍ରୀମହୋଦୟଙ୍କ ଅତ୍ୟାବଶ୍ୟକୀୟ ତଥା ଚିତ୍ତବିନୋଦନକାରୀ ଜିନିଷମାନ ଅବଶ୍ୟ ମନ୍ତ୍ରୀଙ୍କ ସହିତ ମୂଳ ଭୂଖଣ୍ଡରୁ ଅଣାଯାଇଥିଲା। ମନ୍ତ୍ରୀ ରହିଥିଲେ ଆରଣ୍ୟକ ନିବାସର ଏକମାତ୍ର ଡିଲକ୍ସ କଟେଜ୍‌ରେ ଯାହାର ବାଁ ପଟ ଝର୍କାରୁ ଦିଶିଯାଏ ସାମୁଦ୍ରିକ ନୀଳିମା ଏବଂ ଡାହାଣ ପାଖରୁ ଜଙ୍ଗଲର ଘନ ସବୁଜିମା। ସକାଳୁ ଆସୁ ଆସୁ ଗୋପାଳ ଶୁଣିଲା ଜଣେ ବନ୍ଧୁଙ୍କ ଅଭିଯୋଗ। ବନ୍ଧୁଜଣକ ମନ୍ତ୍ରୀଙ୍କ ସମ୍ମାନାର୍ଥେ ରାତି ଡିଉଟିରେ ଥିଲା। ସେ ସ୍ୱଭାବତଃ ନିଦ୍ରାଳୁ; ମାତ୍ର ସାରାରାତି କଟେଜ୍ ଭିତରୁ ଗର୍ଜି ଆସୁଥିବା ନାସିକ୍ୟ ସାଇରେନ୍ ଯୋଗୁଁ ବିଚରା ଆଖି କଷା କରି ପାରିନାହିଁ। ଶୁଣିସାରି ଦାନ୍ତ ନେଫାଡ଼ି ଗୋପାଳ କହିଲା- ଧେତ୍, ସେ କ'ଣ ତୋ' ମୋ ପରି ଅର୍ଡ଼ିନାରୀ ମୋର୍ଟାଲ ଯେ ଗର୍ଜି ତତେ ଢୁଳାଇ ଦେଲେନାହିଁ। କହୁଚି କ'ଣ ନା ମନ୍ତ୍ରୀ ଘୁଙ୍ଗୁଡ଼ି ମାରୁଥିଲେ।

ଏତକ କହିଦେଇ ଗୋପାଳ ନିଜେ ଯେତେବେଳେ ଯାଇ କଟେଜ୍‌ର ବାଁ ପାଖ ବାରନ୍ଦା ଉପରେ ସମ୍ଭ୍ରମ ଦୃଷ୍ଟିପାତ କଲା ସେତେବେଳେ ତାକୁ ଲାଗିଲା ଜାବଡ଼ା ଖାଇଲାଭଳି। ନିର୍ଟୋପି ଏବଂ ନିର୍ଗେଞ୍ଜି ଶରୀରରେ ମନ୍ତ୍ରୀ ବାରନ୍ଦାରେ ବସି ଗୁଡ଼ାଖୁ ଘଷୁଥିଲେ। ପରିଧେୟ ଖଣ୍ଡିଏ ଲୁଙ୍ଗି ମାତ୍ର। ବୃହଦାକାର ପେଟଟି ଦିଶୁଥିଲା ଧୂଳିଆ ବାବାଙ୍କ ପେଟ ଭଳି। ଟୋପିହୀ ମୁଣ୍ଡଟି ଦିଶୁଥିଲା ଗୋଟିଏ ହେଲେମେଟ୍ ଭଳି ଚିକ୍କଣ।

ନିଶ୍ଚିହ୍ନ ହେବାକୁ ବସିଥିବା ଏକ ଜାତିର ହରିଣକୁ ଦେଖି ମନ୍ତ୍ରୀମହୋଦୟ ବଡ଼ ଆଗ୍ରହୀ ହୋଇ ପଡ଼ିଥିଲେ। ବୁଝିବା ଲୋକଙ୍କ ପାଇଁ ଖାଲି ଇଙ୍ଗିତ ହିଁ ଯଥେଷ୍ଟ। ଅଙ୍ଗରକ୍ଷୀ ଜଣେ ବନ୍ଧୁକ ଧରି ଥପ୍‌କିନା ଡେଇଁ ପଡ଼ିଲା। ସେ ଜାତିର ଜନ୍ତୁ ନିଶ୍ଚିହ୍ନ

ହୋଇଯିବା ଆଗରୁ ତା'ର ସ୍ୱାଦଟା ଚାଖିଦେବା କଥା। ମନ୍ତ୍ରୀ ଲାଗିପାତି ପୂରା ଜନ୍ତୁଟାକୁ ଖାଇବାକୁ ଚାରିଦିନ ନେଲେ। ତଦୁତ୍ତାରେ ଗସ୍ତ ଶେଷ ହେଲା।

ଆଜି ସେଇ ଐତିହାସିକ କଟେଜ୍‌ଟିର ଶୋଭାମଣ୍ଡନ କରିଥିଲେ ଚିତ୍ର ତାରକା ଚିତ୍ରା। ଦୀର୍ଘଦିନ ପରେ ମନ୍ତ୍ରୀ ପରିତ୍ୟକ୍ତ କଟେଜ୍‌ଟି ହଳେ ଗୋରା ତକ ତକ ନିକ ପାଦର ମୃଦୁ ସ୍ପର୍ଶରେ ଆଜି ହିଁ ପୁନର୍ଜୀବିତ ହୋଇଛି। ଆରଣ୍ୟକ ନିବାସର ତତ୍ତ୍ୱାବଧାରକ ଗୋପାଳ ସାହୁର ମନର ଉତ୍ତେଜନା ଏବଂ ଛାତିର ଧଡ଼୍‌କା ଏବେ କାବୁର ବାହାରେ। ଛାତ୍ର ଜୀବନ ସାରା ଆଇ.ଏ.ଏସ. ଏବଂ ସେଇ ଢଙ୍ଗର ପରୀକ୍ଷାମାନଙ୍କରେ ବସି ବସି ଶେଷକୁ ଏଇ ନୀରସ ଚାକିରୀଟି ସହିତ ସାଲିସ୍ କରିବାକୁ ପଡ଼ିଥିଲା। ପ୍ରିୟ ପରିଜନ, ଜନସମାରୋହ ଏବଂ ଆଧୁନିକ ସୁଖସୁବିଧାଠାରୁ ଦୂର ଏଇ ଆରଣ୍ୟକ ପରିବେଶ ଭିତରେ ଜୀବନକୁ ନିନ୍ଦୁ ନିନ୍ଦୁ ସମୟ ଗଡ଼ିଯାଉଥିଲା। ମହାନଗରୀର ଭିଡ଼କ୍ଲାନ୍ତ ମଣିଷଙ୍କୁ ଦିନ କେଇଟାର ପ୍ରାକୃତିକ ମଉଜ ଏଠି ଅନାୟାସରେ ମିଳିପାରେ କିନ୍ତୁ ଚାକିରୀ କରି ଏଠି ସଦା ପଡ଼ିରହିବା କେତେଦୂର ଉପଭୋଗ୍ୟ! କିନ୍ତୁ ଆଜି ଜଣାପଡ଼ିଗଲା ଯେ ଏଇ ନୀରସ ଚାକିରୀଟି ଭିତରେ ବି ଗୋଟାଏ ଗ୍ଲାମର ଅଛି ଯେତେବେଳେ ଜରି ଓ କାଚ ଲଗା ଦାମୀ ପୋଷାକରେ ଅସ୍ତସୂର୍ଯ୍ୟର ପ୍ରତିବିମ୍ବକୁ ଝଲସାଇ ଆଉ ବିଦେଶୀ ରାସାୟନିକ ସୁଗନ୍ଧର ମତୁଆଲା ମହକ ଖେଳାଇଦେଇ ଚିତ୍ରାଙ୍ଗଦା କଟେଜ୍ ଅଭିମୁଖେ ପଦବ୍ରଜରେ ଚାଲିଗଲେ।

ଆଯୌବନ ଗୋପାଳର ମନ ଭିତରେ ରୂପସୀମାନଙ୍କ ପ୍ରତି ରହି ଆସିଛି ବ୍ରହ୍ମଚାରୀର କୌତୂହଳ ଏବଂ ହୃଦୟରେ କବିର ଭାବପ୍ରବଣତା। କିନ୍ତୁ ଚିତ୍ରାଙ୍କ କଥା ହେଲା ଆହୁରି ନିଆରା। ସିଏ ତ ମଲ୍ଲୀ, ଡଲ୍ଲୀ, ମୂଷି, ଗୁରୁବାରୀ ଇତ୍ୟାଦି ନାମଧାରିଣୀମାନଙ୍କ ପରି ସାଧାରଣ ଝିଅ ବା ନାରୀ ନୁହଁନ୍ତି। ସେ କେବେ ହାଡ଼ମାଂସର ମଣିଷ ଧରିନିଆଯାଉ। ସୁବର୍ଣ୍ଣ ଜୟନ୍ତୀ କରିଥିବା ତାଙ୍କର ଡଜନାଧିକ ସିନେମାମାନଙ୍କରେ ନାୟକପଲ ତାଙ୍କ ପଛରେ ଲୁଙ୍ଗୁଡ଼େଇଲାବେଳେ ଚିତ୍ରାଙ୍କର ନାକରାଗ, ଆଖିର ଭଙ୍ଗିମାରେ ଓଡ଼ିଶୀ ବା କୁଚିପୁଡ଼ିର ଛନ୍ଦ ଏବଂ ପରିଶେଷରେ ଗାନା ଗାଇ ଗାଇ ଗଛଟିମାନ ଚାରିପାଖରେ ଚକାଭଉଁରୀ ଖେଳ ନପୁଂସକକୁ ବି ବାଇଆ କରିଦେବାକୁ ଯଥେଷ୍ଟ। ଭାବାତିଶଯ୍ୟରେ ଗୋପାଳ ନିଜ ଛାତିରେ ହାତ ପକେଇଲା। ସ୍ପନ୍ଦନ ବଢ଼ିଚାଲିଛି।

ଅଭିନେତ୍ରୀଙ୍କର ରୂପବର୍ଣ୍ଣନାକୁ ବାହୁଲ୍ୟ ମଣୁଛି। ତାଙ୍କର ବିଭିନ୍ନ ଅଙ୍ଗଦୌଲତମାନଙ୍କୁ କଳ୍ପନା କରିଯିବାକୁ ପାଠକମାନଙ୍କୁ ଅନୁରୋଧ। ସଫଳ ଚିତ୍ରତାରକା, ବିଶେଷତଃ ନାୟିକାମାନଙ୍କ ସଫଳତା ପଛରେ ରୂପସମ୍ଭାରର ଆଜିକାଲି ଅବଦାନ ଯେ କେତେ ତାହା ପାଠକମାନଙ୍କୁ ଅଛପା ନଥିବ। ଏଣେ ଚିତ୍ରା ତ ହେଲେ ସୁରପଷ୍ଟାର।

ଗୋପାଳ ସମେତ କେତୋଟି କର୍ମଚାରୀ ସନ୍ଧ୍ୟାବେଳୁଁ କଟେଜ୍‌ରେ ଆଖପାଖରେ ଲୁଙ୍ଗୁପୁଙ୍ଗୁ ହେଉଥିଲେ। ବାରନ୍ଦାରେ ବସି ଚିତ୍ରା ସାମୁଦ୍ରିକ ସୁଷମାକୁ ଉପଭୋଗ କରୁଥିଲେ। ଭକ୍ତଗଣଙ୍କ ଉପରେ ନଜର ପଡ଼ିବାରୁ ରକ୍ତ ସଦୃଶ ଲାଲ୍ ଓଠ ଦୁଇଟିରେ ହସ ଉକୁଟାଇ କହିଉଠିଲେ- 'ଏକାନ୍ତ'। ଭକ୍ତମାନେ ଯେତିକି ଉତ୍କଣ୍ଠାରେ ଆଗେଇଚାଲିଥିଲେ ଏବେ ବାହୁଡ଼ି ଆସିଲେ ସେତିକି ହତାଶାରେ।

ପରଦିନ ସକାଳେ ଗୋପାଳ କଟେଜ୍‌ରେ ପହଞ୍ଚିଲା। ଅଭିନେତ୍ରୀ ଠିଆ ହୋଇଥିଲେ ବାରନ୍ଦାରେ। ଚନ୍ଦ୍ରମୁଖଟି ସେଇଭଳି ଉଜ୍ଜ୍ୱଳ ଓ ରସୋଦୀପ୍ତ ଦିଶୁଥାଏ। ଏତେ ସକାଳୁ କ'ଣ ମେକ୍‌ଅପ୍ କରିଥିବା ସମ୍ଭବ ? ନା, ହୁଏତ ହନୁମାନ କପିକେତନ କଛାପିନ୍ଧି ଭୂମିଷ୍ଠ ହେଲାପରି ଚିତ୍ରାଙ୍କର ଓଠ ଜନ୍ମରୁ ଏମିତି ଗାଢ଼ ଲାଲ୍। ମୁହଁ ଏମିତି ସ୍ୱପ୍ନିଳ, ସୁନ୍ଦର।

- ମର୍ଣ୍ଣି।

- ମାଡାମ୍, ଆପଣ... ପୁଣି... ଏଇଠି...!

ଛେପଢ଼ୋକି ଗୋପାଳ ନିଜର ଆଶ୍ଚର୍ଯ୍ୟଭାବ ବ୍ୟକ୍ତ କଲା। ଚିତ୍ରା କହିଲା- ଯଷ୍ଟ୍ ଫର୍ , ଚେଞ୍ଜ୍। ଦେଖୁଚି ଏ ଜାଗା ଅତି ସୁନ୍ଦର। ମୋର କର୍ମଚାରୀମାନଙ୍କୁ ଦଶଦିନ ପରେ ମୋତେ ପିକ୍ ଅପ୍ କରିବାକୁ କହିଚି ଏବେ ଭାବୁଚି ଆଉ କିଛି ଦିନ ଗଡ଼େଇ ଦେଇଥିଲେ ବରଂ ଭଲ ହୋଇଥାନ୍ତା। ଆଇ ଲାଇକ୍ ଦିସ୍ ପ୍ଲେସ୍।

ସମୁଦ୍ର ଆଡ଼କୁ ଅନେଇ ଅଭିନେତ୍ରୀ କହିଚାଲିଲେ ଏବଂ ତାଙ୍କ ମୁହଁକୁ ବଲବଲ କରି ଚାହିଁରହି ଗୋପାଳ ସବୁ ଶୁଣି ଯାଉଥିଲା। ହଠାତ୍ ବଡ଼ ପ୍ରଗଳ୍‌ଭ ହୋଇ କହିଉଠିଲା- ଆମେ ସମସ୍ତେ ଆପଣଙ୍କ ଫ୍ୟାନ୍। ଏତକ କହିପକାଇ ଲାଜ ଲାଜ ହୋଇ ଗୋପାଳ ନଖ ଛିଡ଼ାଇବାକୁ ଆରମ୍ଭ କଲା। ଅଭିନେତ୍ରୀ ସନ୍ତୁଷ୍ଟ ନୟନରେ ଗୋପାଳକୁ ଅନେଇ ରହିଲେ।

- ମାଡ଼ାମ୍, ଏଇ ଯେଉଁ ଚପରାଶୀ ଟୋକାକୁ ଦେଖିଲେ ସେ ଆପଣଙ୍କର ସିନେମା ଦେଖିବା ଲାଗି ହାଇସ୍କୁଲରେ ପଢ଼ିବାବେଳେ ବହି ବିକି ଦେଇଥିଲା। ଆପଣଙ୍କ ସିନେମାର ଖର୍ଚ୍ଚ ପାଇଁ ଅଙ୍କ, ସାହିତ୍ୟ, ଇତିହାସ, ଭୂଗୋଳ ଆଦି ବହିସବୁ ଗୋଟିଏ ପରେ ଗୋଟିଏ ବିକ୍ରିହେବାକୁ ଲାଗିଲା। ଅଗତ୍ୟା ମେଟ୍ରିକ୍ ଆଉ ପଢ଼ିପାରିଲା ନାହିଁ। ଶେଷକୁ ଆସି ଏଇଠି ଯୁଟିଚି। ଆପଣଙ୍କ ସିନେମା ହିଟ୍ ହୋଇନପାରିଲେ ମାଡ୍ରାସରେ ତ କେଇଜଣ ପ୍ରାୟ ପୋଡ଼ିହୋଇ ଆତ୍ମହତ୍ୟା କରନ୍ତି ଧରାବନ୍ଧା ଭାବେ। ସେମାନଙ୍କ ତୁଳନାରେ ଆମମାନଙ୍କର ଏଇସବୁ ଛୋଟ କାଟର ନିଷ୍ଠା ବରଂ ନିହାତି ନଗଣ୍ୟ।

ଆତ୍ମତୃପ୍ତିର ହସ ଉକୁଟେଇ ଫ୍ୟାନବତ୍ସଳା ଚିତ୍ରାଙ୍ଗଦା ଗୋପାଳକୁ କହିଲେ-

'ତୁମେମାନେ ହିଁ ଦେଶର ଭବିଷ୍ୟତ। ଦେଶପାଇଁ ଲୋଡ଼ା ଠିକ୍ ଏଇଭଳି ନିଷ୍ଠାପର ଉଦୀୟମାନ ଯୁବଗୋଷ୍ଠୀ।'

ଗୋପାଳ କହିଲା- ଆପଣ ଯେ ଦିନେ ଏକ ନମ୍ବର ହିରୋଇନ୍ ହୋଇ ରାଜୁତି କରିବେ ସେକଥା ମୁଁ ସାତ ବର୍ଷ ପୂର୍ବରୁ ଜାଣିଲିଣି, ଅନ୍ତତଃ ୧୯୮୫ ମସିହାରେ ଯେତେବେଳେ ଆପଣ ପ୍ରଥମେ ଲୋକଲୋଚନକୁ ଅବତରିଲେ। ଆସୁ ଆସୁ ସେଇ ବର୍ଷ ହିଁ ଆପଣ ଭାରତର 'ଜଙ୍ଘିଆ ସୁନ୍ଦରୀ' (ମିସ୍ ବିକିନି) ହିସାବରେ ପୁରସ୍କୃତା ହେଲେ। ତା'ପରଠାରୁ ବକ୍ସଅଫିସ୍‌କୁ ମୁହୂର୍ତ୍ତେ ବିଶ୍ରାମ ନାହିଁ। ଏକ ପରେ ଏକ ମୁକ୍ତିଲାଭ କଲା। 'ଜଙ୍ଗଲ ଦୁହିତା', 'ବାରବଧୂ', 'ନିଶିଥ ପ୍ରେମ', 'ପ୍ରେମ କରୁଛୁ ବାହାହେବୁ', 'ହାଣି ପକାଇବି ତୋତେ', 'ଲୁଚି ପଳାଇବା ଚାଲ'। ସବୁଗୁଡ଼ିକର ସୁବର୍ଣ୍ଣ ଜୟନ୍ତୀ ହେଲା ଆଉ ଆପଣ ହେଲେ ସାମ୍ରାଜ୍ଞୀ।

ଅଭିନେତ୍ରୀ ଏବେ ସିଧା ଗୋପାଳର ଆଖିକୁ ଅନେଇଲେ। ଗୋପାଳ ନିଜ ଆଖି ତଳକୁ କଲା। ମାତ୍ର ଦିନ ଦଶଟା। ଦେଖୁ ଦେଖୁ ପାଣି ଭଳି ବହିଯିବ। ଝଲକାଏ ବିଜୁଳି ପରେ ରାତିର ଅନ୍ଧାର ଯେମିତି ବଢ଼ିଗଲା ପରି ଲାଗେ ଏ ଦୁର୍ଗମ ବଣୁଆଁ ଜାଗାରେ ଆରଣ୍ୟକ ନିବାସଟି ଦଶଦିନପରେ ଅଧିକ ନିରସ ଏବଂ ନିର୍ଜୀବ ହୋଇଉଠିବ।

ଚତୁର୍ଥ ଦିନ ଅଭିନେତ୍ରୀଙ୍କର ବରାଦ ଅନୁସାରେ ମଧ୍ୟାହ୍ନ ଭୋଜନ ସମୟରେ ଗୋଟାଏ କେଜ୍ୟାଧିକ ଓଜନର ମୁର୍ଗ ମୁସଲମ ତିଆରି କରି ବାବର୍ଚ୍ଚି ନେଇ କଟେଜ୍‌ରେ ପହଞ୍ଚାଇ ଦେଲା। ଅଧଘଣ୍ଟା ଉତ୍ତାରେ ପୁଣିଯାଇ ନେଇ ଆସିଲା ଥାଳିଟି, ଥାଳିରେ କୁକୁଡ଼ାର ଅବଶେଷ ଦୁଇଖଣ୍ଡି ହାଡ଼ମାତ୍ର। ବାବର୍ଚ୍ଚି ଖାନାକୁ ହଠାତ୍ ପଶିଯାଇଥିବା ବିଚରା ଗୋପାଳର କବି ହୃଦୟଟି କି ରକମ୍ ବିକଳ ହୋଇଉଠିଲା। ଅପ୍‌ସରାନିନ୍ଦି ଅନୁପମ ସୌନ୍ଦର୍ଯ୍ୟ ସହିତ ମଇଁଷିନିନ୍ଦି ଭୋଜନ ପଟୁତାର ସହାବସ୍ଥାନ ଯେ କେମିତି ସମ୍ଭବ ହୋଇପାରେ ଏ ପ୍ରକାର ଏକ ଅହେତୁକ ଆଉ ଅଜବ୍ ପ୍ରଶ୍ନରେ ଘୁଣି ହେଉଥିଲା ସେ। ରୂପସୀମାନେ ଆଉ କ'ଣ ଉପାସ ରହନ୍ତେ ? ଏ ପ୍ରକାର ବାସ୍ତବ ଜ୍ଞାନ ଗୋପାଳର ନଥିବା ପରି ଜଣାପଡୁଚି। ଏଣୁ ସେ ବରଂ ଏଭଳି ତୁଚ୍ଛା କଥାଟାରେ ଘୁଣି ହେଉଥାଉ। କିନ୍ତୁ ଗୋପାଳର ଘୁଣିହେବା ଏଇଠି ଅଟକିଲା ନାହିଁ। ସନ୍ଧ୍ୟାବେଳେ ସେଦିନ ହାଜିରା ଦେବାକୁ ଯାଇ ଦେଖିଲା ବିମ୍ବଫଳର ଲାଲିମା କେବଳ ଚିତ୍ରାଙ୍କର ନରମ ଓଠ ଦୁଇଟିରେ ନାହିଁ ଆଖି ଦୁଇଟିରେ ବି ଭରପୂର। ମୃଗନୟନୀଙ୍କର ଆଖି ଡୋଳା ଦୁଇଟି ସିନ୍ଦୂରଫଳୁଆ ଭିତରେ ପୋକ ପରି ଦିଶୁଛି। ଷ୍ଟୁଲ ଉପରେ ବାରବର୍ଷର ପ୍ରାକ୍ତନ ନାମଯାଦା ବିଦେଶୀ ସୋମରସର ବୋତଲ ନିଃଶେଷପ୍ରାୟ।

ଝାଡୁଦେଲା ବେଳେ ସେଇ ଆପାତତଃ ଖାଲି ବୋତଲଟାକୁ ଝାମ୍ପି ଆଣି

ସେଥିରେ ପାଣିଭରି ଚପରାଶୀ ଚୋକାଟା ପିଉ ପିଉ ଦୋତଣ୍ଡା କଥା କହିବାକୁ ଆରମ୍ଭ କଲା। ବାଃ, କି ମାଲ୍‌ରେ କି ମାଲ୍‌ରେ ବୋଲି ମଝିରେ ମଝିରେ ଚିଲେଇ ଉଠୁଥାଏ। ନିଶା ଚଢ଼ିଯିବାରୁ ଚତୁଷ୍ପଦ ପ୍ରାଣୀଙ୍କ ପରି କିଛିକାଳ ଚଲାବୁଲା କରି ଅବଶେଷରେ ଢୁଳେଇ ପଡ଼ିଲା। କୁକୁଡ଼ା ଭଲ ରାନ୍ଧିଥିବା ହେତୁ ବାବର୍ଜି ଶହେଟଙ୍କା ବକ୍‌ସିସ୍ ପାଇ କହିଉଠିଲା- 'ବାଃ, ଯେମିତି ଚେହେରା ସେମିତି ଅନ୍ଦାଜ।'

ପରଦିନ ଦୈବାତ୍ ଚିତ୍ରା ଦେଖିଲେ ଷ୍ଟାଫରୁମ୍‌ର କାନ୍ଥଯାକ ଭରି ରହିଛି ତାଙ୍କର ବିଭିନ୍ନ ରଙ୍ଗର ଛବି। ଏଭଳି ଦୁର୍ଗମ ନିକାଞ୍ଚନ ଜାଗାରେ ବି ତାଙ୍କର ଏତେ ଆରାଧନା! ଅଭିନେତ୍ରୀ ଯେତେ ଆଡ଼ଛଡ଼ା ଦେଲେବି କେଇଜଣଙ୍କ ବିକଳ ଅନୁରୋଧକୁ ସେଦିନ ଏଡ଼ି ପାରିଲେ ନାହିଁ। ନାଚଗାନାମାନଙ୍କରେ ସୁଟିଂ ସମୟର ପଦେ ଅଧେ ଅନୁଭୂତି ଶୁଣିବାକୁ ସମସ୍ତେ ଉତ୍କଣ୍ଠାର ସହିତ ଚାହିଁ ରହିଥାନ୍ତି। ଶେଷକୁ ସମ୍ମତିସୂଚକ ଥରେ ଆଖି ନଚେଇ ପଚାରିଲେ କେଉଁ ସିନେମାର ଗୀତ? ମୋର କେଉଁ କେଉଁ ସିନେମା ଦେଖିଚ? ସମବେତ କଣ୍ଠ-ସବୁ!

ଚିତ୍ରା- 'ତୋ ବଂଶ ବୁଡ଼ାଇ ଦେବି' ସିନେମାଟିରେ ମୋର ଗୋଟାଏ ନାଚଗୀତ ଅଛି ଜାଣିଛ? ପାଟିରୁ ଛଡ଼େଇ ଆଣିଲାପରି ହୋଇ ଗୋପାଳ ନିଜେ କହି ପକେଇଲା-

'ମତେ ଛୁଅଁନା ଛୁଅଁନା ମୁଁ ଯେ ମନ୍ଦାରକଢ଼ି
କିଏ ନାଗର ଆସିଛି ମତେ ନେବ ତୋଳି...'

ଏଇପରି କେତୋଟି କୁଇଜ୍ ଭିତରେ ସମବେତଙ୍କ ନିଷ୍ଠା ଓ ଏକାଗ୍ରତା ଦେଖି ଚିତ୍ରା ଆଶ୍ଚର୍ଯ୍ୟ ହେଲେ।

ଛଅଦିନ ସୁଅଭଳି କେମିତି ଯେ ବହିଗଲା କାହାକୁ କିଛି ଜଣା ପଡ଼ିଲାନି। ସପ୍ତମ ଦିନ ସକାଳ ଦଶଟା ସୁଦ୍ଧା କଟେଜ୍‌ର ଦରଜା ଖୋଲି ନଥାଏ। ବାରନ୍ଦାରେ ଅନ୍ୟ ଦିନ ଭଳି ବସି ରହି ଜଙ୍ଗଲ, ପାହାଡ଼ ଓ ସମୁଦ୍ରର ସଙ୍ଗମକୁ ନିରେଖୁଥିବାର ଗନ୍ଧର୍ବୀ ଛାୟା ଆଜି ଅଦୃଶ୍ୟ। ସେବା ଉଦ୍ଦେଶ୍ୟରେ ତିନି ତିନି ଦଳ ଭକ୍ତ ଯାଇ ନିରାଶରେ ବାହୁଡ଼ି ଆସୁଥାନ୍ତି। ଦରଜା ବନ୍ଦ, ପହୁଡ଼ ଭାଙ୍ଗି ନାହିଁ। ବାରଟା ସୁଦ୍ଧା ଜଣାନପଡ଼ିବାରୁ ଗୋପାଳ ନିଜେ ଦରଜା ପାଖରେ ଘଣ୍ଟାଏ ଖଣ୍ଡେ ଏକଡ଼ ସେକଡ଼ ହେବା ପରେ ସାହସର ସହିତ ଆସ୍ତେ ଆସ୍ତେ କବାଟ ବାଡ଼େଇ ଅନୁଗତ କଣ୍ଠରେ ଡାକିଲା- 'ମାଡ଼ାମ୍'। ଭିତରୁ ସୋର୍ ଶବ୍ଦ ନାହିଁ। ଏଣିକି ତୁହାଇ ତୁହାଇ ଡାକ ବର୍ଷିଗଲା- ମାଡ଼ମ୍, ମାଡ଼ମ୍। କିଛି ସମୟ ପରେ ଭିତରୁ ଶୁଭିଲା ଏକ କ୍ଳାନ୍ତ କଣ୍ଠ ଚିତ୍ରାଙ୍କର- 'ଲିଭ୍ ମି ଏଲୋନ୍'।

ଅପରାହ୍ଣ ଗଡ଼ିଗଲା। ଧୀରେ ଧୀରେ ଜଳିଗଲା ସୂର୍ଯ୍ୟ, ଅନ୍ଧାରରେ ଢାଙ୍କି ହୋଇଗଲା ପାଖରେ ବଣ ସମୁଦ୍ର। କଟେଜ୍‌ର ଦରଜା ଖୋଲିଲା ନାହିଁ। ବ୍ୟସ୍ତ, ବିବ୍ରତ ଏବଂ କୌତୁହଳୀ ସମସ୍ତଙ୍କ ମନରେ ଏକ ରହସ୍ୟ ଛାଇ ରହିଥାଏ। କ'ଣ ହୋଇଛି ? ସେମାନଙ୍କର କିଛି ତ୍ରୁଟି ହେଲା କି ? କୌଣସି ଆକାଶୀ ବସ୍ତୁ ସତେ ଯେମିତି କିଛି କ୍ଷଣ ପାଇଁ ମାଟି ପାଖାପାଖି ଖସି ଆସି ପୁଣି ଆକାଶରେ ଉଭାନ୍ ହୋଇଯାଇଛି। କଟେଜ୍‌ଟି ହୋଇଉଠିଛି ଅସାଧାରଣ, ଯେମିତି ଗୋଟାଏ ଦୁର୍ଭେଦ୍ୟ ଦୁର୍ଗ ଆଉ ଚିତ୍ରାଙ୍ଗଦା ଗନ୍ଧର୍ବଲୋକର ଗନ୍ଧର୍ବୀ ଜଣେ, ଅପହଞ୍ଚ, ଦୁରୁହୁ। ଯାହାଙ୍କ ସାନ୍ନିଧ ଗୋଟାଏ ସୁଖସ୍ୱପ୍ନ ପରି ହେଇ ଅଛି ପୁଣି ହେଇ ନାହିଁ, ଏତେ ପାଖରେ ପୁଣି କାହିଁ କେତେଦୂରେ। ମୋଟାମୋଟି ଗୋଟାଏ ଆସ୍‌ମାନୀ ସତ୍ତା।

ଝାଡ଼ୁଦାରଙ୍କୁ ବି ଭିତରକୁ ଯିବାକୁ ମନା। ପରଦିନ ଅଧଖୋଲା ହୋଇଥାଏ ଝର୍କା। ବାହାରୁ ଝରକା ପାଖରେ ଠିଆହୋଇ ଗୋପାଳ ଦେଖିଲା ଚିତ୍ରା ଧୀରେ ଧୀରେ ବିଛଣା ପାଖକୁ ଆସୁଥିଲେ, ଦିଶୁଥିଲେ ଦୁର୍ବଳ ଭୋକିଲା ଲୋକଟିଏ ପରି। ପାଚିଲା ହାଇବ୍ରିଡ଼ ଟମାଟୋ ପରି ନରମ ମାଂସଳ ମୁହଁ, ସାଇକେଲ୍ ଟିଉବ୍ ପରି ଫୁଲିଲା ହାତ ସବୁ ଦିଶୁଥାଏ ନିସ୍ତେଜ। ଢ଼ଳ ଢ଼ଳ ଆଖି ପଶିଯାଇଛି ଭିତରକୁ।

ଚିତ୍କାର କଲା ପରି ପଚାରି ବସିଲା ଗୋପାଳ- କ'ଣ ହେଇଚି ମାଡ଼ାମ୍ ? ଚିତ୍ରା- ନା, ସେ କିଛି ନୁହେଁ। ଟିକେ ଅନ୍‌ଇଜି ଲାଗୁଚି। ଆଇ ଶାଲ ମ୍ୟାନେଜ୍। ଗୋପାଳ ଉତ୍ତେଜିତ ଆଉ ବିକଳ ଭାବେ କହିଉଠିଲା- ଆଉ ଅନ୍ତତଃ ଦି'ଦିନ ପୂର୍ବରୁ ଆପଣତ ଏଠୁ ଯାଇପାରିବେ ନାହିଁ। ଏ ବଣରେ କ'ଣ ଆଉ ସୁବିଧା ଅଛି। ସାଧାରଣ ରୋଗ ପାଇଁ ଅନେକ ଔଷଧ ପ୍ରାୟ ରଖାଯାଇଛି। ଖାଲି କ'ଣ ହେଇଚି ଆପଣ କୁହନ୍ତୁ। ଆପଣଙ୍କ ଲୋକମାନେ ଆସି ଆପଣଙ୍କୁ ପିକ୍‌ଅପ୍ କରିବା ଯାଏଁ ଯଦି କିଛି କାମରେ ଆସିପାରେ...

ଚିତ୍ରା ଗୋପାଳର ମୁହଁକୁ ଅନେଇଲେ। କିଛି ସମୟ ଚିନ୍ତା କରିବା ଭଳି ଚାହିଁ ରହି କହିଲେ- ଇଟ୍ ଇଜ୍ ନଥିଙ୍ଗ୍। ମୋର କିଛି ଦରକାର ନାହିଁ, ଗ୍ଲୁକୋଜ୍ ଓ କିଛି ଫଳ ମୋ ପାଖେ ପଡ଼ିଚି। ହଁ, ପ୍ଲିଜ୍ ଡୋଣ୍ଟ ଡିଷ୍ଟର୍ବ ମି।

ଏଭଳି ଦିନ ଦି'ଟା ପରେ ଅନ୍ତିମ ଦିନ ପହଞ୍ଚିଲା। ସମସ୍ତେ ବ୍ୟସ୍ତ ହେଉଥାନ୍ତି ଏଥିପାଇଁ ଯେ କିଛି ନକହି ନୀରବରେ ପୂରା ତିନିଦିନ ଚିତ୍ରା ଆପାତତଃ ଅଣସର ଘରେ ବନ୍ଦ ରହିଲେ। କମନ୍ ମେଡ଼ିସିନ୍ ଉପରେ ଟ୍ରେନିଂ ନେଇ ଫାଷ୍ଟ-ଏଡ଼ ଦାୟିତ୍ୱରେ ଥିବା ଗୋପାଳ ଥିଲା ବ୍ୟକ୍ତିଗତ ଭାବରେ ଅଧିକ କ୍ଷୁବ୍‌ଧ। କ'ଣ ହେଇଚି ମାଡ଼ାମ୍ କହିବାକୁ ଅରାଜି କାହିଁକି ?

ଚିତ୍ରାଙ୍କୁ ପାଛୋଟି ନେବାପାଇଁ ଯଥା ସମୟରେ ପହଞ୍ଚିଲା ହେଲିକପ୍ଟର। ଅଜ୍ଞାତବାସ ଏବେ ଶେଷହେଲା। ଶାର୍ଦ୍ଦୁଳ ସମାନ ଦୁଇଜଣ ଲୋକ ଅଫିସ୍ ଭିତରେ ବସିଥାନ୍ତି। ଚିତ୍ରାଙ୍କର ଅନ୍ତରଙ୍ଗ ସେବାକାରୀ ମହିଳା ଜଣଙ୍କୁ ନେଇ କଟେଜ୍‌ର ଦ୍ୱାର ଦେଖାଇ ଗୋପାଳ ଅଫିସ୍‌କୁ ଫେରି ଆସୁଥିଲା। କ'ଣ ଭାବି ଟିକିଏ ଅଟକି ଗଲା ସେ। ଭିତରୁ ଉଭୟଙ୍କର ଚାପା କଥାବାର୍ତ୍ତାରୁ ଅନୁମାନ କଲା ଯେ ଦୀର୍ଘ ତିନିଦିନ ଧରି ଚିତ୍ରାଙ୍କର ଏପରି ଅବସ୍ଥାର କାରଣ ହେଲା ଡାଇରିଆ ରୋଗ। ବିନା ଔଷଧ, ବିନା ଚିକିତ୍ସାରେ ସେ ନୀରବରେ ଏ ରୋଗଟି ତିନି ଦିନଧରି ଭୋଗି ଆସୁଚନ୍ତି। ଯାହା ଅନ୍ତତଃ ଗୋପାଳର ଫାଷ୍ଟଏଡ୍ ବାକ୍ସ ଦ୍ୱାରା ଅନେକଟା ଉପଶମ ହୋଇ ପାରିଥାନ୍ତା। ଯଦି ରୋଗର ଲକ୍ଷଣ ଗୋପାଳକୁ କହିଥାନ୍ତେ ଚିତ୍ରା।

ହେଲିକପ୍ଟର ଯଥା ସମୟରେ ଉପରକୁ ଉଠିଲା। ତଳେ ହତବାକ୍ ହୋଇ ଚାହିଁ ରହିଥିଲେ ସମସ୍ତେ। ଗୋପାଳର ମନ ଭିତରେ ଉଙ୍କି ମାରୁଥିଲା ଅନେକଗୁଡ଼ାଏ ଚିନ୍ତା। ମନେ ପଡ଼ିଯାଇଥିଲା ଅଣସର ଘର ପରି ବନ୍ଦ କଟେଜ୍, ଚିତ୍ରାଙ୍କର ଶୁଖିଲା ରୋଗଣା ମୁହଁ ଆଉ ତହିଁରୁ କ୍ଳାନ୍ତ ଅଥଚ ଦୃଢ଼ କଥା-ଇଜ୍ ଇଜ୍ ନଥିଙ୍ଗ। ଆଇ ଶାଲ୍ ମ୍ୟାନେଜ୍। ଆଇ ଡୋଣ୍ଟ ୱାଣ୍ଟ ଟୁ ବି ଡିସ୍‌ଟର୍ବଡ୍!

ଚଢ଼େଇ ଭଳି ଉଡ଼ିଯାଉଥିଲା ହେଲିକପ୍ଟର ମୂଳ ଭୂଖଣ୍ଡ ଆଡ଼େ। ସେଇ ଉଚ୍ଚତାରେ ଅଦୃଶ୍ୟ ହୋଇ ଯାଉଥିବା ବ୍ୟୋମଯାନଟିକୁ ଚାହିଁ ଗୋପାଳ ଶୁଖିଲା କଣ୍ଠରେ କହିଲା-ଚିତ୍ରାଙ୍ଗଦା, ବେଳେବେଳେ ତମେ ଏତେ କରୁଣ, ଏତେ ଅସହାୟ ଆମ ପରି ସାଧା ମଣିଷଙ୍କଠାରୁ!

ତା'ପରେ ଅଫିସ୍ ରୁମ୍ ଆଡ଼କୁ ଆସୁଥିବାବେଳେ କହିଲା - ବୋଧହୁଏ ଅସହାୟତାଟା ଏକ ମାନବୀୟ ଅବସ୍ଥା ଏବଂ ଅନେକ ବେଳେ ଏଇଟା ଗୋଟାଏ ମାନବୀୟ ଢଙ୍ଗ।

ଶେଷଇଚ୍ଛା

ବାଇ ପୃଷ୍ଟି ବୁଢ଼ା ମରିବା ପୂର୍ବରୁ ଯାହା ତାର ଶେଷ ଇଚ୍ଛା ବୋଲି ଜଣାଇଲା, ସେଇ କଥାକୁ ମଜାମଜି କରି ସିଏ ମରିବାର ଦୁଇବର୍ଷ ପର୍ଯ୍ୟନ୍ତ ହାସ୍ୟରୋଳ ଚାଲିଲା ଗାଁରେ। ତା' ପୁଅବୋହୂ ଅବଶ୍ୟ ସେତେବେଳେ ଲଜ୍ଜାରେ ମଥାନତ କରି ପକେଇଲେ। ପୁରୋହିତ କଥାକଥାକେ କହିଲା– "ବୁଢ଼ା ଦେବଗଣରେ ଯାଇପାରିଲା ନାହିଁ। ଜୀବ ଗଲାବେଳେ 'ନାରାୟଣ' ଶବ୍ଦ ଉଚ୍ଚାରଣ କରି ଅଜାମୀଳ ପରି ପାପୀ ବୈକୁଣ୍ଠ ଲଭିଲା। ମାତ୍ର ଇଏ କ'ଣ! ବୁଢ଼ାର ଶେଷ ବେଳକୁ ଇଏ କି ତାମସିକ ଇଚ୍ଛା! କ'ଣ ନା ମାଉଁସ ଝୋଳ ଖାଇବ! ଘୋର କଳିକାଳ।"

ଆମେମାନେ ସେତେବେଳେ ଛୋଟ ଥାଉ। ମଲା ପରେ ବୁଢ଼ାଟାକୁ 'ଆଇଁଷିଆ ତିନିକୋଷ ଦୂର ହାଟ ଉପରେ ହିଁ ନିର୍ଭର। ବାଇ ପୃଷ୍ଟି ବୁଢ଼ା ଯେତେବେଳେ ବାଧିକି ପଡ଼ିଲା, ସେ ଦିନଠୁ ଗାଁରେ ଯମଗଣ ଚାଲିଲେଣି। ନାନା ପ୍ରକାରର ଅବିଗୁଣ ସବୁ ଜଣାପଡୁଥାଏ, ଯଥା ରାତିଯାକ ରହି ରହି କୁକୁରପଲଙ୍କ ବିକଳ କାନ୍ଦଣା, ବୁଢ଼ା ଘରପାଖ ଗଛରୁ ପେଚାର ହୁଁ ହୁଁ କରି କୁନ୍ଥେଇବା, ଇତ୍ୟାଦି। ବୁଢ଼ୀ ବିଚାରୀ ଛାନିଆଁ ହୋଇ ପୁଅବୋହୂଙ୍କ ପାଖକୁ ତାର କଲା। ଝିଅଜୋଇଁ, ବନ୍ଧୁବାନ୍ଧବ ଅନ୍ୟାନ୍ୟ ସଭିଙ୍କ ପାଖକୁ ବେଉରା ପଠାଗଲା। ଯା'ହେଉ ସମସ୍ତେ ଦେଖିପାରିଲେ। ବେଉରା ପାଇ ଠିକ୍ ସମୟରେ ଆସି ହାଜର ହେଲେ। ଆଣିଥାନ୍ତି ପଇଡ଼, ଅଙ୍ଗୁର କୋଳି, କମଳା। ହେଲେ ବୁଢ଼ା ସେ ସବୁ ଢୋକିପାରୁ ନଥାଏ। ପାଟିରୁ ସବୁ ଗଡ଼ି ଆସୁଥାଏ। ଆଖ ପାଖ ଗାଁରୁ ବି କେତେଜଣ ଶେଷଦେଖା କରିଦେଇ ଯାଉଥାନ୍ତି। ଝିଅ ବାହୁନି ବାହୁନି ପଚାରିଲା–ବାପା, ମତେ ଚିହ୍ନି ପାରୁନା? ଉତ୍ତରରେ ବୁଢ଼ା କିଛି କହି ନ ପାରି ତାକୁ ମଟମଟ କରି ଚାହିଁ ରହିବାରୁ ଝିଅ ତେଣେ ରାହା ଧରି ଉଛନ୍ନ। ଲୋକମାନେ ଘେରି ରହିଥାନ୍ତି। ମା'ମାନଙ୍କ କଥା ନ ମାନି ଆମେ ଅବାଧ ପିଲାଗୁଡ଼ାକ ବି ସେଠି ଆସି

ଠିଆ ହୋଇଥାଉ। ବୁଢ଼ାର ବୋହୂ ତା' ପୁଅଟିକୁ ଧରି ସାମ୍ନାରେ ବସିପଡ଼ି କହିଲା- "ବାପା, ତମର ଏ ନାତିଟୋକାଟାକୁ ଟିକେ ଆଶୀର୍ବାଦ କରିଦେଇ ଯା'। କ'ଣ ବାପା, କିଛି କହିବ? ବୁଢ଼ାଆଙ୍ଗୁଳି ଗୁଡ଼ାକ ଗଣିଲା ପରି ହେଲା। ତା'ପାଟିରୁ ବାହାରି ପଡ଼ିଲା- 'ଓଃ'। ଅଧାମେଲା ପାଟିଟାରେ ନିର୍ମାଲ୍ୟ ପାଣି ଟିକେ ବୋହୂ ଟେକିଦେଲା। ସେଥିରୁ ଧାରେ କଳ ବାଟଦେଇ ବୋହି ଆସିଲା। ବୋହୂ ପଚାରିଲା ବାପା, ମନରେ କ'ଣ ଅଛି କହୁନ? ଆଉ ଏ ଇହଧାମରେ ତମର କ'ଣ ଇଛା ବାକୀ ରହିଲା ବାପା?

ବୁଢ଼ା କଷ୍ଟରେ ଖନିମାରି ଯାହା ବା ବାଉଳି ହେଲାପରି ହେଲା ସେଇଟା ଯେ ମାଉଁସ ଝୋଳ ବୋଲି ସେ କହୁଚି ସେକଥା ବୁଝିବାକୁ ସମବେତ କାହାର ଅବକାଶ ରହିଲା ନାହିଁ ଏବଂ କହିବା ବାହୁଲ୍ୟ ବୋହୂର ଗୋରା ତକତକ ମୁହଁଟା ହଠାତ୍ ଗୋଲାପି ପଡ଼ିଗଲା। ପୁଅର ମୁହଁରୁ ବି ଲଜ୍ଜାବୋଧ ବାରି ହୋଇପଡୁଥିଲା। ସେ ଯାହା ହେଉ, ବାପର ଶେଷଇଛା ଟିକକୁ ପୂରଣ କରିନପାରିଲେ କି ବା ପୁଅ! ମ୍ୟୁନିସିପାଲିଟି ଅଫିସ୍‌ରେ କିରାଣୀ ଚାକିରୀ କରିଥିବା ଯୋଗ୍ୟ ପୁଅ ସାମ୍ନାରେ ଏମିତି ଏକ ହେୟ ଇଛାଟିଏ ଆଶୁ ଅର୍ଥନୈତିକ ଦୃଷ୍ଟିକୋଣରୁ ସମସ୍ୟାଦାୟକ ନହେଲେବି ସହସା ଖାସିଟିଏର ଯୋଗାଡ଼ ହିଁ ହେଲା ପ୍ରଧାନ ସମସ୍ୟା। କଥାବାର୍ତ୍ତା ମାଧ୍ୟମରେ ଗାଁସାରା ଦରାଣ୍ଡି ଆଣିଲେବି ହାଣଯୋଗ୍ୟ ଖାସିଟିଏ ମିଳିବା ସମ୍ଭବ ହେଲା ନାହିଁ। ହେଲେ ବୁଢ଼ାର ଯୋଗକୁ ସେ ଦିନ ଥିଲା ହାଟ ପାଳି। ଦୃଷ୍ଟି ପୁଅର ଶଙ୍କିତ ମନକୁ ଆଶ୍ୱାସନା ଦେବା ଢଙ୍ଗରେ ବାପା ଆମର କହିଲେ- ବାକୀ ମାଉଁସର ଚିନ୍ତା କରୁଚକି? ସବୁ ବିକ୍ରି ହୋଇଯିବ ଦେଖିବ। ଫୁଟେ ବଳିବ ନାହିଁ। ଏବେ ତ ପୁଷ ମାସ, ଏତେ ଅଭାବ କାହାର ନାହିଁ। ପୁଷ ମାସରେ ତ କୁକୁର ହାଣ୍ଡିରେ ପେଜ। ତା'ଛଡ଼ା ଗାଁରେ ପାଖାପାଖି ବର୍ଷେ ହେବ ମାଉଁସ ଖିଆ ହୋଇ ନାହିଁ।

ବାଇ ଦୃଷ୍ଟି ବୁଢ଼ା ପାଖରେ ସ୍ତ୍ରୀଲୋକ କେତେଜଣ ହିଁ ରହିଲେ। ଅନ୍ୟମାନେ ବାହାରକୁ ଆସି ଯୋଗାଡ଼ଯନ୍ତ୍ରରେ ଲାଗିଗଲେ।

ଦୃଷ୍ଟି ପୁଅ ଟଙ୍କା ବାହାର କରିଦେଲା। ସ୍ୱେଛାସେବୀ ଦି'ଜଣ ପ୍ରସ୍ତୁତ ହୋଇଗଲେ ହାଟକୁଯିବାକୁ। ଭାଗ ବଣ୍ଟା ସବୁସେଇଠି ସରିଲା। ଦୃଷ୍ଟିଘର, ଆମର, ନବଦଦା, ବାବାଜୀ, ବିକଳି, ଗୋପାଳ କୁଅଁର, ଭଗୀନ, ଶଙ୍କରା ଏମିତି ପନ୍ଦର ଘର। ପଛକୁ ଫକୀର ଆସି ପଚାରିଲା ଦାଦା, ମୋକଥା କ'ଣ କହୁଚ? ବାପା କହିଲେ- କ'ଣ ଆଉ କରିବା କହ। ଏତେ ଲୋକରେ ଭୋଗ ପାଇଲା ପରି ହେବ। ହେଲେ ନବଦାଦା କହିଲେ, ନା ଭାଇ, ଫକୀର ବିଚରାର କଥା ଆଗ। ଗତବର୍ଷ ବିଚରା ଫେରିଯାଇଛି। ସବୁଥିରେ ଫକୀରର ଡେରି। ଗତବର୍ଷ ଘରେ ପଚାରିଲୁ ଯେ

ତା'ଭାରିଜା ହୁଁ କି ନା କିଛି କହିଲା ନାହିଁ। ଶେଷରେ ଛୁଆଟା ତାଟିଆଟି ଧରି ଆସିଲା ବେଳକୁ ତ ସବୁ ସରିଲାଣି।

ବିକଳି କହିଲା, "ସେମାନେ ତ ହାଟକୁ ଏ ଯାଏ ଯାଇନାହାନ୍ତି। କେମିତିକା ଛେଳିଟିଏ ମିଳୁଛି ଆଗ ଦେଖ। ଏଣେ ନଈ ନଦେଖୁଣୁ ନଙ୍ଗଳା। ପୁଣି ଖାଲି ଛେଳି ଆଣିଲେ କ'ଣ ହେବ? ସମସ୍ତଙ୍କର ଅଦା, ରସୁଣ ଆଦି ହାଟରୁ ନଆଣିଲେ କାମ କେମିତି ଚଳିବ! ଏବେ ତ ଗାଁଯାକ ସମସ୍ତଙ୍କୁ ବାଡ଼େଇ ବାଡ଼େଇ କୋଶେ ଦୂର ନେଲେବି କାହାଘରୁ ଅଦାଖଣ୍ଡେ ବାହାରିବ ନାହିଁ।"

ଅଗତ୍ୟା ସବୁ ଲୋକଙ୍କ ପାଇଁ ମସଲାମସଲି ଆଣିବାର ଅତିରିକ୍ତ ଦାୟିତ୍ୱ ନେଇ ସ୍ୱେଚ୍ଛାସେବୀ ଦି'ଜଣ ଖାସୀ ଅନ୍ୱେଷଣରେ ହାଟକୁ ବାହାରି ଗଲେ।

ଆମ ପିଲାମାନଙ୍କ ଗୋଡ଼ ତଳେ ଲାଗୁ ନଥାଏ। ବୋଉମାନେ ଏବେଠାରୁ ବାଟିବା ପାଇଁ ଶୁଖାଲଙ୍କା ପାଣିରେ ବତୁରେଇ ଦେଇଥାନ୍ତି। ଗାଁରେ ମାଂସ ହୁଏ ପ୍ରାୟ ବର୍ଷରେ ଥରେ। ଶେଷ ରଜ ବେଳକୁ। ଆମକୁ ଲାଗୁଥାଏ ଯେମିତି ଗୋଟାଏ ପର୍ବ। ମାଂସ କିନ୍ତୁ ପ୍ରାୟ ବାପାମାନେ ହିଁ ରାନ୍ଧନ୍ତି। ସେଦିନ ତ ଆମମାନଙ୍କର ସନ୍ଧ୍ୟାରେ ପାଠପଢ଼ା ପ୍ରାୟ ବନ୍ଦ। ଡାହାଳ ଭଳି ଚୁଲି ଚାରିପାଖରେ ଚକ୍କର କାଟୁଥାଉ।

ବାଇ ପୃଷ୍ଟି ବୁଢ଼ା କଥା ମନେ ପଡ଼ିଲା। ବିଚରା ଢକ ଢକ ହେଉଚି। ମତେ ଲାଗିଲା ବୁଢ଼ାଟା ଫୁଟାଣିଆଟାଏ। ଆମ ଛୁଆମାନଙ୍କ ଆଗରେ ବେଳେବେଳେ ବଡ଼ ବଡ଼ କଥା କୁହେ। ବେଳେବେଳେ ମତେ କହେ ଯେ ତା' ଯୁଆନ ବେଳେ ସେ କେଜିଏ ଦେଢ଼କେଜି ମାଉଁସ ଆଳୁ ଓ ଝୋଳ ସହିତ ଅନାୟାସରେ ଚଳୁ କରିଦେଉଥିଲା।

ମୁଁ ପଚାରେ- "ସାଆନ୍ତ, ଏତେ ମାଉଁସ ଆଣ କେଉଁଠୁ?"

ବାଇପୃଷ୍ଟି- ମୁଁ ଆମ ସମୟର କଥା କହୁଚି। ସେତେବେଳେ ସବୁ ଜିନିଷ ପ୍ରଚୁର ମିଳୁଥିଲା। ଆମ ଖାଇବା ଆଉ ଏ ଯୁଗରେ ଅଛି। କ୍ଷୀର ପିଇଲେ ସେରେ ଦେଢ଼ସେରେ। କଟକୀ ସେରେ ଚୁଡ଼ାରେ ଜଳଖିଆ। ସେ ସବୁ ଖାଇଚୁ ବୋଲି ଏ ପର୍ଯ୍ୟନ୍ତ ଗୋଟେ ଦମ୍‌ରେ ଚାଲିଚୁ। ମୋ ବାପ କହେ ଦିହରେ ଭିକାରୀଙ୍କ ପରି ତେଲ ମାରିହେବ କ'ଣ? ଘିଅ ତେଲ ଏମିତି ଖାଇବ ଯେ ସିଏ ଦିହରୁ ଚମ ଫୁଟିକି ଚିକ୍କଣ ଦିଶିବ।

ମୁଁ- ସାଆନ୍ତେ ସତରେ ଆମବେଳେ ଭାରି ଅଭାବ। ବର୍ଷକେ ଥରେ ମାଉଁସ ତୁଣ ସେ ସେଥିରେ ଢ଼ଙ୍କସର ଝୋଳ ଭିତରେ ଆମେ ମାଉଁସକୁ ଖାଲି ଅଣ୍ଡାଳି ହେଉଚୁ।

ବାଇ ପୃଷ୍ଟି- ଶୁଣିଲେ ତମକୁ ବିଶ୍ୱାସ ହବନି। ଯାଇଥାଏ କେଉଁଝରେ ଗଡ଼କୁ।

ସେଠି ଛୋଟରାଏ ସାହାବ୍ ବନ୍ଧୁକରେ ହରିଣ ମାରିଥାନ୍ତି। ମୋ ସାଙ୍ଗରେ ବାଜି ଲଗେଇଲେ। କହିଲେ, ଚଷାପୁଅର ବା କ୍ଷମତା କେତେ। ବେଙ୍ଗ ପାଟିରେ କ'ଣ ଘିଅ ହଜମ ହେବ। ଦେଢ଼କିଲ ହରିଣ ମାଉଁସ ମସଲାମସଲି ସହିତ ତାଙ୍କ ଆଖି ଆଗରେ ଟେକିଦେଲି। ସିଏ ଆଁ କରି ଅନେଇ ଥାନ୍ତି। ଖାଇସାରିବା ପରେ କହିଲି ଏବେ ଶୋଷ ଲାଗିଲାଣି ସାହେବ। ଢକ ଢକ କରି ଢାଳେ ପାଣି ବି ପିଇଦେଲି।

ମୁଁ- ହରିଣ ମାଉଁସ କେମିତି ଲାଗେ ସାଆନ୍ତ ?

ବାଇପୃଷ୍ଟି-ମିଠାଳିଆ। ହରିଣ ମାଉଁସଟା ଟିକେ ତେଲିଆ।

ମୁଁ- ବାର୍‌ହା ମାଉଁସ ?

ବାଇପୃଷ୍ଟି- ବାର୍‌ହା ମାଉଁସଟା ଭାରି ଟାଣୁଆ। ତାକୁ ସବୁଲୋକ ହଜମ କରିପାରିବେ ନାହିଁ।

ମୁଁ - ସମ୍ବର ?

ବାଇପୃଷ୍ଟି- ସମ୍ବର ମାଉଁସଟା ଟିକେ ପିତା। କୁତ୍ରା ମାଉଁସଟା ଖଟ୍ଟା, ଜନ୍ତୁ ଅନୁସାରେ ସୁଆଦ।

ମୁଁ କାବା ହୋଇ ସବୁ ଶୁଣୁଥାଏ। ବାଇ ପୃଷ୍ଟି ପୁଣି କହିଲା- ଥରେ ଜଣେ କାନତରାଟି ବାବୁର ବସାରେ ରାତିରେ ପହଞ୍ଚିଗଲି। ସିଏ କୁକୁଡ଼ା ମାରିଥାଏ। ପୂଝାରୀ ରୋଷେଇ କରୁଥାଏ। ମତେ ଅଟକେଇଲେ। ଆଉ କେହି ନ ଥାନ୍ତି। ମୋ ପାଟିରୁ ବାହାରି ପଡ଼ିଲା- ଗୋଟେ କୁକୁଡ଼ାକୁ ଦି'ଜଣ। ଠେଲାପେଲାରେ ତିନିଜଣ ବାସ୍। କାନତରାଟି ମତେ ଅନେଇ ହସିଦେଇ କହିଲେ "ପ୍ରକୃତ ଖାଇବାବାଲା ବୋଲି ଜଣାପଡୁଚ !"

ଅମ ଜନ୍ମ ଆଗରୁ ତା' ବଅସ ବେଳେ ସେ ଭଲମନ୍ଦଗୁଡ଼ାଏ ଖାଇଚି ବୋଲି ଯାହା କହେ ତା' ଆମେ ଦେଖିନାହୁଁ। ପେଟମରା ରୋଗ ଥିଲା ବୋଲି ଆଖଣ୍ଡଳମଣି ଠାକୁରଙ୍କ ପାଖରେ ଅଧିଆ ପଡ଼ି ଟିକିଏ ସାଷ୍ଟମ ହେବାରୁ ତାଙ୍କରି ପାଇଁ ସୋମବାର ଆଇଁଷିପାଣି ବନ୍ଦ। ତା' ପୁଅ ପାଇଁ ମାନସିକ କରି ଗ୍ରହ ଶାନ୍ତି ପାଇଁ ଶନିବାର ବି ବନ୍ଦ। ଗୁରୁବାର ତ ଲକ୍ଷ୍ମୀଙ୍କ ବାର। ବାକୀ ଦିନମାନଙ୍କରେ ଆଇଁଷ ଖାଏ ଯେ ହେଲେ ପ୍ରାୟ ଶୁଖୁଆ। ଗାଁରେ ମାଉଁସ ତୁଣ ତ ବର୍ଷରେ ଥରେ, ଯାଇ ସେଇ ରଜ ବେଳକୁ। ଗତ ତିନିଚାରି ବର୍ଷ ହେଲା ଗାଁ ମାଉଁସ ପୃଷ୍ଟି ବୁଢ଼ାର ଖାଇବା ବାରରେ ପଡୁନାହିଁ। ବୁଢ଼ାର ଆଗପରି ଗରିବ ଅବସ୍ଥା ଏବେ ପ୍ରାୟ ନାହିଁ। ବୁଢ଼ା ପୁଅ ଚାକିରୀ କଲାଣି। କଦବା କେତେବେଳେ ପୁଅଠାରୁ ପାଞ୍ଚ ଦଶ ମିଳିଲେ ବୁଢ଼ା ଗାଁରେ ଯାକୁ ତାକୁ ମତେଇବାକୁ ଲାଗେ। ହେଲେ ମାଉଁସ ତୁଣ କ'ଣ ଶାଗ ନା ତେନ୍ତୁଳି ହୋଇଛି ଯେ ଲୋକେ

ବର୍ଷରେ ଦଶଥର ଖାଇପାରିବେ। ସେଥିରେ ତ ଝିଞ୍ଜଟ ଅନେକ। ଛେଳି ଦେଖ, ଚୋଟକାରୀ ଯୋଗାଡ଼କର, ଇତ୍ୟାଦି, ଇତ୍ୟାଦି।

ବୁଢ଼ାର ବୋହୂଟି ମିଠା ପ୍ରିୟ, ଶାକାହାରୀ। ଏଣୁ ପୁଅବୋହୂ ପାଖକୁ କେବେ କେମିତି ଗଲେ ସେଠିବି ଏ ଖାଦ୍ୟ ସମ୍ଭବ ନୁହେଁ। ମାଛ ମାଂସ ଖାଇବାକୁ ଇଚ୍ଛା ହେଲେ ପୁଅ ନିଜେ କୁଆଡ଼େ ଦୋକାନରେ ଖାଇଦେଇ ଆସେ। ପାଟି ଖୋଲି କହିବାକୁ ବୁଢ଼ାଟାକୁ ଲାଜମାଡ଼େ।

ଯଥା ସମୟରେ ହାଟରୁ ସେ ଦୁହେଁ ଅଦା, ରସୁଣ ଏବଂ ଛେଳି ସମେତ ପହଞ୍ଚିଗଲେ। ଫେରିବା ବେଳେ ସେମାନେ ଗଡ଼ ଜୟ କଲାପରି ଦିଶୁଥିଲେ ହର୍ଷମୁଖ ଏବଂ ଗର୍ବିତ।

ମୋ ସାନଭାଇଟା ମୋଠାରୁ ଅଧିକ ବିକଳିଆ। ଏକଦମ୍ ଲୋଭୀ ଆଉ ପେଟୁ। ବାପା ମାଂସ ଆଣିବାଠାରୁ ରନ୍ଧା ଶେଷଯାଏ ତାଙ୍କ ଲାଙ୍ଗୁଡ଼ ଛାଡ଼ିବାକୁ ନାରାଜ। ସେଟା ଏମିତି ଲୋଭୀ ଯେ ଦିନେ କହିଲା- "ଭଗବାନ, ମତେ ଜର ହୁଅନ୍ତାକି, ମତେ ଟାଇଫଡ଼୍ ହୁଅନ୍ତାକି!" ବୋଉ ପାଟିକରି ଉଠିଲା- "ଆରେ ଅମଙ୍ଗଳିଆ ଇଏ କି କାଳ କଷ୍ଟକୁ ଡାକୁଚୁ! ଆମର କ'ଣ ଦୁଃଖକଷ୍ଟର ଅଭାବ ଯେ ତୁ ଜର ଖୋଜୁଚୁ?" ସାନଭାଇ କହିଲା- "ଜର ହେଲେ ଅଙ୍ଗୁର କୋଳି, ସେଉ ଖାଆନ୍ତି। ତାଙ୍କର ନୂଆବୋହୂକୁ ଜର ହେବାରୁ ତାକୁ ଖାଲି ଅଙ୍ଗୁର, ସେଉ ଖାଇବାକୁ ଡାକ୍ତର କହିଲା। ତା'ପାଇଁ କିଣାଗଲା। ଅଙ୍ଗୁର କୋଳିଟା କେମିତି ଲାଗେଲୋ ବୋଉ?"

ବୋଉ ତା ମୁହଁଟାକୁ ଆଉଁଷି କଇଁ କଇଁ ହୋଇ କାନ୍ଦିବାକୁ ଲାଗିଲା। ମୋ'ଟାରୁ ସେ ଥିଲା ବେଶି ଡାହାଣୀ। ଆମେ ବାପପୁଅ ସମସ୍ତେ ସଡ଼ସାଡ଼ କରି ଝୋଳ ହାମ୍ପୁଡ଼ି ଖାଇ ବସିଥାଉ। ସେ ଟୋକା ବାପାଙ୍କୁ ପଚାରୁଥାଏ- "ବାପା, ମାଉଁସ ଖାଇଲେ ବଳ ବଢ଼େନା!"

ବାପା କହୁଥାନ୍ତି, "ହଁ"।

ସିଏ କହିଲା, ମୁଁ ଏବେ ଟିକିଏ ଅଧିକା ବଳୁଆ ହେଇଯିବିଣିତ! ଖାଉଖାଉ ବାଁ ପଟ ବାହାଟାକୁ ଟେକି ଖାଉଥିବା ମାଉଁସଯାକ ସେଠି କେଉଁଠି ଯାଇ ଲାଗିଲାଣି କି ବୋଲି ପରଖୁଥାଏ ଏବଂ ତୁହାଇ ତୁହାଇ ବାପାଙ୍କୁ ପଚାରୁଥାଏ।

ବାଇ ପୃଷ୍ଟି ବୁଢ଼ା ତହିଁ ଆରଦିନ ସକାଳେ ମରିଗଲା। ମଶାଣିରେ ତାକୁ ଦାହ କରିବାକୁ ବାପା ଆଦି ଗୁରୁଜନମାନନେ ଯାଇଥାନ୍ତି। ମଶାଣିରୁ ଫେରିଲେ ସେମାନଙ୍କ ଗାଧୋଇବା ପାଇଁ ମୁଁ ପୋଖରୀ ଘାଟରେ ତେଲ ଧରି ଅପେକ୍ଷା କରୁଥାଏ। ପାଟ ପାଖରେ ବସିଥାଏ ମାଳିଅପା ବୁଢ଼ୀ। ବୁଢ଼ୀ ଜୁଆନବେଳୁ ବିଧବା। ତା'ର

ଆପଣାର କେହି ନାହାନ୍ତି । ଯା' ତା'ଘର ବୋଲହାକ କାମଦାମ କରି କୌଣସିମତେ ଚଳେ । ଛୋଟ ଛୁଆମାନଙ୍କୁ ଦେଖିଲେ ରଙ୍କୁଣୀ ପରି ହୁଏ, ଗେଲ କରେ । ପାଖାପାଖି ବସି ଆମେ ମଶାଣି ଆଡ଼କୁ ଅନେଇଥିଲୁ । ମତେ ଦୁଃଖ ଲାଗୁଥାଏ ଯେତିକି ଭୟ ବି ସେତିକି ଲାଗୁଥାଏ । ମାଳିଅପା ପାଖକୁ ଘୁଞ୍ଚିଆସି ତା'ହାତକୁ ଜାବୁଡ଼ି ଧରି ପଚାରିଲି- "ବାଇ ପୃଷ୍ଟି ସାଆନ୍ତକୁ ହେଇ ପୋଡ଼ି ଦେଉଛନ୍ତି । ଭାରି ଡରମାଡୁଚି ମତେ । ମରଣଟା କେଡ଼େ କଷ୍ଟ ଯେ ।"

ମାଳିଅପା ମତେ ତା' କୋଳ ଉପରକୁ ଟାଣିନେଇ ଆଉଁଷିବାରେ ଲାଗିଲା । ଲୁଗା କାନିରେ ଆଖି ପୋଛୁ ପୋଛୁ କହିଲା- "ଡର କାହିଁକିରେ ପୁଅ ? ଏ ମାଟି ଘଟରେ ଜୀବ କ'ଣ ଆଉ ସବୁଦିନ ବସି ରହନ୍ତା ? ସିଆଡୁ ଡାକରା ଆସିଲେ ସମସ୍ତେ ଗୋଟି ଗୋଟି କରି ଯିବେ । ହେଲେ ଏ ପୃଷ୍ଟି ବୁଢ଼ା ହେଲା କପାଳିଆ । ତା' ଭାଗ୍ୟ ବଡ଼ ଜୋର୍ । ଢେର ସୁଖ ବି କରିଦେଇଗଲା, ଏମିତି ଗଲାବେଳକୁ ତା'ର ଏଡ଼େ ଟିକିଏ ଆଶା ବି ବାକୀ ରହିଲା ନାହିଁ । ବୁଢ଼ାର ତ ସୁଖ ମରଣରେ ପୁଅ !"

କହୁ କହୁ ମାଳିଅପା ଚୁପ୍ ହୋଇଗଲା । ସ୍ଥିର ଆଖିରେ ମଶାଣି ଆଡ଼କୁ ଅନେଇ ରହିଥିଲା ସେ । ଆଉ ମୁଁ ମଶାଣିରେ ଲହ ଲହ କରୁଥିବା ଚିତାଗ୍ନି ଆଡୁ ଆଖି ଫେରେଇ ତା' ମୁହଁକୁ ବଲବଲ କରି ଚାହିଁ ରହିଲି ।

ଭାଲୁଶିକାର

ହରିଆର କଥାକୁ ଗାଆଁରେ ବିଶେଷ କାହାର ଅବିଶ୍ୱାସ କରିବାର ନଥିଲା। ରାତିରେ ପରିସ୍ରା କରିବାକୁ ଖଣ୍ଡେଦୂର ଯାଇ ବସିଛି କି ନାହିଁ ନଜର ଚାଲିଗଲା ପାଖ ଆମ୍ବତୋଟା ଆଡ଼େ। ଆଉ ଠିକ୍ ସେତିକିବେଳେ ତୋଟା ଗହଳରୁ ଖର୍ବକାୟ, ଗାଢ଼ ଅନ୍ଧାର ମେଞ୍ଚାଏ ଲସର ପସର ହୋଇ ଧାଇଁ ଚାଲିଗଲା। ହରିଆ ବିଚରା ଆଉ ପରିସ୍ରା କରିବ କ'ଣ ଖାଲି ଭା... ଭା... ବୋଲି ଖନେଇ ଖନେଇ ଘର ଭିତରକୁ ଧାଇଁଲା। ରାତିରେ ଯେ ଭାଲୁ ଆସିଥିଲା ସେକଥା ହରି ପରଦିନ ସକାଳଠାରୁ ସମସ୍ତଙ୍କୁ କହି ବୁଲୁଚି ଏବଂ ତା'ର ଅକାଟ୍ୟ ପ୍ରମାଣ ସ୍ୱରୂପ ନିଜର ଦୁର୍ଘଟଣାଗ୍ରସ୍ତ ଓଦା ଲୁଙ୍ଗିଟା ମଧ୍ୟ ସମସ୍ତଙ୍କୁ ଦେଖାଇ ସାରିଲାଣି।

ଆସିଥାଇ ପାରେ ! ପାଖ ମୁଣ୍ଡିଆ ପାହାଡ଼କୁ ବେଢ଼ି ରହିଥିବା ରୁଗ୍ଣ ଜଙ୍ଗଲରୁ କେତେ ଏମିତି ଦୂର କି ଗାଆଁଟା ? ଆଗରୁ ଜଙ୍ଗଲ ଘଞ୍ଚ ଥିଲାବେଳେ ସେମାନେ ହାଉଜାଉ ହେଉଥିଲେ, ଖଳାବାଡ଼ିର ଗଛରେ ବରକୋଳିଟିଏ ବି ରଖିଦେଉ ନଥିଲେ। ଏବେ ସେମାନଙ୍କ ଯାତାୟାତ କମି କମି ଜନନେତାଙ୍କ ଗସ୍ତ ଭଳି, କେଇ ବର୍ଷରେ ଥରେ ଅଧେ କଦବା କେମିତି, କାଁ ଭାଁରେ ସୀମିତ ହୋଇଯାଇଚି। ଢେର କିଛି ବର୍ଷ ହେଲା ଏମିତି ହୋଇ ନଥିଲା। ତଥାପି କୌଣସି କାରଣରୁ ନୈଶ ଅଭିଯାନରେ ବାହାରି ପଡ଼ିଥିବା ଦୁଃସାହସୀ ଖେଚଡ଼ା ଭାଲୁଟିଏ ପାହାନ୍ତା ପହରରେ ହରିଆର ନଜରକୁ ଆସିଯାଇଥିବା ଆଦୌ ଅସମ୍ଭବ ନୁହେଁ। ତୁଠ ପଥରରେ ବସି ଦାନ୍ତ ଘଷୁ ଘଷୁ ବାପା ହରିଆକୁ ସାନ୍ତ୍ୱନା ଦେବାର ସ୍ୱରରେ କହିଲେ- 'ହରି, ତୁ କ'ଣ କେବେ ଡରିବା ପିଲା ? ବାପା- ଦାଦିଠାରୁ ଆରମ୍ଭ କରି ଗାଆଁର ସବୁ ଗୁରୁଜନଙ୍କୁ ପଦେ ପଦେ କଥାରେ ତୁ ନାଲି ଆଖି ଦେଖେଇ ଆସୁଚୁ। ବରଂ ତତେ ଏ ଗାଆଁରେ ନଡରୁଚି କିଏ ?' ଆଉ ତା'ପରେ ହରିଆର ଉଦ୍ୟତ ହାତରୁ ଓଦା ଲୁଙ୍ଗିଟିର ଲୁଣିଆ ଗନ୍ଧରେ ଓକାଳି ହେଲାପରି

ପାହୁଣ୍ଡେ ଘୁଞ୍ଚିଯାଇ କହିଲ, 'ଆରେ ତୋ' ଅବସ୍ଥା ଏତେ ସରି ହେଇଚି ମାନେ, ତୁ ନିଶ୍ଚୟ ଭାଲୁଟାଏ ଦେଖିଚୁ ଏବଂ ସେଇଟା କେଡ଼େ ବିରାଟ ଆଉ ଦୁର୍ଦ୍ଦାନ୍ତ ହୋଇଥିବ, ସେ କଥା ମୁଁ ବେଶ୍ ଅନୁମାନ କରିପାରୁଚି।'

ପ୍ରଶ୍ନ ହେଉଚି ଜନ୍ତୁଟା ଆସିଥିଲା କାହିଁକି? ଆଗରୁ ଆସିଲେ ଭାଲୁମାନେ ଆଖୁ କିଆରୀରେ ପଶି ଆଖୁ ଖାଇଯାଉଥିଲେ। କେତେବର୍ଷ ହେଲା ଆଖୁଚାଷ ଉଜୁଡ଼ିଗଲାଣି। ଏମାଟିରୁ ତ ମିଠା ସରିଗଲାଣି। ଆଖୁ କିଆରୀରେ ଡେଙ୍ଗା ଦୁବକେରା ଭଳି ପାଣିଚିଆ ପବ କେତୋଟି ମାତ୍ର ବାହାରୁଚି ଯେ ସେଥିରୁ ସମସ୍ତ ଗୁଡ଼ ପିଲାଙ୍କ ଚୁଡ଼ାଖିଆକୁ ନଅଣ୍ଟ। ବୃଥା ପରିଶ୍ରମ। ଆଖୁଚାଷ କେବେଠାରୁ ବନ୍ଦ ହୋଇଗଲାଣି।

ଏଇ ଗୋଳଚୋଳ ଭିତରେ ଘଟଣାସ୍ଥଳ ସେଇ ଆମ୍ବତୋଟାଟିକୁ ତନଖିବା ଚିନ୍ତା କାହା ମୁଣ୍ଡକୁ ଢୁକି ନାହିଁ। କେବଳ ଭାଲୁର ରୁଚି ଅରୁଚି ପସନ୍ଦ-ନପସନ୍ଦ ବିଷୟରେ ଆଲୋଚନାମାନ ଚାଲିଛି। ତୁଠରେ ଲୋକ ଗହଳି ବଢ଼ୁଚି। ସେତିକିବେଳେ ହରିଆର ବୁଢ଼ାବାପ ଛୋଟେଇ ଛୋଟେଇ ତୁଠ ଆଡ଼କୁ ଧାଇଁ ଧାଇଁ ଆସିଲା ଆଉ ଖୁସି ହୋଇ ପୁଅର ପିଠି ଆପୁଡ଼େଇବାରେ ଲାଗିଲା, ଯେମିତିକି ତା' ପୁଅ ଗୋଟାଏ ବୁଲାରି ଭାଲୁକୁ ନୁହେଁ, କୌଣସି ଯୁଗାନ୍ତକାରୀ ବୈଜ୍ଞାନିକ ସୂତ୍ର ଆବିଷ୍କାର କରିଚି। କହିଲା, 'ବାଃରେ ହରି, ତୋ ନଜର ତ କେବେ ଧୋକା ଖାଇବାର ନୁହଁ।' ସମବେତ ସମସ୍ତଙ୍କୁ ଅନେଇ ଉତ୍ତେଜନାରେ ପୁଣି କହିଲା, 'ଆମ୍ବତୋଟା ମଝିରେ ସେ ବଡ଼ ଉଇ ହୁଙ୍କାଟା ଆଉ କ'ଣ ଅଛି? ଚାଲୁନ ଦେଖିବ ତାକୁ କେମିତି ସଫା କରିଦେଇଚି ରାତାରାତ୍!' ହୁଙ୍କାଟିର ଧ୍ୱଂସାବଶେଷ ଦେଖିଲା ପରେ ଚମକିଲା ପରି କେଇ ପାହୁଣ୍ଡ ପଛକୁ ହଟିଯାଇ ସମବେତ ପ୍ରାୟ ସମସ୍ତେ ଭାଲୁ ଆଗମନର ଭୟାର୍ତ୍ତ ସମ୍ମତି ଜଣାଇଲେ।

ଚୈତ୍ର ମାସ, ଗରମ ପଡ଼ିଲାଣି। ପିଣ୍ଡା ଉପରେ ବା ଅଗଣାରେ ଶୋଇବା ସୁଖ ଟିକକ ଉପରେ ଏ ବର୍ଷ ହଠାତ୍ ଭାଲୁଟା ଦାଉ ସାଧିଲା। ଗରମରେ ଘର ଭିତରେ କ'ଣ ନିଦ ହବ? କେବଳ ରାମ୍ପି ବିଦାରି ହେବା ହିଁ ସାର। ଜଣେ କହିଲା, ନାହିଁମ ସେ ଆଉ ଆସିବ ନାହିଁ। ଭାଲୁର ସମ୍ବର୍ଦ୍ଧନା ପାଇଁ ଏ ଗାଆଁରେ ଆଉ ଅଛି କ'ଣ? ସେ ମୁଣ୍ଡରେ ଥିବା ମହୁଲ ଗଛ କେତେବର୍ଷ ତଳୁ ହଣା ସରିଚି। ଆଖୁଚାଷ ଉଜୁଡ଼ି ଗଲାଣି। ମଣିଷଙ୍କ ପାଇଁ ଫଳଫୁଲୁରି କିଛି ନାହିଁ, ଆଉ ଭାଲୁ ପାଇଁ ବା କ'ଣ ରହିବ? ଏଇ ତୋଟା ମଝିରେ କେମିତି ଉଇହୁଙ୍କାଟିଏ ରହିଯାଇଥିଲା, ସେଟାକୁ ତ ଏଇ ସଫା କରି ଦେଇଗଲା, ଆଉ କାହିଁକି ଆସିବ? ଡରୁଚ କାହିଁକି ମ? ଖଟିଆ ଭିଡ଼। ପିଣ୍ଡାରେ ଶୋଇବା। ବାପାଙ୍କ ଆଡ଼କୁ ଅନେଇ କହିଲା, ତମର ଚିନ୍ତା କ'ଣ ଭାଇ! ତମ ପାଖରେ ଯେଉଁ ହାତେ ଲମ୍ବ ପାଞ୍ଚସେଲିଆ ଟର୍ଚ୍ଚ ଅଛି, ସେଇଟାକୁ ଫଟାସ୍‌କିନା

ତା'ମୁହଁକୁ ଚିପିଦେଲେ ତା' ଆଲୁଅଧାସରେ ଭାଲୁ ଯେଉଁଠି, ସେଇଠି ପଡ଼ି ରହିବ, ଗଦଶୁଙ୍ଘା ସାପ ପରି। ତମର ଆଉ ଡର କ'ଣ? ଉତ୍ତରରେ ବାପା କିଛି କହିଲେ ନାହିଁ। କେବଳ ମୃଦୁ ମୃଦୁ ହସିଲେ, ଆଉ ସେଇ ହସ ଭିତରେ ଦକ୍ଷ ଶିକାରୀଟିଏର ଆତ୍ମବିଶ୍ୱାସ ଭାବ ଉକୁଟି ଉଠୁଥିଲା, ଯେମିତିକି ତାଙ୍କ ଅକ୍ତିଆରରେ ଥିବା ଜିନିଷଟା ଦୋନଲୀ ବନ୍ଧୁକଟିଏ। କିନ୍ତୁ ସେଦିନ ସନ୍ଧ୍ୟା ପୂର୍ବରୁ ତାଟି କବାଟ ପଡ଼ିଗଲା। ବାପାଙ୍କ ସମେତ ଗାଆଁ ସାରା ସମସ୍ତେ ଘର ଭିତରେ ହିଁ ଶୋଇଲେ। ମୁଁ ବାପାଙ୍କ ପାଖକୁ ଲାଗିକରି ଶୋଇଥିଲି। ତକିଆ ପାଖରେ ଥିବା ଚର୍ଚ୍ଚଟା କାହିଁ କେତେଥର ବିଜୁଳି ମାରିଲା ପରି ଜଳି ଉଠିଥିଲା ରାତିରେ।

ପରଦିନ ସକାଳ ଥିଲା ଶାନ୍ତ, ନୀରବ। ଜନ୍ତୁଟାର ପୁନରାଗମନର କୌଣସି ସଙ୍କେତ କାହାକୁ ମିଳି ନଥିଲା। ପରେ ପରେ ପରେ ଆରମ୍ଭ ହେଲା ଗପସପ। ଭାଲୁ ସମ୍ବନ୍ଧୀୟ ଯାବତୀୟ ଅଙ୍ଗେନିଭା, ଏବଂ ଶୁଣା ଅନୁଭୂତି ସମସ୍ତେ କୁହାକୁହି ହେଉଥିଲେ। ଯିଏ ଯେତେ ଅଧିକ ଘଟଣା ବଖାଣି ପାରୁଥିଲା, ତା'ର ବ୍ୟକ୍ତିତ୍ୱରେ ସେତେଟା ଓଜନ ଆସୁଥିଲା। ବାଳୁଆ ଦେହରେ ନିଆଁ ଲାଗିଲେ ସାଙ୍ଗେ ସାଙ୍ଗେ ପୋଡ଼ି ଭସ୍ମ ହୋଇଯିବ ବୋଲି ଭାଲୁର ନିଆଁକୁ ଭାରି ଡର। ଗତକାଲିଠାରୁ ଛଣ ବାନ୍ଧି ନିଆଁ-ବରିଆ କରି ସମସ୍ତେ ରଖିଥାଆନ୍ତି। ଆମ ଅଗଣାରେ ସେଥିରୁ ପାଞ୍ଚଟା ଥୁଆ ହୋଇଥାଏ। ଆମ ବୈଠକଘରେ ସାମ୍ନାରେ କେତେଜଣ ବସି ଗପସପ ହେଉଥାନ୍ତି। ଗୋକୁଳ କହିଲା, 'ଭାଲୁ ପ୍ରକୃତରେ ଗୋଟିଏ ନିରୀହ ଜନ୍ତୁ। ଆଇଁଷ ପାଣିରେ ତା'ର ଆଗ୍ରହ ନଥାଏ। ତା'ର ଆହାର ନିରାମିଶ।'

ମୁଁ ପଚାରିଲି, ସେ ପରା ମଣିଷଙ୍କ ନାକ ଖାଇ ବଞ୍ଚେ।

ଗୋକୁଳ ମନାକଲା ଆଉ କହିଲା, 'ଆତ୍ମରକ୍ଷା ପାଇଁ ସେ ତା'ଟାଣୁଆ ନଖରେ ରାମ୍ପି-ବିଦାରି ଦେଇ ପକାଏ। ଥାନ ଅଥାନ ଯେଉଁଠି ବାଜିଲା, ଛିଡ଼ିଯାଏ। ମଣିଷର ମୁହଁ ଉପରେ ନାକଟା ଠିଆ ହେଲାପରି ଗଢ଼ଣ ହୋଇଥିବାରୁ ଆଉ ନରମା ହୋଇଥିବା ହେତୁ ସହଜରେ ତା'ନଖରେ ଉପୁଡ଼ିଯାଏ।' ଗୋକୁଳ ଆମ ଗାଆଁର ଜଣେ ବିଜ୍ଞଲୋକ ହିସାବରେ ଗଣା, ତା'କଥା ନମାନିବାର ମୋର ଉପାୟ ନଥିଲା।

ମୁଁ କହିଲି, ଭାଲୁ ଆମ ମାଂସ ଖାଉ କି ନଖାଉ, ତାକୁ ଆମର ଡର। ସିଂହ, ବାଘକୁ ଡର। ଆମେ ମଣିଷ ନ ହୋଇ ସିଂହ, ବାଘ ହୋଇଥବଲେ କେତେ ମଜା ହେଉଥାନ୍ତା।

ଗୋକୁଳ ମତେ ଅନେଇ ହସି ହସି କହିଲା, ଛି ଛି ସେମିତି କଥା କ'ଣ କହନ୍ତି! ବାଘର ମଉଜ ତମକୁ ବାହାରୁ ଦିଶୁଚି, ତା' ଦହଗଂଜ ତ ଦିଶୁନି। ବାଘ

କାହାକୁ କ'ଣ ମନୋରଂଜନ ପାଇଁ ମାରେ। କେବଳ ଖାଇବାକୁ ମାରେ। ସିଏ ଘାସ ଖାଇ ପାରେନା। ଭଲ ମଣିଷଙ୍କ ପରି ବାଘର ତ ଆଉ ଚାଉଳବସ୍ତା ଘରେ ନ ଥାଏ। ଜୀବନ ସାରା ସେ ଖାଲି ଖାଇବା ଖୋଜୁଥାଏ। ତା'ର ବଡ଼ ଦହଗଞ୍ଜ ଜୀବନ।

ଗୋକୁଳ ଉଠି ଠିଆହେଲା। ବାପା କହିଲେ, 'ବସୁନୁରେ।' ସେ କହିଲା, 'ନାଇଁ ଦାଦା, ଖରା ପଡ଼ିଲାଣି, ପେଟପାଟଣା କଥା। ବସି ଗପିଲେ ଚଳିବ କୁଆଡୁ ? ପଥର ଛଇ ଆଡ଼େ ଯିବି। ପଥର ଦିଟା ନକାଟିଲେ ହବ କେମିତି ? ସେ ଉଠି ଚାଲିଗଲା। ବାପା ପିଣ୍ଡା ଉପରେ ମୁଢ଼ି ଚୋବାଉଥାନ୍ତି। ମଝିରେ ମଝିରେ ଢୋକେ ଢୋକେ ଚା' ପିଉଥାନ୍ତି।

ହୀରା ମାଆ ବୁଢ଼ୀ କହିଲା, ମୁଁ ପିଲାଦିନେ ବାଘ ପାଟିରେ ହାତ ପୂରେଇଚି। ଆମେ ପିଲାମାନେ ସମସ୍ତେ ଛାନିଆଁ ହେଲାପରି ପଚାରିଲୁ, ତୁ ମିଛ କହୁଚୁ। ବୁଢ଼ୀ କହିଲା, ନାଇଁମ ଏ ପ୍ରାତଃକାଳେ ମୁଁ ମିଛ କହିବାକୁ ଯିବି ? ବାଘ ପାଟିରେ ମୁଁ ଖୋଦ୍ ମୋ ଡାହାଣ ହାତମୁଠା ଭର୍ତ୍ତି କରି ବାହାର କରି ଆଣିବି। ଅବଶ୍ୟ ମଲାବାଘର ପାଟିରେ। ସେଇଠୁ ଆମେ ସମସ୍ତେ ଆଶ୍ୱସ୍ତ ହୋଇ ହସିଲୁ। ସେ କହିଲା, ଆମ ପିଲାକାଳେ କେବେ କେମିତି ବାଘମାନେ ବି ପଶି ଆସୁଥିଲେ। ସେତେବେଳେ ମଣିଷ ସଂଖ୍ୟା ଥିଲା କମ୍, ଜୀବଜନ୍ତୁ ଆଉ ଗଛଲଟା ଥିଲେ ଅଧିକ। ନରେନ୍ଦ୍ର ଦଫାଦାରଙ୍କ ବଳଦଟାକୁ ବାଘ ମାରିଦେଇଥାଏ। ତାଙ୍କ ସାନଭାଇ ଏକବାରେ ରାଗି ଉଛନ୍ନ। ତାଙ୍କର ଗୋଟାଏ ଛର୍‌ରା ବନ୍ଧୁକ ଥିଲା।

ସକାଳୁ ସକାଳୁ କାନ୍ଧରେ ପକାଇ ସେ ଗର୍ଜୁଥିଲା ଯେ ବାଘକୁ ନିଶ୍ଚେ ମାରିବ। ପରଦିନ ରାତିରେ ପୁଣି ଆସି ଖାଇବ ବୋଲି ଦରଖିଆ ମଲା ବଳଦଟାକୁ ବାଉଁଶ ବଣ ଭିତରେ ପକେଇ ଦେଇ ବାଘ ପଳେଇଥାଏ। ରାତିରେ ବାଉଁଶ ବଣକୁ ଯିବାକୁ ସମସ୍ତେ ମନାକଲେ, ସେଠି ତ ବରଗଛ ନାଇଁ ଯେ ମଞ୍ଚାକରି ଉପରେ ବସିହେବ। ବାଉଁଶ ବୁଦା ଭିତରେ ବାଘ ସାଙ୍ଗରେ ହାତାହାତି ହେବା ଅର୍ଥ ଜୀବନକୁ ଜଳାଞ୍ଜଳି ଦେବାକଥା। କିନ୍ତୁ ସେ ଜିଦ୍ କଲା। କହିଲା, ଯିଏ ହେଲେ ଜଣେ ଆଜି ରାତିରେ ମରିବ। ବାଘ ନଚେତ୍ ମୁଁ। ଏକା ଏକା ବନ୍ଧୁକ ଧରି ଗଲା। ସକାଳୁ ଦେଖିଲା ବେଳକୁ ବାଘଟାକୁ ମାରି ତା' ଗୋଡ଼ ସନ୍ଧିରେ ବାଉଁଶ ପୂରେଇ ବାନ୍ଧି ଦି'ଜଣ ଲୋକ କାନ୍ଧେଇ ବୁଲୋଉଛନ୍ତି। ବନ୍ଧୁକ ଧରି ଶିକାରୀ ଆଗେ ଆଗେ ଚାଲିଥାଏ। ବାଘର ମେଲା ପାଟିଟା ତଳକୁ ଝୁଲୁଥାଏ। ସବୁ ସ୍ତ୍ରୀ, ଝିଅ ତା'ପାଟିରେ ହାତ ପୂରାଇ ଥାଆନ୍ତି। ମୁଁ ବି ପୂରେଇଥିଲି।

ମୁଁ ପଚାରିଲି କାହିଁକି ?

– କହନ୍ତି, ବାଘ ପାଟିରେ ହାତ ପୂରେଇଥିଲେ ସେ ହାତରେ ଯାହା ରାନ୍ଧିଲେ ବଡ଼ ସୁଆଦ ଲାଗେ। ସେଇଥିପାଇଁ ମଲାଯାଏବି ମୋ ହାତରେ ଶାଗଭଜା ଟିକକ ପାଇଁ ହୀରାବାପା ତାଟିଆ ଚାଟୁଥିଲା। କହିସାରି ହୀରାମାଆ ମୁହଁ ବୁଲେଇ ନେଲା। ବାପା ଉଠି ଠିଆ ହେଲେ। ଚା'ପାନ ସରିଯାଇଥିଲା। ଅନ୍ୟମାନେ ବି ଉଠ୍ ଉଠ୍ ହେଲେ। ନନ୍ଦିଆ ଗୋଟାଏ କଡ଼କୁ ଠିଆ ହୋଇଥିଲା। ଖୋର୍ଦ୍ଧାଲୁଙ୍ଗିଟିଏ କଛାମାରି ପିନ୍ଧିଥିଲା। ତା'ର ଓସାରିଆ ଫୁଙ୍ଗୁଲା ଛାତି ଆଉ ବାହା ଦେଖିଲେ ମନରେ ଶଙ୍କା ଆସେ। କେତେ ଶକ୍ତି ଏ ଲୋକଟିର! ସିଏ ବି ପଥର ଛଇରେ ପଥର କାଟୁଛି। ତା' ଆଡ଼କୁ ଦେଖେଇ ଅବନୀ ସାଆନ୍ତ କହିଲା, ଆରେ ନନ୍ଦିଆ ଥିଲେ ଆଉ ଡର କ'ଣ? ସେ ତ ଏ ଗାଆଁର ସେନାପତି!

ନନ୍ଦିଆ ହସି ହସି କହିଲା, ନା ମ ସାଆନ୍ତ, ଥଟ୍ଟା କରୁଚ। ଆଗ ଜୋର୍ କ'ଣ ଆଉ ଅଛି!

ଆରେ ତୁ ପଥର କାଟୁଛୁଟି। ଭାଲୁଟାଏ ତତେ ବଳେଇ ଯିବ? ତୁ ସିଂହ ସାଙ୍ଗରେ ଲଢ଼େଇ କରିବା କଥା।

ଆଉ ପଥର କାଟି ପାରୁଚି କେଉଁଠି ସାଆନ୍ତ? ପାଞ୍ଚ ଛଅ ଦିନ ହେଲା ଏ ବୁଢ଼ା ଆଙ୍ଗୁଳି ନଖଟା ପାଚିଛି ଯେ କାଠି ଖଣ୍ଡେ ବି ଧରିହେଉନି।

ଧୀରେ ଧୀରେ ଉଠି ସମସ୍ତେ ଯେ ଯାହା ଘରକୁ ଗଲେ। ଏକୁଟିଆ ହେଲାରୁ ନନ୍ଦିଆ ବାପାଙ୍କୁ ପଚାରିଲା, ଆଜ୍ଞା, ଟଙ୍କା ଦି'ଟା କି ଚାଉଳ ସେରେ ଦେବେ କି ମଜୁରୀ ପାଇଁ? କାମ କରି ଶୁଝି ଦିଅନ୍ତି।

ବାପା କହିଲେ, କାମ ଆଉ କ'ଣ? ଖଳା କାମ ସରିଲାଣି। ଘରର ଚାକିରିଆଙ୍କ ପାଇଁ ତ ଏବେ କାମ ନାହିଁ ଯେ ଖରାବେଳ ସାରା ତାସ୍ ପିଟୁଚନ୍ତି।

– ନ ହେଲେ ଖତ ପାଇଁ ଦେଉନ। ସିଏ (ତା'ଭାରିଜା) ଗୋବର ସାଉଁଟୁଚି। ଖତ ଦି'ପାଛିଆ ଦିଅନ୍ତି। ଏବେ ଏ ହାତଟା ପାଇଁ ପଥର ଛଇକୁ ଯାଇହେଉନି। ଅବଶ୍ୟ ପୂଜ ବାହାରିଗଲାଣି, ଦରଜ ଟିକେ କମି କମି ଆସୁଚି।

ଘରର ଗାଇଗୋରୁଙ୍କ ଖତଗୋବରକୁ ତ ଜମି ନାହିଁ। ତା' ଉପରେ ଗାଡ଼ିଏ, ପାଖାପାଖି ଖତ ମୁଁ କିଣି ସାରିଲିଣି। ଆଉ କ'ଣ କରିବି? ନନ୍ଦିଆ ଚାଲିଗଲା ମନଦୁଃଖରେ। ମୁଁ ବାପାଙ୍କୁ ପଚାରିଲି, ଗାଡ଼ିଏ ଖତ ତ ତମେ ଜମା କିଣିନାହଁ। ବାପା ମତେ ପାଟିକରି କହିଲେ ତୁ ଚୁପ୍ କର।

ନନ୍ଦିଆ ଚାଲିଯାଉଥାଏ। ତା'ଦେହରେ ବଳିଷ୍ଠ ମାଂସ ପେଶୀ ସବୁ ଉକୁଟି ଉଠୁଥାଏ। ତା'ଦେହ ଦେଖିଲେ ମତେ ଲୋଭ ଲାଗେ ଯେତିକି ଡର ଲାଗେ ସେତିକି।

ଆମ ଗାଆଁରେ ଶେଷ ରଜ ଦିନ ନିଶ୍ଚିତ ଭାବରେ ମାଂସ ତରକାରୀ ହୁଏ। ସେଦିନ ଛେଳି ମରାଯାଏ, ଚୋଟକାରୀ ହୁଏ ନନ୍ଦିଆ। କାନ୍ଧରେ ଭାଲା ପକେଇ ଖାସୀଟାଏ ଅଡ଼େଇ ଅଡ଼େଇ ବଧ କରିବାକୁ ସେ ବାଉଁଶ ବଣ ଆଡ଼କୁ ନେଇଯାଏ। ଖାସୀ ହଣା ଦେଖିଲେ ପାପ ହେବା ଭୟରେ ଆମେ ପିଲାମାନେ ଲୁଚିଯାଉ। ହାଣି ସାରିବା ପରେ ନନ୍ଦିଆ ବାଉଁଶ ବଣ ଭିତରୁ ଖାସୀର କଟାମୁଣ୍ଡଟା କାନ ପାଖରୁ ଝୁଲେଇ ଧରି, ଭାଲାଟା କାନ୍ଧରେ ପକେଇ ଗଡ଼ଜୟୀ ସେନାପତିର ଠାଣିରେ ଗାଆଁ ଦାଣ୍ଡ ଦେଇ ଫେରେ। ଖାସୀର ମୁଣ୍ଡଟା ଚୋଟକାରୀର ପ୍ରାପ୍ୟ ବୋଲି ନିୟମ ଅଛି। କଟାମୁଣ୍ଡର ବୁନ୍ଦାବୁନ୍ଦା ତାଜା ରକ୍ତ ଟପ୍ ଟପ୍ ତଳେ ପଡୁଥାଏ। ଦନ୍ଥୁଡ଼ା ଭାଲାଟା ଦିଶୁଥାଏ ଲାଲ ଚକ୍ ଚକ୍। ଆମେ ପିଲାଏ ଆଉ ସ୍ତ୍ରୀ ଲୋକମାନେ ନିରାପଦ ଜାଗାମାନଙ୍କରେ ଥାଇ ଆଁ କରି ଅନେଇ ଥାଉ। ମୁଁ ମନେ ମନେ ଧିକ୍କାରି ହୁଏ। ନନ୍ଦିଆକୁ ଆମ ଭାରତର ସେନାପତି କରାଯାଉନାହିଁ କାହିଁକି ? କେମିତିକା ଠାଣି କେତେ ବଳ, କେଡ଼ ବଡ଼ ବୀର।

ଆମେ ପିଲାମାନେ ଦିନେ ତାକୁ ବେଢ଼ି ଯାଇ ପଚାରିଲୁ ତମେ କେମିତି ଛେଳି ହାଣୁଚ ?

ଗୋଟାଏ ଚୋଟରେ। ଜନ୍ତୁ ହେଲେ କ'ଣ ହେଲା, ତାର ବି ତ ଜୀବନ ଅଛି। କଷ୍ଟ ଅଛି, ଦହଗଞ୍ଜ ଅଛି। ସିଏ ମରୁଚି ବୋଲିଜାଣି ପାରିବା ପୂର୍ବରୁ ମରିଯିବା ଦରକାର। ଏଣୁ ଗୋଟିଏ ଚୋଟରେ ମୁଣ୍ଡ ଗଣ୍ଡି ଅଲଗା ହୋଇଯିବା ଦରକାର। ଖୁରେଇ ଖୁରେଇ ପନ୍ଦର ଚୋଟରେ ଡହଳ ବିକଳ କରି ହାଣିବା କ'ଣ ଭଲ ? ମୁଁ ସେମିତି କରିପାରିବି ନାହିଁ। ଯେଉଁ ଦିନ ଗୋଟିଏ ଚୋଟରେ ପାରିବି ନାହିଁ, ସେଦିନ ଠାରୁ ମୋର ଭାଲା ଉଠେଇବା ବନ୍ଦ୍।

ମୁଁ ପଚାରିଲି, 'ତମ ଭାଲାଟା ତ ବେଶି ଧାରୁଆ ନୁହଁ। ପୁରୁଣା ଦନ୍ଥୁଡ଼ାଟା ପରି ଦିଶୁଚି।'

ନନ୍ଦିଆ ହସି ହସି ତା' ହାତର ମାଂସପେଶୀ ଫୁଲେଇ କରି ଦେଖେଇ କହିଲା- 'ଭାଲାଟା କ'ଣ ସତରେ ହାଣେ ? ହାଣେ ଏଇ ବାହୁ।' ମୁଁ ଆଉ ସମ୍ଭାଳି ପାରିଲି ନାହିଁ। ଭାବ୍ ଗଦ୍‌ଗଦ୍ ହୋଇ କହିଲି, ସତରେ ତମେ ଜଣେ ବୀର ପୁରୁଷ।

ନନ୍ଦିଆ କିନ୍ତୁ ଦେଢ଼ବର୍ଷ ଧରି ଗାଆଁକୁ ବୀରଶୂନ୍ୟ କରି କଲିକତା ଚାଲିଯାଇଥିଲା କାମ କରିବାକୁ। ଦେଢ଼ ବର୍ଷପରେ କଣ୍ଟାସାର ହୋଇ ଗାଆଁକୁ ଫେରିଲା। ପଚାରିଲେ କହିଲା, ସେ ଜଳବାୟୁ ମୋ ଦେହରେ ଗଲାନାହିଁ। କଲିକତାଟା ବଡ଼ ନିଷ୍ଠୁର ଜାଗା। ସେଠିକା ମଣିଷମାନେ ବଡ଼ ନିଷ୍ଠୁର। ଯେଝା ବାଟରେ ଯିଏ। କେହି କାହାର ଦୁଃଖ ବୁଝେ ନାହିଁ, କେହି କାହାର ମନ ବୁଝେ ନାହିଁ।

ଆମ ଗାଆଁର ଏ ମୁଣ୍ଡରେ ଟିକିଏ ଦୂରରେ ସାନ ପୋଖରୀଟିଏ ଅଛି। ସେ ପୋଖରୀ ହୁଡ଼ାରେ ଗୋଟିଏ ବିରାଟ ଜାମୁକୋଳି ଗଛ। ଦିନେ ବର୍ଷା ପରେ ପରେ ସେଇ ପୋଖରୀ ହୁଡ଼ାରେ ପଚର ପଚର କାଦୁଅରେ ଠିଆହୋଇ ମୁଁ ଫଳନ୍ତି ଗଛଟି ଆଡ଼େ ଅନେଇଥାଏ। ବାଇଗଣି ରଙ୍ଗର ପାଚିଲା ଜାମୁକୋଳି ଲଦି ହୋଇଥାଏ ଗଛରେ। କୋଳି ତୋଳିବାକୁ ମଝିରେ ମଝିରେ ମୁଁ କୁଦାମାରି ଚାଲିଥାଏ। ନିଷ୍ଫଳ କୁଦାଟିମାନ ମାରି ମାରି ମୋ ଅବସ୍ଥା ଆମ ପଢ଼ାବହିରେ ଅଙ୍ଗୁରକୋଳି ପାଇଁ ଡେଉଁଥିବା ବିଲୁଆଟି ପରି ହୋଇଆସିଲା ବେଳକୁ ନନ୍ଦିଆ ସେଠି ପହଞ୍ଚିଗଲା। ପଚାରିଲା, କ'ଣ ଗଛ ଚଢ଼ା ଜାଣିନୁ କିରେ! କହୁ କହୁ କଛାଭିଡ଼ି ଗଛ ଉପରକୁ ଚଢ଼ିଗଲା। ମାଙ୍କଡ଼ ପରି କେତେ ଉପରକୁ ଉଠିଯାଇ କୋଳି ତୋଳି ମୋ ପାଖକୁ ପକାଉଥାଏ, ଆଉ ନିଜେବି ଖାଉଥାଏ। ମନଇଚ୍ଛା କୋଳି ଗୋଟେଇବା ପରେ ମୁଁ କହିଲି, ଥାଉ ମୋର ଦରକାର ନାହିଁ। ତମେ ନିଜେ ଖାଇବ ଯଦି, ଖାଅ। ନନ୍ଦିଆ ଗଛ ଉପରେ ବସିଥାଏ। ଜାମୁଡ଼ାଳର ଫାଙ୍କରେ ଗାଆଁ ଆଡ଼କୁ ଅନେଇଥାଏ। ତଳେ ବିସ୍ତୃତ ଧାନ ବିଲ, ଧାନଗଛ ସବୁ ଚାଖଣ୍ଡେ ଚାଖଣ୍ଡେ ଉଚ୍ଚ ହୋଇ ବିଲସବୁ ଛନଛନିଆ ଶାଗୁଆ ଦିଶୁଥାଏ। ନନ୍ଦିଆ କହିଲା, 'ଘୋଡ଼ାଡ଼ିମ୍ବ କଲିକତା, ଶଃ ସେଇଟା ଗୋଟେ ଜାଗା! ଆରେ ବୁବୁନା, ତୁ ଗଛ ଚଢ଼ି ଜାଣିଥାଆନ୍ତୁ କି ଦେଖିଥାନ୍ତୁ। ଆହା, ଇଏ କି ରୂପ। ଶାଗୁଆ ଶାଗୁଆ ଧାନବିଲ। ଆଖି ଯେତେବାଟ ଯାଏ ଯାଇଚି, ସବୁଠି ଶାଗୁଆ ଶାଗୁଆ ରଙ୍ଗ ଖୁନ୍ଦି ହେଇଚି। ପାଖରେ ବଡ଼ବଡ଼ ଗଛ ସନ୍ଧିରୁ ନଡ଼ା ଛପର ସବୁ ଦିଶୁଚି। ଗୋଚରରେ ଗୋରୁପଲ। ପୋଖରୀ ଉପରେ ଉଡୁଚି ଶଙ୍ଖଚିଲ। ଏଇଠୁ, ଏଇ ଉପରୁ ଦେଖିଲେ ସିନା ଜାଣନ୍ତୁ। ଦେଢ଼ବର୍ଷ ମୁଁ କେତେ ଝୁରି ହେଇଚିରେ!'

ନିଆଁବରିଆ, ଟିଣ, ଠେଙ୍ଗା, କଟୁରୀ, ଭାଲା ଆଦିର ପ୍ରସ୍ତୁତି ଭିତରେ ଭାଲୁର ସତ୍କାର ପାଇଁ ଘର ଘର କରି ସାରା ଗାଁ ଯେତେ ସଜବାଜ ହେଉଥିଲା, ଭାଲୁ ସେତିକି ଆଡ଼ହେଇ ରହୁଥିଲା। ଟୋକାମାନେ କଛାମାରି ଠେଙ୍ଗାଟିମାନ ଧରି ସାରାଦିନ ହେଙ୍କାରି ହେଉଥିଲେ, ମାତ୍ର ଭାଲୁ କାହିଁ? ସେଦିନ ଭାଗ୍ୟବାନ୍ ହରିଆ ବ୍ୟତୀତ ଗାଆଁର ଆଉ କେହି ହେଲେ ଭାଲୁର ଗନ୍ଧ ଟିକିଏ ବି ପାଇଲେ ନାହିଁ। ଖାଲି ନିଷ୍ଫଳ ଆକ୍ରୋଶରେ କିଛିଦିନ ଧରି ଆମ ଗାଆଁର ଭେଣ୍ଡାମାନେ ଠେଙ୍ଗା କଚାଡ଼ି ଗାଆଁ ଦାଣ୍ଡ ସାରା ବୁଲାବୁଲି କରୁଥିଲେ। କଳାରଙ୍ଗର ନିରୀହ ଖାସୀ ଦୁଇଟି ଭିନ୍ନ ଭିନ୍ନ ଆଇଁଷଖିଆ ବାରରେ ଠେଙ୍ଗାମାଡ଼ରେ ନିହତ ହୋଇଥିଲେ, ଭାଲୁ ଭ୍ରମରେ।

ଦିନ ଗଡ଼ିଚାଲିଲା। ସେ ଦିନର ଭାଲୁ ଚାଞ୍ଚଲ୍ୟ ଗୋଟିଏ ଅବାଞ୍ଛିତ ଦୁଃସ୍ୱପ୍ନ ପରି ସମୟ କ୍ରମେ ଫିକା ହୋଇ ଆସିଲା। ଗାଆଁରୁ ହଟିଗଲା ଭାଲୁର ଅଦୃଶ୍ୟ ଉପସ୍ଥିତି,

ଏମିତିକି ହାରାମାଆର ଗପମାନଙ୍କରୁ ଭାଲୁ ବିଚରା ହଟିଯାଇ ସେଥିରେ ଅନ୍ୟାନ୍ୟ ସମସାମୟିକ ଦୁଃଖସୁଖର ଘଟଣାମାନ ଭରିଯିବାକୁ ଲାଗିଲେ। ପ୍ରଥମେ ସାହସୀ ବୀରମାନେ ଏବଂ ପରେ ପରେ ଗାଆଁର ଜନସାଧାରଣଙ୍କ ଭିତରୁ ଥୋକେ ଅଗଣାରେ ରାତିରେ ସୁଖ ନିଦ୍ରାଗଲେ।

ହଠାତ୍ ନାରୀକଣ୍ଠର ଆର୍ତ୍ତନାଦ ଶୁଭିଲା ପାଖାପାଖି ରାତିର ତୃତୀୟ ପ୍ରହର ବେଳକୁ... ମାରି ପକେଇଲା ଲୋ ମୋ ମାଆ... ଭାଲୁ... ଭା...ଲୁ...। ବାସ୍ ତାପରେ ସେ ବେହୋସ୍ ହୋଇ ପଡ଼ିଥାଏ। କାତ୍ୟାୟନୀ ପରି ମୁକୁଳାବାଳ ଲୋଟୁଥାଏ ପଣ୍ଟାତଳ ଯାଏଁ। ଗୋରାତକତକ ସୁନ୍ଦର ନିଟୋଳ ମିହଁଟି ଆତଙ୍କିତ ହୋଇ ଦିଶୁଥାଏ ନିସ୍ତେଜ। ଗାଲ ଆଉ ବେକରେ ଦାଗ। କାନତଳ ବେକ ପାଖରେ ଅଳ୍ପ ଟିକିଏ ପାଣିଚିଆ ରକ୍ତ। ଜନ୍ତୁଟା ବୋଧହୁଏ ଆମ୍ପୁଡ଼ି ଦେଇଚି। ହାତରେ ହତିଆର ଧରି ଲୋକମାନେ ସେଠି ଜମା ହୋଇଥାନ୍ତି। ଯାହା ପାଖରେ ଧାରୁଆ ଯନ୍ତ୍ର ନାହିଁ, ଅନ୍ତତଃ ମୂଳିବାଉଁଶର ଠେଙ୍ଗାଟିଏ ଧରି ସିଏ ଠିଆ ହୋଇଚି। ଗୋବିନ୍ଦ ମହାନ୍ତିଙ୍କ ଅଗଣାଟି ଠେଙ୍ଗାମୟ ହୋଇ ଉଠିଚି। ଅଳ୍ପ କେତୋଟି ଲଣ୍ଠନ ଆଉ କେତୋଟି ଜାଜ୍ୱଲ୍ୟମାନ ନିଆଁବରିଆ। ପାଣିଛିଆଁ ଓ ଫୁଙ୍କାହେବାରୁ କେତେକୀ ଟିକିଏ ଆଖି ଖୋଲିଲା-ମୁହୂର୍ତ୍ତେ କଟମଟ କରି ଆଲୋକିତ ଠେଙ୍ଗାମୟ ଚୌଦିଗକୁ ଚାହିଁଦେଇ ପୁରି ଚେତା ହରାଇଲା। ନା, ବହୁତ ହୋଇଗଲା। ଜନ୍ତୁଟାକୁ ଆଉ ବିଶ୍ୱାସ କରିବାର ନାହିଁ। ତାକୁ ବଧ କରିବା ଏକାନ୍ତ ପ୍ରୟୋଜନ ବୋଲି ବାପା ଉଚ୍ଚ ସ୍ୱରରେ ମନ୍ତବ୍ୟ ଦେଲେ। ରେ ରେ କାର ଧ୍ୱନିରେ ରାତିର ପାହାନ୍ତା ପ୍ରହରଟି ପ୍ରକମ୍ପିତ ହୋଇ ଉଠିଲା।

ପରଦିନ ସକାଳ ଥିଲା ଅପେକ୍ଷାକୃତ ଶାନ୍ତ। ଗୋବିନ୍ଦ ମହାନ୍ତିଙ୍କ ଘରେ କେବଳ ସ୍ତ୍ରୀଲୋକ ଏବଂ ପିଲାମାନଙ୍କର କିଛିଟା ଭିଡ଼ ଜମିଥାଏ। କେତକୀ ପିଣ୍ଡା ଉପରେ ବସିଥାଏ। ଗାଲ ଓ ବେକ ପାଖରେ ଥିବା ସାମାନ୍ୟ ଆଞ୍ଚୁଡ଼ା ଦାଗ ଦୁଇଟି ଇଞ୍ଚେ ବହଳର ମଲମ ତଳେ ସ୍ଥିତିହୀନ ହୋଇ ପଡ଼ିଥାନ୍ତି। ସମବେତଙ୍କ ସମବେଦନାରେ କେତୋଟି ଆହା, ଚୁ ଚୁ ଭିତରେ କେତକୀର ମୁହଁରୁ ଆତଙ୍କର ଚିହ୍ନ ଲିଭି ଲିଭି ଯାଉଥାଏ। ଧୀରେ ଧୀରେ ସେଥିରେ ଉକୁଟି ଉଠୁଥାଏ, ଭାଲୁ ସହିତ ମୁହାଁମୁହିଁ ହେବାର ଗୋଟାଏ ପ୍ରଚ୍ଛନ୍ନ ଗୌରବ। ଦାସ ଘର ଦୁଇ ବୋହୂଯାକ ଦେଖିବାକୁ ଆସିଥିଲେ। ଫେରି ଯାଉ ଯାଉ ସଦ୍ୟ ବିବାହିତା ସାନବୋହୂଟି ବଡ଼ ଯାଆର ହାତ ଚିମୁଟି ଦେଇ କହିଲା, ଅପା ମ! ବୁଝିଲ, କାଉ ଖାଏ ପଣସ ବଗ ମୁଣ୍ଡରେ ଅଠା, ମତେ ଯାହା ଲାଗୁଚି, ଏଇଟା ଦି'ଗୋଡ଼ିଆ ଭାଲୁର କରାମତି।

ବଡ଼ ଯାଆ ଚମକି ପଡ଼ି ପଚାରିଲା, ମାନେ?

– ମାନେ ଆଉ କ'ଣ ? ଏତିକି ବୁଝି ପାରୁନ ? ଅଙ୍ଗ ଅଙ୍ଗରେ ଅପ୍‌ସରା ପରି ରୂପ ଖୁନ୍ଦି ହେଇଚି । ଯୁବା ଝିଅଟା କେତକୀ ରାତିରେ ବାହାରେ ପିଣ୍ଡାରେ ଶୋଇବା କ'ଣ ଦରକାର କହିଲ ? ଆଉ ଭାଲୁ କ'ଣ ଖାଲି ନଖରେ ଆଉଁଷି ଇମିତି ମଳିଚମ୍ ଉଠେଇବାକୁ ଆସିଥିଲା । ମୋର ତ ପରତେ ଯାଉନି । ବୁଝିଲ ଅପା, ଇଏ ହଉଚି ଦଂଶନଚ୍ଛେଦ । ବଡ଼ ଯାଆ ପଚାରିଲା, କ'ଣ କହିଲୁ ?

– ଦଂଶନଚ୍ଛେଦ । ରସିକର ଦାନ୍ତ ଦାଗ । ତମେ କ'ଣ ଏଯାଏ ଜମା ହଳଦିଆ ଜରିମଡ଼ା ବହି ପଢ଼ିନ ଯେ ଦଂଶନଚ୍ଛେଦ କ'ଣ ବୁଝି ପାରୁନ !

ବଡ଼ ଯାଆ କହିଲା, ଧେତ୍ ଚୁପକର । ଏତେ ଆଡ଼କୁ ତୋ ମୁଣ୍ଡ କେମିତି ଖେଲୁଚି କହିଲୁ । ଚୁପ୍ ସଇତାନ୍ !

ଧୀରେ ଧୀରେ କେତକୀର ଘାଆ ଶୁଖିଗଲା, କିନ୍ତୁ ଭାଲୁ ଆଉ ଧରା ପଡ଼ିଲା ନାହିଁ । ମାତ୍ର ଭାଲୁକୁ ଆଉ କେହି ସହଜରେ ଗ୍ରହଣ କଲେ ନାହିଁ । ଯେକୌଣସି ଦିନ ସେ ଆସିପାରେ, ଏଇ ଧାରଣା ନେଇ ସମସ୍ତେ ଚଲୁଥିଲେ । ସନ୍ଧ୍ୟାବେଳକୁ ଟାଟିକବାଟ ବନ୍ଦ ହୋଇଯାଉଥିଲା ଏବଂ ପ୍ରତିଦିନ ସକାଳୁ ପୋଖରୀ ତୁଠରେ ଭାଲୁମିଟିଙ୍ଗଟିଏ ନିଶ୍ଚିତ ଭାବେ ବସୁଥିଲା । ଦଶଦିନ ଏମିତି ବିତିଗଲା । ଦିନେ ସକାଳୁ ସକାଳୁ ହରିଆର ପାଟି ଶୁଭିଲା । ବାତୁଳ ପରି ସେ ଗାଆଁ ଦାଣ୍ଡରେ ଧାଇଁ ଧାଇଁ ହୁରି ପକାଉଥାଏ, "ଧାଇଁ ଆସ, ଧାଇଁ ଆସ, ଆମ୍ବତୋଟା ମଝିଗଛ ପାଖରେ ଗୋଟାପଣେ ଠିଆ ହେଇଚି । ତୋଟା ମଝିରେ ସ୍ୱୟଂ ଉଭା ହେଇଚି ଭାଲୁ । ଦେଖିବ ଆସ, ହତିଆର ଆଣ ।"

ଗୋଟିଏ କୋକୁଆ ଭୟ ସଞ୍ଚରିଗଲା ଗାଆଁ ସାରା । ସକାଳୁ ସକାଳୁ ପାଣିଭରା ଲୋଟାଟିମାନ ଖସି ପଡ଼ିଲା ଆନେକଙ୍କ ହାତରୁ । ଠେଙ୍ଗାଠାରୁ କଟୁରୀ ପର୍ଯ୍ୟନ୍ତ ବିଭିନ୍ନ କିସମର ହତିଆରମାନ ହାତରେ ଧରି ଏକରକମ୍ ଛନ୍ଦାଛନ୍ଦି ହୋଇ ସମସ୍ତେ ଦଳବଦ୍ଧ ହୋଇ ଆଗଉଥାନ୍ତି ଆମ୍ବତୋଟା ଆଡ଼େ, ଶତ୍ରୁର ମୁକାବିଲା କରିବାକୁ । ଯୁଦ୍ଧଯାତ୍ରା ଆରମ୍ଭ ହୋଇ ଯାଇଥାଏ । ସ୍ତ୍ରୀଲୋକମାନେ କବାଟ ଭିତରୁ ବନ୍ଦକରି ଜରୁରୀ ପରିସ୍ଥିତିର ମୁକାବିଲା କରିବା ପାଇଁ କବାଟ ପାଖରେ ବସିଥାଆନ୍ତି । ଆମ୍ବତୋଟାଠାରୁ ନିରାପଦ ଦୂରତ୍ୱରେ ପଟୁଆରଟିର ଅଗ୍ରସର ହେବା ବନ୍ଦ ହେଲା । ସକାଳର ସୂର୍ଯ୍ୟାଲୋକରେ ଭାଲୁଟିର କଳାମୁଚ୍‌ମୁଚ୍ ବାଳୁଆଦେହ ସ୍ପଷ୍ଟ ଦିଶୁଥାଏ । ଆକ୍ରମଣ ସମ୍ବନ୍ଧରେ ଅଜ୍ଞ ଭାଲୁଟି ନିଶ୍ଚିତ ମନରେ ତଳକୁ ମୁହଁକରି କ'ଣ ଗୋଟାଏ କରିବାରେ ବ୍ୟସ୍ତଥାଏ । ବାପା ଟର୍ଚ୍ଚ ଟିପିଲେ । ଗୋକୁଳ ତାଙ୍କୁ ବାରଣ କରି କହିଲା– "ଲାଭ କିଛି ନାହିଁ । ଦିନଟାରେ ପୁଣି ପଛଆଡୁ ଟର୍ଚ୍ଚ ଟିପିଲେ ଫାଇଦା କ'ଣ ?" ଅଗତ୍ୟା ଟର୍ଚ୍ଚ ବନ୍ଦ କରି ବାପା ନିର୍ଦ୍ଦେଶ ଦେଲେ, 'ଆକ୍ରମଣ କର । ମାର, ମାର ତାକୁ ।' ଭାଲୁ ଆଡ଼କୁ କୁଦି

ପଡ଼ିଲେ ଅନେକ, ଠେଙ୍ଗା ଏବଂ ଅନ୍ୟ ଅସ୍ତ୍ରମାନଙ୍କର ଝନ୍‌ତକାର ଏବଂ ପାଟିତୁଣ୍ଡ ହେତୁ ଭାଲୁର ଧ୍ୟାନ ଭଗ୍ନ ହେଲା। ସେ ଧାଇଁବାକୁ ଲାଗିଲା ଏବଂ ସିଧା ଧାଇଁଲା ଗାଆଁ ଭିତରକୁ। ଲୋକଗହଳିର ପାଖଦେଇ ଧାଇଁଗଲା ବେଳେ ହରିଆକୁ ରାମ୍ପିଦେଇଗଲା। ପଡ଼ିଗଲା ହରିଆ। ବାଁ ହାତ ମୂଳରୁ ନଖରେ କିଛି ମାଂସ ତାଡ଼ିନେଇ ପଳେଇଥାଏ ଭାଲୁ। ତା'ପରେ ଧାଇଁ ଧାଇଁ ଆମ ଲେମ୍ବୁ ବଗିଚା ଭିତରେ ପଶିଗଲା। ଆଉ ଭାଲୁ ଆଡ଼କୁ କେହି ଯାଉନଥାନ୍ତି। କେବଳ ହରିଆର ସେବା ପାଇଁ ସମସ୍ତଙ୍କ ଭିତରେ ଠେଲାପେଲା ଲାଗିଥାଏ। ହରିଆ ଜଣେ ସଚ୍ଚା ଯୋଦ୍ଧା ପରି ଘାଏଲା ହାତଟାକୁ ଅନ୍ୟ ହାତରେ ଚିପି ଧରି ପାଟି କରୁଥାଏ। ଆରେ ମୋର ବିଶେଷ କିଛି ହେଇନିରେ। ସାମାନ୍ୟ ଖଣ୍ଡିଆ। ତମେ ଭାଲୁର ପିଛା କର। ମାତ୍ର କେହି ତା ପାଖରୁ ଘୁଞ୍ଚୁ ନଥାନ୍ତି। ଏଣେ ଭାଲୁ ଆମ ଲେମ୍ବୁ ବଗିଚାରେ ନିର୍ଦ୍ୱନ୍ଦ୍ୱରେ ବୁଲୁଥାଏ। ଭାଲୁ ଯଦି ଗାଁ ବାହାରକୁ ଧାଇଁଥାନ୍ତା, ତେବେ ପଛଆଡୁ ତାକୁ ଗୋଡ଼େଇ ଗୋଡ଼େଇ ଆକ୍ରମଣ କରିବା ସୁବିଧାଜନକ ହୋଇଥାନ୍ତା। ଏବେ ଭାଲୁ ରକ୍ତ ନଖା ହୋଇ ବୁଲୁଚି। ତାକୁ ଲେମ୍ବୁ ବାଡ଼ିରୁ ତଡ଼ାଯିବ କେମିତି ? ଅବନୀ ସାଆନ୍ତ ଚାରିଆଡ଼କୁ ଆଖିପକେଇ କହିଲେ, 'ଆରେ ନନ୍ଦିଆ କୁଆଡ଼େ ଗଲା ? ତାକୁ ତ ଜମା ଦେଖିପାରୁନି।' ବାପା ଏକବାର ଛାନିଆ। କହିଲେ, 'ଗାଆଁ ମଝିରେ ଭାଲୁ ନାଚୁଚି। ହରିଆ ବିଚରାକୁ ବିଦାରି ସାରିଲାଣି। ଏଡ଼େ ବଡ଼ ବିପତ୍ତିବେଳେ ନନ୍ଦିଆ କେଉଁଠି ଲୁଚିଛି ? ବାପା କେତେଜଣଙ୍କୁ ସାଙ୍ଗରେ ନେଇ ନନ୍ଦିଆର ଘରକୁ ଧାଇଁଲେ। ତା'ଘର ଗାଆଁ ଶେଷ ମୁଣ୍ଡରେ। ଝାଟିମାଟିର ସାନ ବଖରାଏ ଘର। ବାପା ଡାକୁଥାନ୍ତି, ନନ୍ଦିଆରେ, ଏ ନନ୍ଦିଆ। ଘରେ ଅଛୁ ? ନନ୍ଦିଆ ଘରୁ ସୋର ଶବ୍ଦ ନାହିଁ।

ବାପା ଡାକି ଚାଲିଥାନ୍ତି, 'ନନ୍ଦିଆ'ରେ ନନ୍ଦ ! କ୍ରମେ କ୍ରମେ ତାଙ୍କ ଡାକ ଆର୍ତ୍ତ ଚିତ୍କାର ପରି ଶୁଭୁଥାଏ।

- ଗାଆଁ ଭିତରେ ଭାଲୁ ପଶିଚିରେ।

ନନ୍ଦିଆ ଘର ଭିତରୁ ଧୀରେ ଧୀରେ ବାହାରକୁ ଆସିଲା। ତା'ପଛେ ପଛେ ତା' ଭାରିଯା।

ନନ୍ଦିଆ ଦୀର୍ଘଶ୍ୱାସ ନେଇ ପଚାରିଲା, ଆଜ୍ଞା କ'ଣ ସତରେ ଭାଲୁ ଆସିଚି ?

- ଆରେ ପଚାରୁଛୁ କ'ଣ ? ମୁଁ କ'ଣ ମିଛ କହୁଚି ? ହରିଆକୁ ବିଦାରି ସାରିଲାଣି। ଏବେ ମୋ ଲେମ୍ବୁ ବାଡ଼ିରେ ବାବନାଭୂତ ପରି ନାଟ କରୁଚି। ତାକୁ ମାରିବାକୁ ପଡ଼ିବ। ଏ ବିପତ୍ତିବେଳେ ତୁ ଘର ଭିତରେ ବସି ରହିଲେ କ'ଣ ଚଳିବ ? ତତେ ଆମେ ସମସ୍ତେ ଅନେଇଚୁରେ ନନ୍ଦ, ତୁହିଁ ଭରସା।

ପିନ୍ଧା ଲୁଙ୍ଗିରେ କଛା ଭିଡୁ ଭିଡୁ ଭିଡୁ ନନ୍ଦିଆ ତା' ଭାରିଜାକୁ କହିଲା, ଆଲୋ ମୋ ଭାଲାଟା ଶୀଘ୍ର ଦେ'। ପାଣି ଢାଳେ ଦେ। ତୁ କବାଟ ବନ୍ଦ କରି ଭିତରେ ଥିବୁ।

ପାଣି ପିଇସାରି ମୁହଁରେ ଟିକିଏ ପାଣି ଛାଟିଦେଇ ମୁଣ୍ଡରେ ପାଗ ଭିଡ଼ିଲା ନନ୍ଦିଆ। ଘର ସାମ୍ନାରେ ପଡ଼ିଥିବା ପଥର ଉପରେ ସାଏଁ ସାଏଁ କରି ଦନ୍ଥଡ଼ା ଭାଲାଟାକୁ ଦି'ଥର ଘଷି ଦେଇ କହିଲା, ଚାଲ ଚାଲ।

ଧାଇଁଲେ ସମସ୍ତେ ଲେମ୍ବୁ ବାଡ଼ିକୁ। ଟିଣ ପିଟା ହେଲା ଧଡ଼ଡ଼୍ ଧଡ଼ଡ଼୍-ଟିଂ। ନନ୍ଦିଆ ପଶିଲା ଲେମ୍ବୁ ବଗିଚାରେ। ଭାଲୁ ଦି'ଥର ଏକଡ଼ ସେକଡ଼ ହୋଇ ଲେମ୍ବୁ ବାଡ଼ିରୁ ବାହାରି ଆସିଲା। ନନ୍ଦିଆ ଦୁଇଟି ବ୍ୟର୍ଥ ଚୋଟ ହାଣିଲା ମାଟି ଉପରେ, ମାତ୍ର ଭାଲୁ ଖସି ଚାଲିଗଲା। ଗାଁ ଦାଣ୍ଡ ଦେଇ ଧାଇଁ ଥାଏ ଭାଲୁ। ଲୋକେ ଧାଇଁ ଥାନ୍ତି ଭାଲୁ ପଛେ ପଛେ। ଏ କଣ ସେ କଣ ଏ ଗଛ ପାଖ ସେ ଗଛ ପାଖ ଦେଇ ଭାଲୁ ଗାଆଁ ବାହାରକୁ ଚାଲିଗଲା ମୁଣ୍ଡିଆ ପାହାଡ଼ ଆଡ଼କୁ। ସେତେବେଳକୁ ଖରା ବେଶ୍ ତୀବ୍ର ହୋଇଥାଏ। ଆକାଶରେ ଦାଉ ଦାଉ ହୋଇ ଜଳୁଥାଏ ସୂର୍ଯ୍ୟ। ଦେହରୁ ଗମ୍ ଗମ୍ ଝାଳ ବୋହୂଥାଏ। ନିଶ୍ୱାସ ପାଉ ନଥାଏ। ବାପା ଥମ୍ କରି ବସି ପଡ଼ିଲେ। ଗାଆଁ ଭିତରେ ଭାଲୁର ମୃତ ଦେହ ଦେଖିବାର ଅସଫଳ ଇଚ୍ଛା ନେଇ ଝାଳ ପୋଛିବାକୁ ଲାଗିଲେ। ଗାଆଁ ସାରା ହଇଚଇ ଘୋ ଘୋ। ଏତେ ଉତ୍ତେଜନା ଭିତରେ ଗାଧୋଇ ଖାଇଲା ବେଳକୁ ଖରାଲେଉଟିଲାଣି। କେହି ଆଉ ଉପରବେଳା ଶୋଇବେ କ'ଣ? ସବୁଆଡ଼େ କେବଳ ଭାଲୁ ଗପ।

ସେଦିନ ସନ୍ଧ୍ୟାରେ ଆମ ବୈଠକଘରର ସମ୍ନା ଥାଏ ଏକଦମ୍ ସରଗରମ୍। ହରିଆର ଖଣ୍ଡିଆ ବିଶେଷ ମାରାତ୍ମକ ନୁହେଁ। ଦିନ ଦଶଟାରେ ସେ ଝାଡ଼ିଝୁଡ଼ି ହୋଇ ବସିବ। ବୈଠକ ସାମ୍ନା ଅଗଣାରେ ଲୋକମାନେ ବସି ଗପସପ ହେଉଥାନ୍ତି। ଭାଲୁଟା ତ ମଲାନାହିଁ, ସିଏ ଆଉ ଆସିବ? କେଜାଣି ପୁଣି ଆସିପାରେ। ଜଣେ କହିଲା, ଶଳା ଜନ୍ତୁଟା ଅଳ୍ପକେ ବର୍ତ୍ତିଗଲା। ହେଲେ, ନନ୍ଦିଆ ଯେଉଁ ଚୋଟ ଦିଟା ସେଠି ଭୂଇଁ ଉପରେ ମାରିଚି ତା' ଡରେ ଭାଲୁ ଆଉ ଏ ଗାଆଁ ବାଟ ମାଡ଼ିବ ନାହିଁ।

ବାପା କହିଲେ, ନନ୍ଦିଆ ଆଜି ଜାଣ ଭାଲୁଟାକୁ ତା' ହାତମୁଠାରୁ ଛାଡ଼ିଦେଲା। ତା' ତେଜ କାହିଁ?

ହାରାମାଆ କହିଲା, ନା, ତମେ ଜାଣିନ ଏ ଜନ୍ତୁଜାନ୍ତାଙ୍କର ମଣିଷଙ୍କଠୁ ବେଶି ରାଗ, ହରିଆ ଉପରେ ରାଗ ଥିବାରୁ ତାକୁ ରାମ୍ପି ଦେଇଗଲା। ଭାଲୁଟା ମରିନାହିଁ। ମାନେ ସେ ନିଶ୍ଚୟ ରାଗିକରି ଯାଇଛି। ଆସିବ, ପୁଣି ଆସିବ। ଭାଲୁକୁ ତ

କେହି ଗୋଡ଼େଇ ମାରି ପାରିଲ ନାହିଁ। କିଏ ଗାଁ ମୁଣ୍ଡରୁ ତ କିଏ ପୁଣି ମଝିରୁ, ମହୁଲ ଗଛ ମୂଳୁ ଏମିତି ଅଧା ଅଧା ବାଟରୁ ଫେରି ଆସିଲ। ଅବଶ୍ୟ ଏ ଯେଉଁ ପ୍ରବଳ ଖରା ! ଜାନୁଆର୍ ସାଙ୍ଗରେ କେତେ ବଳ କଷାକଷି କରିବ।

ଆମ ଠାକୁରଘରୁ ଘଣ୍ଟା ଶବ୍ଦ ଶୁଭିଲା। ବୋଉ ଆଳତି କରୁଥାଏ। କଥା ବନ୍ଦ କରି ସମସ୍ତେ ଠାକୁରଙ୍କ ଉଦ୍ଦେଶ୍ୟରେ ହାତ ଯୋଡ଼ି ଦେଲେ। ଘଣ୍ଟା ଶବ୍ଦ ବନ୍ଦ ହେଲା। ପବନ ବହୁଥାଏ। ଗଛପତ୍ରମାନେ ଖଡ଼ର କଡ଼ର ଶବ୍ଦ କରି ଦୋହଲୁ ଥାନ୍ତି। ସନ୍ଧ୍ୟାର ଅନ୍ଧାର ସାରା ଗାଆଁକୁ ଗ୍ରାସି ଥାଏ। ହଠାତ୍ ନନ୍ଦିଆ ଭାରିଯାର ପାଟି ଶୁଭିଲା। ସେ ଅଣନିଃଶ୍ୱାସୀ ହୋଇ ଆମରି ଆଡ଼କୁ ଧାଇଁ ଆସୁଥାଏ। ହାତରେ ଗୋଟିଏ ଫଟା କାଚର ଲଣ୍ଠନ। ଭଙ୍ଗା କାଚର ଚଉଠେ ଭାଗରେ କାଗଜ ପଟିର ଆବରଣ। କାଗଜର ଫାଙ୍କ ଭିତରେ ପବନ ପଶିଯିବାରୁ ଲଣ୍ଠନର ଆଲୁଅ ଦୋହଲି ଉଠୁଥାଏ।

ସେ କାନ୍ଦୁରା କଣ୍ଠରେ କହିଲା, ସାଆନ୍ତେ, ତମେ ସମସ୍ତେ ଫେରିଲ। ଏତେ ରାତି ହେଲାଣି ହେଲେ ସିଏ ଏ ଯାଏଁ ଲେଉଟିଲା ନାହିଁ।

ଏଥର ନନ୍ଦିଆ ଭାରିଯା ସ୍ପଷ୍ଟ ଭାବରେ କାନ୍ଦିଲା।

ଦି'ଦିନ ହେଲା ଘରେ ଦାନାଟିଏ ବି ନାହିଁ, ହେଲେ, ସିଏ କ'ଣ ମୋ ବାରଣ ମାନିଲା। ଓପସିଆ ମଣିଷଟାର ଠିଆ ହେବାକୁ ବଳ ନାହିଁ ଲଢ଼େଇ କରିବାକୁ ଚାଲିଗଲା ଭାଲୁ ସାଙ୍ଗରେ, ଏ ଯାଏଁ କାହିଁ ଲେଉଟିଲା ନାଇଁ। ମୁଁ କ'ଣ କରିବି ସାଆନ୍ତେ କେଉଁଠି ଖୋଜିବି ତାକୁ ?

ଛାଇ

ଯଖପୁରା ରେଳଷ୍ଟେସନରେ ଓହ୍ଲେଇ ପଡ଼ିଲା ପରେ ସବୁ ମନେ ପଡ଼ି ଯାଉଥାଏ। ଏଇ ରେଳଲାଇନ୍ କଡ଼େ କଡ଼େ କିଛି ବାଟ ଚାଲିଲା ପରେ କେନ୍ଦୁଢ଼ିପି ଗାଁ ପଡ଼ିବ। ଗାଁ ମଝିରେ ରେଳଲାଇନ୍ ଯାଇଛି। କଡ଼େ କଡ଼େ ପଳାଶ ଗଛ। କେବେ କେବେ କାଁ ଭାଁ ବାଛୁରୀଟାଏ କିମ୍ବା କୁକୁରଟାଏ ଗାଡ଼ିରେ କଟି ଯାଇଥାନ୍ତି। କେନ୍ଦୁପିଢ଼ି ଡେଇଁଗଲେ ରେଳ ବନ୍ଧ ଛାଡ଼ି ହିଡ଼େ ହିଡ଼େ ଯିବାକୁ ହୁଏ। ପଶି ମଝିରେ ଏକାଟିଆ ମହୁଲ ଗଛଟିଏ। ସେଇଠୁ ମାମୁଘର ଗାଁଟା ପରିଷ୍କାର ଦେଖିହୁଏ। ଗାଁ ମୁଣ୍ଡରେ ଧଳା ଆଉ ନାଲି ରଙ୍ଗର ଦି'ଟା ସମାଧି। ବୋଉ ଆସିଲେ ଏଇଠୁ ହିଁ କାନ୍ଦିବା ଆରମ୍ଭ କରେ। କାନ୍ଦୁ କାନ୍ଦୁ ମୁଣ୍ଡିଆ ମାରିବା ପାଇଁ ସମାଧି ଦି'ଟା ଆଗରେ ନଇଁପଡ଼ି କହେ, "ଦଣ୍ଡବତ କରରେ ବୁଢ଼ା। ତୋ ଅଜା ଆଉ ଆଈ ପରା।"

ଦୀର୍ଘ ଆଠ ବର୍ଷ ପରେ ମାମୁଘରକୁ ଆସିଲା ବାଟରେ ଆଜି ବେରଙ୍ଗୀ ଦିଶୁଥିବା ସେ ସମାଧି ଦି'ଟା ଅଧିକତର ଆପଣାର ମନେ ହେଲା। ଏଇ ଗାଁରେ ହିଁ ପ୍ରାୟତଃ ମୋର ଶୈଶବ କଟିଛି। ପ୍ରାଥମିକ ଶିକ୍ଷା ହିଁ ମୋର ଏଇଠି। ପଞ୍ଚମ ଶ୍ରେଣୀ ପର୍ଯ୍ୟନ୍ତ ମାମୁଘରେ ରହି ମୁଁ ପାଠ ପଢ଼ିଛି-ଯେ ପର୍ଯ୍ୟନ୍ତ ସେ ସ୍କୁଲରେ ବିନୋଦ ସାର ଥିଲେ। ସିଏ ରିଟାୟାର୍ଡ୍ ହେଲା ପରେ ଆଉ ଭଲ ମାଷ୍ଟ୍ରେ ନାହାନ୍ତି ବୋଲି କହି ବାପା ଏଠୁ ନେଇଗଲେ ମୋତେ। ସେତେବେଳକୁ ମୁଁ ବି ଆମ ଗାଁ ଠାରୁ ଦୂର ମାଇନର ସ୍କୁଲ ଯାଏ ଚାଲି ଚାଲି ଯାଇପାରିବି ବୋଲି ବାପାଙ୍କର ହୃଦ୍‌ବୋଧ ହୋଇଥିଲା।

ବୋଉର ଦେହାନ୍ତ ପରେ କୌଣସି ପାରିବାରିକ ଝାମେଲା ନେଇ ବାପା ଓ ମାମୁଙ୍କର ମନାନ୍ତର ଘଟି ଯିବାଆସିବା ପ୍ରାୟ ବନ୍ଦ ଥିଲା। ମୁଁ ବି ମେଟ୍ରିକ୍ ପରେ ପରେ ମିଲିଟାରୀରେ ଭର୍ତ୍ତି ହୋଇଗଲି। ଏବେ ବାପା ଆଉ ନାହାନ୍ତି। ତାଙ୍କ ଅନ୍ତେ କାହିଁକି

କେଜାଣି ପୂର୍ବ ସମ୍ପର୍କର ପୁନର୍ବିନ୍ୟାସ ଆରମ୍ଭ କରିବାକୁ ମୁଁ ତଥା ମାମୁ ଉଭୟେ ଇଚ୍ଛୁକ। ବାପାଙ୍କ ମୃତ୍ୟୁର ଦୁଃଖ ମାମୁଙ୍କ ପାଇଁ ଓ ଶୈଶବର ମଧୁର ସ୍ମୃତି ମୋ ପାଇଁ, ବୋଧ ହୁଏ ଆମ ଦୁହିଁଙ୍କୁ ପୁଣି ପାଖକୁ ଟାଣି ଆଣିଛି। ଏତେ ଦିନ ପରେ ଆସିଥିବା ହେତୁ ମୋତେ ବହୁତ ଭଲ ଲାଗୁ ଥାଏ। ଗାଁ ସାରା ସବୁଆଡୁ ଅନେକ ଆଦର ମିଳୁଥାଏ ମୋତେ। ମୁଁ ମିଲିଟାରୀ ୟୁନିଫର୍ମ ଟା ଜମା ଓହ୍ଲାଉ ନ ଥାଏ। ମଦ ଯେ ପ୍ରାୟ ମାଗଣାରେ ମିଳୁଛି ଏ ଖବର ଶୁଣି ମୋ ସାଙ୍ଗ ଟୋକାମାନେ ଛାନିଆଁ। କ'ଣ ଖାଇବାକୁ ଦିଆଯାଏ ସେ ଖବର ପ୍ରାୟ ପଚାଶ ଜଣ ଶୁଣିବାକୁ ଚାହିଁଥିବେ। ଘନ ସାଆନ୍ତ ଥତମତ ହୋଇ କହିଲା, "ବାଃରେ ନାତି, ଛେଳି ମେଣ୍ଢାଙ୍କୁ ଡାକ୍ତର ମଇନା କଲା ପରେ ଯାଇ ତାଙ୍କ ମାଉଁସ ତମେ ଖାଅ!"

ମାମୁ କହିଲେ, "ଆରେ ଲୁଙ୍ଗି ପାଲଟି ପକା। ସେ ମାଟିଆ ପେଣ୍ଟସାର୍ଟ ପିନ୍ଧି କେତେବେଳ ଯାଏ ବସିଥିବୁ? ପଛରେ କଥା ହେବୁ। ସମସ୍ତେ କ'ଣ କୁଆଡ଼େ ପଳେଇବେ ନା କ'ଣ। ମୁଁ ଆର ସାହିରୁ କୁକୁଡ଼ାଟାଏ ଆଣିବାକୁ ଯାଉଛି। ରାତିରେ ଝୋଳ କରିବା। ତୁ ଯା ବଦଳେଇ ପକା।"

ମୁଁ ବଦଳାବଦଳି କଲାବେଳକୁ ହରି ଆସି ହାଜର। ସେ ମୋ ପିଲାବେଳର ସାଙ୍ଗ। ଏବେ ଗାଁରେ ତାର ସାଇକେଲ୍ ଦୋକାନ। ମୋ ଖବର ଶୁଣି ସେ ଦୋକାନ ବନ୍ଦ କରି ଆସିଛି। ତାର କହିବା କଥା ହେଲା ଯେ ସାଇକେଲ ମରାମତି ଦୋକାନଟି ତାର ଭଲ ଚାଲିଛି। ନିଜେ ନିଜେ ସେ ସାଇକେଲ୍ କାମ ଶିଖିଛି। ଜୀବନରେ ଏତେ ଗୁଡ଼ାଏ କରି ମଧ୍ୟ ସେ ସନ୍ତୁଷ୍ଟ ନୁହେଁ। ତାର ଉଚ୍ଚାଭିଳାଷା ଅଛି। ସ୍କୁଟର, ମଟରସାଇକେଲ୍ କାମ ପର୍ଯ୍ୟନ୍ତ ଯିବ ତେବେ ଯାଇ ସେ ଛାଡ଼ିବ। ହେଲେ ସେସବୁ ବଡ଼ କାମରେ ହାତ ଦେବାକୁ ହେଲେ ରେଡ଼ି କ୍ୟାସ୍ ଦରକାର ଇତ୍ୟାଦି ଇତ୍ୟାଦି। ମାମୁ ଫେରି ନ ଥାନ୍ତି। ମାଇଁ ମସଲା ବଟାବଟି କରି କୁକୁଡ଼ାର ଅପେକ୍ଷାରେ ବସିଥାନ୍ତି। ଗୋଧୂଳି ସମୟର ହାଓ୍ୱା ଖାଇବାକୁ ମୁଁ ହରି ସାଙ୍ଗରେ ବାହାରକୁ ବାହାରି ପଡ଼ିଥାଏ।

ହରି ପାଟିରେ ବାଟୁଳି ବାଜିବାକୁ ନାହିଁ। ବକି ଚାଲିଥାଏ। ଆରେ ଦି ବର୍ଷ ହେଲା ଯୁବକସଂଘ ଖୋଲିଛି। ରାଘବଟା ଶିଶୁପାଳ ହୋଇଗଲା। ଥାଟକାଟରେ ବିଚରା ବାହା ହେବାକୁ ବାହାରି ଥିଲା, ଯେ ହେଲେ ଝିଅଟିର ମନ ଯାଇ ଅନ୍ୟ ଆଡ଼େ। ରାତାରାତି ସେ ଝିଅ ଟୋକା ସାଙ୍ଗରେ ଚମ୍ପଟ୍। ପରେ ଅବଶ୍ୟ ପ୍ରେମିକ ପ୍ରେମିକା ଦି'ଜଣ ରେଳଷ୍ଟେସନରେ ଧରା ପଡ଼ିଗଲେ, ହେଲେ ରାଘବ ବିଚରାକୁ ସସମ୍ମାନେ ବାହୁଡ଼ିବାକୁ ହେଲା।

ହାଇସ୍କୁଲ ଗତବର୍ଷ ଖୋଲିଲା। କାଲୁ ଜେନାଟା ଗତବର୍ଷ ଦଉଡ଼ି

ଦେଇଦଲେ। ତା ଦି'ପୁଅ ଭିନ୍ନେ ହୋଇଗଲେ। ବୁଢ଼ାର ଖୋରାକ ଏ ପୁଅ ଘରେ ଦିନେ ତ ସେ ପୁଅ ଘରେ ଦିନେ। ଏମିତି ଜମା ଦି'ମାସ ଖଣ୍ଡେ ଯାଇଛି କି ନାହିଁ ଦିନେ ଦେଖିଲାବେଳକୁ ବୁଢ଼ାଟା ଠାକୁରାଣୀ ଗଛରୁ ଦଉଡ଼ିରେ ଝୁଲୁଛି।

ମୁଁ ପଚାରିଲି, "ସତରେ ବୁଢ଼ାଟା ଦଉଡ଼ି ଦେଇଦେଲା ?"

ପୁଣି ପଚାରିଲି, "ଆରେ ହରି, ଗୋବିନ୍ଦ କ'ଣ କଲିକତାରୁ ଫେରିଲା ନା ନାହିଁ ?"

ହରି- "ତୁ ମୋତେ କହିବାକୁ ଆଉ ସୁଯୋଗ ଦେଲୁ କେତେବେଳେ ? ତେବେ ଶୁଣ। ଗୋବିନ୍ଦ କ'ଣ ଏତେ ସହଜରେ ଫେରିବା ଲୋକ ? କେତେଲୋକ କେତେ କଥା କହିଲେ। କିଏ କହିଲା ସିଏ ଦଙ୍ଗାରେ କଟିଯାଇଛି। କିଏ କହିଲା ସିଏ ଗାଁକୁ ପଛ କରି ଯାଇଛି ଯେ ଆଉ ମୁହଁ କରି ଫେରିବ ନାହିଁ। କିଏ କହିଲା ସେଇଠି ସିଏ ବଙ୍ଗାଳୁଣୀର ମାୟାରେ ପଡ଼ିଗଲା। ସେ ଚକ୍ରବ୍ୟୁହ ଭେଦୁଛି ନା ଗାଁକୁ ଲେଉଟୁଛି ! ହେଲେ ଜାଣିଛୁ ତା ଭାରିଯାଟା ଗତବର୍ଷ ମରିଗଲା। ଏତେ ବଡ଼ ପାପକୁ କେମିତି ବା ଘୋଡ଼େଇ ପାରନ୍ତା। ଚାରିମାସ ଡେଇଁ ପଡ଼ିଥିଲା। ପେଟ ଜଣାପଡ଼ିଗଲା। ଲୋକେ ଫୁସ୍‌ଫାସ୍ ହେଲେ। ଶେଷକୁ ସେ କନିଅର ମଞ୍ଜି ଖାଇ ମରିଗଲା। ଜାଣିଛୁ, ମରିବା ପୂର୍ବଦିନ କନିଅର ଗଛ ମୂଳେ ଠିଆ ହୋଇଥିବାର ତାକୁ ମୁଁ ନିଜେ ଦେଖିଛି ! ହେଲେ ମୁଁ ନିରୀହକୁ କି ଏତେ କଥା ଜଣା ଯେ ସାରୁ ଭିତରେ ମାରୁ ଅଛି ବୋଲି।"

ଭାରି କଷ୍ଟ ଲାଗିଲା ମୋତେ। ଗୋବିନ୍ଦ ଭାରିଯାର କଥାଟାକୁ ମୁଁ ଆଦୌ ହଜମ କରିପାରିଲି ନାହିଁ। ତାକୁ ମୁଁ ଭଲ ଭାବରେ ଚିହ୍ନେ। ତା ଚେହେରାଟା ଝାପ୍‌ସା ରୂପେ ଦିଶିଗଲା। ଗୋଟାଏ ଦୁଃଖୀ ଦୁଃଖୀ ରୂପ। ତହିଁରେ ହଜେଇବା, ହରେଇବାର ଛାପ।

ପିଲାବେଳେ ତା ସାଙ୍ଗରେ ମୋର ଭଲ ଚିହ୍ନା ଥିଲା। ବୋଧ ହୁଏ ମୁଁ ଗାଁର ମଣିଷ ନୁହେଁ ବୋଲି ନା କ'ଣ ? ମାମୁଙ୍କ ମୁହଁରୁ ମୁଁ ଶୁଣେ ଯେ ଗୋବିନ୍ଦଟା ମୁଣ୍ଡବୁଲା ଟୋକାଟା ବୋଲି। ତାର କୁଆଡ଼େ ହାତଉଠାପଣ ଥାଏ। କାହାଘରୁ କଂସାବାସନ କ'ଣ ଚୋରି ହେଲା ଯେ ସନ୍ଦେହ ଯାଇ ରହିଲା ଗୋବିନ୍ଦ ଉପରେ। ଗୋବିନ୍ଦ କୁଆଡ଼େ ରାତାରାତି ମାଲ୍ ଯାଜପୁରକୁ ଚାଲାଣ କରିଦେଲା। ତାକୁ ଆନ୍ଧୁତିଆ ଧମକାଧମକି କରାଗଲା। ପରେ ନଖଦର୍ପଣବାଲାକୁ ଡକା ହେଲା ବେଳକୁ ଗୋବିନ୍ଦ ଗାଁରୁ ଗାଏବ୍। ଏଣୁ ଯାହା ବା ସନ୍ଦେହ ଥିଲା ଏବେ ଗାଁ ବାଲାଙ୍କ ଆଗରେ ପରିଷ୍କାର ହୋଇଗଲା। ଏ ଭିତରେ ଛଅ ମାସ ଗଡ଼ିଗଲା।

ମୁଁ ସେତେବେଳେ ଚତୁର୍ଥ ଶ୍ରେଣୀରେ ପଢୁଥାଏ। ଦିନେ ଗାଁ ଦାଣ୍ଡରେ

ବୁଲୁଥିଲି। ଗୋବିନ୍ଦ ଭାରିଯା ଡାକିଲା, "ଦେବୁ ଟିକିଏ ଶୁଣିଯାଅ। ଜରୁରୀ କଥା ଅଛି।" ମୁଁ ରୋକ୍‌ଠୋକ୍ ମନା କରିଦେଲି- ଆଦୌ ହୋଇପାରିବ ନାହିଁ।

- ସୁନା ପିଲା ପରା।

ମାତ୍ର ମୁଁ ଛୁ କଲି। ଚୋର ଗୋବିନ୍ଦର ଘରକୁ କିଏ ଯିବ ମୋର ?

କିଛି ଦିନ ପରେ କାହିଁକି କେଜାଣି ନିଜକୁ ଭାରି ନିଷ୍ଠୁର ନିଷ୍ଠୁର ଲାଗିଲା। ଭାବିଲି ଗୋବିନ୍ଦଟା ସିନା ଚୋର ହେଲେ ତା' ଭାରିଯାଟା ସରଳ ମଣିଷଟିଏ ବୋଲି କହନ୍ତି। କ'ଣ ପାଇଁ ଡାକିଥିଲା ଟିକିଏ ବୁଲିଗଲେ ହେବ। ଚାରି ପାଞ୍ଚ ଦିନ ପରେ ଗଲି। ସେ କାନ୍ଥକୁ ଡେରି ହୋଇ ପିଣ୍ଡାରେ ବସିଥିଲା। ସନ୍ଧ୍ୟା ହୋଇ ଆସୁଥିଲା। କବାଟ ଖୋଲା ଥିଲା। ଘର ଭିତରେ ଅଧା କାନ୍ଥିଟା ଉପରେ ଡ଼ିବିରିଟାଏ ଦିକିଦିକି ହୋଇ ଜଳୁଥିଲା। ଭିତର ଠଣାରୁ ବାହାର କରି ଗୋବିନ୍ଦ ଭାରିଯା ମୋ ହାତରେ ଯାହା ଦେଲା ତା ହେଉଛି ଖାମ୍‌ରେ ବନ୍ଦ ଥିବା ଗୋଟାଏ ଚିଠି। ଗୋବିନ୍ଦ କଲିକତାରୁ ପଠେଇଥିଲା। ମୁଁ ତାକୁ ପଢ଼ିକରି ଶୁଣେଇଲି-

"ଓଁ ଦୟାମୟୀ ମାତା ଶ୍ରୀ ଶ୍ରୀ ଗଙ୍ଗାକଳୀ ଚରଣେ ଶରଣ। ଗୋବିନ୍ଦର ଆଦର ରହିଲା। ଏଠି ଆସୁଆସୁ କାମରେ ଭର୍ତ୍ତି ହୋଇଗଲି। କଂସାରି ପଡ଼ାରେ ଅଛି। କଂସାରେ କୁନ୍ଦ ଦେବା କାମ, ଢଳେଇବା କାମ କରୁଛି। ହପ୍ତା ଭଲ ମିଳୁଛି। ଗଲାବେଳକୁ ଥୋଡ଼େ ଟଙ୍କା ଗୋଟେଇ ଏକାବେଳକେ ଗାଁକୁ ଯିବି। ମହାନ୍ତି ବାପୁଡ଼ା କ'ଣ ବୋଲି ଭାବିଛିକି ? ମୋତେ ମାରଧର କରିବ ନା। ସମସ୍ତଙ୍କୁ ସାବାଡ଼୍ କରିଦେବି। ତୁ ଛାନିଆ ହବୁନି। ପୁଳେ ଟଙ୍କା ନେଇକରି ଯିବି। ଗାଁ ମାଟିଟାରେ କିଛି ନାହିଁ। ହେଲେ ଏଠି ଭଲ ରୋଜଗାର। ତୁ ଦିନ ଗଣୁଥା। ଗଙ୍ଗାକାଳୀ ଭରସା।"

ଗୋବିନ୍ଦ ଭାରିଯା ଆଖି ଛଳଛଳ କରି କହିଲା, "ଦେବୁ, ସୁନାପିଲାଟା ପରା। ରାଗିକରି ସେ ମହାନ୍ତି ଘର କଥା ଯାହା ଲେଖିଛନ୍ତି କାହାକୁ କହିବ ନାହିଁ। ଅନର୍ଥ ହେବ।"

ମୁଁ ହଉ ବୋଲି କହି ପଳେଇ ଆସିଲି।

ଅନେକ ଦିନ ପରେ ପୁଣି ଥରେ ମୋତେ ଗୋବିନ୍ଦ ଭାରିଯା ଡାକିଲା। ସେତେବେଳେ ମୋ ପାଖକୁ କେହି ଚିଠି ଦେବା ବା ମୁଁ କାହାକୁ ଚିଠି ଲେଖିବା ଆରମ୍ଭ କରିନଥାଏ। ଏଣୁ ଚିଠି ସମ୍ବନ୍ଧୀୟ ମୋର ସମସ୍ତ କୌତୂହଳ ଯାର ତାର ଚିଠି ପଢ଼ିବା ବା ଜାଣିବା ଆଡ଼କୁ ମୋତେ ଝିଙ୍କୁ ଥାଏ। ମୁଁ ଭାବିଲି ଗୋବିନ୍ଦ ପୁଣି ଚିଠି ଲେଖିଛି ବୋଧହୁଏ। ମାତ୍ର ମୋତେ ତା ଭାରିଯା ପଇସା ଦେଇ ଡାକଘରୁ ଚିଠିଟିଏ

କିଣି ଆଣିବାକୁ କହିଲା । ମୁଁ ଯଥା ସମୟରେ ଉପସ୍ଥିତ ହେବାରୁ ମୋତେ କହିଲା, ତାଙ୍କ ଠିକଣାଟା ଲେଖ । ମୁଁ ପଚାରିଲି କାହାର କହୁନ ?

- ତାଙ୍କର ।

ମୁଁ ତାକୁ ଚିଡ଼େଇଲା ପରି ଦାନ୍ତ ନେଫେଡ଼େଇ ପଚାରିଲି- କିଏ ବା ସିଏ ?

ସେ କହିଲା- କାହିଁକି ଏମିତି ଥଟ୍ଟା କରୁଛ ଯେ । କଲିକତାର ଠିକଣାଟା ଲେଖୁନ ।

ମୁଁ ମୋଟା ମୋଟା ଅକ୍ଷର କରି ସଜେଇ ସାଜି ଠିକଣାଟା ଲେଖିବାକୁ ଢେର କିଛି ସମୟ ନେଲି । ଯା ଭିତରେ ତା' ମୁହଁଟା ଗମ୍ଭୀର ହୋଇଥାଏ । ଅଧାମେଲା କବାଟର ସନ୍ଧିରେ ଠିଆ ହୋଇଥାଏ ସେ । ବାଁ ହାତରେ କବାଟର ଦାଢ଼କୁ ମୁଠେଇ ଧରିଥାଏ ଆଉ ଡାହାଣରେ ଜଞ୍ଜିରଟାକୁ ଧରୁଥାଏ ତ ଛାଡୁଥାଏ ।

- ଆଗେ ଆଗେ ଯାହା ଲେଖନ୍ତି ଲେଖ ।

ମୁଁ ପଚାରିଲି- କ'ଣ ଲେଖିବି କୁହ ।

ସେ କିଛି ସମୟ ଚୁପ୍ ହୋଇଗଲା । ଥତମତ ହୋଇ ଛେପ ଢୋକି କହିଲା, "ଲେଖି ଦିଅ ମ ଦେବୁ । ତମେ ପାଠ ପଢୁଛ ପରା ! ମୋତେ କାହିଁକି ହଇରାଣରେ ପକାଉଛ ? ତାଙ୍କୁ ନମସ୍କାର ଲେଖୁନ ।"

ମୁଁ କହିଲି- ହଁ ଲେଖିଲି । ପ୍ରାଣର ଦେବତାଙ୍କୁ ଶ୍ରୀଚରଣ ଦାସୀର ପ୍ରଣାମ । କହୁ କହୁ ମୁଁ ମନେ ମନେ ଫିକ୍ କିନା ହସି ପକାଇଲି । ଚୋର ଗୋବିନ୍ଦଟା ଏବେ ପ୍ରାଣର ଦେବତା ସାଜି ବସିଛି । ତା'ପରେ ନୂଆ ନୂଆ ସାହିତ୍ୟ ପଢୁପଢୁ ମୁଁ ସେ କଡ଼ା କଡ଼ା ଶବ୍ଦ ଲଗେଇ ସଫଳ ବାକ୍ୟଟି (ଅନ୍ତତଃ ତା ମନକୁ ପାଇଲା ପରି) ଲେଖିପାରିଛି ଏଇସବୁ ହେଲା ମୋର ହସର କାରଣ ।

ତା ମୁହଁକୁ ଅନେଇ ଦେଖିଲି ଲାଜରେ ତା ଆଖିପତା ନରମି ଆସୁଛି । ହଠାତ୍ ମୋ ଛାତି ଭିତରେ କ'ଣ ହୋଇଗଲା । କୌଣସି ନାରୀର ଏଇ ରୂପ ମୁଁ ଜୀବନରେ ପହିଲି ଥର ଦେଖିଲି । କାହିଁକି କେଜାଣି ଚୋର ଗୋବିନ୍ଦଟା ଉପରେ ମୋ ମନରେ ଈର୍ଷା ଆସିଗଲା । ନିଜେ ମୁଁ ଯେ ସାମାନ୍ୟ ପଞ୍ଚମ ଶ୍ରେଣୀର ଛାର ନାବାଳକ ପିଲାଟିଏ- ସେଇ କ୍ଷୋଭରେ ମୁଁ ଛଟପଟ ହେବାକୁ ଲାଗିଲି । ଗୋବିନ୍ଦ ତୁଳନାରେ ମୁଁ କେତେ ନିଃସ୍ୱ । କାଙ୍ଗାଳ ପରି କେତେ ଅସହାୟ । ତା'ର ସେଇ ଲାଜୁରା ମୁହଁଟିକୁ ନିରେଖି ରହିବାକୁ ଇଚ୍ଛା ହେଲା ମୋର । ସେ କହିଲା, "ଶୁଣିଛି କଂସା କାମ ଭାରି କଷ୍ଟ । ତମେ ପାରୁଛ ତ ? କ'ଣ ଖାଉଛ ? କେମିତି ରହୁଛ ? ଶୁଣିଛି କଲିକତା ବଡ଼ ନିଷ୍ଠୁର ଜାଗା । ତମର ଅସୁବିଧା ହେଉନି ତ ? ଦୀପ ଜାଳୁଛି ସବୁଦିନ

ତମ ପାଇଁ। ନୀଳଚକ୍ରରେ ନେତ ମନାସିଛି, ତମକୁ ଘଣ୍ଟ ଘୋଡ଼େଇବେ ଚକାଡୋଳା। ମାଇପି ଲୋକ ମୁଁ। ଏକା ଏକା ଡର ଲାଗୁଛି ଭାରି। ଚଳିବା ଅସୁବିଧା। ପଇସା କଉଡ଼ି ବି କିଛି ନାହିଁ। ହଁ, ଗାଈଟା ବାଛୁରୀ ଜନ୍ମ କରିଛି। ସୁନ୍ଦର ଛନଛନିଆ ନାଲି ବାଛୁରୀଟିଏ। ଏକାବେଳେକେ ଏବେ ବାଡ଼ିରେ ଦୁଇଟା କଦଳୀ କାନ୍ଦି ପଡ଼ିଛି। ଠିକ୍ ରଜ ବେଳୁ ପାକଳ ହୋଇଥିବ।"

ଏତିକି ହସି ସେ ହଠାତ୍ ଚୁପ୍ ହୋଇଗଲା। କବାଟର ଜଞ୍ଜିରଟାକୁ ହାତମୁଠାରେ ଟାଣି ଧରି ଅଧାକାନ୍ଥି ଆଡ଼କୁ ଅନେଇ ଛେପ ଢୋକିଲା। ତା ମୁହଁସାରା ଝାଳ।

ମୁଁ ପଚାରିଲି, 'ଆଉ କ'ଣ ଲେଖିବି କହୁନ ?'

ଟିକିଏ ନୀରବ ରହି କହିଲା, 'ତମେ ସବୁବେଳେ ମନେ ପଡୁଛ। ଗାଁଲୋକଙ୍କ ରାଗକୁ ଏତେ ଦିନ ଗଣ୍ଠିକରି କ'ଣ ଧରି ବସିଛ। ଦୁଇ ବର୍ଷ ହେଲାଣି। ସେସବୁ ଏବେ ଫିକା ପଡ଼ିଗଲାଣି। କେବେ ଫେରିବ ଯେ ? ମୋତେ କ'ଣ ପାଶୋରି ଗଲକି ?'

ଲେଖୁ ଲେଖୁ ମୁହଁ ବୁଲେଇ ଦେଖିଲି। ପୁରୁଣା ଧୂସରିଆ ଖୋର୍ଦ୍ଧା ଶାଢ଼ୀ ଭିତରୁ ଧଳା ପାଦ ଦୁଇଟି। ଡାହାଡ଼ ପାଦକୁ ଟୋଲେଇ କରି ବୁଢ଼ା ଆଙ୍ଗୁଳିରେ ମାଟି ଉପରେ ଗାର କାଟୁଚି। ଗୋବର ଲିପା ମାଟି ଚଟାଣ ଉପର ଧୂସରିଆ ଗାର କେଇଟାରେ ଲେଖି ହୋଇଯାଉଛି ସତେ ଯେମିତି ତା ମ୍ରିୟମାଣ ମନର ରେଖାଚିତ୍ର।

କାହିଁକି କେଜାଣି ସେ କ୍ଲିଷ୍ଟ ମୁହଁଟା ପ୍ରତି ମୋର ମାୟା ଜନ୍ମିଗଲା। ଆଶା ଆଉ ଆଶଙ୍କାର ଗୋଟାଏ ମିଶ୍ରଣ ତା ମୁହଁକୁ ଭାବମୟ କରି ରଖିଥାଏ। ମୁଁ ସେ ମୁହଁକୁ ଯେତିକି ଦେଖୁଥାଏ ଗୋବିନ୍ଦ ଉପରେ ଜନ୍ମୁଥାଏ ମୋର ସେତିକି ଈର୍ଷା ଓ ବିରକ୍ତି, ଆଉ ନିଜକୁ ଲାଗୁଥାଏ ତତୋଧିକ ଅସହାୟ।

ଗୋବିନ୍ଦ ଉପରେ ମୋର ପ୍ରବଳ ରାଗ ଓ ଈର୍ଷା ବଢ଼ିଚାଲୁଥିଲା। ସେଇହେତୁ ମୁଁ କହି ପକାଇଲି– 'ଗୋବିନ୍ଦ କ'ଣ ଆଉ ଆସିବ ? କେଉଁ ମୁହଁରେ ଫେରିବ ସେ ?

ଜବାବରେ ସେ ମୋତେ କିଛି କହିଲା ନାହିଁ। ଛଳ ଛଳ ଆଖିରେ ବଡ଼ କରୁଣ ଭାବେ ମୋତେ ବଲବଲ କରି ଚାହିଁ ରହିଲା। ମୁଁ ଜାଣିଲି ଯେ ମୋ କଥାଟା ତା'ର ପସନ୍ଦ ହେଲା ନାହିଁ। ବରଂ ତା' ମନରେ କଷ୍ଟ ଦେଲା।

କେତୋଟି ନୀରବ ମୁହୂର୍ତ୍ତ ପରେ ପ୍ରକୃତିସ୍ଥ ହେବା ପରି ସେ ମୋତେ କହିଲା, "ମୋ ରାଣ ଦେବୁ! ଏ ଚିଠିଟା ଡାକରେ ଦେଇ ଦେବ।"

ସେ ଦିନ ପରଠାରୁ ଅନେକ ଥର ଗୋବିନ୍ଦ ଘର ଆଗରେ ମୁଁ ଦୌଡ଼ାଦୌଡ଼ି ଖେଳାଖେଳି କରେ। ଅନେକ ବେଳେ ଖାଲି ଖାଲିଟାରେ ଏକଡ଼ ସେକଡ଼ ହେଉଥାଏ।

ମନେ ମନେ ଭାବୁଥାଏ- ଆଉ ଥରେ କେବେ ଚିଠି ଲେଖିବାକୁ ଡାକନ୍ତା କି ! ମାତ୍ର ସେ କଥା ଆଉ ନୋହିଲା । ମୁଁ ସେଇ ବର୍ଷ ହିଁ ମାମୁଘରୁ ନିଜ ଘରକୁ ବହିବସ୍ତାନି ଧରି ପଳେଇ ଆସିଲି ।

ପରେ ପରେ ମୁଁ ଅନେକ ଥର ଭାବିଛି, ଗୋବିନ୍ଦ କ'ଣ କଲିକତାରୁ ଫେରିବଣି ? ନ ହେଲେ ତା ଭାରିଯା କାହା ହାତରେ ଏବେ ଚିଠି ଲେଖାଉଥିବ ? କିନ୍ତୁ ୟା ଭିତର ଯେମିତି ଗୋଟାଏ ଯୁଗ ବିତିଯାଇଛି ! ଆଠବର୍ଷ ପରେ ମୁଁ ମାମୁଘର ଗାଁକୁ ଆସିଛି । ଏ ଭିତରେ ଗୋବିନ୍ଦ ଆଉ ଗାଁକୁ ବାହୁଡ଼ି ନାହିଁ । ସେ କ'ଣ ଦଙ୍ଗାରେ ମରି ଯାଇଛି ? ତା' ଅଭିମାନ କ'ଣ ଏବେ ସୁଦ୍ଧା ଯାଇନାହିଁ ? ନା ସେ କୋଉ ବଙ୍ଗାଳୁଣୀ ସାଙ୍ଗରେ କଲିକତାରେ ଘରସଂସାର କରି ରହିଯାଇଛି ? ଥାଉ, ସେଥିରୁ ଆଉ କ'ଣ ମିଳିବ । ଗୋବିନ୍ଦ କିନ୍ତୁ ଏ ଯାଏ ଗାଁକୁ ଫେରିଲା ନାହିଁ ।

ହରି କହିଲା, ବୟସ ହେଇ ତିରିଶ ଏକ ତିରିଶ ହେବ । ଶେଷକୁ ଜୀବନ ହାରିଦେଲା । ଭରାଯୁଆନ ବେଳେ ଜଗି ଜଗି ଶେଷରେ ବୟସ ଢଳି ଆସିଲାବେଳକୁ ମାଇପିଟା ଗୋଡ଼ ଖସେଇ ଦେଲା । ହେଲେ ଭଗବାନ ତ ଅନ୍ଧ ନୁହନ୍ତି । ପାପକୁ ପେଟରେ ଗଣ୍ଠି କରି ରଖିଦେଲେ ଯେ ସିଏ ଆଉ ଯାଏ କୁଆଡ଼େ ?

ମୁଁ କହିଲି- ହଁ, ପୋହଳ ଭିତରୁ ମାଛ କୁଆଡ଼େ ବା ଯାଏ ? ହରି ଆଉ ଅନ୍ୟ କେତେ କଥା କହିଆସୁଥିଲା । ତାକୁ ମୁଁ ବାରଣ କରି କହିଲି, "ଥାଉ, ଆଜି ପାଇଁ ଏତିକି ଥାଉ । ଚାଲ୍ ଟିକିଏ ଚୁପ୍‌ଚାପ୍ ବସି ପବନ ଖାଇବା ।"

ସେତେବେଳକୁ ଅନ୍ଧାର ଘନେଇ ଆସିଲାଣି । ମୋତେ ବଡ଼ ବିଚିତ୍ର ଲାଗୁଥିଲା । ଏ ଗାଁକୁ ମୁଁ କ'ଣ ବା ଚିହ୍ନି ପାରିଛି ! ୟାକୁ ଯେତିକି ଲୋଭ ଲାଗେ ବେଳେବେଳେ ସେତିକି ଡର ଲାଗେ । ଗାଁ ଏ ମୁଣ୍ଡରେ ସୂର୍ଯ୍ୟୋଦୟ ଆଉ ସେ ମୁଣ୍ଡରେ ସୂର୍ଯ୍ୟାସ୍ତ ଦେଖୁଥିବା, ଉଚ୍ଚାକାଂକ୍ଷାରହିତ ସଦାସନ୍ତୁଷ୍ଟ ପରି ଦିଶୁଥିବା ଏଇ ମଣିଷଗୁଡ଼ାକରୁ କିଏ କେତେ ବା ଅପ୍ରକାଶ୍ୟ ଅଭିଯୋଗ ଧରି ବୁଲୁଛି ତାର ହିସାବ କିଏ ରଖୁଛି ? ଘଟଣାହୀନ ଭଳି ଦିଶୁଥିବା ଏଇ ସାଧାରଣ ଜୀବନଯାତ୍ରା ଭିତରେ କେତେ ଛୋଟ ବଡ଼ ଘଟଣାମାନ ଭରି ରହିଛି । ଆଠବର୍ଷ ଭିତରେ ଗାଁର ଚେହେରାଟା କେତେ ବଦଳିଯାଇଛି ।

ହରିକୁ ମୁହଁ ଖୋଲି ନ କହିଲେ ବି ମନେ ମନେ ଭାବୁଥିଲି ଆଉ ଅଧିକା ଅନ୍ତତଃ ଆଜି ପାଇଁ ଶୁଣିପାରିବି ନାହିଁ । କାଲୁ ସାଆନ୍ତ ବୁଢ଼ା ନିଜ ଦୁଇ ପୁଅ ଘରେ ପାଳି କରି ଖାଉ ଖାଉ ଥକି ପଡ଼ିଛି । ରାଘବଟା ଶିଶୁପାଳିଆ ଅପମାନକୁ ପିଠେଇ ଦେଇ ବୁଲୁଛି । ହାଇସ୍କୁଲ ଖୋଲିଛି । ଯୁବକ ସଂଘ ଖୋଲିଛି । କନିଅର ମଞ୍ଜି ଖାଇଦେଇ ଗୋବିନ୍ଦ ଭାରିଯା ବା କାହା କାହା ଉପରେ ଅଭିମାନ କରିଛି ?

ସେଦିନ ଡିବିରି ଜଳୁଥିବା ସେଇ ଅଧାକାନ୍ଥିଟା ଉପରେ ଆଉ ଚାରିକାନ୍ଥ ହୁଏତ ଏବେ ଧସେଇ ପଡ଼ିଥିବ। ମାଟି ଚଟାଣ ଉପରେ ଆଙ୍ଗୁଳିରେ ଗାର କାଟୁଥିବା ସେଇ ଅସହାୟ ମଣିଷର କାୟା ପରି ତା ଦରଭଙ୍ଗା ଘରଟା ହୁଏତ ଆଜି ସୁଦ୍ଧା ଝଡ଼ିପଡ଼ିଥିବ। ସେଦିନ ସଞ୍ଜବେଳର ଲଜ୍ଜାପାଟଳ ମୁହଁଟିଏ ଭିତରେ ଦେବୁ ପରି ମୂର୍ଖ ପିଲାଟାଏ ସିନା ନିଜର ଅଧିକାର ଖୋଜି ବୁଲୁଥିଲା- ମାତ୍ର ମୁଁ ଜାଣୁଛି ଯେ ତାହା ଥିଲା ଏକାନ୍ତ ଭାବରେ ପଳାତକ ଗୋବିନ୍ଦର। ସେ ଦିନ ମୁଁ ତା'ର ଯେଉଁ ରୂପ ଦେଖିଥିଲି ତାହା ସେଇ ତଥାକଥିକ ଚୋର ଗୋବିନ୍ଦର କେଉଁ ସ୍ମୃତିକୁ ସାମ୍ନା କରୁଥିବା ତା ଭାରିଯାର ନିଛକ ଅଭିବ୍ୟକ୍ତି।

ମାମୁଘର ଗାଁ ଆଡ଼କୁ ଥରେ ଅନେଇଲି। ଘନ ଅନ୍ଧାରରେ ବୁଡିଯାଇଥିବା ଗାଁଟା ମଣିଷର ମନ ପରି ରହସ୍ୟମୟ ବୋଧହେଲା।

ଦବି ଆସୁଥିବା କଣ୍ଠରେ ହରିକୁ କହିଲି, "ଗୋଡ଼ ଖସେଇବାଟା ବଡ଼ କଥା ନୁହେଁ। ଏଇ ତଥାକଥିତ ଗୋଡ଼ ଖସେଇବାଟା ଯେ ଆଠବର୍ଷ ପରେ ସେ ବିଷୟରେ କେବେ ଚିନ୍ତା କରିଛୁ? ଆଠ ବର୍ଷ ଧରି ଅପେକ୍ଷା କରିବା କେତେ କଷ୍ଟ କହିଲୁରେ ହରି!"

- "ତୁ ମିଲିଟାରୀ ଲୋକ ହୋଇ ଏମିତି କାନ୍ଦୁଛୁ କ'ଣ କିରେ!"

ମୁଁ କହିଲି, ମିଲିଟାରୀରେ ଥିବାଲୋକେ ତ ପୁଣି ଏଇ ରକ୍ତମାଂସ ଆଉ ହସକାନ୍ଦର ମଣିଷ!

ସେତେବେଳକୁ ଗାଁ ଭିତରୁ ମାମୁଙ୍କର ଡାକରା ଶୁଭୁଥିଲା।

ଲକ୍ଷ୍ମୀ କେଉଁଠି

ପ୍ରବଳ ଶୀତପ୍ରବାହ ଭିତରେ ଏ ବର୍ଷ ମାର୍ଗଶୀର ମାସ ଗୁରୁବାର ମାଣଓଷାର ଶେଷ ପାଳି ସରିଗଲା। ବୁଧବାର ରାତିର ବିଳମ୍ବିତ ପ୍ରହର ଯାଏ ଉଜାଗର ରହି ଘର, ପିଣ୍ଡା ଆଦିର ଚାରିପାଖେ ପ୍ରତି ଓଡ଼ିଆଣୀର ଝୋଟି ଚିତା ପକେଇ ଚିତ୍ରଣ କରିବା ସରିଗଲା। ଶାଶୁ ବୋହୂ, ଝିଅ ଯାଏ ଘରର ଆବାଳବୃଦ୍ଧବନିତା ସମସ୍ତେ ଝୋଟି ଚିତ୍ର ଆଙ୍କିବାରେ ସିଦ୍ଧହସ୍ତା ଓ ନିପୁଣା। ଘରର ଦୁଆର ବନ୍ଧରେ ସୁନ୍ଦର ଝୋଟି ଚିତ୍ର ପକେଇବା ଭିତରେ ମାଆ ଲକ୍ଷ୍ମୀଙ୍କର ପାଦଚିହ୍ନର ଅଙ୍କନ ମାଧ୍ୟମରେ ତାଙ୍କୁ ଘର ଭିତରକୁ ଆବାହନ କରାଯାଏ। ଲକ୍ଷ୍ମୀ ଘରକୁ ଆସିବେ ଓ ଘର ପରିବାରକୁ ଧନୀ ଏବଂ ସମୃଦ୍ଧ ବନେଇଦେବେ ବୋଲି ଅଭିଳାଷା ସବୁରି ମନରେ ଥାଏ। ମାର୍ଗଶୀର ମାସ ଗୁରୁବାର ଲକ୍ଷ୍ମୀଙ୍କ ବାରରେ ଦେବୀଙ୍କୁ ଏପରି ଆରାଧନା ପୂଜାର୍ଚ୍ଚନା ଆଦି କରାଯାଏ। ଆଗମନର ପାଦଚିହ୍ନ ଝୋଟିରେ ଅଙ୍କାଯାଏ। ଆଶା ଓ ବିଶ୍ୱାସ ନେଇ ଓଡ଼ିଆଣୀ ମାଆ ଲକ୍ଷ୍ମୀ ଅପେକ୍ଷାରେ ବସି ରହିଥାଏ।

ତା'ପରେ ବର୍ଷ ତମାମ ଅବଶ୍ୟ ଅଧାପେଟ ଖାଦ୍ୟ ଯୋଗାଡ଼ କରିବାକୁ ହାଡ଼ଭଙ୍ଗା ଖଟଣି ଖଟିବାରେ ଦିନ ବିତିଯାଉଥାଏ। ନା ଲକ୍ଷ୍ମୀ ଆସନ୍ତି ନା ଓଡ଼ିଆଣୀ ଥକିଯାଏ, ନା ଆବାହନ, ନା ଆଶା ବା ପ୍ରତୀକ୍ଷା କେବେ ଛାଡ଼ିଦିଏ।

ମୋ ପିଲାଦିନେ ମୋର ବୋଉ ବି ଏଇ ଝୋଟି କଳାରେ ବହୁତ ନିପୁଣା ଥିଲା। ଗାଁରେ ଆମର ନଡ଼ା ଛପର ମାଟିଘରେ ଭରପୁର ଝୋଟି ଚିତ୍ର ସେ ଆଙ୍କେ। ପ୍ରତିଟି ରୁମ୍‌ର ଦୁଆର ବାରନ୍ଦାରେ ଲକ୍ଷ୍ମୀ ଠାକୁରାଣୀଙ୍କ ଗୃହପ୍ରବେଶର ପାଦ ଚିହ୍ନ ସୁନ୍ଦର ଭାବେ ଆଙ୍କିଥାଏ ବୋଉ।

ବୋଉ ଆଙ୍କିଥିବା ସୁନ୍ଦର ଝୋଟି ଆଉ ଅତି ସୁନ୍ଦର ଲକ୍ଷ୍ମୀପାଦ ଚିହ୍ନ ଦେଖି ମୁଁ ପିଲାଦିନେ ଆନନ୍ଦ ବିଭୋର ହୋଇଉଠେ। କପୋଳ କଳ୍ପନାରେ ଭାସିଯାଏ ମନ।

ଭାବେ, ଆମେ ଧନୀ ହୋଇ ଯାଇଛୁ। ଆଉ ବିନା ଡାଲିରେ ଭାତ ଖାଉନାହୁଁ। ସବୁଦିନ ଡାଲି। ଦିନେ ହରଡ଼, ଦିନେ ମୁଗ, ଦିନେ ବିରି ତ ଦିନେ ମସୁର। ଭଲିକି ଭଲି ଡାଲି। ଦିନକୁ ଡାଲିଏ। ଇଚ୍ଛା ହେଲେ ମାଛ, ଅଣ୍ଡା ବି ଖାଉଛୁ। ମୋର ଭଲ ପେଣ୍ଟ ସାର୍ଟ। ବାପାଙ୍କର ନୂଆ ସାଇକଲ୍। ସିଏ ଆଉ ଚାଲିଚାଲି ହାଟ ବଜାରକୁ ଯାଉ ନାହାନ୍ତି। ବୋଉ କାନରୁ ନିମକାଠି ବାହାର କରି ଫିଙ୍ଗିଦେଇ ପିନ୍ଧିଛି ସୁନା କାନଫୁଲ। ରିଂ। ଆମେ ସମସ୍ତେ ଦାନ୍ତକାଠି ବଦଳରେ ବ୍ରସ୍‌ରେ ଦାନ୍ତ ଘଷୁଛୁ। ଦାନ୍ତ ରଗଡ଼ି ଘଷୁଘଷୁ ମୁଁ ଥୁ କରି ଫିଙ୍ଗି ଦେଉଛି। ମୋ ପାଟିରୁ ଛେପ ବଦଳରେ ବାହାରେ ଗଦାହୋଇ ଯାଉଛି ମଲ୍ଲିଫୁଲିଆ ଧଳା ରଙ୍ଗର ଫେଣ। ଆମ ଘରେ ରେଡ଼ିଓ କିଣା ହୋଇଛି। ବୋଉ ଆଂଚଳିକ ସମ୍ବାଦ ଶୁଣୁଛି। ମୁଁ ବାପା ସାଙ୍ଗରେ ଦିଲ୍ଲୀ ନିଉଜ୍ ଶୁଣୁଛି।

କିନ୍ତୁ ସେମିତି କିଛି ବାସ୍ତବରେ ହୋଇପାରେ ନାହିଁ। ଆମର ଜୀବନ ସଂଗ୍ରାମ ଜାରି ରହେ। ଲକ୍ଷ୍ମୀ ଆସନ୍ତି ନାହିଁ।

ବୋଉର ଚେହେରାରେ ଅନେକ ବେଳେ ଦୁଃଖ ଆଉ ଅଭାବବୋଧର ଛାପ ମତେ ଦିଶିଯାଏ। ଆମର ବଢ଼ନ୍ତି ଆବଶ୍ୟକତାକୁ ନେଇ ସେ ଥକିଯାଏ। କଲମ, କାଳି, ପେନ୍‌ସିଲ୍, ରବର, ଦିସ୍ତା ଦିସ୍ତା ଧଳା କାଗଜ ଇତ୍ୟାଦି ଆମେ ଭାଇମାନଙ୍କର ଦରକାର ହୁଏ। ଏ ବର୍ଷର ପେଣ୍ଟ ସାର୍ଟ ଆର ବର୍ଷକୁ ଛୋଟ ହେଉଥାଏ। ବୋଉ ବିବଶ, ଅସହାୟ ଆଉ ନାଚାର ହୋଇ ଯାଉଥାଏ।

ଦିନେ ମୁଁ କହିଲି, "ବୋଉ, ତୁ ଝୋଟିରେ ଭୁଲ କରୁଛୁ ବୋଧେ। ଲକ୍ଷ୍ମୀଦେବୀଙ୍କ ପାଦ ଚିହ୍ନ ଘରର ଆରପାର ଆଙ୍କି ଦେଉଛୁ। ମାତା ଆସୁଛନ୍ତି ପୁଣି ସିଧାସିଧା ବାହାରକୁ ପଳାଉଛନ୍ତି। ଆମ ଘରେ ଆଦୌ ରହୁନାହାନ୍ତି।' ବୋଉ ମତେ ଅନେଇ ଅଳ୍ପ ହସି କହିଲା, 'ନା ରେ ଧନ, ମୁଁ ସେମିତି ତ ଏପାଖରୁ ସେପାଖ ଯାଏ ଝୋଟି ପକାଉ ନାହିଁ।' କହୁକହୁ ଶ୍ରଦ୍ଧାରେ ମୋ ନାକ ମୋଡ଼ିବାକୁ ଲାଗିଲା।

ପରବର୍ଷ ପ୍ରଥମ ମାଣ ଓଷା ଦିନ ମୁଁ ସେରଲକ୍ ହୋମସ୍ ପରି ଗୁଇନ୍ଦା ରୀତିରେ ବୋଉ ଆଙ୍କିଥିବା ଝୋଟିର ଟିକିନିଖି ପରୀକ୍ଷା କରି ଦେଖିଲି ଯେ କେବଳ ଘର ଭିତରକୁ ହିଁ ଲକ୍ଷ୍ମୀଙ୍କ ଆସିବାର ପାଦଚିତ୍ର ଅଙ୍କା ହୋଇଛି। ଆସି ଚାଲିଯିବାକୁ ନୁହେଁ। କେବଳ ଆବାହନ ମାତ୍ର। ମାତା ଲକ୍ଷ୍ମୀ ଆସି ଆମ ଘରେ ବସାବାନ୍ଧି ରହିବାକୁ ସାଦର ସଭକ୍ତି ଆମନ୍ତ୍ରଣ। ଏଣୁ ମୁଁ ଏବେ ନିଃସନ୍ଦେହ ହେଲି ଯେ ଆମେ ଏବେ ଦାରିଦ୍ର୍ୟକୁ ଚିର ବିଦାୟ ଦେଇ ଆରାମରେ ରହିବୁ।

ମାସ ମାସ ବିତିଗଲା। ବଢ଼ି ଚାଲିଲା କେବଳ ମୋର ନଖ, ବାଳ ଆଉ ମୋ ବୟସ। ଆଉ କେଉଁଥିରେ କିଛି ହେଲେ ଆମର ଅଭିବୃଦ୍ଧି ହେଲାନାହିଁ।

ଦିନେ ମୁଁ ଖେଳିଖେଳି ଥକି ଯାଇ ଆମ ଘର ସାମନାରେ ଠିଆ ହୋଇଥିଲି। ହାଟରୁ ଜନ୍ମଦିନ ପାଇଁ ଆସିଥିବା ମୋର ବହୁଦିନର ପୁରୁଣା ରଙ୍ଗଛାଡ଼ି ଯାଇଥିବା ସାର୍ଟ ଖଣ୍ଡକ ପିନ୍ଧିଥାଏ। ସେ ସାର୍ଟରେ ତିନୋଟି ବୋତାମ ନଥାଏ। ଗମ୍‌ଗମ୍ ବହି ଯାଉଥିବା ଝାଳରେ ସାର୍ଟ ପୁରା ଓଦା ହୋଇ ଯାଇଥାଏ। ଧୂଳି ଉବୁଟୁବୁ ଲଙ୍ଗଳା ପାଦ। ମୋ ଆଡ଼କୁ ଅନେଇ ମୋ ବୋଉର ଆଖି ପାଣିଚିଆ ହୋଇ ଆସିଲା। ତାକୁ ଦେଖି ବୋତାମ ଛିଡ଼ିଯାଇ ମେଲା ହୋଇ ଯାଇଥିବା ସାର୍ଟର ଖୋଲା ଭାଗକୁ ମୁଁ ହାତରେ ଚାପିଧରି ବନ୍ଦ କରି ତା ପାଖକୁ ଆସିଲି। କହିଲି, 'ବୋଉ, ଲକ୍ଷ୍ମୀ ଆଦୌ ଭଲ ଠାକୁରାଣୀ ନୁହନ୍ତି। ତାଙ୍କର ଆଖି ନାହିଁ, କାନ ନାହିଁ କି ହୃଦୟ ନାହିଁ। ସେ ଜଣେ ଦେଖିପାରୁନଥିବା ଅନ୍ଧୁଣୀ, ଶୁଣିପାରୁ ନଥିବା କାଲୁଣି, ବଧିର। ଆଉ ହୃଦୟ ନଥିବା ପାଷାଣୀ ଠାକୁରାଣୀ।'

ହେଲେ ତୁ ଆଦୌ ବ୍ୟସ୍ତ ହେବୁନି ବୋଉ। ମୁଁ ତୋ ପାଖରେ କେବେ କୌଣସି ଜିନିଷ ପାଇଁ ଅଳି ଅଝଟ କରିବି ନାହିଁ। ଯାହା ଦେବୁ ଖାଇଦେବି। ଘରେ ଯାହାବା ଅଛି ତାକୁଇ ପିନ୍ଧିବି। କୌଣସି ଅଝଟ କରିବି ନାହିଁ। ତୁ ଜମାରୁ ବ୍ୟସ୍ତ ହେବୁନି। ମନଦୁଃଖ ଆଦୌ କରିବୁ ନାହିଁ।

ଏବେ ବୋଉ କାନ୍ଦିବାକୁ ଲାଗିଲା। ନାଚାର ବୋଉର ବିକଳ କାନ୍ଦଣା ମୋର ଆଦୌ ହଜମ ହେଲାନାହିଁ। ମୁଁ ଅସହ୍ୟ ହୋଇ କହିଲି, 'ଲକ୍ଷ୍ମୀ ଆସିଲେ ଆସନ୍ତୁ ନ ଆସିଲେ ନାହିଁ। ସେଇଟା ତାଙ୍କ ଇଚ୍ଛା। ହେଲେ ଆମେ ତାଙ୍କୁ ଏତେ ବିକଳ ହୋଇ, ଏତେ ନେହୁରା ହୋଇ ଘରକୁ ଡାକିଡାକି ଶେଷକୁ ହତାଶ ହୋଇ କାନ୍ଦୁଥିବା କାହିଁକି ? ଲକ୍ଷ୍ମୀ ନ ଆସିଲେ ବି ତାଙ୍କ ବିନା ଆମେ ଖୁସିରେ ରହିବା ବୋଉ। ଆମର କିଛି ଦରକାର ନାହିଁ। ଯେମିତି ସେମିତି ଚଳିଯିବା। ଆମେ ଯେମିତି ହେଉ ବଞ୍ଚିଯିବା। ଖୁସିରେ ହିଁ ରହିବା ଆମେ।'

କହୁକହୁ ମୁଁ ବୋଉ ପାଖକୁ ଲାଗି ଆସିଲି। ସେ ତା ଦି ହାତରେ ମତେ ଜାବୁଡ଼ି ଧରି ତା ପାଖକୁ ଜକେଇ ଆଣିଲା। ଝରାଲୁହ ଭିତରେ ବୋଉ କହିଲା, 'କିଏ କହୁଚି ମୁଁ ଗରିବ ? କିଏ କହୁଚି ମୁଁ ନିର୍ଧନ, ଅସହାୟ ? ତୋ ପରି ପୁଅର ମାଆ କେବେ କ'ଣ ଗରିବ ହୋଇପାରେ ବାପା ? ତୁ ମୋର ସମ୍ପତ୍ତି, ତୁ ମୋ ଧନ। ତୁ ମୋର ହୀରା ନୀଳା, ତୁ ମୋ ମଣିକାଂଚନ। ତତେ କିଏ ଆଉ ମୋ କୋଳରେ ଟେକି ଦେଇଛନ୍ତି କିରେ ବାପା ?'

କହୁକହୁ ବୋଉ ଉପରକୁ ଆକାଶ ଆଡ଼କୁ ହାତଯୋଡ଼ି ପ୍ରଣାମ କରିବାକୁ ଲାଗିଲା।

ମୁଁ ହାତର ଓଲଟ ପାପୁଲିରେ ଲୁହ ପୋଛିବାରେ ଲାଗିପଡ଼ିଲି।

ଆରଣ୍ୟକ

ଠିକ୍ ମୁହଁସଂଜ ପରେ ପରେ ମାଆ ପୁଅ ଦୁଇଜଣ ଗଙ୍ଗା ଆଉ ଗୌରାଙ୍ଗ ଖାଇବାକାମ ସାରିଦେଇ ଶୋଇବାକୁ ଘର ଭିତରକୁ ଚାଲିଗଲେ। ଦୀର୍ଘ ଯାତ୍ରା ଜନିତ କ୍ଲାନ୍ତି ହେତୁ ଗୌରାଙ୍ଗ ବହୁତ ଅବଶ ହୋଇପଡ଼ିଥାଏ। ପାଖାପାଖି ବର୍ଷେ ପରେ ସେ ଘରକୁ ଫେରିଛି। ମାଆର ଗେହ୍ଲାପୁଅ ଗୌରାଙ୍ଗ ମାଆ ସାଙ୍ଗରେ କିଛି ସମୟ ଭୁଟୁରୁଭାଟର ହୋଇ ପରେ ଶୋଇବ।

ଗଙ୍ଗା କହିଲା, 'ପୁଅରେ, ଖାଇସାରିଲେ ହାତଧୋଇ ମୋ କାନିରେ ହାତ ପୋଛିବା ଅଭ୍ୟାସ ଛାଡ଼। କେତେଦିନ ଆଉ ବଞ୍ଚିବି ଯେ? ଆଜିକାଲି କି ପୁରୁଷ କି ସ୍ତ୍ରୀ ସମସ୍ତେ ପିନ୍ଧିଲେଣି ପ୍ୟାଣ୍ଟସାର୍ଟ। ନ ହେଲେ ଝିଅମାନଙ୍କର ସାଲୁଆର କମିଜ୍। ତୁ ତ ବଡ଼ ଖାନଦାନୀ ଘରେ ବାହାହେବୁ। ମୋ ବୋହୂ ପିଲାଟିର ତ କାନି ହିଁ ନ ଥିବ। ତୁ ହାତ ପୋଛିବୁ କୋଉଠି?"

କହୁ କହୁ ଗଙ୍ଗା ହସିବାକୁ ଲାଗିଲା। ତାର ନାଁ କରାପୁଅର ପିଲାଳିଆମି ଗଲାନାହିଁ। ମାଆ କୋଳରେ ମୁଣ୍ଡରଖି ଶୋଇରହି ଗୌରାଙ୍ଗ କହିଲା, "ମସୌରୀଟା ବହୁତ ସୁନ୍ଦର ଜାଗା। ଆମ ଟ୍ରେନିଂ ଇନ୍‌ଷ୍ଟିଚ୍ୟୁଟ୍‌ର ଆଖପାଖ ବହୁତ ଭଲ। ଆମ ଏଠିକା ପରି ଗରମ ଆଦୌ ନୁହେଁ। ଥଣ୍ଡା ଜାଗା, ଗ୍ରୀଷ୍ମନିବାସ। ହିମାଳୟ ତଳି ବହୁତ ସୁନ୍ଦର ଜାଗା ମାଆ, ହଉ, ତୁ ଏବେ ଗୋଟିଏ ଗପ କହ। ମୁଁ ଶୁଣୁଥିବି। ହୁଁ ମାରୁଥିବି।"

ଗଙ୍ଗା କହିଲା, "ପୁଣି ଚଗଲାମି! ତୁ ଏଡ଼େବଡ଼ ଚାକିରୀ ପାଇଲୁ, ତୁ ତ ଜାଣି ଖୋଦ ସରକାର। ତତେ ଦେଖିବାକୁ ଆଖପାଖର ସବୁ ଦୁଃଖିରଙ୍କି ଧାଡ଼ି ଲଗେଇଛନ୍ତି। ଦିଦିନ ଧରିରେ ବାପା! ତୁ ଆଜି ପହଞ୍ଚିଲୁ। ଆମ ଗାଁ ଛେଣ୍ଡିପଦାରୁ ଚାରିମାଇଲ୍ ଦୂର ମଫସଲ ଏବେ ଟାଉନ୍ ପାଲଟିଗଲାଣି। ହାଇକୋର୍ଟ ଜଜ୍ ଆସିଥିଲେ

ମୋ ପାଖକୁ ତୋ ପାଇଁ ତାଙ୍କ ଝିଅ ପ୍ରସ୍ତାବ ନେଇ। ମୁଁ ବିଧବା ଦୀନ ଦୁଃଖିନୀ କିଏ ଆଉ ଏତେ ବଡ଼ ଜଜ୍ କିଏ ! ସବୁ ତୋରି ପାଇଁତ !"

ଗଙ୍ଗା କଣ୍ଠ ବାଷ୍ପରୁଦ୍ଧ ହୋଇଆସିଲା। ଗୌରାଙ୍ଗ ହୋଇଥିଲା ଆଇଏଏସ୍ ଟପ୍ପର। ପଙ୍କରେ ଫୁଟିଛି ପଦ୍ମ। ମାଆ କୋଳରେ ମୁହଁ ଗୁଞ୍ଜି ପଡ଼ିରହିଲା ଗୌରାଙ୍ଗ। ଭାବପ୍ରବଣତାର କେତୋଟି ମୁହୂର୍ତ୍ତ ବିତିଯିବା ପରେ ଗଙ୍ଗା ଗପ କହିବା ଆରମ୍ଭ କଲା।

ଜଣେ ପଠାଣ ରାଣୀ ଥିଲା। ରାଣୀମାନେ ରାଜାଙ୍କ ଭାରିଯା ନୁହେଁ। ଖୋଦ୍ ରାଣୀ, ଦଣ୍ଡପାଣି। ଭାରି ସାହସୀ ପରାକ୍ରମୀ ଆଉ ଯୋଗ୍ୟ ଥିବାରୁ ତାଙ୍କ ବାପା ପଠାଣ ରଜା ଝିଅ ହାତରେ ହିଁ ରାଜ୍ୟଭାର ଦେଇ ଆଖିବୁଜିଲେ। ମାଇକିନିଆ ଝିଅଟା ଶାସନ କରିବ ଏକଥା ଅନେକ ଲୋକଙ୍କର ହଜମ ହେଲାନାହିଁ। ତାଙ୍କର ଥିଲା ଜଣେ ଘୋଡ଼ାସଇସ ଯାହାକୁ କି ରାଣୀ ମନପ୍ରାଣ ସମର୍ପି ଦେଲେ।

ଗୌରାଙ୍ଗ ହସି ହସି ମାଆକୁ ରୋକି ଦେଇ କହିଲା, ମୁଁ ହିଷ୍ଟ୍ରିରେ ଏମ୍.ଏ.ପାସ୍ କଲି। ତୁ ମତେ ଆଉ ରେଜିୟା ସୁଲତାନା କଥା ନ କହି ଅନ୍ୟ କଥା କହ। ଗଙ୍ଗା ପୁଅକୁ ଥାପୁଡ଼େଇ ଦେଉଦେଉ ପୁଣି କହିଲା, "ସାତ ବଣିକ କଥା ଶୁଣ, ସାତ ଜଣ ଯାକ ବଣିକ ବେପାର ଉଦ୍ଦେଶ୍ୟରେ ଯାଉଥିଲେ। କେତେ ଯୋଜନ ଦୂର ଯିବା ପରେ ଥରେ ହଠାତ୍ ସଞ୍ଜ ହୋଇଆସିଲା। ଫାଙ୍କ ଜାଗା, ଦୂର ଦୂର ଯାଏ ଗାଁ ଗଣ୍ଡା ଲୋକବାକ କେହି ନଥାନ୍ତି। ଚିନ୍ତାରେ ପଡ଼ିଗଲେ ଯେ ରାତିଟା କୋଉଠି ବିତେଇବେ? ଚାଲୁଥାନ୍ତି। ଦୂରରେ ଆଲୁଅ ଦେଖି ଗାଁଟିଏ ଅଛି ଭାବି ଖୁସି ହୋଇଗଲେ। ଆଲୁଅ ପାଖକୁ ଗଲେ। ଏଇଠି କୌଣସି ମତେ ରାତି କଟେଇ ଦେବେ। ସେଠି ଗାଁ ଫାଁ କିଛି ନଥିଲା। ଥିଲା ଗୋଟିଏ ବୁଢ଼ୀ ଅସୁରୁଣୀର କୁଡ଼ିଆ। ପିଣ୍ଡାରେ ବସି କାଠ ବଦଳରେ ବୁଢ଼ୀ ତା ନିଜର ଦୁଇଗୋଡ଼ ଚୁଲି ଭିତରେ ମୋହିଁ ଦେଇ ଜାଳୁଥିଲା ଓ ଚୁଲି ଉପରେ କଡ଼େଇରେ ପାଣି ଟକ୍ ଟକ୍ ଫୁଟୁଥିଲା। ଏ ସାତଜଣଙ୍କୁ ଦେଖି ବୁଢ଼ୀ ଚୁଲିରୁ ଦୁଇ ଜଳନ୍ତା ଗୋଡ଼ କାଢ଼ିଆଣି ଫୁଙ୍କି ଲିଭେଇଦେଲା ଓ ଶାଢ଼ୀ ଢ଼ଙ୍କେଇ ଦେଲା। ଏ ଥକିଲା ସାତ ବଣିକ ଥଣ୍ଡା ଚୁଲି ଉପରେ ବାମ୍ଫ ବାହାରି ଟକ୍ ଟକ୍ ହୋଇ ଫୁଟୁଥିବା ପାଣି ହୁଏତ ଦେଖିପାରିଲେ ନି ନଚେତ୍ ଦେଖି କିଛି ବୁଝି ପାରିଲେନି। ବୁଢ଼ୀର ଅସଲ ରୂପ ଦେଖି ପାରିଲେ ନାହିଁ। ବୁଢ଼ୀ ମହାଖୁସ୍। ରହିବାକୁ ଜାଗା ଦେଇଦେଲା। ଏଣେ ବୁଢ଼ୀ ଅସୁରୁଣୀ ଓ ତା'ର ଦି'ପୁଅ ସପ୍ତାହେ ହେଲା ଖାଡ଼ା ଉପାସ୍। ଏ ସାତଜଣଙ୍କୁ ଦେଖି ବୁଢ଼ୀ ଭାବିଲା, ଆଜି ତ ଆମର ଫିଷ୍ଟ୍। ପୁଅ ଲୁଚିଗଲେ।

ଜଣେ ବାରିପଟରେ ତାଳଗଛଟିଏ ବନିଗଲା ଏବଂ ଅନ୍ୟ ଜଣକ ବନିଗଲା

ଲେଉଟିଆ ଶାଗ କିଆରୀ। ବାତାବରଣ ସବୁ ଚୁପ୍‌ଚାପ୍। ରାତିରେ ଚାରିଆଡ଼େ ଜଣେ ବଣିକ ସାନପାସ୍ କରିବାକୁ ଯାଇ ଶୁଣିଲା ତାଳଗଛ କହୁଛି,

"ଏ ଲେଉଟକିଆ କିଆରୀ,
ତୋର ତିନ ମୋର ଚାରି।"

ଲେଉଟିଆ କିଆରୀ ତୁରନ୍ତ ଜବାବ ଦେଲା,

"ହେ ତାଳଗଛ ଭାଇ!
ମୋର ତିନି ତୋର ଦୁଇ।
ଶେଷ ଦୁଇ ନବ ମାଆ
ସବୁ ପେଟ ପୁରା ଖାଆ।"

ତାଳ ଗଛ ମାନିଗଲା ପରି ହସି କହୁଛି,

"ବଡ଼ ଭାଗ୍ୟ ଆମର ଆଜି,
ରାତିରେ ଖାଇବା ଭୋଜି।"

ଏ ଭୟାବହ ଦୃଶ୍ୟ ଦେଖି ଓ କଥା ଶୁଣି ବିଚରା ବଣିକଟିର ଲୁଗାପଟା ଓଦା ହୋଇଗଲା। ଡରିମରି ଧାଇଁଲା। ସାତଜଣଯାକ ମିଶି ଚୁପ୍‌ଚାପ୍ ଅନ୍ଧାରରେ ସେଠୁ ଛୁ' ମାରିଲେ।

ଗୌରାଙ୍ଗ କହିଲା, ଯାହେଉ ବଞ୍ଚିତ ଗଲେ। ତାଳଗଛ ଆଉ ଲେଉଟିଆ କିଆରୀଙ୍କର ବୋକାମୀ ଯୋଗୁଁ ସାତ ବଣିକ ବଞ୍ଚିଗଲେ। ହଉ ମାଆ ତୁ ଗୋଟେ ଫେବଲ୍ କହ, ମଣିଷ ରାକ୍ଷସଙ୍କ କଥା ସେତିକି ଥାଉ। ଆରେ ହଁ ମାନେ ପଶୁପକ୍ଷୀଙ୍କ କଥା, ବଣ ଜଙ୍ଗଲର କଥା କହ, ଏଇଟା ଶେଷ, ବାସ୍ କହ। ଗଙ୍ଗା କହିଲା, 'ତୁ ବଡ଼ ହେଲୁଣି ଆଉ ଜ୍ଞାନୀ ବି, ମୋର କୌଣସି ଗପ ତତେ ଆଉ ରୁଚୁ ନାହିଁ, ହଉ ଶୁଣ।'

ଅଗ୍ନାଗ୍ନି ବନସ୍ତ। ବୃକ୍ଷଲତା, ଗୁଳ୍ମ, ଝରଣା,ପାହାଡ଼, ଘାସ ଆଉ ବିଭିନ୍ନ କିସମର ପଶୁପକ୍ଷୀ ଭରା ଅରଣ୍ୟ। ସବୁଜ ଘନ ସେଇ ଅରଣ୍ୟ ଭିତରେ ରହୁଥିଲେ ପଲ୍ଲେ ହରିଣ। ଆନନ୍ଦରେ ଥାଆନ୍ତି। ଘାସ ଚରନ୍ତି। ଝରଣା ପାଣି ପିଅନ୍ତି। ଖେଳନ୍ତି କୁଦନ୍ତି ବଡ଼ ମଜାରେ ଥାଆନ୍ତି। ସବୁ ଢଙ୍ଗର ସୁଖ ପରି ଏମାନଙ୍କର ଏ ସୁଖର ଦିନେ ଅନ୍ତ ହେଲା। ଦେଖାହେଲା ଗୋଟିଏ ହରିଣଖିଆ ମହାବଳ ବାଘ। ହରିଣ ଦଳ ଯେତେ ସତର୍କ ରହିଲେ ସୁଦ୍ଧା, କ୍ରମାଗତ ଭାବରେ ଦୁଇଦୁଇଟି ହରିଣ ବାଘର ଜଳଖିଆ ବନିଗଲେ। ହରିଣଙ୍କର ଭାଳେଣି ପଡ଼ିଗଲା। ସବଠୁ ଦୟନୀୟ ଅବସ୍ଥାରେ ଥିଲା ସାନ ହରିଣ ଛୁଆଟି ଯାହାର ଗୋଟିଏ ଗୋଡ଼ ଛୋଟ। ଦୌଡ଼ିବାକୁ ଅକ୍ଷମ, ଛୋଟେଇ

ଛୋଟେଇ ଚାଲେ। ଅନେକ ବେଳ ଗୋଠ ପଛରେ ରହିଯାଉଥାଏ। ସମସ୍ତେ ଅପେକ୍ଷା କରନ୍ତି ତାକୁ ପହଞ୍ଚିବା ଯାଏ। ତାର ଶିକାର ବାଘ ଅନାୟାସରେ କରିଦେବ ବୋଲି ବିଚରା ନିଶ୍ଚିତ ହୋଇ ନିହାତି ଦୁଃଖି ହୋଇପଡ଼ିଲା। ସମସ୍ତେ ସତର୍କ ହୋଇ ଆଉ ଏକଜୁଟ୍ ହୋଇ ବୁଲାବୁଲି କଲେ ଓ ଘାସ ଚରିଲେ। ଛୋଟା ହରିଣ ବଡ଼ ଚିନ୍ତାରେ ଓ ବଡ଼ ଦୟନୀୟ ଭାବରେ ତାଙ୍କ ପିଛା ଲାଗି ରହିଥାଏ। ସବୁବେଳେ ମନରେ ବାଘ ଭୟ, ପ୍ରାଣ ଭୟ ଘାରି ଥାଏ ତାକୁ।

ଦିନେ ଘାସ ଚରୁଚରୁ ଦୂର ଯାଗାକୁ ଚାଲିଯାଇଥିଲେ ସମସ୍ତେ। ଜୀବନ ଭୟରେ ଘାରି ହୋଇ ଆଖିବୁଜି ଛୋଟା ହରିଣ ବସି ପଡ଼ିଥାଏ। ଅନ୍ୟମାନେ ଟିକିଏ ଦୂରକୁ ଚାଲିଯାଇଥାନ୍ତି। ଛୋଟା ହରିଣ ଶୋଇ ପଡ଼ିଥିବା ଜାଗାକୁ ଲାଗି ଜଣେ ସିଦ୍ଧ ତପସ୍ୱୀଙ୍କ ଆଶ୍ରମ। ମନସ୍କାମନା ପୂରଣ କରିବାର ଶକ୍ତି ତାଙ୍କର ଥାଏ। ସିଏ ତପସ୍ୟାରୁ ଉଠି କମଣ୍ଡଳୁର ଜଳ ଫିଙ୍ଗି ଦେଲେ ଯାହାକି ଏ ଛୋଟା ହରିଣ ଉପରେ ପଡ଼ିଲା ଏବଂ ତତ୍‌କ୍ଷଣାତ ତାର ମନୋବାଞ୍ଛା ପୂର୍ଣ୍ଣ ହୋଇଗଲା। ବଣରେ ବାଘ ଭୟ ନରହିବାର ଏକମାତ୍ର ରାସ୍ତା ତା' ପାଇଁ ଫିଟିଗଲା। ବଣରେ କେବଳ ବାଘର ହିଁ ବାଘ ଭୟ ନଥାଏ। ଏଣୁ ସେ ନିଜେ ଗୋଟିଏ ବାଘ ପାଲଟିଗଲା।

ଦୂରରୁ ଏ ଭୟଙ୍କର ଛୋଟା ଗୋଡ଼ିଆ ବାଘକୁ ଦେଖି ଓ ତା'ର ହେଣ୍ଟାଳ ଶୁଣି ତାରି ନିଜ ହରିଣ ଦଳ ଛାନିଆରେ ଦୌଡ଼ି ପଳାଇଗଲେ। ଛୋଟା ବାଘ ଛୋଟେଇ ଛୋଟେଇ ଧାଇଁ ଚାଲିଲା। ଅନୁଭବ କଲା ହଠାତ୍ ତାକୁ ଗୋଟାଏ ଆଦିମ ଓ ଅଦମ୍ୟ କ୍ଷୁଧା ମାଡ଼ି ବସିଛି। ତାର ଖାଇବା ଦରକାର। ନିହାତି ଦରକାର। ଭୋକ, ମାଂସ, ରକ୍ତ ସବୁମିଶି ପାଗଳ ପ୍ରାୟ କରିଦେଲେ ଛୋଟା ବାଘକୁ।

କିଛି ଦୂରରେ ଆଉ ଏକ ହରିଣ ଦଳ ଘାସ ଚରୁଥିଲେ ଅଜଣା ଭାବେ। ତାଙ୍କ ଭିତରେ ଗୋଟିଏ ରଙ୍ଗା ହରିଣ ଛୁଆ ଥିଲା ଯାହାର ଦୁଇଟି ଗୋଡ଼ ଛୋଟା । ସେ ଘୁଷୁରି ଘୁଷୁରି ଚାଲୁଥାଏ। ସେତିକି ବି ବଡ଼ କଷ୍ଟରେ।

ଭୋକିଲା ବାଘର ହେଣ୍ଟାଳରେ ନୂଆ ହରିଣ ଦଳଙ୍କ ଛାନିଆ ପଶିଲା। ଦୁଇ ପାଦର ବିକଳାଙ୍ଗ ହରିଣ ଛୁଆ କାନ୍ଦାକାନ୍ଦ ହୋଇ କହିଲା, 'ମୋର ମରଣ ନିଶ୍ଚିତ ତମେ ଚାଲିଯାଅ ଭାଇ, କୁଆଡ଼େ ମୁଁ ଯିବି ? କେମିତି ବା ଯିବି ? ମୋର ଦୁଇ ଗୋଡ଼ ନାହିଁ।' ଛିନଛତ୍ର ହୋଇ ଧାଇଁ ପଳାଇଲେ ହରିଣମାନେ। ରଙ୍ଗା ଛୁଆଟି ଜୀବନ ବିକଳେ ଘୁଷୁରୁ ଥାଏ। ପଛରେ ଭୋକିଲା ବାଘ। ପାରୁ ପର୍ଯ୍ୟନ୍ତ ଘୁଷୁରୁଥାଏ ବିଚରା। ଶେଷରେ ଛୋଟା ବାଘ ଘୁଷୁରୁଥିବା ଅଧିକ ବିକଳାଙ୍ଗ ରଙ୍ଗା ହରିଣ ଛୁଆକୁ ମାଡ଼ି ବସିଲା। ଆର୍ତ୍ତ ଚିତ୍କାର ପରେ ଗୋଟିଏ ଗର୍ଜନ ଓ ତା'ପରେ ରକ୍ତରଞ୍ଜିତ ଘାସ।...

କହୁକହୁ ଗଙ୍ଗା ହଠାତ୍ ନୀରବି ଗଲା। ଗୌରାଙ୍ଗର ହୁଁ ମାରିବା ଶବ୍ଦ ତ ଆଉ ଶୁଭୁନାହିଁ। ଗପ ଅଧାରୁ ଶୋଇ ପଡ଼ିଲାଣି। ଶୋଇଲା ପୁଅ ଆଗରେ ବେକାର ବକର ବକର ହୋଇ ପୁଅର ନିଦରେ ଅସୁବିଧା କଲାଯାହା। ସେ କେତେବେଳେ ଶୋଇପଡ଼ିଛି ଜାଣିପାରିଲା ନାହିଁ ଗଙ୍ଗା। ପୁଅକୁ ଆଉଁଷି ଦେଲା। ମଥା ଚୁମି ଦେଲା। ଦେଖିଲା ବାଁ ହାତର ଆଙ୍ଗୁଳିରେ ଗୌରାଙ୍ଗ ନଖ ବଢ଼େଇଛି। ବାଘ ନଖିଆ। ଶୋଇପଡ଼ିଥିବା ପୁଅ ଗୌରାଙ୍ଗ ତାକୁ ବାଘୁଆ ବାଘୁଆ ପରି ଦିଶିଗଲା। ଇଏ କି ଆଜିକାଲିର ଫେସନ! କାଲି କହିବି ନଖ କାଟିଦେବ। ଘର ସମ୍ପୂର୍ଣ୍ଣ ଅନ୍ଧାର କରି ଗଙ୍ଗା ନିଜେ ଶୋଇବାକୁ ଚେଷ୍ଟା କଲା।

BLACK EAGLE BOOKS

www.blackeaglebooks.org
info@blackeaglebooks.org

Black Eagle Books, an independent publisher, was founded as
a nonprofit organization in April, 2019. It is our mission to
connect and engage the Indian diaspora and the world at large
with the best of works of world literature published on a
collaborative platform, with special emphasis on
foregrounding Contemporary Classics and New Writing.

Milton Keynes UK
Ingram Content Group UK Ltd.
UKHW012250290324
440241UK00004B/262

9 781645 604891